I0831582

Peter Rosegger

Erdsegen

Salzwasser

Peter Rosegger

Erdsegen

1. Auflage | ISBN: 978-3-84609-808-0

Erscheinungsort: Paderborn, Deutschland

Erscheinungsjahr: 2014

Salzwasser Verlag GmbH, Paderborn.

Nachdruck des Originals von 1930.

Peter Rosegger

Erdsegen

Salzwasser

Peter Roseggers Werke

Gedenkausgabe

Auswahl in sechs Bänden

Herausgegeben von

Dr. Hans Ludwig Rosegger

41.—45. Tausend

1 9 3 0

L. Staackmann Verlag · Leipzig

Erdsegen

Vertrauliche Sonntagsbriefe eines Bauernknechtes

Ein Kulturroman von

Peter Rosegger

1930

L. Staackmann Verlag · Leipzig

Druck der Graphia Akt.-Ges. vorm. C. Grumbach in Leipzig

In der Zusen,

am ersten Sonntage im Jahre des Heils 1897.

Daß euch derrr Kuckuck hol'!

Sotanen Gruß zuvor, teure Freunde, und nun lachet, lachet — lachet!

Lang ist es her! sang der Alte vor unseren hofseitigen Fenstern. Ich hatte ihn nie verstanden. Zwei Ewigkeiten en miniature waren die ersten zwei Tage dieses Jahres. Der dritte hat überhaupt noch kein Ende genommen. Wenn aber das merkwürdige Jahr, das nun begonnen, jemals aufhören sollte, was nach menschlicher Berechnung doch immerhin wahrscheinlich ist, dann werde ich lachen, ihr Herren! Und mein Lachen wird euch Posaunenschall des Jüngsten Gerichtes sein, falls ihr eine Ahnung habt, was damit gesagt ist.

Meine aktuelle Stimmung ist allerdings etwas weit vom Lachen abgelegen. Sechs Jahre lang hatte ich gemeinsam mit euch unter Feder und Schere emsig den Beruf verfehlt; nun ich ihn mutterseelenallein mit dem Wanderstecken suche, wird er hoffentlich bald in Sicht kommen. Und in der nächsten Silvesternacht tauche ich eueren Augen furchtbar auf, mit Zipfelmütze und Heugabel. Keine Stunde diene ich nach, und sollte jetzt der halbe Januar vergehen, ehe ich's bin. Bemühen? Redlich. — In der Zusen heißt das Nest, wo ich am Wirtshaustisch euch Trauernden die erste Kunde schreibe. Aus zwei Bauernhöfen bin ich gestern bereits hinausgeworfen worden. Heute ist Ruhetag. — Auf meine höfliche Anfrage im ersten Hofe hieß es: „Ei schau! Im Sommer wachsen die Kirschen und im Winter die Vagabunden! Das glaub' ich, daß die Herrschaften um Neujahr gern ein warmes Nest und eine volle Schüssel haben möchten. Nachher, wenn der Schnee weggeht, gehen sie auch weg und ist man bei der g'nötigen Feldarbeit wieder allein. Mach' fort zu den Sozialdemokraten! Bist 'leicht selber einer!" Klapps hatte ich die Tür vor der Nase.

Das war ein stattliches Gehöft gewesen an der Landstraße. Mir tat's leid drum. Hat aber Stoff gegeben für einen brillanten Volkswirtschaftsartikel, die Zeile nicht unter zwanzig Kreuzern. Kostet mich selber soviel.

Im zweiten Bauernhof, als ich zuspreche — den Hut in der Hand — ob man keinen Knecht brauche, glotzt mich der Bauer an, so ein kleiner, feister, kecker Kerl. Dann greift er mit seinen schnodderigen Fingern nach meiner immer noch leidlich aufgerampelten Schnurrbartspitze und sagt: „Was hat Er denn da für eine saubere Gabel? Soll das eine Mistgabel sein?" Ich sofort den Krampf in den Fingern, aber da ist's nichts mit dem Rächen seiner Ehre; bittweise schlage ich die Fäuste aneinander, werbend um eine leibhaftige Mistgabel. Der Bauer jedoch ist kein schlechter Kenner von Gliedmaßen. Meine Hand, die von den Göttern seit Urbeginn für die Feder bestimmt, packt er an: „Sollen das auch die Werktagspratzen sein? Na, ich dank'. Für den Löffel halten sie's!"

„Herr Vater," sage ich und konzentriere die zehn Finger zu zwei Armeeflügeln, „es käme nur auf einen Versuch an, wofür Sie es vielleicht auch sonst noch halten möchten!" Und stelle mich zur Verfügung! Ihm gerade vor den rundlichen Korpus. Er einen Schritt zurück und frägt — um die Unterhaltung auf ein harmloseres Feld zu lenken — nach dem Dienstbotenbüchel.

Da ziehe ich meinen Militärschein aus der Tasche:

„Drei Jahre Seiner Majestät dem Kaiser gedient. Gegenwärtig Reserveoffizier — möglicherweise!"

„Und ich hätt' einen Ochsenknecht gebraucht!" lacht der Bauer, ohne dem Reserveoffizier auch nur die geringste Reverenz zu erweisen. Sind ja Barbaren, diese Leute. Ich natürlich habe mich um die von ihm offerierte Ehrenstelle beworben. Da sagt er, ich möchte so gut sein und ihn nicht zum Narren halten. Damit war die Verhandlung abgebrochen.

Morgen hausiere ich weiter.

Der Dorfwirt, bei dem ich heute das Dasein genieße, braucht einen Fuhrmann. Pferde! Das wäre doch einigermaßen standesgemäß für einen Kavalier, aber ich bin mir nicht sicher, ob ihr es für die Wette gelten ließet, ihr Kanaillen! Mit Verstattung, das soll kein Schimpf sein. Der gebührende Titel, bitte! Wie freue ich mich, ihr jammervollen Tintensklaven, euch eines Tages des verwegenen Spaßes Abachseite vor die Nasen zu halten und euch in die geschniegelten Bärte zu brüllen: Eines Mannes Wort bleibt eines Mannes Wort, selbst über den Dunghaufen hinaus! Und wenn euch darob in Leibes- und Seelennöten die Augen übergehen hinter den Brillen, werde ich euch sehr lieb haben, ihr holdseligen Krähen, selbander! —

Dieses Dorfhotel wäre für ein paar Tage ganz erträglich, wenn der Wirt seinen Wein nicht in einem gar so echten Zustand schenkte. Aus diesem herben, natursauren Unterländler, den Liter zu 40 Kreuzern, wüßte ein mehr gebildeter Restaurateur bequem zwei Liter feinen Dessertweins à 1 Gulden die Bouteille herzustellen. Geradezu persönlich beleidigend wird dieses Hospizium wegen jeglichen Mangels unserer teuren „Kontinental-Post". Hingegen liegt, um die Niedertracht voll zu machen, die Wochenausgabe des „Neuigkeits-Weltblattes" auf. Unsere Expedition soll doch das Blatt auf einen Monat gratis schicken an den „Weißen Hirschen" in der Zusen. Hat er's erst gerochen, dann wird er's auch fressen.

Am Nebentische sitzen drei Bauern und verhandeln seit rund zwei Stunden über ein trächtiges Kalb. Als angehender Standesgenosse interessiere ich mich natürlich sehr dafür, nur fehlt mir noch einigermaßen Berufsbildung. Wenn es wahr ist, was die Engländer sagen, daß Beefsteak Intelligenz mache, dann sind diese Viehbauern die Väter unserer geistigen Kultur, und ich — als hoffentlich bald der Bruder dieser Väter — ihr Onkel. Vielleicht in einer Woche schon mehr von

Hans Spiridion Trautendorffer,
Wirtschaftlicher Redakteur der „Kontinental-Post".

Meinen vollen Namen, den ich euch hiermit übermache, wickelt in Seidenpapier und bewahrt ihn sorgfältig auf. Übers Jahr, übers Jahr, wenn ich wiederum komm'!

Hoisendorf, am zweiten Sonntag.

Mein sehr geschätzter Herr Kollege Meyer unterm Strich!

Laß dir nicht träumen, es käme hier ein Feuilleton aus ländlichem Leben. Nicht eine Zeile! Und wenn ihr mich etwa deshalb von den Fleischtöpfen Ägyptens entfernt habt, um einen ständigen externen Haderlumpen zu haben, der aus Bauernhöfen die „Kontinentale" mit volkswirtschaftlichen Korrespondenzen versorgt, so seid ihr sehr abergläubisch. Man wird die „Hofnachrichten" schon so einrichten, daß sie unmöglich sind.

Einstweilen sind es noch wehmütige Berichte eines abenteuernden Dienstsuchers, an denen unser Herr Chef — mit Respekt zu melden — einstweilen eine größere Freude haben dürfte, als der Absender. Einstweilen! Das Wort doppelt unterstrichen.

Am Montag und Dienstag habe ich nach tagebücherlichen Urkunden bei nicht weniger als dreizehn Bauernhöfen angefragt. Der Dreizehnte dacht ich, müsse doch so unglücklich sein, mich anzunehmen. Aber auch der hatte seinen Schutzengel. Du siehst, lieber Meyer, ich befleißige mich schon volkstümlicher Denkungsart. Scheint leider nicht viel zu nützen. Dem einen bin ich zu schlank gewachsen, dem anderen zu „herrisch" angetan, mein Touristenanzug hat nämlich bereits ein paar getrennte Nähte. „Zerrissen ist herrisch, geflickt ist bäuerisch", besagt eines ihrer bösartigen Sprichwörter. Der Dritte nahm mich nicht, weil ein Mensch, der sein Eigentum im Handbündel mit sich trägt, ein aufgelegter Vagabund ist. Und der Vierte entschied kurzweg: An einem Knecht, der mit weißem Hemdkragen dahingehe, wie ein windiger Schulmeister, habe er sich schon vorwegs gesättigt. Mehr wurzelseppartig! sagte ich zu mir und schon ins nächste Haus stolperte ich weitschrittig, mit gebogenen Knieen und Armen, das Haar zerrisselt, die Hände mit Waldharz und Erdstaub überkleistert: Ein fleißiger Dienstbote böte Einstand in einen Jahresdienst.

Der Hausvater würdevoll: „Woher geht die Reise?“

Ich: „Aus der Garnison. Mit dem Abschied. Gottlob, daß ich wieder in der Bäuerei bin. O, diese Stadt! Dieser Militärdienst! Man glaubt's nicht, wer's nicht probiert hat! Ganz krank wird der Mensch, wenn er die gewohnte Handarbeit entbehren muß. Arbeit ist das einzig Gute auf der Welt!“

Vermeinte das recht gut gemacht zu haben. Der Bauer aber wendete sich gegen ein altes Weib, das hinter ihm stand: „Hörst du das Geschwätz? Wer die Arbeit kennt, der redet ein bissel anders.“

Und die Alte: „Willst ihn denn fortschicken, jetzt spät abends?“

„Soll über den Feiertag dableiben. Nachher werden wir's halt sehen.“

Potz Blitz! War ich Bauernknecht?

Als die Dämmerung kam, ging ich um den Hof herum, mit Kennermiene den Schauplatz künftiger Tätigkeit prüfend. Und zur heiligen Stunde, da ihr zu dreien oder mehreren im „Roten Krug“ bei schäumendem Pils mit Kritisieren über die lumpige Welt euch des Lebens freuet, saß ich am Leuttisch unter unsauberem Gesinde, aß mit einer breiten Blechschaufel aus der gemeinsamen Schüssel etwas, das sie „saure Topfensuppe“ nannten, und erzählte von meinem Soldatenleben. In unnachahmlicher Bescheidenheit teilte ich den lieben Hausgenossen mit, wie ich bei der bosnischen Okkupation die Hauptstadt Serajewo erstürmte, bei der Schlacht von Sedan den Erzschelm Napoleon einfing, bei Königgrätz eine Kugel in die Brust bekam, die zum Glück hinten wieder hinausflog, in der Völkerschlacht bei Leipzig einem rotbehosten Welschen die Fahne aus der Hand riß und so die deutsche Sache rettete. — Geschätzte Kollegen von der Feder, Unehre sollt ihr an mir nicht erleben! Die Heldentaten waren denn auch nicht umsonst vollführt. Die Hausmutter erwog, daß ein Mann mit solch geschichtlicher Vergangenheit nicht in der Knechtekammer schlafen könne auf dem Strohschaub. Sie verordnete mir das Handwerkerbett, welches stets das beste des Hauses sein soll. Da sank ich tief ins knisternde Stroh, zog die feuchtkalte, mürfelnde Decke über die Nase und dachte: Dieweilen du hier schläfst, Recke, wird das Jahr wieder um eine Nacht kürzer — die Stunde zu zirka drei Kronen. Du siehst, Volkswirt bleibe ich immer.

Am nächsten Tag war Heiligdreikönigfest, kamen am hellen Morgen die drei Weisen (mit ai geschrieben) unter dem Stern und plärrten gleichstimmig einen Spruch. Da wurden die morgenländischen Majestäten von der Hausmutter mit Schmalznudeln und Honig bewirtet. Nach dem Dejeuner, und nachdem der Souverän von Ätiopien auch mich einer gnädigen Ansprache um einen Heller gewürdigt hatte, haben die höchsten Herrschaften in jugendlicher Elastizität ihre Weiterreise angetreten.

Zu Mittag war ein unerhört großes Essen. Was es war, kann ich nicht beschreiben, aber viel war's. Bei manchen Schüsseln stockte das Fett an den Rändern und klebten die geschmälzten Stubenfliegen ohnmächtig an den Klößen. Bei der Backofenhitze führen in der Bauernstube diese niedlichen Tierlein auch im Winter das wonnige Dasein der Kreatur und die Fensterscheiben sind reich geschmückt von Beweisen ihrer — Pünktlichkeiten. Mein Appetit war bald gestillt und am Nachmittag habe ich gemeinsam mit den übrigen Knechten mich ausgeruht von der — morgigen Arbeit.

Am nächsten Tage war Regenwetter. Der Hausvater (so wird der Bauer vom Gesinde genannt) befahl, ich solle in der Stube bleiben und „Span machen". — Span machen? Da vermisse ich unsern Brockhaus. Durch die Scheunen und Ställe ging ich und suchte einen Freund, der mir sagte, was das sei, Span machen. Die alte Kuhmagd schaute mich höchst betroffen an. Endlich schien sie doch zu begreifen, daß der Mensch in Völkerschlachten das Span machen nicht notwendig lernen muß. Sie gab mir Unterricht: Von dem Schoppen (ach, mir ist das Wort in einem andern Sinne geläufiger) Scheiter ins Haus tragen, sie am Herdfeuer bähen und zähen, dann mit dem Schnitzger die dünnen Späne herabklieben, diese auf dem Ofen dörren, damit sie als Leuchtsunzen dienen können, abends in der Stube. — So, meine Herren von der „Kontinentalen", die ihr die Aufklärung täglich buttenweise in das Volk gießet, nun wisset auch ihr, wie man im Bauernhause Licht macht. Aber Wissen und Können! Es ist immer die alte Geschichte. Genau hielt ich mich nach der Anweisung, allein fürs erste verkohlten mir die Scheite am Feuer, fürs zweite sprangen die abzukliebenden Späne schnöde und spröde entzwei und fürs dritte nahm der Hausvater mir den Schnitzger aus der Hand — ich könnte nichts. Es wäre schade ums Kienholz, wo die Föhrenbäume ohnehin so schütter ständen im Walde. Wie er vom Scheit nur aufs Kienholz und von diesem auf die Föhre kam, den Pinus silvestris. Was meinst du, Meyer?

Ich könnte nichts! — Meine erste Empfindung nach

dieser Demütigung war: Pistolenduell! Aber als der Mann mit ruhigster Geschicklichkeit vom frischgebähten Scheite die dünnen, breiten, sich leicht reisenden Leuchtspäne schnitt, da sah ich, daß er mir über war! Bin hinausgegangen, habe, um mich sonstwie nützlich zu machen, im Werkzeugsgelaß eine Schaufel genommen, habe die restlichen Krusten des Schnees weggekraut, die unter den Dachtraufen lagen.

Erscheint der Altknecht: „Was treibst denn da, Mensch? Das Schneerestel irrt niemand und geht schon selber weg, wenn's ihm zu viel regnet. Hast sonst nichts zu tun, so geh Agen reitern."

Agen reitern! — Nun sah ich, meine Politik war gescheitert, es war Zeit, das Portefeuille zurückzulegen. Der Hausvater kam mir zuvor am selben Abende. Hieb mir die klobige Hand auf die Schulter: „Mit Ihm wird's halt am gescheitesten sein, Er rastet sich in der heutigen Nacht noch einmal gut aus und geht morgen um ein Häusel weiter. An Willigkeit fehlt's nit, aber Kopf hat Er keinen dazu."

Beim Grobschmied einstmals hat's geheißen, es wäre schade ums kluge Köpfel, und haben mich in die Stadt geschickt. Dieser Hans Trautendorffer soll nämlich von einem alten Rittergeschlechte abstammen und möglicherweise ist sein Urahn zu Karl des Großen Zeit Schweinedieb gewesen. Kurz und gut, mein Oheim, der Bäckermeister, versuchte es, ob so ein herabgekommener Edelmann nicht wieder bergan zu bringen wäre. Nicht alle Semmelmacher denken so übermenschlich. Mir aber waren zurzeit neugebackene Wecken lieber, als altgebackene Adelsdiplome und auf dem Gymnasium habe ich mich vor dem Odium eines ekelhaften Strebers stets reinzuhalten gewußt. So daß der Tornister mich glücklich noch als Kandidaten der Matura fand. Als ich dann nach allgemeiner Sitte anstatt auf die Universität zur Journalisterei ging, und noch viel später die „Kontinental-Post“ unter ihren Erleuchteten mich stets als den — Dämmerigsten gefeiert hat, war ich doch immer klug genug, solche Würde mit Anstand zu tragen und die Blaustiftzeichnungen des Chefs auf meinen Manuskripten als eine kindische Schwäche gelassen zu entschuldigen. Als Volkswirtschafter hab' ich sogar die Börse — na, Meier, du weißt es ja. — Und jetzt soll es mir nach dem Ausspruche des biederen Landmanns an Kopf fehlen!

Übrigens kommt mir meine Vergangenheit jetzt gut zu statten. Der Grobschmied hat mich auswendig gerüppelt, der Journalist inwendig. Aus gegerbtem Leder kann man doch auch Bauernstiefel machen!

Am nächsten Tag vagabundierte ich weiter. Ins Gebirge ging's, ins schöne. Bei Kailing rechts den Fluß entlang ins obere Rechtal und gegen den Almgai. Den eingeleisigen Weg, der gepflastert war mit einem Brei von Kot und jungem Schnee, nennen diese Schönfärber eine Straße. Ohne auf derselben liegen zu bleiben, halb verhungert von barmherzigen Wegelagerern totgeschlagen und in aller Stille unter eine Moosdecke gelegt zu werden, bin ich weiter gekommen. Ganz lebendig sprach ich bei einer einschichtigen Bauernwirtschaft vor. Die Witwe dort brauche einen Knecht hatte man gesagt.

Die Witwe, ein frisches, schneidiges Weib, ließ sich nicht spotten.

Wie alt ich wäre?

„Zwanzig! Die fünfzehn Schuljahre nicht mitgerechnet, weil sie verlorne Zeit sind.“

Darauf lachte sie, setzte aber das Examen unbarmherzig fort.

Wozu ich zu brauchen wäre?

„Bäuerin, mir ist keine Arbeit zu schlecht und keine zu gut.“

Wieviel Lohn ich begehre?

„Mit allem zufrieden.“ — Bezahlt, Meier, weißt du, werde ich von einer andern Seite.

Das schien aber der Witwe höchst verdächtig vorzukommen — mit allem zufrieden. Sie mochte mit den Dienstleuten die Erfahrung gemacht haben: mit nichts zufrieden. Ich aber tat mein Menschentum auseinander. Die Arme und Beine bog ich nicht mehr krumm, das Rückgrat zog ich in die Länge, den Nacken hielt ich stramm und in die Augen tat ich Zündhütchen, gerade zum Losbrennen, falls sie sagte: „Du gefällst mir!“ — Verliebt hat sie sich einstweilen aber nicht in mich, hat es nur gelassen und schief über die Achsel her gesagt: „Nau, halt ja. Jeder wird es selbst am besten wissen, was er wert ist. Ich brauch jetzt niemand.“

Siehst du! Hätte ich achtzig Gulden Jahrlohn verlangt, ein ganzes Tuchgewand mit Stierlederschuhen und fünfmal Fleisch die Woche, so dürfte sie mich gekauft haben. Nur geschenkt wollte sie mich nicht. Ein verschlagener Holzknecht, mit dem ich nachher unterwegs davon sprach, hat mich darauf gebracht.

Die Gegend ist eigentlich ganz verdammt. Die Waldberge an beiden Seiten steil und schwarz wie umgestülpte Riesenkohlenkörbe; die Schluchten so enge, daß eine Heufuhr und ein Dickschädel nicht füreinander können. Ich weiß nicht, vor ein paar Jahren, damals auf der touristischen Querwanderung, ist mir das Ding alles viel hübscher vorgekommen. — Hoch oben bei den letzten Hütten, so wurde mir gesagt, hätten sie alleweil zu wenig Dienstleute, weil keiner bleiben wolle, der dort nicht festgewachsen ist wie Zerbenholz. Und sogar das Zerbenholz wartet sehnsüchtig auf Lawinen, um talwärts zu kommen und dort etwa durch einen Kunsttischler zu fein polierten Kommodeurs, Chiffonneurs und Sekretärs avancieren zu können. Unbegreiflicher Weltlauf: um emporzukommen, geht man niederwärts! — Geht's bei mir auch so, oder kann man's umkehren? Doch wartet, wartet!

Gestern abends bin ich in ein winterliches Hochtal gekommen. Eine senkrecht aufsteigende Felswand hatte sich schon lange vorher in meinen Gesichtswinkel gestellt, und wie ich durch den Waldgraben dazu komme, steht an der Wand ein Dorf. Zerstreut liegende Häuser aus Rohmauern, Hütten aus Holz, auch ein paar Großhöfe, und weiterhin, wo Seitengräben ins Gebirge ziehen, Holzsägen und Kohlenmeiler. Ein wenig abseits hinter der Wand auf der Böschung steht die Kirche mit dem spitzen Dachreiter, daneben der Pfarrhof, unterhalb beim Bache das Schulhaus. Zwei Wirtshäuser sind natürlich auch da, mit dicken Mauern und vielen kleinen Fenstern — doch, ich verfalle in meine alte Schwäche schriftlicher Landschaftsmalerei. Unsinn! Mit Wörtern will man Bilder malen, heutzutage, und mit Farben Gedanken ausdrücken. In einem dieser Wirtshäuser kann man auch Tabak haben, in die Lotterie setzen und Herberge nehmen. Das letztere habe ich getan. Der Ort heißt Hoisendorf und soll weitum als Mittelpunkt der Welt gelten. Es war die Rede davon, als sich auf der Ofenbank ein ruppiger Waldbär meldete. Er goß ein Gläschen Schnaps hinter den Bartfetzen und röchelte daraufhin, daß er bei den Kaiserlichen gewesen sei und daß die Wienerstadt wenigstens zehnmal größer wäre, als Hoisendorf. Worauf die Wirtin ihn einen Prahlhansen hieß. Auf dem Wandschrank lag ein Buschen Zeitungen, ich suchte mir aus Langeweile die neueste Nummer hervor. Und weißt du, wo sie jetzt sind, die guten Hoisendorfer, mit ihren Neuigkeiten? Bei der Ermordung des Präsidenten Carnot am 25. Juni 1894. Die Weltgeschichte, bis sie in Wochenblättern und Kalendern ins Hinterland bringt, ist gut abgelegen. Hingegen wird nichts mehr dementiert.

Soeben geht der Kurier ab. 's ist der Bandelkrämer mit drei Füßen, wovon einer hölzern und zwei gichtisch sind. Das ist die Post nach Kailing, die gleichzeitig auch den Güterverkehr besorgt. Wahrlich, das ist das Majestätische an diesem Volke — es hat's nicht eilig. Es kann warten, es steht fest. — Der Dreifuß nimmt sie mit, diese Epistel von eurem noch immer vazierenden

Bauernknecht.

Adamshaus, am dritten Sonntage.

An Herrn Doktor Stein von Stein, den Herausgeber der „Kontinental-Post"!

Ich zerschmettere dich, Imperator! Ich bin Bauernknecht! Mein Aufenthaltsort im Adamshause bei Hoisendorf, Almgai — wohin auch die „Kontinentale" zu schicken ist. Für den Nachruf in der letzten Nummer danke ich recht schön. Bis das Jahr sich kreist, wird euch der Spott vergehen. Für weiteres bin ich jetzt nicht aufgelegt.

H. T.

An Herrn Professor A. Simruck, Dr. phil. in M.

Adamshaus im Almgai, am 17. Januar 1897.

Lieber, alter Freund!

Dem Zeitungsschreiber war dein Neujahrsgruß vermeint gewesen, jetzt hat der Brief an zwei Wochen im Lande umhergesucht, und wo findet er deinen Hans? Ich bitte dich, denke nicht gleich an Verrücktheit oder dergleichen. Es geschieht heutzutage so viel Kluges auf der Welt, das weitaus närrischer ist, als die aufgelegteste Verrücktheit. Nach Kreuz- und Krummfahrten kam dein Brief eines Tages zu einem halbeingeschneiten Bauernhause des Gaigebirges, eine Stunde und darüber vom letzten Weiler entfernt. In diesem Einödhofe lebt dein Adressat, und zwar als Stallknecht, eingestanden für das ganze Jahr. Es ist kein Faschingsscherz, es ist leidiger Ernst. Schenke mir nur Geduld, daß ich mich dir aussprechen kann.

Jetzt erst danke ich dir, Alfred, daß du unsere Schulbankfreundschaft hochgehalten hast bis zum heutigen Tag, denn ich bin unglaublich einsam geworden. In den Wochentagen werde ich meine Arbeit haben als herben Kameraden; vor der Sonntagsruhe nur bangt mir, wenn das törichte Herz nach einem brüderlichen Mitdenker und Mitfühler schreien wird, und es ist nichts ringsum, als ein armes einfältiges Hausgesinde, das mit seiner eigenen Lebensnot zu tun hat. Und weiter nichts, als der kalte Winter und die starren Berge. In solchen Stunden laß mich zu dir flüchten, du lieber, herzgoldener Kerl, daß ich mich schriftlich ausplaudere, ausfluche, auslache, vielleicht auch —. Nein, weinen werde ich nicht, das habe ich mir vorgenommen. Was ich dir allsonntägig zuschreiben werde, kann ich ja heute nicht wissen, was es auch sei, aufrecht will ich stehen. Mühe wird's wohl kosten, dir es beizubringen, wie das so hat kommen müssen! Es ist ja so viel Unsinn dabei, so viel Unerhörtes — solltest du am Ende dahinter auch ein klein bißchen Tapferkeit finden? Wenn ja, so bitte ich dich, sag' es mir ins Gesicht. Wenn nicht einer ist, der es mir allwöchentlich hochgemut zuruft: Recht hast du! Brav bist du! Tapfer bist du! Aushalten! — so weiß ich nicht, wie das enden wird.

Fällt dir nichts auf? Als könnte der Schreiber dieser Zeilen froststeife Finger haben? Als sei das Parfüm des Briefpapiers ein ganz eigenartiges? — Nun, ich will dir erzählen. Hast du erst den Grund, dann versteht sich alles von selbst. Weil das eine geschah, hat das andere geschehen müssen.

Das eine geschah in jener Weinstube „Zum Roten Krug", dort, wo wir bei deinem Besuch im Herbste den göttlichen Rüdesheimer getrunken haben und wo — wie du weißt — der Generalstab der „Kontinental-Post" sein Hauptquartier hat. Die Herren sind großartig — im Krug! Da ist es nun am Tage des heiligen Leopold, daß ich nach dem dritten oder vierten Glase Jungwein den Mund etwas zuchtlos werden lasse und als Redakteur des volkswirtschaftlichen Teiles mich über eine kleine Maßregelung verbreite, die mir ein paar Tage vorher widerfahren war. „Hol's der Kuckuck!" sage ich. „Nicht genug, daß man gegen seine Überzeugung eine solche Geld- und Handelspolitik treiben muß! Dem braven Landwirt das Blut aussaugen, und andere Volksschichten damit mästen, dafür, daß sie Homunkeln erzeugen! — Der Jungwein sprach's, verantwortlich aber wollten sie mich machen für das heillose Wort. Darob fängt's in mir an, immer mehr zu kochen. „Ja, Homunkeln!" und die Faust auf den Tisch. „Wer noch Menschen sehen will, aufs Land hinaus in den Bauernhof, in die Hirtenhütte!" —

„Salomon Geßner!" ruft einer.

„Ich bitte euch, bleibt mir jetzt mit den Hebräern vom Leibe!"

Aus dem losbrechenden Gelächter vermute ich sofort eine Blamage. Hättest du an den alten schweizerischen Süßwurzelstecher gedacht, wo sich so viele zeitgenössische Salomone deiner gütigen Erinnerung empfehlen? Also kurz, die Sache wurde weiter gekratzt und auf einmal fiel das Wort: „Der Bauernknecht ist trotz allem ein echterer Mensch, als etwa ein Bankier, dessen Beruf es ist, Geldpapierfetzen durch seine Finger gleiten zu lassen, die noch wesentlich unsauberer sind, als so ein Bauernkittel. Ist sicher auch ein sittlicherer Charakter, als zum Beispiel ein Zeitungmacher, der seinen papiernen Mantel fortwährend nach dem Winde drehen muß." Gesagt hatte es wieder der vermaledeite Jungwein. Der Herausgeber der „Kontinental-Post", unser Herr Doktor Stein von Stein, ließ auf seinem glatten Komödiantengesicht ein liebliches Grinsen merken, das wir von den Honorarabzügen her so gut kennen, und sagte sanftmütig: „Den Herrn Trautendorffer wird ja nichts hindern, die korrumpierte Zeitungwindmacherei mit dem sittsamen Bauernkittel zu vertauschen."

Ich fahre auf: „Warum denn nicht? Wenn die Herren etwa glauben, daß bei mir der Mund stärker sei als der Arm — gut!" Sofort eine Flasche Rüdesheimer, denn für den Schwung dieser Angelegenheit war der neue Binnenlandwein zu trivial. Etliche Herren mochten eine weitere, unliebsame Steigerung befürchten und suchten den Wortwechsel ins Heitere zu ziehen. Ich fühlte mich gekränkt und ließ mich nicht beruhigen. Da schlugen sie eine Wette vor: „Der Trautendorffer soll den Gegner schlagen und sich auf eine Woche lang als Bauernknecht verdingen."

Und ich: „Auf eine Woche lang? Auf ein Jahr!"

Daraufhin trommelte Doktor Stein von Stein mit den Knäufen der Fingerringe ein bißchen auf der Tischplatte und sprach sehr feierlich: „Wenn unser Herr Hans Trautendorffer draußen auf dem Dorfe bei den Idealmenschen das kommende Jahr 1897 vom Anfang bis zum Ende als gewöhnlicher Bauernknecht zubringt, so werde ich mir am 1. Januar 1898 gestatten, ihm eine Ehrengabe von zwanzigtausend Kronen in bar zu überreichen. Wenn unser Herr Trautendorffer den sittlichen Charakteren auch nur einen Tag früher entlaufen sollte, so würde er zwei volle Jahre lang ohne Gehalt bei der ‚Kontinental-Post' den Mantel nach dem Winde drehen!"

„Genagelt und gesiegelt!" rufe ich zustimmend.

„Dann wollen wir es nur noch beim Notar aufstellen lassen."

„Ganz überflüssig. Drei Zeugen sind gegenwärtig. Ich gebe mein Ehrenwort!"

Erschrickst du? — Ich war ja selbst erschrocken am nächsten Morgen und Kollege Doktor Wegmacher meinte, Weinlaunen-Abmachungen hätten keine Gültigkeit.

„Sie haben eine!" fuhr ich ihn wütend an. „Das Ehrenwort laß ich nicht lumpen!" —

Es sollen ja ein paar Tropfen Bauernbluts in mir sein, auf Umwegen. Vom dritten Glied aufwärts mütterlicherseits — will mein Oheim gewußt haben. Nun, so wollen wir sie halt versuchen, die Renaissance. Ich habe schon manches mitgemacht auf diesem Erdenhaspel. Der Schmied hat zum Glücke noch etwas Eisen in mein Blut getan, der Soldat Kurasch und Gehorsam, der Zeitungschreiber die nötige Wurstigkeit — lauter Dinge, die dem Bauernjodel bekommen werden. Vielleicht gelingt's, diese bereits schäbig werdende Menschenseele auszulüften, der Lohn ist auch nicht schlecht und dann tue ich mir auf etliche Jahr einen guten Tag an.

Also ist es beim trotzigen Ernste geblieben und anfangs Anno dieses bin ich gegangen. Einfach großartig bin ich ausgezogen in meinem Touristenanzug und mit dem Handbündel voll irdischer Güter, die man an den Stock steckt und über die Achsel wirft. Die Herren suchten solche Schicksalswendung immer noch auf einen Ulk hinauszuspielen, ich wandte ihnen den Rücken und ging.

Aber geplagt hat's zuerst, der Satan noch einmal! Länger als vierzehn Tage lang umherstromern — brotlos. Gar viel länger hätt's nicht mehr gelangt, so wär's zum blanken Betteln oder zum Stehlen. Da habe ich mir gedacht, machest einen Knoten im Sacktuch und lästerst nicht gleich, wenn ein armer Landstreicher vor dem Gendarmen daherspaziert mit dem haltbaren Armband.

In einem Gebirgsweiler, Hoisendorf im Almgai, habe ich mich schlechten Wetters wegen ein paar Tage aufgehalten und in dieser Gegend scheint dein Sonderling kleben zu bleiben. Dort im Wirtshause tat ich mit einem jungen Manne, der mir wie ein blatternarbiger Forstgehilfe vorkam, Karten spielen. Blatternarbige Gesichter haben mir immer gefallen, sie zeugen von einem glücklich ausgefochtenen Duell mit dem Sensenmann. Nur die Augen, die wasserblauen, waren mir an diesem Forstjungen zu stadtmännisch, sie waren eingeglast. Dabei waren sie noch das Anmutigste an dem ganzen vierschrötigen Burschen, der die Worte schlechter warf als die Karten und mit seinen langen Armen und Beinen alle Augenblicke irgendwo anstieß. So oft er das Spiel gewann, tröstete er mich, daß ich wohl um so mehr Glück in der Liebe haben werde. Ich und Liebe! Gnädiger Gott, wo sind die Zeiten! Das heißt! . . . Die Gewinnkreuzer wollte er nicht annehmen, wir hätten ja nur aus Langeweile gekartelt, und Geldverlieren wäre noch schlimmer als Langeweile. Als ich ihm die Heiligkeit der Spielschulden dartat, die sogar jeder Lump bezahlt und sollte er soundsoviel ehrliche Leute darum prellen müssen, nahm er das Sündengeld, lud mich aber dafür in sein Haus auf eine Tasse Kaffee. Warum ich dir diesen Forstjungen so gewissenhaft vorstelle? Weil es kein Forstjunge war, sondern der Schullehrer. Und warum ich dir den Schullehrer von Hoisendorf beschreibe? Weil er mein Wegzeiger ward nach dem Orte meiner Bestimmung.

Es ist ein Schullehrer ohne. Ich neckte ihn darob. Ein richtiger Dorfschullehrer müsse ein kleines Frauchen und ein halb Dutzend Buben haben. Während des Kaffeekochens sagte er mir, weshalb die verheirateten Schullehrer lauter Buben kriegen. Das komme auf die Ernährung an. In Hyrtl will er's gelesen haben. Die Buben kommen von der Spärlichkeit, die Mädeln von der Üppigkeit. — Na, was man auf der Universität in Hoisendorf alles lernt!

„Meine Familie!" Mit diesen Worten hat mir der Schelm dann seine Bücher vorgestellt. Sie waren in einem Glaskasten wohl geordnet. Eine ehrenwerte Versammlung der Vertreter aller Richtungen, Walter Scott, Lessing, Schiller, Zola, Keller, Spielhagen, Baumbach, Bierbaum.

Wieso er als Besitzer solcher Schätze zu den Spielkarten greifen könne?

Ja, weil ich ihn gedauert hätte. Mit Büchern mache man eingeschneiten Touristen keine Freude.

„Ich bin kein Tourist. Mich müssen Sie zu den Bauern tun."

„So, so. Dann werden auch wieder besser Spielkarten passen, als Bücher."

„Bleiben also die Bücher Ihnen ganz allein?"

„— Das heißt. Es gibt schon auch hier Leute, die mitunter gerne ein Buch lesen . . ." Hier brach er ganz plötzlich ab.

Als ich ihm nach dem Kaffee eine Zigarre reichte — mein Himmel! An der umgekehrten Seite hat er sie in Brand gesteckt und plagte sich dann redlichen Fleißes mit ab, bis ich ihm den Stengel wieder aus der Hand nahm.

„Wenn Ihnen das Laster nicht Spaß macht, so lassen Sie's bleiben."

Darauf entgegnete er auffallend: „Wenn der Spaß, der manchmal dran hängt, das Laster noch immer entschuldigen möchte!"

„Nicht wahr, Herr Lehrer!"

Der Bursche war in eine absonderliche Verlegenheit gekommen und stieß unversehens den Kaffeetopf um, das braune Bächlein schlängelte sich über den Tisch hin.

„Jetzt fehlt die Hausfrau!" neckte ich, „das gäbe den schlechtesten Witz, den schönsten Verdruß und am Abend natürlich die reizendste Versöhnung."

„Wegen der paar Tropfen gibt's bei uns keinen Verdruß."

„Wie, Sie haben doch eine?"

Der Lehrer — krebsrot im Gesicht.

Und hier, mein Freund, machen wir „Fortsetzung folgt.“ Denn die Talgkerze meiner Stallaterne ist herabgebrannt, ich habe mich ganz warm und lustig geschrieben. Ich kann's nicht lassen und ich kann's nicht lassen. Am nächsten Sonntage weiteres.

Dein Hans in den Wolken.

Adamshaus, am vierten der Sonntage, die ich mit Bangen zähle und mit Leidenschaft erwarte.

Und nun, mein Freund und Professor, vollende ich das welthistorische Dokument vom Vorigen, damit du endlich erfährst, wo dein Narr eigentlich ist und wie er hierher kam.

Anstatt weiter in das Geheimnis des Lehrers von Hoisendorf zu dringen, fragte ich frischweg, ob er glaube, daß man da in den Berghäusern herum nicht irgendwo einen Knecht brauchen würde?

„Und ob!" rief er aus. „Wenn nur einer käme! Alles was arbeiten kann, geht davon, muß vielleicht davon gehen. Oder es ist sonst ein Unglück. Niemand ist, der um Geringes dienen mag, dabei alles so unwillig. Und die großen Ansprüche der jetzigen Dienstboten können von unseren armen Bergbauern nicht befriedigt werden. Es ist ein rechtes Kreuz."

„Ich wüßte einen billigen Knecht."

„Billig? Na ja, dann wird er wahrscheinlich nicht viel wert sein."

„Der gute Wille ist gewiß vorhanden, dafür kann ich bürgen. Gesund und stark ist der Kerl auch. Ein bißchen Nachsicht anfangs, die dürfte er nötig haben."

„Da könnte ich gleich einen Platz nennen," sagte der Lehrer. „Aber ganz oben bei der Alm. Die letzten Häuser. Im Adamshaus heißt's bei dem einen. Weitläufige Grundstücke und keine Leute dazu. Der Bauer ist kränklich, der älteste Sohn ist bei den Soldaten. Der jüngere ist von einem Jäger zum Krüppel geschossen worden. Der allerjüngste geht noch in die Schule. Ferner —", er steckte klirrend die Kaffeemaschine zusammen — „ist noch eine Tochter da. — Alles soweit brave Leute. Es ist traurig jetzt.“

Am nächsten Morgen waren trotz des Schneegestöbers mehrere Kinder gekommen. Alle in dicke Lappen eingemummt, so daß nur die roten Nasenzipfchen hervorlugten, und die zumeist ganz frischen Gucker. Ein schlanker, etwa dreizehnjähriger Knabe hatte sogleich, als er ins Schulhaus trat, alle überflüssigen Hüllen von sich geworfen, daß der Schnee aus denselben stäubte. Dann gab er ein paar Bücher ab. Im runden Gesicht glühte er und voller Leben war er.

„Franzel, komm her!“ rief ihn der Lehrer vor. Und zu mir: „Das ist einer von der Adamshauser Familie. — Sag' es, Junge, ist der Weg zu euch hinauf leidlich?“

„Ich bin auf dem Brett herabgerutscht,“ war der kurze Bescheid.

„Wenn du nach Hause gehst, will ich dich begleiten,“ hat darauf dein Hans zum Schulknaben gesagt.

Da blickte der Lehrer mich forschend an. Und jetzt mußte das Geständnis gemacht werden, daß ich selbst der Mann bin, der eine Dienststelle als Knecht sucht.

Nun war aber zu merken, daß der Lehrer bestürzt wurde. Dann begann er zu warnen, er hätte gemeint, ein anderer. Wenn das wirklich mein Ernst wäre — für einen Menschen wie ich sei der Platz im Adamshause nicht geeignet. Armut und Niedergeschlagenheit, um nicht zu sagen, ein wahres Elend. Wer dort oben den rauhen Wind, die ungute Kost, das schlechte Lager und die schwere Arbeit aushalte, den stelle er sich doch anders vor. Nun, es wäre lächerlich, es wäre wahrscheinlich auch nur gefoppt. Übrigens gehe der Knabe an diesem Tage gar nicht nach Hause, der bleibe bei solchem Wetter über Nacht in Hoisendorf und ich würde dazuschauen müssen, talwärts zu kommen, ehe der Schnee alle Wege vermauere.

Das hat mich nicht mehr irre gemacht. Habe mein Handbündel geschnürt, meine Wirtshausrechnung beglichen (für zwei Tage und zwei Nächte mitsamt Zehrung einen Gulden vierzig Kreuzer, wozu der Wirt noch bemerkte, daß es Einheimische billiger bekämen), und bin fortgegangen. Aber nicht talab, wie der wetterwendische Wegweiser riet, sondern talan, wie er es zuerst gemeint hatte, entlang dem Bach, der unter der Schneedecke murmelte. Das Gestöber war so dicht, daß kein Haus und kein Berg und kein Weg zu sehen war — eine weiße Nacht ringsum; wo der scharfe Wind nicht kratzte, prickelten die Flocken an den heißen Wangen. Immer dem Wasser entlang, hatte mir der Wirt gesagt, bis zu einer Mühle und dann noch zu einer Mühle und bei der dritten Mühle links den Berg hinan.

Die Mühlen kamen ganz vorschriftmäßig, aber bei der dritten war zuerst einmal kein Berg da, an den man hätte hinan können. Ich ging über den Steg, auf welchem menschliche Tritte eingedrückt waren. Diesem Pfade folgte ich bis zum Bergabhang, der aus dem Gestöber jetzt auftauchte, und quer die Lehne hinan zwischen Buschwerk und schütteren Baumbeständen, die alle ihre spitzen Schneehauben aufhatten und bisweilen eine ganze Wucht auf den Wanderer niederstäubten.

Und bei diesem mühsamen Ansteigen in der Stille des lautlos schneienden Nebels, da ist's mir in den Sinn gekommen. Wie einsam! Wie einsam doch mancher Mensch sein muß auf dieser Welt! —

Und sehe ich auf einmal durch den Schneestaub vor

mir einen Menschen. Unter einem Lärchbaum auf dem Schnee ist er gesessen. Ein Mann war's, tief in sich zusammengeknickt, auf der Achsel hatte er ein Doppelbündel, eins hinten und eins vorn. Ein vollgepfropfter Mehlsack, allem Anschein nach wesentlich schwerer als mein Handbündel. Der Mann schnaufte, wischte sich mit dem Handrücken den Schweiß von der Stirn und schnaufte und schnaufte. Jung war er nicht mehr.

Ich trat ganz zu ihm hin: „Was meint der Vater, wenn wir Bündel tauschen täten?"

Er atmete.

„Darf ich euch nicht helfen tragen?"

„Vergelt's Gott. Wer was hat, der — der soll's auch selber tragen."

„Der Vater kann ja kaum schnaufen!"

„Ist wahr, ist wahr. Der Lungendampf."

Da habe ich ihm den Mehlsack abgenommen. Vor mir ist das Männlein mit dem Stock und den unsicheren Beinen im flaumigen Schnee aufwärts gestiegen. Und hat nicht gefürchtet, daß der Fremde mit dem Bündel davonlaufen könnte. Immer stehenbleiben hat er müssen, und atmen, immer atmen. — Und zu dieser Stunde, mein Alfred, hat's in mir einen Schnapper gemacht.

Wie der arme, mühselige Mensch so vor mir ansteigt, entlastet, erleichtert, weil ich der Mühlesel bin, da trifft's mich urplötzlich: Das ist's! — Alles, was du bisher erlebt, erstrebt, geleistet hast, Hans, es ist nichts. Spät bist du dran, aber du bist dran. Was du jetzt tust, das ist das erste Tagewerk deines Lebens. — Und ist mir so warm geworden hinter der mageren Geldkatz', und ist mir so helle geworden, als hätte jemand Freudenfeuer angezündet im Hirnkasten und in allen vier Kammern des bekannten Pumpwerkes zugleich. Hans! hat's gerufen, wie die Stimme meiner seligen Mutter, wenn sie uns Kindern aus der Postille las: Hans! den Mühseligen und Beladenen hilf tragen! —

O mein Freund! Was ist in diesem Augenblick nicht alles zusammengebrochen von dem Trödel! Die „Kontinental-Post" hat unser Doktor Stein von Stein letzthin auf anderthalb Millionen Gulden gewertet, dabei nicht einmal den „unermeßbaren moralischen Wert" mit einbeziehend. Aber ich sage dir, es gibt Augenblicke im Leben, wo ein Mühlesel . . .

Doch es müßte einer sein, der auf seine Mühleselei nicht sofort hoffärtig wird.

Der Reihe nach kann ich jetzt gar nicht erzählen, so stürmisch ist's noch in mir. Kann's immer noch nicht begreifen, wie es möglich ist, hier in einer vom anstoßenden Ochsenstall erwärmten Kammer auf einem dreifüßigen Rundstuhl zu sitzen und auf der wurmstichigen Gewandtruhe meinem Freunde in die ferne Stadt zu schreiben, in die ferne Stadt, die wie ein Traum ist. Mit diesem selben Stifte habe ich vor wenigen Wochen doch noch so vorwitzig und aufgeblasen von Volkswirtschaft geschwatzt? Nicht? Du glaubst es nicht, Alfred, wie dumm der Stadtmensch ist, wenn er klug über ländliche Verhältnisse reden will!

Ich sage dir nur, das Herz möchte einem ausbluten. Es ist ein heiliges Elend. — Mit Frevelhaftigkeit, däucht mich jetzt, bin ich in einen Lebenskreis gesprungen, in dem vor der Größe der Sorgen und des Leidens jedes frivole Wort auf den Lippen erstarrt. Heute finde ich nimmer den Ton, den Herren der „Kontinentalen" zu schreiben. Seit ich über die Schwelle dieses alten Patriarchenhauses getreten bin, muß ein Schlagbaum niedergefallen sein zwischen mir und jenen losen Vögeln. Weiß nicht, bin ich krank oder gesund worden. Sie würden witzeln: Er hat sein Herz entdeckt. — Ich weiß nicht, was werden soll, ob es nur eine windige Stimmung ist oder ein mannbares Aufrichten. Alfred, bleibe du jetzt neben mir stehen. Erlaub', daß ich dir alles mitteile, was an mich prallen wird, was in mir wach wird, hilf mir über dieses Jahr hinweg. Es ist ein abenteuerliches, ein dunkles Jahr. Wache du, daß ich den Faden nicht verliere, der mich leiten und wieder hinausführen soll zum richtigen Tor. Wenn du meine Hand jetzt fassen könntest, noch hat sie nicht die lederfesten Schwielen! sie hat an der Innenseite Stellen, die sich häuten, die noch schmerzen, an meinen Schultern und Hüftknochen blaue Flecken. Und sie sagen, das, was in diesen wenigen Tagen war, sei noch gar keine eigentliche Arbeit gewesen.

Mein Vorsatz, auszuhalten, steht leidlich fest — zeitweise. Nur gestern abends, liegend im Holztrog auf dem Strohkissen, mit übelriechenden Schafhaarkotzen zugedeckt, von der Wand, von der Decke Wasser auf mich tropfend, in meinen Eingeweiden die Roggenklöße und die mit Speck geschmälzten Bohnen wühlend — da hub es an, in mir zu zagen. Wie jedoch am heutigen Frühmorgen die Sonnenscheibe herauskam über den kahlen flachen Almrücken und wie das winterliche Gebirge in purpurner Verklärung dahingetragen stand unter dem blauen Himmel, während unten in den Gräben und draußen in den Tälern das bleigraue Geschiebe des Nebels lag — da habe ich dir jauchzen müssen. Mein Hausvater hat ein verwundertes Gesicht gemacht, daß es noch Knechte gibt, die jauchzen. Früher wäre das wohl vorgekommen, aber jetzt täten die Leute lieber fluchen. Das hielten sie für vornehmer. — Offen gesagt, will ich mir auch das Fluchen nicht verschwören. — Wenn's Herzerleichterung macht, warum nicht? Ein zorniges Beten, was ist es denn anders?

Du merkst, daß ich schon anfange, die bäuerlichen Laster zu verteidigen. Sollte ich mich mit der bäuerlichen Tüchtigkeit auch so leicht befreunden, dann müßte man mich bei der nächsten landwirtschaftlichen Ausstellung prämiieren lassen und in ein Raritätenkabinett stellen: Belieben hereinzuspazieren, meine Herrschaften! Hier ist das achte Weltwunder zu sehen: Ein Stadtherr, der Bauer geworden ist! — Na nu! Journalisten-Bummelwitzigkeit! Will schon fleißig mit Kuhmist desinfizieren, daß das Ungeziefer nicht wieder überhand nimmt.

Mein Hausvater hat keine Ahnung, welches Ungeheuer unter seinem Dache haust. Von diesem Hause und von diesen Leuten will ich dir das nächstemal berichten. Der Brief muß doch endlich ab.

Ich bitte dich um eins, Professor, teurer Doktor der Philosophie — verlaß mich nicht! Dein Hans.

Adamshaus, am fünften Sonntage.

Dank, mein Freund, und ewigen Dank für dein Schreiben, für deinen Zuspruch. Weil du mich nur keinen Toren genannt hast. Alles andere erträgt sich. An meiner Willenskraft, hoffe ich, wird's nicht fehlen. Einmal ein Jahr lang zu unserm Herrgott in die Schule gehen! Ein besseres Wort hättest du mir nicht können sagen. Und daß mich wohl das Mitleid in dieses Haus gebracht hätt', stimmt auch zur Not.

Wie vor ein paar Wochen einem erschöpften Mann der Mehlsack abgenommen und herauf zu seinem Hause getragen worden ist, das meinst du. Es war der Adamshauser, von dem vorher der Schullehrer gesprochen. Sein Hof, hoch an der Bergstirn, liegt unter alten Ahornen fast stattlich da. Als wir ins Haus traten, wies der Bauer mit beiden Händen auf mich und rief in kurzen Atemstößen seinem Weibe zu: „Der da! Wenn er hätt' wollen, hätt' er mir mit meinem Mehl zum Teuxel gehen können. Ich wär' ihm heut' nit nachgelaufen. Weil's mich wieder hat. Meinen Rauch, Mutter!"

Gab das Weib zurück: „Wie ich halt sag'! Weltfremde Leut' sind immer einmal besser, als wie die lieben Nachbarn."

Dann nahm sie eine Blechpfanne mit glühenden Kohlen, tat getrocknetes Kraut hinein, hielt sie dem Manne, der in einen Lehnstuhl gesunken war, vors Gesicht. Den aufsteigenden Rauch atmete er ein. So ein paar Minuten lang, dann stemmte er die Hände seitlings an die Brust, atmete hoch auf und sagte: „Gott sei Dank, vorbei ist's wieder!"

Nun mischte ich mich mit der Frage ein, was sie denn in der Pfanne verbrannt hätten?

„Hexenkraut!“ antwortete das Weib.

„Ist nit so schlimm wie der Name,“ setzte der Mann bei, „für den Lungendampf gar kein besseres Mittel. Jetzt sollt Ihr wohl Euren Rock austun und rasten. Und die Stiefel abklopfen, sonst tun sie so viel nassen. Endlich ist er doch da, der Winter. Das Jahr hat man schon gemeint, es kommt keiner.“

„Wenn Ihr an Asthma leidet, solltet Ihr Euch doch schonen und einen Knecht in die Mühle schicken?“ So ich.

„Einen Knecht? Hab's eh getan? Hab's eh getan.“

„Das ist gewiß,“ gab das Weib bei, „weil er selber sein Knecht ist. Und sein bester auch noch.“

Das grauende Haar strich er mit flacher Hand über die Stirn herab und fast munter guckte er drein über den Spaß, daß er selber sein bester Knecht sei. Bald habe ich allerlei erfahren. Der älteste Sohn ist in Laibach Soldat. Der andere liegt im Nebenstübel und wimmert.

„Auf den ist so viel geschossen worden!“ sagte das Weib.

„Auf den Soldaten?“

„Aber nein, auf den andern. Es geht nit recht her auf der Welt.“

„Laß es gut sein, Mutter,“ wies der Mann zurecht. „Mir ist es lieber, wie es ist. Es kunnt ganz anders sein. Im Kotter kunnt er sitzen, anstatt da drinnen liegen. Er hätt' sich abscheulich vergessen können. Wenn einer so vor dem Jäger steht. Auf ja und nein kann ihn Gott verlassen!“

„Was hätt's denn gemacht?“ rief das Weib erregt und mit den krummgebogenen Armen zitternd, „wenn sie den einen Buben beim Militari zum Leutderschießen einlernen, so wird der andere sich wohl auch um sein Leben wehren dürfen!"

„Mutter," beschwichtigte er, „mußt nit wieder sper werden. Wenn sie eh so bös brennt, die Wunden, wenn sie eh so bös brennt! Mußt nit auch noch alleweil Scheidewasser draufgießen. Ein Lackerl Milch, wenn du ihm kochen wolltest. Dem da. Fürs Mehltragen, daß er so gut ist gewesen. Und ich muß jetzt zum Vieh."

„Ihr habt wohl eine große Wirtschaft?" So meine Frage.

„Zum Prahlen wär' sie zu klein und zum Dermachen ist sie zu groß."

„Dann solltet Ihr doch einen Knecht nehmen."

„Nehmen!" kreischte sie lachend auf. „Das ist leicht gesagt."

„Es ist halt keiner zu kriegen," setzte er bei.

Sagte darauf ich: „Manchmal gäbe es ihrer vielleicht doch."

„Und keiner zu bezahlen!" so er.

„Und keiner zu köstigen und zu gewanden!" so sie.

„Tun ja hell brandschatzen, die Dienstboten, heutzutag," so er.

Und sie: „Zu schlecht ist ihnen schon alles. Haben im vorigen Sommer zum Heuen so eine Gnad' gehabt, eine zweifüßige. Eh von der Nachbarschaft einer. Ein ausgedienter Soldat. Beim Militari, vom Hauptmann abschanden lassen wie ein Mistbub, aber daheim vom Hausvater kein ungeschaffen Wörtel annehmen. Solche Dienstleut'! Da arbeit' ich lieber Tag und Nacht selber. Ist ja wahr auch! In der Kasern', ja, da lassen sie sich das Hungerleiden schön gefallen, aber nachher auf der Bäuerei stoßen sie die Erdäpfelschüssel mit der Faust über den Tisch hin: Das wär' ein Fressen für die Säue! Mein Lebtag hat mir noch keiner mein Essen verschmäht, als wie der. Aber dem kommt's heim. Dem kommt's noch heim. Denkt's, daß ich's gesagt hab'!"

„Tu' dich nit anzünden, Mutter," beschwichtigte wieder der Bauer. „Ist eh arm dran, so ein Mensch, wenn sein schwacher Magen nit einmal mehr ein Erdäpfelsterzel verkochen kann. Nit einmal ein Erdäpfelsterzel!"

Jetzt habe ich mir einen Anrand genommen. „Bauersleute," sage ich, „wenn euch mit mir geholfen wäre. Ich habe schon allerhand probiert auf der Welt, Hartes mehr wie Leichtes, so wird mich das Bauerndienen auch nicht umbringen. Wenn ich auch kein Geborner bin. Was man nicht kann, das lernt man und was einem etwa nicht taugt, das gewöhnt man. Um Kost und Schlafstatt werde ich nicht greinen, und Jahrlohn, was ihr leicht mögt. Nicht etwa, daß mir just ums Winterdach zu tun wäre, will auch im Sommer bei euch bleiben und wegen keiner schweren Arbeit verzagen. In allem Ernst, Leuteln, wenn's euch recht ist, so bleib' ich da."

So, mein Freund, habe ich mich hinwerfen müssen, ist das nicht tapfer gewesen? Und habe dabei gar nicht einmal auf mein Ehrenwort gedacht, als vielmehr, daß mich die armen Hascher erbarmen. — Bin doch ein schrecklich edler Mensch! Wie also das gesprochen war, sind sie vor mir alle zwei dagesessen, haben sich angeschaut und nichts als angeschaut. Er hält über den Magen die Hände gefaltet und endlich ist er doch so weit, zu sagen: „Da weiß der Mensch gar nit, wie ihm geschieht."

Sie hingegen hat ein schlagenderes Wort. „Richtig

wahr," sagt sie, „mehr kunnt ein Spitzbub auch nit versprechen."

Aber er: „Ungeschickt, ungeschickt, Mutter! Wenn's ein schlechter Mensch tät' sein, wär' er mir mit dem Mehlsack davon, unten auf der Brandlahn. Weißt, wie sie voriges Jahr dem Gleimer-Stindl die Kasbutten weggenommen haben. Unser Herrgott ist hoch oben und der Schandarm weit weg."

Ein förmliches Gericht war's, das ich über mich habe ergehen lassen müssen. Nachdem sich das Paar noch um mancherlei erkundigt hatte, nicht zuletzt nach meiner Religion, kam es endlich dahin überein, dieser weltfremde Mensch müsse rein von der heiligen Nothburga geschickt worden sein, zu der sie, wie ich nun weiß, jeden Abend beten um Beistand.

„Machen wir's halt so," sagte der Adamshauser endlich, „wenn's schon dein freier Willen ist — jetzt sag' ich halt gleich: du. Aber fürs ganze Jahr festbinden, das nit. Heut' taugt's dir in der warmen Stuben, morgen kunnt schön Wetter sein und deine Füß' hübsch ausgerastet. Und bleiben wir beisammen, so hat man halt sonst vierzig Gulden Jahrlohn gegeben und das Gewand. Ist freilich nit viel. Bleibst halt so lang du magst." —

So, alter Freund, jetzt hast du sie gesehen und gehört, meine neuen Hausherrenleute.

Willst du auch den Hof sehen? Auf der Höhe eines Bergausläufers liegt er gar behäbig da mit seinen braunen Holzwänden und den weit vorspringenden Bretterdächern. Vor dem Hause senkt sich die Feld- und Wiesenlehne bis ins Engtal hinab zum Bache. Neben dem Hause kahle Laubbäume, die im Sommer wahrscheinlich grünen werden. Hinter demselben, gegen die Almen hinan, kümmerlicher

Nadelwald. Seitlings hin ein mit Buschwerk bewachsener Rain, wo unter einer Altfichte ein zweites Haus ist, das zum Hof gehörige Ausgedingegütel; jetzt steht es leer. — Die Haustüren sind so eingerichtet, daß jeder Eintretende sich tief verneigen muß vor den Inwohnern, sonst stößt er sich den Schädel entzwei. Aber auch den Ausblick in die weite Welt gestatten die niedrigen, mit gekreuzten Eisenspangen vergitterten Fensterchen nur in Stellung der Demut. Auf dem Drambaum in der Stube des Adamshauses steht die Jahreszahl 1650. Das ist gar nicht lumpig! Die große Stube ist Küche, Eßzimmer und Wohnraum für alle, auch für die Hühner, deren Käfig unterhalb des Herdes in der Mauernische sich befindet. Außerdem hat das Haus noch etliche Kammern für Schlafstellen und Vorräte. An der Außenwand ein paar Bienenstöcke, die leer sind. Die Ställe und Scheunen sind weitläufig und deuten auf eine große Wirtschaft in früherer Zeit. — So, nun kennst du auch meine jetzige Heimstätte.

Mir ist eine Kammer neben dem Ochsenstall angewiesen worden, „dem Valentl seine". Kommt er auf Urlaub heim, so heißt's umsiedeln. Das Innere der Apartements will ich dir später einmal beschreiben, jetzt heißt's Berufsinteressen voran. Der Hausvater hat mir schon am zweiten Tage all seine Schätze gezeigt: Heu, Stroh, Getreide, Hafer, Flachs, Hanf und mit besonderem Stolz den großen Dunghaufen im Hofe. Mühe wird's schon kosten. Augenblicklich ist mir der Unterschied zwischen Roggen und Gerste, zwischen Flachs und Hanf nicht klar. Beim Vieh wird's einigermaßen leichter gehen, obschon mir heute noch unbegreiflich ist, wie man zwei schwarze Lämmer oder zwei scheckige Kalben von gleicher Größe soll unterscheiden können. Meine Hausgenossen haben das auf den ersten Blick los und es scheint, daß die Tiere für ein geübtes Auge ganz die individuelle Physiognomie haben, wie die Menschen. Ein Hirte soll aus Hunderten von Schafen jedes für sich erkennen.

Meine erste Obliegenheit wurde das Abfüttern der Ochsen, Kalben und Schafe. Das ist aber nicht etwa, als ob man ihnen Heu oder Gehacktes nur gleich so hinwerfen dürfte wie in einer schlampigen Menagerie. Die Haustiere haben ihre Geschichte, ihre Kultur, ihre Pflichten und Rechte und sind nicht gesonnen, sich wie wilde Tiere behandeln zu lassen. Da gibt's des Tages bestimmte Mahlzeiten und eine genaue Zubereitung von Heu, Rüben, getrocknetem Laub mit Aufguß, Heublumenmehl, Salz usw., was für den Neuling um so schwerer zu treffen ist, als weder geschriebene Rezepte noch Kochbücher dafür vorhanden sind.

Und nun sage ich dir, Philosoph, daß solcherlei noch gar nichts ist, nicht einmal der Anfang. Aus den flüchtigen Andeutungen, die mein Hausvater mir bisher gemacht hat, merke ich, daß die Kenntnis des Bauernwesens eine ganz respektable Wissenschaft bildet — in allem Ernste. Und eine Kunst noch dazu, denn das muß nicht bloß verstanden, es muß auch ausgeführt werden. Das wird plagen. Wenn der „Volkswirt" im Zeitungsblatt einen Stiefel sagt, so rührt sich darüber keine Katze und der Schreiber ist ein gelehrter Mann. Wenn aber der Bauer einen Unsinn macht, so fault das Heu in der Scheune, schimmelt das Korn im Sack, verreckt das Rind im Stall. Ja, Bauer, das ist was anderes!

Nun möchte ich dir aber vom ersten Tage noch etwas erzählen. Da war mir ganz eigentümlich zumute. Als die Hausmutter das Herdfeuer anzündete, setzten wir uns auf Bank und Block um den Herd, weil des Aufrechtstehenden Haupt zu hoch in das graue Gewölk des Rauches hineingeragt hätte. Dieser Rauch fließt nur langsam durch einen Wandschuber ab, ins Vorhaus, wo er durch einen Holzschlauch übers Dach hinausgeführt wird. Der Hausvater fettete ein paar derbgebaute Schuhe mit Schweinsschmiere ein. Die Hausmutter schmorte in der Pfanne Kartoffeln und mir war die Aufgabe zugefallen, von einem großen Schwarzbrot Suppenbrocken abzuschnitzeln für das bevorstehende Nachtmahl. Plaudersam waren wir gerade nicht. Mich schützte vor Langeweile nur die Mühe meines Brotbrechens. Die Hausmutter merkte meine Unbeholfenheit und sprach: „Du — du! Wie heißt du denn?"

„Hans, wenn's recht wär'."

„Du, Hansel, ich sag' dir was. Deine Brocken werden zu dick! Du kannst es nit recht!"

Na, gute Nacht, Knecht! Wenn du das Brot nicht einmal aufschneiden kannst, wie wirst es erst verdienen können!

Rief in der Nebenkammer plötzlich jemand nach der Mutter. Sie ging hinein. Durch die offene Tür sah ich, daß es da drin ganz feierlich war, wie in einer Kapelle. Ein weißgedeckter Tisch, auf dem ein Wasserglas mit brennendem Öllicht stand. An der Wandecke Heiligenbilder, kleine bunte böhmische Glasmalereien. Daneben ein hochgeschichtetes Bett, in dem ein junger Mensch, an dem Kissen lehnend. Auf der blauen Decke hatte er seine rechte Hand liegen. Die war mit Lappen umwunden. Das Gesicht glatt, fein und weiß wie eine italienische Marmorarbeit; aber große, dunkle Augen, an der Oberlippe einen Bartschatten. Zwischen den zuckenden Lippen schimmerten Zähne, das braune Haar üppig, verworren, es wühlte die linke Hand drin. Wie man manchmal schon alles so auf einmal sieht. Ein bildschöner Mensch.

Der hatte nach der Mutter gerufen. „Ist die Barbel nit da?“ fragte er.

„Was willst ihr denn, Rocherl?“

„So viel weh tut's wieder.“

„Sei getröstet, Kind,“ sagte die Mutter. „Ich will dir frisches Schusterpech auflegen und nachher wieder gut einbinden.“

„Dank Euch Gott, Mutter. Aber die Barbel — die, soll's tun. Bei der Barbel tut's nit so weh.“

„Sie tut halt noch haarkampen draußen in der Hinterstuben.“

Am Ende, mein Professor, weißt du jetzt nicht, was haarkampen heißt: Gebrochenen Flachs durch die Hechel ziehen, um die Agen abzustreifen. — Endlich weiß ich einmal mehr als du. Das tut wohl!

Ich bin dann hineingegangen und habe mir die Schußwunde zeigen lassen. Knapp hinter dem Gelenke ein rundes Loch, mit gestocktem Blute verstopft, die Haut ringsum gerötet. Eben war das Pflaster, eine schwarze, zähklebrige Masse, losgelöst worden. Auf meine Frage, ob die Kugel schon entfernt sei, hieß es, das Schusterpech werde sie schon herausziehen.

Nun kam das Mädel herein. Auch die muß sich an der Tür bücken, so groß ist sie. Aber sie bückt sich nicht oben, sondern unten — ein Knixlein und durch ist sie. Wie Leute nur so schlank und so gerade wachsen mögen, wenn sie sich jeden Tag unzählige Male einschnappen müssen! Im Arm hatte sie Flachssträhne, die legte sie sorgfältig über eine Stuhllehne; auf dem Kopfe hatte sie einen alten schwammigen Filzhut, den hing sie flink an den Wandnagel.

„Bist schon brav, Barbel, daß du auf meinen Bräutigamhut schön acht gibst!“ lobte der Hausvater. „Wohl,

wohl, in dem Hut hab' ich deine Mutter in die Kirchen geführt. Selben hat ein sauberer Buschen drauf gesteckt und heut' sind die Schaben dran. Herentgegen ein frisch Gesichtel darunter, das macht auch einen schäbigen Hut schön. Na halt ja, einen Spaß muß man auch haben."

Dieser gemütliche Stolz auf seinen Bräutigamhut und auf seine Tochter stand dem Alten entzückend. Schon deswegen müßte man ihn gern haben. Jetzt besah ich mir aber auch die Barbel.

Himmelkreuzstern, Doktor, das ist ein Mädel! —

Hans.

Adamshaus, am sechsten Sonntage.

Beim Mädel, nicht wahr, bin ich stehen geblieben, das vorigemal.

In deinem Speisezimmer hängt ein Bild von ihr. Du nennst sie die „Sixtinische". Wahrlich, nichts fehlt unserer Barbel dazu, als das Kind. Bei euch drin in der Stadt wäre ein solches Wesen unmöglich. Unmöglich, sage ich dir! Die begehrenden Männeraugen hätten diesen Hauch versengt. Es ist noch der Reif der Traube an ihr. Sie hätten den Schmelz dieser Augen ausgesogen, diese Lippenknospen versehrt, sie hätten diese reine, herbe Seele längst zu einem koketten Damengeistlein gemacht. Obschon das gar nicht möglich zu sein scheint. Ich gönne das Mädel keiner Stadt und keinem Palaste, ich gönne es niemand, auch dir nicht — auch mir nicht. Ich stehe abseits und betrachte es voller Ehrfurcht, das dumme Ding, das seit drei Wochen kaum dreißig Worte zu mir gesprochen hat. So ernsthaft und verschlossen sein, wenn man so lachend aufgeblüht ist! Nur mit dem Rocherl scherzt und herzt sie, mit dem durchschossenen Bruder. Wenn das Mädel bei ihm ist, tut ihm kein Blei weh in der Hand, da lacht er und schalkt und schaut ihr so treuherzig ins Madonnengesicht, daß ich alle Wand- und Türfugen preise, obschon manchmal ganz niederträchtig der Wind durchzieht. Ich für meinen Geschmack wüßte keinen feineren Guckkasten.

Kniet sie gestern vor dem Bette, streichelt seinen verbundenen Arm und sagt voller Zärtlichkeit:

„Armes Handerl, du! Geh', sei gescheit und tu' nit weh! Ich will dir nachher zu Lohn was Schönes schenken."

„Wenn das Kügerl nit heraus will!“ meint der Bursche.

„So soll's drinnen bleiben. Hat der Mensch so viele Knochen im Leib, wird er wohl auch ein bissel Blei vertragen mögen.“ So spaßet sie.

„Was halt nit hineingehört, das tut kein gut,“ sagt er traurig.

„Mußt nit verzagt sein, Rocherl,“ tröstet sie, „immer eins hat was in sich, was nit dazu gehört. Darf nit ververzagen.“

Ich weiß nicht, alle möglichen Nöte der Menschheit stellt sie ihm manchmal dar, damit er in Hinblick darauf seine eigene Not leichter trage. —

Nun will ich meine Feder auch auf anderen Feldern spazieren führen, damit dir mein Tagebuch allmählich ein Ganzes liefere. — Am Tage vor Lichtmeß war aus Hoisendorf herauf ein alter Mann gekommen, der hat an der Haustür einen Spruch aufgesagt, den ich zur Hälfte nicht verstanden, zur andern Hälfte wieder vergessen habe. Ich glaube, von der Muttergottes und den Heiligen hat er gehandelt und die Pointe war — Geld. Der Alte ging nämlich zu den Häusern umher, um Geld zu sammeln für die Altarkerzen in der Hoisendorfer Pfarrkirche, damit dort bei allen Gottesdiensten des Jahres Lichter brennen können. Zuerst ging er also zum Hausvater und hielt ihm ein blauangestrichenes Trühlein vor, derweilen er etwa folgenden Spruch sagte: „Unsere liebe Frau schickt mich in Euere ehrengeachtete Hütten und laßt um ein frommes Lichtmeßopfer bitten!“

Der Hausvater holte von der Wandleiste ein altes Lederbeutlein herab, nestelte eine Münze heraus, küßte sie ehrerbietig und legte sie in das Trühlein. Der Sammler kläubelte es wieder heraus, beguckte es von beiden Seiten und sagte: „Adam, du hast sonst allemal ein Zwanzigerl gegeben.“

„Ist eh eins, ist eh eins,“ sagte der Bauer.

„Sein tut's eins, aber was für eins! Sonst waren es zwanzig Kreuzer, heut' sind's zwanzig Heller! Hörst du, Bauer, Nickel nimmt keine Weih' an.“

„Und Silber haben wir keins mehr,“ sagte mein Hausvater bedächtig. „Bei den schlechten Zeiten wird wohl auch die Himmelmutter bei der Mess' mit ein paar Kerzen weniger gern zufrieden sein.“

„Paar Kerzen weniger? Ah na, das tät's nit, daß uns die Muttergottes ins Dustere tät kommen! — Tu' ich mich halt zu einer christlichen Wohltäterin wenden. Gelt, Bäuerin, ehrengeachtete, in deiner Hütten, auch dich laßt unsre liebe Frau um ein Lichtmeßopfer bitten.“

Die Hausmutter gab einen Nickelzehner, unter besonderer Bedingung, daß in der Kirche beim Schutzengelbild eine besondere Kerze gestiftet werde.

„Eine Kerze gestiftet? Für das da? Du bist spaßig, Adamshauserin!“

Nach dieser geringschätzigen Rede trat der Mann in die Kammer an den Rocherl, der auf dem Bette saß, und sagte denselben Spruch.

Der Bursche wurde rot im Gesicht, so blaß er sonst war, und schaute hilflos um sich. Denn, wie mir schien, er besaß nichts.

Da mischte sich die Barbel ein: „Wartet ein wenig, ich habe sein Geld in Verwahrung.“ Aus ihrer blumigen Gewandtruhe holte sie ein Münzlein hervor. Der Alte besah es, schnalzte mit der Zunge: „Hau, da ist ja noch eins! Adam, bei deinem sauberen Töchterl haben sie sich versteckt, die Silberschimmel! Ich glaub's, ich tät's auch. Sollten ihrer nit ein paar sein, im Nest? Wenn nit, nachher ist's so auch gut. Vergelt dir's Gott, Jungfräulein! Glück und Segen! Einen braven Mann und eine Stuben voll Kinder daneben! Für jeden Heller ein Madel, für jeden Kreuzer einen Buben, nachher wird's schon lustig in der Stuben."

Weil sich das Mädel jetzt rasch fortmachte, so sah der Lichtmeßsammler den Schulknaben, den Franzel. Der war, um seine weißen frischgewaschenen Hemdärmeln zu zeigen und sich an dem possierlichen Bettler zu ergötzen, so lange unvorsichtig umhergestanden, bis das Schicksal nun auch ihn antrat. Er machte aber nicht viel Umstände, griff in den Sack und gab zwei Heller. Das tat er mit solcher Sicherheit, als ob der ganze Hosensack voller Schätze wäre. Es war aber das erste und letzte Geldstück gewesen, ein Botenlohn vom Schulhause, wie mich däucht erfahren zu haben. Denn der Junge trägt manchmal etliche Eier hinab und was es sonst so mitunter auszurichten gibt.

Endlich, als alle übrigen abgeschabt waren, stand der alte Kracher auch vor mir fest und brummte: „Gibt der nichts?"

Ich reichte ihm einen Zehner und muß etwas von einem Trinkgeld gesagt haben. Da habe ich angezündet!

Er hielt die Münze in der breiten, runzeligen Hand: „Ein Trinkgeld? Wieso? Glaubst du, ich geh Trinkgelder betteln wie ein Nachtwachter um Neujahr? Du Racker, du! Was bist denn für einer, daß du kein Licht brauchst, beim Herrgott! Du Duster-Mannl, du! — Heb's weg, das Ding! Heb's weg!"

„Na, na, so schlimm ist es ja nicht gemeint gewesen."

„Heb's weg, sag' ich!"

„Soll auch von mir eine christliche Gabe der Kirche vermeint sein."

„Wir brauchen's nit!" Mit diesem Schrei schleuderte er das Geldstück zu Boden, daß es ein paarmal ganz entrüstet aufhüpfte.

„Trinkgeld, wie einem Nachtwachter!" Gleichsam hinspuckte er dieses Wort.

Jetzt hat mich der Hausvater in Schutz genommen: „Mußt nit, Schragerer, 's ist der neue Knecht. Ein Zugereister. Weiß halt nichts vom heiligen Brauch. Beten tut er eh fleißig."

Daraufhin hat der Mann die Münze doch aufgehoben und ins Trühlein getan. Dann noch einen gereimten Spruch, halb sagt er ihn, halb singt er ihn, und so ist er würdig zur Tür hinausgegangen.

Als letzte Post ist es mir übrigens gar rührend vorgekommen, daß diese armen Leute Geld zusammenschießen für das Weihelicht am Altare. Und am Lichtmeßfeste, als ich mit dem Hausvater nach Hoisendorf hinabgegangen, ist die ganze schier stimmungsvolle Feierlichkeit zu sehen gewesen, wie bei vielem Lichtleuchten und Orgelklang vom Kuraten die neuen Kerzen geweiht wurden, wobei auch der Lehrer, ein Licht in der Hand und lateinische Sprüche sagend, behilflich war.

Gegen mich hat er was, der Lehrer. Was weiß ich? Als wir Blicke wechselten, ich tat's grüßend, aber aus seinem Auge kam kein heiliges Feuer.

Was nun mein Dienstgeber über das „fleißige Beten" seines zugereisten Knechtes sagt — bedingungslos unterschreibe ich's nicht. Ein Mensch zur Abendstunde, wo er gewohnt ist, im „Roten Krug" bei Bier und Rostbraten zu sitzen, dann noch ins Kaffeehaus zu gehen in Gesellschaft ausgelassener Kumpane! Und soll zur selben Stunde jetzt täglich auf dem Schemel knien, die Ellbogen auf die Tischkante stützen und gemeinsam mit einer Bauernfamilie Litanei und Rosenkranzgebete murmeln! Du kannst dir's vorstellen. Nein, nicht kannst du dir's vorstellen, es ist fabelhaft trostlos! Der Teufel hat immer Geschmack bewiesen. Wenn er mit sonst nichts mehr zu vertreiben ist, beim Gebet, da fährt er ab. — Der häusliche Abendgottesdienst dauert an Werktagen gegen vierzig Minuten, an Feierabenden, sowie auch an Sonn- und Festtagen nahezu eine Stunde. Mein Sack voll Stadtsünden, den ich hübsch vollgerüttelt mitgebracht — er ist sicherlich verbüßt. Durch das Beten kaum, denn das meinige dürfte beim lieben Gott nicht viel mehr gelten als beim alten Schragerer mein Silberzehner. Durch das Knien auf dem Brette wohl auch kaum, bei dem der Kerl vierknieig dahockt. Hingegen alles sühnt das heldenmütige Ankämpfen gegen den Lachreiz. Den abscheulichen Lachreiz. Hast du es schon einmal gehört, wie Bauersleute beten? Ernsthaft betrachtet ist an diesem gottwilligen Hinmurmeln und Hindämmern einfältiger Seelen gewiß nichts Komisches enthalten; aber so ein Stadtbengel ist das Ungezogenste, Frivolste und Intoleranteste der ganzen Schöpfung. — Erst nach und nach, o Freund, habe ich das blutende Herz geahnt, womit sie unter gefalteten Händen und geschlossenen Augen beten, diese bekümmerten Menschen.

Immer einmal geschieht's wohl auch, daß sie den geistlichen Rat „Bete und arbeite" zu gleicher Zeit befolgen. Tut während des Psalters der Hausvater Späne klieben, die Hausmutter kochen, die Barbel spinnen, der Rocherl und der Franzel auf dem Tisch Bohnen säubern, die wir am nächsten Tage zu essen bekommen. Und der zugereiste Knecht? Auf den Waden sitzend wie ein Türke, brodelt er mit und trachtet es zu vertuschen, daß ihm weder das Vaterunser, noch das Avemaria wörtlich bekannt ist. Auch mir hat die Mutter einmal diese Hände gefaltet, als sie noch klein gewesen: „Vaterunser, der du bist im Himmel" In der Lehrzeit hat sich der Katechet noch ein paarmal erkundigt nach solchen Dingen, später, bei den Kaiserlichen und bei der „Kontinentalen" ist keine Nachfrage mehr gewesen.

Wenn die Unwissenheit ans Licht käme! Einige Rügen hat mir meine Aufführung ohnehin schon eingetragen. Die heillose Ungeschicklichkeit in der Arbeit wird mir jetzt zwar nicht schwer aufgemessen. Aber daß der „Zugereiste" bei Tisch weder vor noch nach dem Essen ein Kreuz zieht mit dem Daumen über Stirn, Mund und Brust; daß er beim Nockenessen die Gabel mit der linken Hand zum Munde führt; daß er die Einbrennsuppe (den Bauernkaffee) nicht aus der gemeinsamen Schüssel essen will, sondern sie vorerst auf den Teller herausschöpft; daß er Sonntags wie Werktags dasselbe Gewand am Leibe hat; daß er sich täglich mit Seife wäscht und sogar mit einer kleinen Bürste die Zähne scheuert; daß er seinen Bartwust stehen läßt, anstatt sich allsamsttägig säuberlich zu rasieren, und andere Unarten — solcherlei hat mir der Hausvater schon ein paarmal mit in aller Güte vorgehalten, die Hausmutter mit schärferen Worten verwiesen.

„Du, Hansel," sagte sie vor zwei Tagen, „mit deiner Hoffart wirst du uns noch die Kinder verderben! Wo die jungen Leut' jetzund eh allerhand Dummheiten im Kopf haben! Das schlechte Beispiel da! Ich sag' dir's, Hansel! Sobald mir der Schulbub so ein grausliches Zahnbürstel heimbringt, nachher kannst du dir um einen anderen Platz schauen. Ich leid's nit."

Was meinst du, wäre diese unwirsche Tatsache nicht etwa bei den „Fliegenden Blättern" anzubringen? Nein doch, ich will mir die Seelenkonflikte dieses Jahres nicht von der ganzen Welt verlachen lassen. — Und wirklich? Tut's es nicht auch am Ende ohne? Mein Hausvater scheuert sich des Morgens den Mund mit einem Hanflappen. Das Haar strählt er sich mit den fünf Fingern aus. Als Trinkgefäß am Brunnen benutzt er die aufgebogene Hutkrempe oder die hohle Hand. Sie entbehren nichts, nach ihrer Meinung, sie haben alles. Bis so ein Bauer von Mangel spricht, ist er schon nahe am Verhungern. Und da habe ich mir gedacht, daß der Mensch zweimal bedürfnislos ist, einmal im Naturzustande, das andere Mal auf dem höchsten Grade der Bildung. Was dazwischen liegt — daß Gott erbarm! Jeder Wunsch des Weltkindes gebärt im Augenblicke der Erfüllung sieben neue, und vor lauter Wünschen kommt es zu keinem Genießen.

In voriger Woche war so einer da. „Kramerzodl" nannten sie ihn, aber nicht etwa im Schimpfe, sie meinen damit ganz harmlos das, was bei uns ein kleiner Agent oder ein Hausierer ist. Dieser Mann hatte zwar kein grünes Bündel bei sich, hingegen aber einen illustrierten Preiskonto für allerlei schöne Sachen. Der Hausmutter wollte er ein rotgepolstertes Sofa anbindern. Sie gab zur Antwort, auf der Bäuerei brauche man kein Lotterbett, er solle sich nur selber drauflegen. — Hierauf beklagte sich der strebsame Handelsmann über Mangel an Bildung bei diesen Leuten, kam mit mir in ein Gespräch und behauptete, Bedürfnislosigkeit sei ein Zeichen der Barbarei, je höher die Kultur, je mehr Bedürfnisse. — Du, Doktor!

Wetten möchte ich nicht, daß ein gewisser Hans Trautendorffer selbst einmal Ähnliches drucken ließ. Und jetzt wäre ich am liebsten so ungebildet gewesen, den „Kramerzodl" zur Tür hinauszujagen. Sollte es denn nicht vielmehr die höchste Kultur sein, daß der Mensch genießt, anstatt vermißt? Und er seine Wünsche gerade so einzurichten weiß, daß sie ohne unverhältnismäßigen Aufwand von Kraft und — Seelenfreiheit naturgemäß befriedigt werden können? Wer künstlich Bedürfnisse schafft, wie es ein großer Teil unserer Industrie, unseres Handels tut, der schafft Unzufriedenheit. Wer sich von einem ursprünglichen harmlosen Lebensgenießen ablenken läßt und in eine Überfülle moderner Werte gerät, der ist bald ein Übersättigter und Ungesättigter zugleich. Warum dem armen Menschen tausend Fangorgane und tausend Genußherzen anzüchten wollen, wenn zwei Arme zur Arbeit und ein Herz zum Genießen bisher ausgereicht haben! Genüsse, die über den Erwerb zweier Arme oder eines Kopfes hinausgehen, müssen mit sittlichen Gütern bezahlt werden. Der vollkommene Mensch besitzt nichts und genießt alles. Wer auf jedem Holzbalken und Steinboden so gut ruht wie auf einem Sofa, dem ist die ganze Welt voll Sofas. Wem ein Trunk Wasser an der Quelle so gut schmeckt wie Johannisberger Auslese, dem sprudelt aus jedem Berge Rheinwein.

Und so sprichst du? höre ich dich fragen, mein Freund. Ja, so spricht ein Mensch, der nicht in der Üppigkeit sitzt, der harten Mangel leidet unter Leuten, denen in ihrer Art nichts abgeht. Grausam ächze ich manchmal unter den Vorstellungen der mir anerzogenen „Kultur". Gestern, nach einer schrecklichen Nacht, hatte ich schon mein Bündel geschnürt, um flüchtig zu werden. Als es aber geschnürt war und nur die Schwelle überschritten zu werden brauchte, fiel es mir ein: Schau, wie leicht das geht! Gerade so gut kannst du nach einer Stunde gehen, oder morgen, oder übermorgen! Gezwungen wäre es nicht zu ertragen. Aber im Gefühle der Freiheit! — Das Bündel wurde in den Schrank zurückgeschleudert.

Unsers Herrgotts Schule! Nein, geschwänzt werden soll sie nicht. Dein Hans.

Am siebenten Sonntage.

Lieber Freund und Philosoph!

Was treibst du um drei Uhr morgens? Ich vermute, du gehst um diese Zeit von einem Balle heim, oder stoßest in einem Kaffeehause die Billardkugeln hin und wieder. Oder liegst doch schon solide in den Federn und bereitest dich durch das Werk eines großen Denkers und eine wohl abgelegene Zigarre auf ein sanftes Einschlafen vor. — Bei mir im Adamshause macht sich diese späte Abendstunde dadurch bemerkbar, daß mein Dienstherr mit einem Holzscheit an die Kammerwand pocht: Zum Aufstehen ist's! — Anfangs habe ich dieses Scheit furchtbar tragisch genommen und bin aus dem Stroh gesprungen, als wäre eine Feuersbrunst ausgebrochen. Jetzt lasse ich den guten Adam schon zweimal pochen, gestern sogar ein drittes Mal, bis er den Ruf tut: „Hansel! Ich denk', jetzt wär's nimmer zu früh!"

Meine Taschenuhr zeigte ein viertel auf vier!

Von der Kälte spricht man hier nicht viel. Das einzige Barometer, von dem man redet, ist die Gicht. Beim frostigen Aufstehen spitzt sich ein lebhaftes Verlangen nach der heißen Einbrennsuppe. Nichts da! Vorher heißt's auf der Tenne drei Stunden Hafer dreschen. Das Kerzenlicht hängt am Wandnagel und zwinkert sozusagen beständig mit den Augen, wenn unsere Flegel durch die Luft sausen. Zu deinem Unterrichte: Die Tenne ist vollbelegt mit Hafergarben. Unser vier, der Hausvater, die Hausmutter, die Barbel und ich, jedes die Hände mit schafwollenen Fäustlingen bekleidet, hauen rhythmisch wie eine Klopstocksche Ode in Trochäen auf das Gestrohe los, damit dieses die letzten Körner hergibt und weich wird zum Rinderfraß. Die Erlernung der Kunst, Stroh zu dreschen, hat dem alten Journalisten verhältnismäßig wenig Mühe gekostet.

Weil bei der tiefsinnigen Arbeit alles sehr schweigsam ist, so hatte ich während derselben in meinem Innern schon Gedichte gemacht — im Dreschflegeltakte. Es sind Trutzlieder auf die Barbel. Diesen Stolz könnte sie wohl endlich sein lassen. Freilich bin ich ein armer Knecht, ein zugereister; nun der würde ihr wohl doch nicht sofort eine Liebeserklärung machen, wenn sie den Namen Hans einmal über die Lippen brächte. Zwar spricht sie auch mit den anderen kaum — was nicht immer so gewesen sein muß, weil es die Mutter Wunder nimmt. Am Ende — trotz allem — wer kann's denn wissen! Am Ende —. Des Abends beim Herde muß ich manchmal eine Geschichte erzählen. Da kam auch eine von der stummen Prinzessin. Die hat immer gelacht und immer geplaudert. Da sah sie eines Tages auf der Jagd einen Schäfer. Von diesem Tage an hat sie nicht mehr gelacht und nicht mehr gesprochen — war stumm. Alle Arzenei war vergeblich, sie zu heilen, bis einst ein Wundermann den jungen Schäfer brachte, der die Kraft besaß, Stumme sprechend zu machen. Dieser legte der Prinzessin die Hände auf die Achseln, schaute sie an und fragte: „Liebst du mich?" — „Ja," hat sie geantwortet, und von diesem Augenblicke an war sie geheilt. — Meinst du, die Barbel hätte bei der schönen Historie auch nur mit einem Auge gezuckt? Nein.

Es muß dir schon aufgefallen sein, daß meine Feder stets nach einer gewissen Richtung hin gravitiert. Man lenkt ab — sie gleitet immer wieder gegen jenen wundersamen Nordlichtschein. — Wenn ein Roman entstünde! Doktor! Doktor!

Dummheiten! — Um sechs Uhr pfeift der Rocherl zum Frühstück. Weil er nicht dreschen kann, so besorgt er den Kaffee. Ach, schon den Namen möchte man hinabschlucken. Unterricht: Geröstetes Kornmehl mit etwas Butter und Kümmel in Wasser gekocht. Der echte ist hoffnungslos. Vor vielen Jahren soll in diesem Hause einmal eine Nähterin Kaffee gekocht haben. Wirklichen! Eine Art Zeitrechnung datiert davon. „Dazumal, wie wir den Kaffee gegessen haben!" „Im selbigen Jahr, wie der Kaffee ist gewesen." — Vorlauterweise habe ich einmal bei Tisch erzählt, daß es in großen Städten eigene Kaffeehäuser gibt, wo jahraus, jahrein nichts gekocht wird als Kaffee! Darauf sagte der Hausvater — aber gutmütig dabei lächelnd, daß es nicht weh tun möchte — ich hätte doch ein Fleischhauer werden sollen, weil mir das Aufschneiden so gut von statten ginge. — Soweit, mein Freund, sind wir hier entfernt vom Kaffee!

Du denkst als halber Kneippjünger, daß frische Milch den Herrlichen ersetzen müßte! Höre: Die vorwegs von Butter gänzlich befreite Milch steht seit Wochen in großen Kellerkübeln aufbewahrt. Darüber sind ein paar Bretter gelegt, damit kein größeres Getier hineinfallen kann. Im Winter bei dürrem Futter, sollst du wissen, hat nicht jede Kuh Lust, das weiße Brünnlein quellen zu lassen. Also die vom Keller, die „säuerlt" dann manchmal, oder sie „rauchelt", und ist der einhändige Koch immer noch froh, wenn in der Suppe keine schlimmeren Eigenschaften auffallen. — Pfui, Kostbespöttler hinter dem Rücken! Und sagst beim Löffelabwischen doch allemal „Vergelt's Gott!"

Nach dem Frühstück gehe ich zu meinen Ochsen, die Barbel zu ihren Kühen, der Rocherl zu den Schafen. Das Vieh wird in zwei oder, Sonntags, in drei Gängen sorgfältig gefüttert, dann zum Brunnen geführt, der zwischen Haus und Stallung auf dem freien Platze steht und von dem Hausvater vorher mit einer Hacke eisfrei gemacht werden muß. Die Hausmutter trachtet, den Schulknaben flügge zu machen. Und dann fängt wieder das Dreschen an bis zum Mittagsmahl um elf Uhr. Menu: Brotsuppe aus obiger Milch, gespecktes Kohlkraut, Roggenklöße mit Rauchfleisch. Nahrungsmittel durchaus echt, aber die Kochkunst, die — ja so, das ist häßlich. Da will ich lieber etwas Schönes sagen, wie bescheidentlich langsam die Leute in die gemeinsame Schüssel fahren und keiner den anderen zu übervorteilen sucht. Dieses taktvolle Essen habe ich bei den Bauern überall gefunden und könnten sich die Table d'hote-Gäste der feinen Hotels ein Beispiel nehmen.

Nachmittags wieder Hafergarben dreschen. Müssen damit noch vor der Fastenzeit fertig werden, sagt der Adam. Als ob's eine Tanzunterhaltung wäre. Unterricht: das Stroh kommt in die Scheune, das Gekörne in die Siebe, in die Windmühle, in die Mehlmühle, in den Ofen — ein Stück Haferbrot gefällig? Haferbrot ist gut, sagt mein Hausvater, aber Schweinsfleisch ist besser — und füttert mit dem Hafermehl die Säue. Oder verkauft den Hafer im Sack, oder bewahrt ihn als Gesäme fürs nächste Jahrhundert. — Halt still, es ist das Tagewerk noch nicht aus. Um die Dämmerung geht die Barbel zu ihren Kühen und wer am Tore lauscht, der hört doch das Brünnlein in den Zuber sprühen. Am Abend Versammlung um das Herdfeuer, jedes mit kleinen Arbeiten beschäftigt. Ich bin auch bereits wer! Wenn dem Stuhl ein Fuß fehlt, oder der Leiter ein Sprossel, oder wenn das Hausmesser schartig ist, die Hacke stumpf, der Ochsenjochriemen zerrissen, die Türklinke schadhaft — da greife ich an. Sind die anderen beschäftigt und ich weiß nichts zu tun, als die Finger in den Händen halten und ihnen vor dem Wege stehen — das ist zum Totschämen! Nirgends noch habe ich mich eigentlich geschämt auf meiner irdischen Pilgerschaft, nicht wenn der Feldwebel mich mit den schwunghaften Kasernenblüten besang, nicht, wenn der Chefredakteur plötzlich sagte: „Erlauben Sie, Herr Trautendorffer, da in Ihrer Arbeit finde ich eine Laus!“ und mir einen unzweideutigen Grammatikfehler vorhielt. Ich war entzückend verstockt. Hier schäme ich mich, — womit das Tagewerk geschlossen wird. Darauf kommt das Nachtmahl: Kartoffeln, Rüben oder Mehlbrei. Dann kommt das Gebet, und um acht Uhr, wenn die Stadtleute anfangen, elektrisch zu werden, kriechen wir ins Bett. — Das ist der Werktag. Am Sonntage nach der Fütterung ist Kirchgang. Ich streiche im Freien umher oder schreibe meinem Alfred.

Die Unschlittfunze (in Hoisendorf das Pfund zu 21 Kreuzern) ist noch nicht niedergebrannt, so will ich dir eins schreiben von unserem Nachbar Schlappzopf. Denn du mußt auch andere Gattungen kennen lernen. Dem Schlappzopf trug ich vor einigen Tagen, als wir Metzgerei hatten, die Schweinshaut hinüber, er kann gerben. Ich fand ihn in Unterhandlung mit einem Viehhändler aus dem vorderen Gai.

„Schlappzopf,“ sagt dieser, „wie ich höre, habt Ihr eine feile Kuh.“

Der Bauer hat mit seiner Tabakspfeife zu tun und überhört die Frage.

„Eine Kuh, Schlappzopf, nicht?“

„Eine Kuh. Weiß nit, ja.“

„Ist es eine junge? Wohl eine Melkkuh, wie?“

„Ich weiß es völlig nit. Kann eh sein," sagt er und schraubt das Rohr in die Pfeife.

„Wollt Ihr mir sie zeigen?"

„Anschau'n kunnten wir sie ja. 's Anschau'n kostet nichts." Dann führt er den Viehhändler durch den dunstigen Stall, wo sie über mehrere Mistwälle stolpern.

„Die welche wäre es also?"

„— 's selb müßt' ich mir selber erst ausraiten. Die Milchkuh werd' ich halt doch nicht recht dürfen hergeben. Tät' meinem Weib leicht nit passen."

„Also die Trächtige."

Der Bauer stochert in der Pfeife herum, stochert ein Häufchen Asche auf die hohle Hand heraus und streut es dann bedächtig zu Boden.

„Ich nehme übrigens auch die mit dem Kalb. Wie?" so der Händler.

Jetzt löst der Bauer das Rohr los von der Pfeife, setzt sie sachte an die Lippen und bläst hinein.

„Die mit dem Kalb?" frägt er dann. „Ah na, die werd' ich doch schier nit dürfen hergeben."

„So bleibt nur noch die Mastkuh."

„'s ist halt just so a Sachen. Weil sie nit ganz feist ist, noch. Verkaufen, freilich, verkaufen werd' ich sie eh einmal müssen."

„Was kostet sie?"

Der Bauer steckt die Pfeife wieder zusammen, tut sie an den Mund, pfaucht ein paarmal durch. Der Zug wäre soweit hergestellt.

„Wie viele Banknoten soll ich Euch auf die Hand legen fürs Vieh?"

„Mein Nachbar, der Kulmbock, hat vorig' Wochen eine um hundertfünfzig verkauft."

„Die war sicher zweimal so schwer, als wie Eure da!"

„Ein wengel kann's sein, daß sie schwerer gewesen ist. Viel nit, viel."

„Einen kugelrunden Hunderter, wenn Ihr wollt."

Der Bauer hebt nun mit der Tabaksblase an. Langsam hat er sie vom Rücken, wo sie im Gürtel stak, hervorgezogen, hat sie zu halb umgestülpt und schiebt nun mit zwei Fingern Tabak in die Pfeife.

„Hört Ihr, Schlappzopf, hundert Gulden für das Tier. Es sollte noch etliche Wochen in der Mast stehen, aber weil ich just gut aufgelegt bin, nehm' ich sie heut' mit."

Die Pfeife ist gestopft, nun hat der Bauer Zeit zu sagen: „'s selb' wird's doch nit tun."

„Überlegt nicht lange, Bauer. Das Glück klopft nur einmal an, dann geht's vorbei. Wenn ich hundertundfünf sag', so bin ich leichtsinnig. Aber damit wir doch wieder einmal was handeln miteinander."

Der Bauer wendet sein Auge nicht von der Pfeife und schüttelt fast unmerklich den Kopf. „Ich denk', ich werd' sie doch derweil noch behalten."

„Also, wieviel wollt Ihr?"

Nun kommt Schwamm und Feuerstein dran. Es gibt ein paar Funken, aber das Ding will nicht glosen. Endlich macht er den Mund auf, aber nicht um den Preis auszusprechen, sondern um den Zunder anzublasen.

„Hundertfünf, und einen Leikauf fürs Weib. Aber geschwind ja sagen, Bauer, es könnt' mich gereuen." Der Händler tastet an der Kuh herum, ob die Haut locker ist, ob das Fleisch federt. „Ein zähes Luder. Redet schon ab. Aber halten tu' ich's noch, mein Wort. Also . . .!"

Der Bauer raucht an. Und wie das Zeug in gutem Zug

ist, sagt er, das erste Mal recht vernehmlich: „Ich mein', ich werd' jetzt gar keine verkaufen."

Dieser ausführliche Handel hat drei Stadien. Im ersten weiß der Bauer nicht, welche Kuh er weggeben soll. Im zweiten weiß er nicht, welchen Preis er machen soll. Im dritten endlich kommt er drauf, daß er überhaupt keine verkauft. Und um so weit zu kommen, bedurfte es länger als eine Stunde.

Das, mein Freund, ist jener Typus der Unentschlossenheit und Gleichgültigkeit, der verhängnisvoll wird. Schon am nächsten Tage soll der Schlappzopf dem Viehhändler nachgelaufen sein und ihm die Kuh um hundert Gulden verkauft haben. Wenn ich wieder auf die Welt komme, das heißt: in euere Welt, so soll in der „Kontinentalen" das „Dorfting" angeregt werden. Vor jedem Gemeindehaus auf der Wand soll eine Tafel hängen, auf welcher die Bauern und die Händler Angebot und Nachfrage dartun; sachkundige Ökonomen dürften wissen, was das bedeutet. Und das Dorfting soll zwischen Erzeuger und Verbraucher die Ware vermitteln und den Zwischenhändler soll der Teufel holen.

Beim Viehhandel sind — so viel ich schon gemerkt habe — die Bauern untereinander nicht just die Gewissenhaftesten. In der produktiven Arbeit bleibt der Mensch ehrlich, beim Handeln wird er ein Strick, hier wie dort. Mein Adam hat mit dem Nansenbauer Kühe getauscht. Der Adam hat dem Nansen versichert, seine Kuh gebe drei Maß Milch, aber weislich nicht dazugesetzt, binnen welcher Zeit. Der Nansen hat dem Adam behauptet, seine Kuh sei trächtig, er hatte ihr zur Stunde nämlich ein Heubündel auf den Rücken gelegt. Sein Ehrenwort gibt der Bauer nie, aber „gut steht er". Wenn er sagt: Ich steh' gut für das oder das, dann kannst du ihm leidlich trauen. Der Adam wollte auch: „Steh' mir gut, Nans, daß die Kuh trächtig ist!" Der Nans antwortete gelassen: „Gut stehen tu' ich erst, wenn das Eis schmilzt, jetzt rutscht man noch zu viel." In demselben Falle fand sich mein Hausvater mit seiner Milchkuh. So führen sie einander in aller Gemütlichkeit hinters Licht und das Gewissen beißt den Händler nur, wenn er sich sagen muß: du bist diesmal dümmer gewesen als der andere.

Eine verblüffende Erfahrung mache ich. Die Gebirgsbauern älteren Schlages haben keine Ahnung vom Laufe, den die Zeit genommen hat. Aber fest drauflos politisiert wird trotzdem im Hoisendorfer Wirtshause. Zum Beispiel: Der Russe kommt. Der mag die großen Städte nicht leiden und will sie verbrennen, wie er einst seine Hauptstadt Moskau verbrannt hat. Die Juden werden erschlagen, ihr Geld an die armen Bauern verteilt. Die Chinesen sollen auch erschlagen werden, aus ihren Zöpfen will der Preußenkaiser lange Peitschen machen lassen — für die Sozialdemokraten. Der heilige Vater hat den Fürsten übrigens das Kriegführen verboten. Wolle einer anfangen, so müßten alle übrigen gegen ihn zusammenhalten. — Den größten Abscheu haben sie immer noch vor dem „Erzschelm" Napoleon; alle Hoffnung setzen sie auf Kaiser Josef den Zweiten, der in einer Berghöhle schläft und wieder aufwachen wird, wenn zu Weihnachten die Kirschbäume blühen.

Manchmal hört der Bauer, daß man jetzt deutsch sein müsse. Darüber schüttelt er den Kopf. Hatte er doch geglaubt, es gebe mit Ausnahme von ein paar Rastelbindern und Katzelmachern (Welschen) auf der ganzen Welt nichts anderes als deutsch.

Mehr Interesse haben die Leute des Almgaies für Erfindungen und Entdeckungen. Dabei kommen auch lustige Phantasien zum Wort. Den Telegraph stellt sich mancher als einen einfachen Glockenzug vor. Wenn man in Salzburg anzieht, klingelt's in Wien. Der Blitzableiter ist ein Magnet, er zieht den Blitz herbei und spießt ihn auf. In großen Städten werden solche von Blitzableitern gesammelte Blitze in einen Riesenbottich geleitet und aus diesen dann das elektrische Licht gemacht. Es gibt Schnellzüge, die man Blitzzüge nennt und vom Blitz gezogen werden. Das sind die elektrischen Eisenbahnen. — In Amerika drüben gibt's viel Gold, aber der Weg hinüber ist naß; man kann gar nicht zu Fuße gehen, nicht einmal mit Wasserstiefeln. Man muß sich auf ein Schiff setzen, das oft fast so groß ist, wie ein Heustadel und eine ganze Kirchen voll Leute drinnen Platz hat. Die Schiffe sind von Eisen und sinken doch nicht unter, weil sie der Dampf über dem Wasser hält. — So kraus geht's im Kopfe zu, während die Hände das rechte tun.

Nicht den mindesten Groll habe ich hier bisher gegen reiche und vornehme Herrschaften bemerkt, obschon häufig von solchen die Rede ist. „Sie werden schon auch ihre Nussen aufzuknacken haben." Indes merkt der Bauer, daß sie draußen um etwas raufen. Um was, das weiß er nicht. Wird schon ein guter Brocken sein und vielleicht für ihn auch was abfallen.

Ja, mein Lieber, das sind Sachen! Die „Funzen" aber ist alle. Ich gehe schlafen und rufe dir „Guten Morgen!" zu.

Dein Hans.

Wenn dir, teurer Freund, meine Briefe, die einem wahren Herzensbedürfnisse entsprechen, wirklich Vergnügen machen, so ist das ja göttlich! Es wäre dir, sagst du, fast alles neu und alles lehrreich und inniger Anteilnahme gewiß, was ich dir schreibe und du begleitetest mich in Freude und Not dieses Jahres als treuer Kamerad. Herrlicher Freund, wie machest du mich mutig. Ein böses Siebentel ist ja schon reichlich vorüber, mit den übrigen sechsen hoffe ich fertig zu werden. Nur selten habe ich noch das Gefühl der Verbannung, aber mein Trotz gegen die Widersacher bei der „Kontinentalen" steigert sich von Tag zu Tag. Und auch das ist eine Macht. Hast du es dir nicht auch schon gedacht, daß in der Welt mehr Tüchtiges aus Trotz und Haß geschieht, denn aus Liebe?

Je größer ich vor den Augen des Herrn Stein von Stein aufwachse, je kleiner werde ich im Adamshause. In dieser vergangenen Woche war wieder ein schlimmer Tag. Es war Holzarbeit im Walde, denn der Winter hat ums Haus herum die Brennholzstöße gelichtet. Am Freitag — ach diese Freitage! Es ist doch was dran. Der Hausvater hatte in der Mühle zu tun, so sollten die Barbel und ich hinaus in den Wald. Ob nicht der Rocherl uns begleiten könne? Ganz beklommen fragte ich es.

„Zu was ihr nur den Rocherl brauchen tätet, möcht' ich wissen!" rief die Mutter scharf, „ihr werdet mit den paar Bäumlein Holz doch allein fertig werden!" — Und der Elefant ist in diesen Bergen ein unbekanntes Tier.

So gingen wir. Ich mit Axt und Keil, das Mädel mit der breiten zweigriffigen Holzsäge. Der Schnee war hoch, wir sanken bis auf die Knie ein. Ich stapfte voraus, die Barbel hinter mir her. Und sagen taten wir uns kein Wort. Das Struppwerk kratzte an unserem Gewand, schnellte uns Schnee ins Gesicht. Auf dem Baum krächzte ein Häher.

„Wir hätten auch zu einer besseren Zeit können holzschneiden gehen,“ sage ich.

„Es ist auch heute gut,“ sagt sie. Und weiter nichts.

Plötzlich macht die Sägeplatte auf ihrer Achsel ein gorgelndes Getöne; ein federnder Kiefernzweig hat ihr ins Gesicht geschlagen — heftig. Sie nimmt es schweigend, wie ganz selbstverständlich hin, daß die Bäume ausschlagen, wenn vorangehende Knechte unvorsichtig das Geäste umbiegen.

Wir kommen auf den Schlag, wo die kahlen Baumstämme stehen, die im vorigen Jahre entästet und entwipfelt worden sind, damit sie trocknen konnten. An einen solchen Baum setzen wir die Säge, ich hüben, sie drüben das Heft fassend — und jetzt stelle dir vor, Doktor, es geht nicht. Sie unterweist mich, wie die Säge zu halten, anzusetzen, zu führen sei. Aber es ist ganz verdammt. Die gezähnte Stahlplatte sperrt sich. Ziehe ich an, so geht's nicht vorwärts, schiebe ich zurück, so baucht sich das platte Ungetüm und gorgelt höhnische Laute. Ich mache zuerst ein paar gesättigte Witze, die helfen aber auch nichts. Nun erklärt mir die Barbel nochmals in aller Ruhe und Geduld, wie die Sache zu machen sei.

„Kunst ist's wohl keine,“ sagt sie, „mit dem kleinen Franzel habe ich schon die größten Bäume gefällt. Du bist halt ein bissel ungeschickt, aber es wird schon besser werden.“

O Freund und Professor, was ich mich da geschämt

habe! Meine ganze Sozialwissenschaft wollte ich in diesem Augenblicke hingegeben haben, und die Kenntnis der französischen Sprache noch dazu, wenn ich hätte Holz sägen können!

„Reizen tut's uns," sagt sie, was du aber durchaus nicht mißverstehen darfst. Plagen tut's uns, soll's heißen.

„Ei was!" rufe ich aus, „wir brauchen die dumme Säge überhaupt nicht. Ich fälle den Baum mit der Axt!"

Großartig, wie ein alter Germane zur Zeit der Hermannsschlacht im Teutoburgerwalde, schwinge ich das Beil und haue in den Stamm, daß die Barbel weit zurücktreten muß, um die fliegenden Späne nicht ins Gesicht zu bekommen. Sie sollte nur einmal sehen, welch ein Urmensch in mir steckt, der des neumodischen Zeugs, wie Säge, Keile und dergleichen, gar nicht bedarf. Eiserne Zähne mögen sich die Greise anschaffen, unsereiner hat noch Mark und Schneid in den Armen.

Jetzt hebt mir aber dieses Ding von einem Mädel an zu kichern. Es war nicht ohne, dieses Kichern, ich hätte es gleich in Musik setzen mögen. Die kann dir lachen, wie ein Silberglöckel, vorausgesetzt, daß Silberglocken lachen.

„Wenn wir mit dem Ofenheizen warten müssen, bis du diesen Baum niederbringst mit der Hack', dann mag's schon sein, daß in der Suppenpfann' das Wasser friert und an der Nase die Eiszapfen wachsen."

Diese ihre Rede kam mir ganz bösartig vor und rasch gab ich drauf: „Meinetwegen! Ich bin die Kälte schon gewohnt. Da gibt's Leute, die mitten in den Tropen stehen mögen, will sagen, beim Ofenloch, und es fällt Reif, so oft sie einen Atemhauch tun."

Sie schaut mich verblüfft an, als wüßt' sie gar nicht, was aus so einer Rede zu drechseln wäre. Und ich mache die Erfahrung, daß ein Fichtenbaum immer härter wird, je tiefer man hinter den Splint kommt.

Wir sollten doch noch einmal probieren mit der Säge, schlägt sie vor. Und neuerdings zeigt es sich: Holzschneiden kann ich nicht und ich kann es nicht.

„Du, Knecht,“ sagt sie plötzlich, „ich denk', 's ist das Gescheiteste, wir hören auf und gehen heim.“

Doktor, ich bitte dich, diesen Brief zu verbrennen.

Ja so, der Hase! Vom Hasen muß ich dir noch erzählen, der uns über den Weg lief. Von rechts nach links, was immer ein Unglück bedeuten soll.

Und auf einmal, als ob sie mich in meinem Gram zerstreuen wollte, fragt die Barbel: „Weißt du, Hansel, warum der Has' an der Schnauze die Hasenscharte hat?“

„Weißt du's?“

„Freilich weiß ich's. Wie der Herrgott die Welt hat erschaffen gehabt, hat ihn der Hase ausgelacht, weil sie ganz buckelig ist. Und so viel hat er gelacht, bis ihm das Schnäuzel zerrissen ist!“ — Und dabei lacht sie selber wieder so hell, daß mir ganz heiß wird.

Lange hat's freilich nicht gedauert, und es ist die fast traurige Ernsthaftigkeit in ihr, wie jetzt immer. Gott, wenn nur mehr Hasen über den Weg liefen!

Ich war nach diesem mißlungenen Baumfällen eine Nacht und einen halben Tag lang unglücklich. Da kam der Gemeindebote, brachte einen Steuerbogen und einen Amtsbrief in Sachen der Grundablösung. Der Steuerbogen ist immer ein Hagelschlag im Bauernhof und es ist vielleicht doch gut, daß es einen Kanzleistil gibt. — Geld her! Fünfunddreißig Gulden aus dem Sack, längstens bis nächst' Wochen, oder wir nehmen dir die Kuh weg! — Diese Deutlichkeit wäre zu schrecklich. Da macht das Amt lieber so viele Umschreibungen, Windungen und Wendungen, Einschübe und Umzüge im Stil, teils gedruckt, teils geschrieben, teils lateinisch, teils was anderes, teils in Paragraphhaken, teils in Ziffern, teils in abgekoppelten Buchstaben, teils mit der Feder, teils mit Stampilien, daß es der Empfänger schlechterdings nicht versteht. Er liest hin und liest her, zerstudiert sich, was denn wieder sein möchte, bis ihm allmählich die Ahnung kommt: warum, wieviel und bis wann!

Nun, bei dieser Gelegenheit habe ich die Scharte vom Holzschlag leidlich ausgewetzt. Wohlgemut machte ich mich ans Studium über die beiden Amtsschriften, bis es gegen Abend zur Not ersichtlich war, was die löblichen Behörden zu Kailing meinten.

„Doch eine schöne Sach', wenn der Mensch lesen und schreiben kann!" Dieses Lob hat mir mein Hausvater gesagt.

Aber der Ruhm ist nicht fleckenlos. Es kam eine neue Blamage. Laß dir erzählen.

Ganz vor kurzem war's, daß des Morgens der Hausvater in den Stall trat und den Ruf ausstieß: „Hansel, was ist denn das? Wie kommt denn das fremde Vieh in den Stall?"

„Fremdes Vieh? Wieso?"

„Da steht ein schwarzgefleckter Stier, oder was es ist. Der gehört nit her da! Jesses, und wo ist denn unser falbes Ochsel. Wo ist das Ochsel, Knecht?"

Ich trat mit dem Licht heran und sah, daß ein fremdfarbiges Rind, scheckig wie Pinzgauerschlag, im Stall war. Es hatte über den Rücken pechschwarze Flecken.

„Das ist nicht möglich!" beteuere ich, „die Stalltür ist verriegelt die ganze Nacht."

„Und das falbe Öchsel ist fort! Lang bin ich schon Bauer, aber so was ist mir noch nit passiert. Wenn man sich nit einmal so weit auf dich verlassen kann, daß das Vieh aus dem Stalle gestohlen wird, nachher kannst uns —"

— auch du gestohlen werden! — Der Alte ist nicht herb genug, um solche Lapidarsätze zu vollenden. Aber ich verstehe seine Wünsche bereits aus den Augen zu lesen. Zu gleicher Zeit jedoch klärt sich mir auch das Ereignis auf. Ich pflege nämlich meine Tintenflasche, damit sie nicht einfrieren kann, im warmen Stall auf einem Wandvorsprung aufzubewahren. Da mag bei der Nacht nun die Katze oder die Maus das Zeug herabgeworfen haben auf das falbe Öchslein.

„Tinte, sagst, ist das?" fragte der Adam, „sei nit einfältig. Wie wird in den Ochsenstall Tinte kommen!"

Nun habe ich mein heimliches Treiben wohl bekennen müssen.

„Briefschreiben tust du? Briefschreiben? Ja, hast denn wo eine alte Mutter, oder sonst wen?"

„Mein lieber Hausvater," sage ich, „wir wollen jetzt einmal das Öchsel abwaschen gehen."

Mit heißer Lauge und einem Kotzenlappen haben wir den ganzen Vormittag gearbeitet, bis der Pinzgauerschlag endlich zur Not abgewaschen war.

Mein Hausvater hat nachher lange und immer wieder den Kopf geschüttelt.

Tintenfluch im Bauernhause. — Auch gegen die Druckerschwärze ist eine instinktive Abneigung vorhanden. Es heißt, in einem Bauernhofe, wo sie anheben, ihre Nasen in Bücher zu stecken, käme bald der Bettel-Feierabend.

Am neunten Sonntage.

Mein Doktor!

Gestern mittags, knapp nach Tisch, hat mir die Hausmutter in einer unzweideutigen Sprache das Davonjagen in Aussicht gestellt. Aber nicht etwa, weil der Knecht nicht Baumfällen kann, oder weil unter seiner Wartung die weißen Rinder scheckig werden, sondern weil er einen so abscheulich langen Bart hat. Wenn ich mich nicht ordentlich tragen wolle, wie es einem Christenmenschen ansteht, so solle ich halt in Gottesnamen sagen, was ich glaube, daß sie mir für die etlichen Wochen auszuzahlen hätten. Jetzt sei das Frühjahr bald im Anzug, da würde ich mich wohl fortbringen.

Sogleich fiel es mir ein: Sie brauchen dich gar nicht. Sie behielten dich bislang nur aus Barmherzigkeit, damit du in der kalten Jahreszeit nicht zugrunde gehst. — Nun, vom Auszahlen könne keine Rede sein. Wenn sie mich umsonst nicht brauchen könnten, so möchten sie halt sagen, was ich gelegentlich draufzuzahlen hätte, um im Hause bleiben zu dürfen als Knecht. — Schon tat ich den Mund auf, um das zu sagen, da stieß mich etwas: Tu's nicht! Tu's nicht! Es müßte Mißtrauen erwecken. Es könnte alles verderben. Du mußt dich fügen wie der Sklave, der mit Haut und Haar seinem Herrn verfallen ist.

Und so hat der Knecht Hansel demütig entgegnet, er besäße keine Haarschere und kein Rasiermesser, er könne sich selber weder scheren noch rasieren. Wenn der guten Hausmutter mein langes Haar schon so zuwider sei, so müsse sie mich halt rupfen.

Darüber hat sie aufgelacht: „'s ist wahr, man kann

ihm nit feindlich sein. Er weiß allemal so eine spaßige Red'. Geh' Vater, auf den Abend, wenn du Zeit hast, nimm den Hansel zwischen die Knie und schneid' ihm den Pelz herab. Die Schafsscher' tut's eh dazu."

Hörst du, Philosoph, die Schafsscher' tut's eh!

Nun und am Abend da geschah es. Ich hatte noch auf den „Lungendampf" gehofft, der den Hausvater um diese Zeit manchmal anzufallen pflegt. Aber diesmal kam er nicht. Ich mußte mich auf den niedrigen Dreifuß setzen. Mein schönes, mein zartes, mein nußbraunes Haar! Es ist dieselbe „güldgelockte Heldenmähne", die du einst, ich glaube, in der Sekunda war's, mit einem tadellosen Trochäus besungen hast. Sie ist dahin. Unter den Füßen des Barbaren lagen die herrlichen Fetzen umher, bis die Hausmutter dieselben mit kecklichem Griff zusammenraffte, um sie draußen unter den Dachtraufen zu vergraben. Das kannst du dir bei dieser Gelegenheit auch merken, Weltweiser, du: Wer ein gutes Gedächtnis behalten will, der muß sein Haar unter Dachtraufen vergraben! Gutes Gedächtnis! Sicherlich, dieses Jahr werde ich mit merken.

Dann ging's an den Teutonenbart. Die rostige Schere biß, raufte und quiekste um Backen und Kinn, dieweilen der Kopf eingeschraubt war zwischen den spießigen Knien meines vielgeliebten Hausvaters. Der war dabei ganz munter.

„Hansel," sagte er plötzlich, während seine Finger die eine Schnurrbartspitze festhielten, „wirst du schön brav sein? Wirst du uns auch im Sommer bleiben, wenn's zum Heuen und zum Ernten ist? Wirst, Hansel, wirst?"

Mein feierliches: „Ich gelobe es!"

„Gut ist's. So will ich dir den Schnauzbart stehen lassen."

Und jetzt weißt du, Freund, es ist bei meinem Bart geschworen.

Als wir fertig waren, machte ich eines der Stubenfenster nach innen auf, so daß hinten die schwarze Wand war. Das ist hier der Spiegel. — Alfred, ich erschrak wirklich. Es war über alle Vorstellung! Nie hätte ich geglaubt, daß hinter diesem schönen Bart ein so häßlicher Kerl stecken könnte. Mein Jugendantlitz einstens, du mußt dich ja noch daran erinnern. Es war doch leidlich. Und jetzt —

Na, gute Nacht, dachte ich. Wenn sie mich jetzt so sieht. Das ist über den Hasen, der sich beim Gottauslachen das Schnäuzel zerrissen hat.

Die Hände hab' ich gefaltet: „Vater, Ihr habt mich vernichtet!" Das mußte wohl sehr kläglich gesagt sein, denn der Hausvater war starr vor Schreck. Er sah es selber, was er hier angerichtet hatte.

Der Rocherl lachte hell auf.

„Hau!" rief die Mutter, „wenn du Leut' auslachen kannst, Bub, da tut dir leicht die Hand nit weh? Jeder Mensch ist, wie ihn Gott erschaffen hat!"

„Tut's warten mit dem Gespött, bis ich erst fertig bin," sagte der Hausvater. „Die Wildnis wär' ausgerottet. Jetzt muß halt der Boden glatt gemacht werden. Nachher wird er schön sein, der Hansel!"

Die Sache war, daß er mich noch einmal in die Arbeit nahm. Mit grober Unschlittseife schäumte er mich ein, und dieweilen diese Tünche trocknete, schliff er sein Rasiermesser am ledernen Beinkleid, und hierauf stellte er sich mit schreckbar wilder Entschlossenheit, wie ein Scharfrichter, der das erstemal seines Amtes waltet. Mir war, als müßte ich meine Unschuld hinausschreien in die weite Welt — da kratzte er schon. Als das Stoppelfeld glatt gemacht, stellte es sich heraus, daß die Schnurrbartspitzen ganz und gar ungleich waren, rechts stand das Schöpfchen, links stand keines. Also hinweg mit der ganzen Anlage. Und dann war die Sträflingsfrisur vollkommen. Mit einer neuen Kette war ich festgeschmiedet an den ehrwürdigen Bauernstand, denn mit dieser Visage in die Stadt zurückzukehren — ganz undenkbar. Ich traue ihm nicht, dem Adam! Es kann teuflische Absicht dabei gewesen sein.

„Jetzt schaut er halt aus wie der Pfarrer!" meinte der Rocherl. Das etwa auch noch! Daß mit dem Haar und Bart die Maske gefallen wäre und der entlarvte Buchstabenmensch nun vor aller Augen dastünde! —

Und was war heute morgen? An Sonntagen kommt das Klopfscheit nicht. Hingegen kam heute der Hausvater selbst in die Kammer.

„Hast recht, Hansel," sagte er, „laß dir's gut geschehen im Bett. Unseres Herrgotts Rasttag. Aber nachher — muß dir's wohl einmal sagen — nachher sollst halt in die Kirchen gehen. Ich bin verantwortlich für meine Leut', daß sie den christlichen Glauben halten. Wir sind auf der Welt beieinander und wollen auch im Himmel beieinander sein. Gelt, Hansel!"

Das hat mich geärgert. Mich bevormunden in religiösen Dingen? Einem Kavalier geht das unmittelbar gegen die Ehre. Es hat mich aber auch gefreut, obschon ich mir den Himmel doch immer etwas anders gedacht habe, als mit den guten Adamshauserleuten beisammen zu sitzen. Zwar denke ich, daß der Hausvater im Namen seiner ganzen Familie spricht, auch in dem des jüngeren weiblichen Teiles derselben. Aber das ist Bürstenabzug, der die Zensur noch nicht passiert hat.

Ich bin also an diesem Morgen nicht liegen geblieben und nicht aufgestanden. Sondern aufgesessen.

Und sagt jetzt der Adam verwundert: „Was hast denn da für Papierwerk?“ Weil er unter dem Kissen mehrere Nummern der „Kontinental-Post“ entdeckt hatte. „Geh, Hansel, auf so was liegt man schlecht. Es werden doch nit Zeitungen sein?“

„Ach, beileib' nicht, beileib' nicht!“ leugne ich und schleudere so wie zufällig die Bettdecke über die Blätter hin.

Der Bauer jedoch reckt sich in —

Jetzt lischt mir die Funzen aus.

Am zehnten Sonntage.

Lieber Freund!

Habe ich dir das vorige Mal noch geschrieben, daß der Alte mich bei der Zeitung erwischt hat?"

Es war abscheulich. „Soll's doch wahr sein!" sagte er und zerrte das Papierwerk hervor. „Da hat man's. Schon lang ist's mir nit recht vorgekommen mit dir. Nachher glaub' ich's freilich, daß in deinen Kopf kein ordentlicher Verstand hineingeht, wenn du ihn mit so Zeugs anfüllst. Das darf wohl nit sein, Hansel. — Weiters hab' ich ja keine Klag' gegen dich, kamodt bist, willig bist, genügsam bist, gleichwohl es immer einmal recht gefrettig hergeht, bei uns. Im Sommer nachher! Da wird's dich schon gefreuen, da ist's lustig bei uns heroben auf der Alm."

„Ja, ja," sag' ich, „freue mich auch schon drauf, wollen dann bisweilen eines jodeln miteinand. Und fleißig arbeiten, versteht sich."

Das sollte ablenkend wirken. Er fuhr fort: „Wenn du aber mit Zeitungen umtätest! Einen Knecht, der Zeitung liest, kunnten wir wohl nit brauchen. Sei froh, daß dir der liebe Gott einen ehrengeachteten Stand gegeben hat, der mit den lumpigen Faxen nichts zu schaffen hat. Wenn du was lesen willst, so findest drin in der Stuben das Leben-Christi-Buch, die Legend' der Heiligen und die Hausgebeter."

Darauf der Knecht, der zugereiste, ganz bescheidentlich: „Möcht' ich doch fragen, Vater, warum Euch die Zeitungen gar so zuwider sind?"

Der Bauer hebt jetzt an, langsam sich zu recken, ganz hoch empor, bis sein Hut unter der Holzdecke sich platt quetscht. Andere schreien, wenn sie zornig sind, mein Hausvater spricht dann noch leiser als sonst.

„Daß du aber schon gar nichts weißt, Hansel! Hast denn nie was davon gehört, daß die Zeitungschreiber Heiden sind? Oder gar Juden!“

„Wohl, wohl, Vater. Das habe ich schon gehört!“

„Und daß die Zeitungen für den Bauersmenschen Gift sind? — Hast gleich ein Beispiel beim Nansen in Hoisendorf. Der nichts, als alleweil Zeitung lesen. Wahr ist's, er hat fortweg mehr gewußt, als wir andern. Er hat gewußt, wie's in Preußen hergeht, und im Franzosenland, und was die Landboten in der Reichsstuben sich alleweil für Grobheiten sagen und so Geschichten. Aber wie er seine Bauernwirtschaft betreiben soll, das hat er bald nimmer gewußt. Allerhand neue Sachen, wie sie in den Zeitungen angelobt werden — haben hat er sie müssen. Gekauft hat er sie ums teure Geld. Gar eine Kornsäemaschin' hat er gekauft, als ob er selber keine Händ' hätt' dazu. Und wie er mit der neuen Maschin' säen will, hat er kein Samenkorn im Kasten gehabt. Und zuletzt kauft er dir, der Nansen, kauft dir —“ Er hebt an zu lachen.

„Was denn, Vater?“

„Ha, ha! Mußt mich aber für keinen Schwätzer halten, Hans, es ist gewiß wahr, die andern werden dir's auch sagen. Dünger kauft der Bauer! Der Nansenbauer, der den Stall voll Vieh haben könnt'. Kunstdünger kauft er ums bare Geld.“

Weil ich mich nicht rühre, so kommt mein Adam ganz ans Bett heran, faltet die Hände: „Ich bitt' dich, Hansel, ein Bauer, der um Bargeld Mist kauft!“

„Ja, mein Gott, sag' ich, Dünger kaufen, warum denn nicht? Dünger ist ja für den Bauer sehr notwendig."

Auf diese Bemerkung antwortet der Hausvater allerdings nicht mehr. Nur daß er leise in sich hinein murmelt: „Der Nans ist fertig. Sein Gut, wenn du's kaufen willst, es steht unter dem Hammer."

Bei der Einbrennsuppe nachher war noch einmal davon die Rede, da sagte die Hausmutter: „Was hast denn heut mit dem Hansel, Vater? Du tust ja, als ob er erst bei der Nacht vom Himmel gefallen wär'! Der stellt sich nur so!" Und zu mir: „Ist ja wahr, Hansel, man kann dich gern haben. Aber trauen tu' ich dir nit. Du hast was Heimliches in dir, das die Leut' nit wissen sollen. Laß es gut sein, Hansel. Schlechtes wird's wohl nichts sein, ich frag' dich nit drum. So lang wir sonst nichts Ungutes an dir wahrnehmen, bleiben wir halt beisammen. Ich weiß nit, haben wir dich nötiger, oder du uns."

So steht's. Ein verteufelter Kerl, dieses Weib.

Ob sie mit ihren Meinungen recht haben? Einerlei, Meinungen haben sie festgründige, und das freut mich. Zwei Hände und einen Kopf dazu. Auf die herausfordernden Worte der Hausmutter habe ich bloß die Achseln gezuckt — 's war das beste, nicht wahr? Den Hausvater hingegen habe ich anlügen müssen. Er soll keine Zeitung mehr bei mir finden! Dem geradsinnigen Mann ist das genug. Daß man sie bloß besser verstecken muß, daß sie der Hoisendorfer Lehrer fürderhin heimlich vermitteln wird — das besorgt die Intelligenz. Auf Ehrenwort, Freund, den Alten betrüge ich!

Denn auf die Zeitung verzichten? Schon darum nicht, weil mein Abscheu vor der Welt noch zweiundvierzig Wochen lang aushalten muß. Nur ein Tag ohne Nachricht von der weiten Welt, und sie lügt sich auf zu weiß Gott was Begehrenswertem. Die Korrespondenz mit den Kollegen von der „Kontinentalen“ habe ich abgebrochen. Das schofle Gewitzel, wenn ich in Bedrängnis bin und hier den blutigen Ernst des Menschseins sehe — es behagte mir nicht mehr. Von der Zeitung aber kann ich lernen, wie gescheit man einmal war und wie ich mich jetzt Woche für Woche von ihrem Geiste entferne. Man muß sich nur in acht nehmen. Je weiter von der Zeitungpresse entfernt, je geneigter ist man, ihr zu glauben. Aufs Glauben hält sie aber selber nichts. Man muß nur zwischen den Zeilen lesen, dort steht schon das Richtige. Und je schlechter es geht da draußen, je besser für mich. Höre, Freund, was ich dir sage: Ich hasse euere Welt. Aber es ist der Haß der Liebe.

Es ist der Haß der Liebe, Alfred!

Lassen wir das jetzt und seien wir der gehorsame Knecht, der die alten Zeitungen in den Ofen werfen will. Doch die Hausmutter wehrt ab: „Nit, Hansel, es tät stinken!“

Dann bin ich fleißig nach Hoisendorf hinabgegangen in die Kirche. Dort habe ich mich in die Bank des Adamshauses gesetzt. Es hat nämlich jeder Hof in der Kirche seine Bank, wofür vom Pfarramt jährlich ein Abonnement von neun Kreuzern eingehoben wird. Es ist kein Fauteuil. Durchaus nicht. Man ist förmlich eingezimmert zwischen Rück- und Vorwand, auf einem fünf Zoll breiten Sitzbrett und einem Kniebalken.

Die Kirche ist jetzt in Trauer, die Altäre sind mit blauen Tüchern verhüllt. Wir sind ja in der Fastenzeit. Vom Karneval ist im Adamshause keine Rede gewesen, nur daß der Adam ein Schwein geschlachtet hatte. Ich half ihm beim Metzgern. Als wir dem toten Tier die mit einer Lauge gebrühten Borsten ausrupfen, fragt er mich:

„Weißt du, Hansel, weshalb die Sau ein geringeltes Schweifel hat? — Nit? Na, so sag' ihm's, Rocherl!"

Und der Rocherl erzählte: „Wie die Juden in Ägyptenland gewesen sind, hat ihnen der Sauhirt des Königs Pharao zu heimlichem Verkauf über den Nil wollen junge Schweine zuwerfen. Aber der Nil ist breit und sie sind alle ins Wasser gefallen. Da kommt der Teufel und sagt: Sauhirt, das kannst du nicht. Siehst du, da muß man dem Schwein beim Schwanz ein Schlingel machen, daß man besser angreifen kann, siehst du? — So packt er eins, schlingt es und schwingt es und wirft es hinüber. Der Moses drüben aber sagt zu den Juden: Nein, meine lieben Leut', ein Fleisch, das uns der Teufel zuschmeißt, essen wir nicht."

„Und davon soll's kommen," setzte der Adam bei, „daß die Säue geringelte Schweiflein haben und daß die Juden kein Schweinfleisch essen."

„Das wird wohl wieder so eine Dummheit sein," meinte damals die Hausmutter, die es nicht leiden mag, wenn man sich über etwas Biblisches lustig macht. Just in den Faschingstagen scheint sie's nicht so genau zu nehmen, da wird in der Bauernschaft halt auch ein bißchen geschweinigelt. Früher soll viel gepraßt worden sein, soll es Maskeraden gegeben haben und allerlei alte Tänze. In diesem Jahre hatte in Hoisendorf nur ein sogenannter Holzknecht- und Veteranenball stattgefunden, wobei wenig getanzt, aber viel gerauft worden ist. Aha, du meinst etwa für Gott und Vaterland. Oder gar für Weibsbilder! Nein, mein Lieber. Unter den Holzleuten, Jägern, Bauernknechten und Bergknappen, die zusammengekommen waren, hatten sich — wie der Lehrer erzählt — gesellschaftliche Meinungsverschiedenheiten entsponnen und hätten sie einander Leitartikel über die soziale Frage geschrieben — mit Buchenstäben und Stuhlfüßen auf die rückwärtigen Körperteile. Dieser politische Zeitungstil wird ja auch bei euch draußen wieder modern.

Nun, das ist ungebrannte Asche. Am darauffolgenden Mittwoch hatte der Hoisendorfer Kurat seinen Gemeindemitgliedern freilich ein anderes Kapitel auf die Stirne geschrieben, und zwar mit gebrannten Buchenstäben: „Du bist von Staub und Asche und wirst zu Staub und Asche!“ Kennst du diese kirchliche Sitte nicht? Ganz freimütig bekennt sie am Aschermittwoch den materialistischen Kreislauf der Materie, die aber nicht immer Asche, sondern manchmal auch Stecken sein will.

Das Adamshaus liegt nur um dreihundert Meter höher, als das Hoisendorfer Wirtshaus. Und hier findest du keinen Unfried mehr. In der schneidigen Hausmutter erfreuen wir uns eines festen Regimes und einer verläßlichen Exekutivgewalt. Selbst der Adam fühlt sich unter dem materiarchalischen Absolutismus behaglich.

Das vorige Mal fragtest du mich besorgt nach dem Eßgeschirr, aus dem im Adamshause gespeist würde, und nach anderen einschlägigen Dingen. Darüber kann ich dir zum Glücke nichts Besonderes sagen. Die Holzschüsseln und Holzlöffeln sind größtenteils ein überwundener Standpunkt. Auch die Beinlöffeln und Gabeln, obschon mein Hausvater deren noch etliche Paare aufbewahrt, von den Vorfahren her. Diese Hornlöffeln bedingen zwar etwas Großmäuligkeit, also für einen Journalisten durchaus nicht geeignet, sind aber sonst in ihrer perlmutterartig durchscheinenden Farbenpracht sehr schön und appetitlich. Ein alter Hüttler im Gai, der früher aus Rindshörnern solche Löffeln gemacht hat, ist heute ein Bettelmann, und muß froh sein, wenn er mit seinen Feinden, den Blechlöffeln, hie und da ein warmes Süppchen auszulöffeln kriegt.

Die Bäuerin kocht in Blechpfannen und Tontöpfen. Ihr heimlicher Wunsch geht nach einem eisernen Suppentopf, solchen Luxus erlauben aber die wirtschaftlichen Verhältnisse nicht. Wenn ich meine zwanzigtausend Kronen fasse, dann, Hausmutter, gehen deine ausschweifendsten Wünsche in Erfüllung!

Jährlich ein paarmal wandert sie mit einem Buckelkorb hinaus nach Kailing zum Töpfer und Klampferer, um Häfen, Schüsseln, Milchreinen und anderes Hausgeräte einzukaufen. Wenn im Hause etwas zerbrochen wird, dann gibt's einen kritischen Tag erster Ordnung und die Hausmutter gerät in um so größere Wut, je gelassener der Missetäter bleibt. So haben wir es uns angewöhnt, jeden zerschlagenen Topf wie ein großes Unglück zu bejammern, damit das Scherbengericht der Hausmutter ein wenig glimpflicher ausfällt.

Der Reinlichkeitssinn wird bei uns manchmal zur Hausplage. Abends, wenn wir anderen schon zur Rast gegangen sind, ist die Hausmutter noch stundenlang beschäftigt mit Waschen und Reiben und an Samstagen tritt die Scheuerwut auch tagsüber auf und macht jede Niederlassung im Hause unmöglich. Tisch, Bänke, Kästen, Zuber, Pfannen, über alles die Sündflut; nur das Eßbesteck an den Wandhenkeln wird nicht gewaschen, das hat jeder nach jedesmaligem Gebrauche selbst am Tischtuche abzuwischen, damit basta. Hemden und Betten, wenn sie einmal drankommen, werden gebacken und gesotten und mit Holzklappen gründlich durchbläut. Solltest du den tieferen Sinn dieser Verfahrungsweise nicht vollends erfassen, so laß das Grübeln. —

Ihr draußen habt jetzt beim Morgenkaffee zum Dazubeißen den türkisch-griechischen Krieg. Die brennende Frage der Hoisendorfer heißt: Landtagswahlen. Und hat mein Adam heute ein Stück Wahlmanöver heimgebracht. Es scheint ganz zufällig hängen geblieben zu sein an seinem Gewand. Als er, von der Kirche kommend, den Lodenrock auszieht, sagt er so vor sich hin: „Das ist auch rar von unserem Kuraten. Geht er mich heut' vor der Beicht' an, ich sollt' keinen Umstürzler und Lumpenkerl wählen, und weiß nit, was er noch gesagt hat. Sozialdemokraten, oder was. Kannst mir nit aus dem Traum helfen, Hansel, was er gemeint haben mag?"

Der Ahnungslose! Ein seit langem mit Not und Drang zurückgestauter Leitartikel brach hervor — elementar. Die Sozialdemokraten! Allgemeine Gleichheit natürlich! Ranglosigkeit, Gütergemeinschaft, Weibergemeinschaft! — So dumm sind sie nicht, das bringt ihnen nur der Feind auf. Sie meinen das gleiche Recht. Was einer verdient, das soll er haben. Das ist doch klar. Man muß ihnen Gelegenheit geben, emporzukommen. Sie sind Blut von unserem Blut. Genug Bauern, die ihre Brüder und Söhne in den Fabriken haben. Roh mögen sie sein, aber Kraft ist in ihnen, Tüchtigkeit und Bravheit. Sie kommen von unten, haben Erdsegen in sich. Ihr Menschentum ist noch nicht verbraucht. Sie müssen das Homunkeltum zu Tode sengen. —

Ob ich wirklich so gesprochen habe! Ich weiß nur, daß meine Hausgenossen ratlos dastanden und einander anschauten.

Ich in der Hitze noch dazu: „Wählet einen Sozialdemokraten, Adamshauser! Die sind lange nicht so schlimm, als sie aussehen."

Endlich erholte sich der Bauer und sagte: „So, so." Denn er weiß jetzt so wenig als früher. „Mag eh sein, mag eh sein," sagte er, „ich versteh's nit. Wählen tun wir halt einen Bauern."

Na ja. Wir sind auch so ein paar, der Kurat und ich! Der eine will den Wähler dort haben, der andere da, und zerren ihn hin und her, wie Engel und Teufel eine arme Seele. Nur weiß man nicht, welcher der Engel ist. Und das nennt man, frei wählen! — Warum einer gerade bei der Wahl — nicht die Wahl haben soll, das ist auch eine jener Chinesereien, woran unser Abendland jetzt schon bald reicher ist, als das Reich der Mitte. „Muh!" sagt mein Nachbar, der Ochs. Dieser Meinung bin schließlich auch ich.

Am eilften Sonntage.

Ja, da kann ich dir nicht helfen, mein Lieber! Mitte März gibt's hier noch kein Frühjahr und mußte ich auch heut' mit meinem Schreibbrett in den Stall ziehen zu den zwei Paar Ochsen. Jetzt stehen ihrer wieder fünfe da, die mit ihrer tierischen Wärme halt aufeinander angewiesen sind. Also laß es hingehen, wenn der Geruch meiner Sendboten nicht allzusehr an Eau de Cologne erinnert.

An einem dieser Wochentage saßen wir, der junge Rocherl und ich, zusammen in der Kammer und taten wollzupfen. Unterricht: Die Wolle, die am vorigen Herbste den Schafen vom Leib geschoren und dann tüchtig gelaugt worden ist, hat verfilzte Strähne und muß locker gezupft werden. Dann kommt sie unter die Krampel (Kraue), endlich auf den Spinnrocken. Der Weg vom Schaf bis zum Webstuhl ist mindestens so lang als der vom Lumpen bis zum Banknotenpapier, und der Weg vom Webstuhl bis zum Schneider manchmal nicht kürzer. Ohne Kenntnisse, Fleiß und Fertigkeit ist er so wenig passierbar, als der eines tüchtigen Gewerbsmannes oder Fabrikanten. Wollzupfen, nun, das kann jedes Kind. Nur ich, der ein sogenannter Mann geworden war, bevor er so seltsamerweise zu einem Kinde werden muß, habe es erst lernen müssen. Anfangs hatte ich gemeint, es handle sich ums Zerkleinern der Strähnlein und habe sie mitten entzweireißen wollen. „Du bist aber schon gar gescheit!" sagte der Rocherl und zupfte eines meiner ureigenen Wollsträhnlein. Dem Rocherl macht's ja auch Mühe, weil zum Zupfen eigentlich zwei Hände gehören, während er die eine, mit Lappen wulstig umwickelt, auf dem Truhenrande liegen hat. Als ich den schönen Menschen so von der Seite ansehe, wie er blaß ist, wie er betrübt dasitzt, — ein Krüppel für sein lebtaglang — da stelle ich die Frage, wieso es denn gekommen sei, das Unglück?

Der Bursche schlägt sein großes Auge auf, sein feuchtes, manchmal so eigentümlich leuchtendes, und antwortet in einem traumhaft singenden Ton: „Ein Reh ist schuld daran gewesen.“ Dann kommt er zu sich, lacht auf: „Ein Reh! Hab' ich gesagt ein Reh? Siehst du, Hansel, wie man schlecht sein kann! Was kann das Reh dafür, daß ich hab' schießen wollen!“

Darauf ich: „Es ist die alte Geschichte. Der Bauer muß sein Korn und Kraut vor dem Wilde schützen. Und dieweilen der arme Mann sich seines Eigentums wehrt, läßt der gottverdammte Jäger das Reh laufen und schießt auf den Bauern.“

Darauf der Rocherl: „Nein, Hansel, diesmal ist es nit so gewesen. — Schau, die grauen und die weißen Schüberln mußt du auseinanderzupfen, sonst wird der Loden scheckig. — Ganz anders ist das gewesen. Mir ist recht geschehen. Mitten im Winter frißt das Reh kein Korn und kein Kraut. Gelustet hat's mich. Und wenn mich einmal etwas gelustet, nachher nichts denken — wild drein.“

„Recht sorgfältig will ich zupfen, wenn du mir's erzählst.“

„Knötteln, wenn du ihrer findest, darfst du nit dazutun. Die mußt wegwerfen. — Alleweil halt oben gestanden, oft die halben Nächte lang. Hinter dem Schachen mit der Flinte. Aber es hat nit sein sollen. Das eine Mal, wenn's zu Schuß kommen soll, geht das Zündhüttel nit los. Das zweite Mal, wie ich hinziel' aufs Tier, du Hansel, da geht's freilich los, aber nit bei mir. In der

Hand hab' ich's gehabt, dem Jäger sein Blei, wie's heut' noch drinnen steckt. Gesehen hab' ich nichts mehr. Auch nichts gehört. Du, ich sag' dir, wenn der Mensch derschossen wird, so kann er sich nit einmal denken, jetzt bin ich derschossen worden! So geschwind geht's."

„Aber du bist es ja nicht worden, wie man sieht!"

„Wie ich wieder munter werd', lieg' ich im Bett, steht der Geistliche neben meiner und ist vom Sterben die Red'. Meinetwegen! hab' ich mir gedacht und bin wieder eingeschlafen. — Aber du! 's Kugerl hat's schon gemacht, daß ich nit verschlafen hab'."

„Hat's weh getan?"

„Der Teuxel, freilich hat's weh getan."

„Jetzt, wer hat denn eigentlich geschossen?"

„Der höllverfluchte Menschkerl. Der Jäger Konrad."

„Wenn dir aber doch recht geschehen ist?"

„Recht geschehen, das freilich. Weil ich gewildert hab'. Und weil's Wildern verboten ist. Der Jäger hat nit recht getan, denn weil er auf einen Menschen geschossen hat. Der hätt' mir die Büchsen können wegnehmen, das hätt' er können. Wehr' ich mich, so darf er auch schießen, das darf er. Aber nit so! So nit. Mörderschuß, sag' ich. Weil er mir Feind ist gewesen. Das soll er sich merken! Klagen gehen hätt' ich ihn können, sagt der Kulmbock-Bauer. Was hab' ich davon, wenn er sitzt? Für so was ist mir meine Hand nit feil. Die verkauf' ich teurer, mein Lieber!"

In diesem Augenblicke hättest du ihn sehen sollen, den Jungen. Etwas Unheimliches. Ich wollte ihn beschwichtigen.

„Hat gleich Angst bekommen, der Jäger," fährt der Rocherl fort. „Ist noch am selben Tag nachfragen gegangen ins Haus, wie's mir geht. Nur die Flinte, sagt' er, hätt' er mir wollen aus der Hand schießen. Wär' nit sein Willen gewesen, daß er mich trifft. Wär' nit so vermeint gewesen, sagt' er. Bin auch weiter nit bös auf dich, hab' ich gesagt. Vielleicht zahl' ich dir's einmal ab, vielleicht nit."

„Ich an deiner Stelle möchte mich mehr um die wunde Hand kümmern, als um den Jäger."

„Die wird schon wieder heilen. Das Pech zieht's heraus.

Wie mich dieser Bursch erbarmt! Sprießt erst zum Leben auf. Soll hart den Daseinsstreit ringen mit der gefräßigen Welt. Und ist ohnmächtig in Arbeit und Wehr. Und schaut so treuherzig in die trüben Nebel seiner Zukunft. Was sein Verzeihen anbelangt? „Vielleicht zahlt er's ihm einmal ab, vielleicht nit!" Der Geistliche hätte ihm das Verzeihen geraten, der Rocherl hätte drauf geantwortet: „Wird mir eh nit viel anderes übrigbleiben, weil der Jäger stärker ist."

„Rocherl," habe ich hernach gesagt, „nicht unruhig machen möchte ich dich. Deine Hand wird heil werden. Aber Pfropfenzieher ist das Schusterpech keiner. Da muß ein Arzt dran."

Antwortet er: „Wir haben eh die Marenzel gefragt, die was die Salbensiederin ist. Die hat gesagt, nur keinen Doktor! So Leut' täten gleich die ganz' Hand wegschneiden. Da ist mir eine luckete Hand doch alleweil noch lieber, wie gar keine. Und die Kugel wird schon herfürkommen, sagt sie. Dreimal der Vollmond muß halt draufscheinen."

Nun weiß man auch, weshalb vor drei Wochen der Junge des Abends immer vor der Haustüre gestanden ist und seine arme Pfote dem aufgehenden Mond entgegengehalten hat.

Nachdem wir wieder ein Weilchen schweigend nebeneinander Wolle gezupft haben, sagt der Rocherl: „Wird eh so am besten sein, für mich. Heißt nichts, die Wildschützerei. Und bändigen hätt' ich mich nit können. Du glaubst nit, Hansel, wie das ist, wenn einer bei der Nacht so aus dem Bett gezogen wird, wie das Kalb mit dem Strick. Und zum Wald hin. Und kreispelt's im Dickert — und sieht was laufen. Nur gleich so in die Hand fahrt's. Und wenn du eine Heugabel bei dir hast, an die Wang fahrst damit!"

„Und das arme Tier erbarmt dich nicht? Das gerade so gern lebt wie du. Denkst denn nicht dran?"

„Denkt der Jäger dran, der schlechte Lump? Geh, Narr, zum Denken ist da keine Zeit, sonst lauft's davon. Oder höchstens: streck' ich's nit, streckt's der Jäger."

„Hör' mir auf, Rocherl. Diese Ausrede kann jeder Diebskerl brauchen."

„Hast eh recht. Aber es ist halt wie verhext. Es gibt halt nichts Lustigeres auf der Welt, wie das Reherlschießen."

Singend hatte er die letzten Worte gesagt und kam uns wohl beiden das Volkslied in den Sinn:

„Obs sunnen oder dunnern tut,
Ob winden oder gießen,
Ich weiß halt keine größere Freud,
Als wie das Reherlschießen!"

Und derselbe Bursche ist anderseits so voller Sorgfalt für die Haustiere, kümmert sich um die richtige Fütterung, vergißt nach keiner Mahlzeit, die Brosamen hinaus aufs Fensterbrett zu legen, daß die Spatzen kommen und sich letzen mögen zur Winterszeit.

Um den Kuhstall sorgt er sich nicht, dort ist die Barbel. Wo die Barbel ist, da braucht sich weiter niemand zu kümmern. Wo die Barbel ist, da kann nichts geschehen.

Vor etlichen Tagen hatten wir ein Donnerwetter mit Blitz und Hagel, wie im Hochsommer. Noch nie so um diese Zeit, sagen sie. In der Nacht war's. Ich wurde ins Haus gerufen, um beim Schein einer Weihekerze den Wettersegen mit beten zu helfen, oder bereit zu sein zum Retten, falls der Blitz einschlüge. Das krachte und knatterte ganz grauenhaft. „Hagel auf den Schnee tut dem Korn nit weh!" sagte der Hausvater, aber fürchten taten sie sich doch. Der Rocherl kauerte im bloßen Hemde am Herd, zitterte, wimmerte, hielt Ohren und Augen zu und verlangte nach der Schwester. Die wurde geweckt, kam in die Stube, da war er ruhig. Sie sagte kein Trostwort, sie betete nicht, sie war nicht erstaunt — sie schaute nur traumhaft drein, wie sonst manchmal. Das Gewitter verzog sich, draußen war es still und schneelicht und man hätte sagen mögen: Das Mädel gebot dem Sturm.

Bin ich schon wieder bei ihr? — Aber es ist ja ein dummes Ding.

Dein treuer Knecht.

Nach Schluß des Blattes. Du fragst, was das für ein Sprachstil wäre, dessen ich mich in meinen Briefen befleißige. Möge dein ästhetisches Urteil mir gnädig sein — es ist der Dreschflegelstil. Mit starren Gliedern und vollem Herzen schlägt man nicht die schöngewundenen Spaziergänge durch den Rosengarten der deutschen Kunstsprache ein. Da geht's geradeaus durch Strupp und Strauch. Wäre Goethe anstatt Minister Bauernknecht gewesen, es möchte auch der Goethestil ein Flegel- oder Heugabelstil geworden sein. Und nächstens soll's gar an den Mistgabelstiel gehen.

Am zwölften Sonntage.

Eine pathetisch veranlagte Natur würde von Herzenstakt und Charakteradel zu sprechen haben. Ich sage bloß: Seelengute Leuteln!

Mit Ausnahme der reschen Hausmutter, die bisweilen Salz in die Butte streut, ist in diesem Hause alles voller Sanftmut und Rücksicht gegeneinander. Wird der Vater von seinem Lungenkrampf geplagt, so ist alles um ihn bestrebt, Erleichterung zu schaffen; doch ein paar Gramm Hexenkraut vermögen mehr, als die ganze Liebe. Wenn aber die Marenzel ausbleibt mit dem Hexenkraut! Das alte Weib ließ merken, daß es beleidigt worden sei und blieb aus. Nun zerbrachen wir uns alle den Kopf, worin denn die Beleidigung bestanden haben könne? Die Hausmutter erinnerte sich, das letztemal der Marenzel die Einbrennsuppe anstatt auf den Tisch, nur auf die Bank hingesetzt zu haben, denn der Tisch war mit Flachssträhnen vollbelegt gewesen. Oder hatte der Franzel ihr Dachshündlein beleidigt? Er sagte nämlich „Hund" zu ihm. Der Hausvater hatte in ihrer Anwesenheit, als draußen ein Regenschauer niederging, scherzeshalber den Ausspruch getan: „Wenn's in die Sonn' regnet, tut der Teuxel seine Großmutter auf die Bleich' legen." — Sollte das die Marenzel schief genommen haben? Denn das soll eine sein, die alles, was übles gesagt wird, gleich auf sich bezieht. Also sie kam nicht, im Hause war kein Hexenkraut und dem armen Manne sprengte es fast die Brust. So wurde endlich der Rocherl ausgeschickt, die Marenzel zu suchen. Er fand sie bettelnd im Tale mit ihrem kleinen roten Dachse, den sie stets im Korbe bei sich trägt. „Liebeste Marenzel," soll er gesagt haben, „heut' täten wir wieder einmal buttern daheim, wenn du kosten möchtest kommen. Die Mutter sagt schon, daß der Butter dasmal wieder so süß ist, und wenn nur die liebe Marenzel tät kommen!"

„Ist gut," antwortete die Alte, „will kein Stein sein, wenn mir die Leut' gutweis kommen!" und kam neben dem Rocherl den Berg heraufgetorkelt. Sie tat ihren breitkrämpigen Filzhut ab, wendete das kleine runzelige und fast kahle Köpflein rasch in der Stube nach allen Seiten hin, ob nicht irgendwo sich ein Feind zeige. Dann schlenkerte sie ihren wulstig geflickten Kittel aus und fragte einigermaßen bissig: „Wo darf man denn niedersitzen?"

„Wo du magst, wo du magst, Marenzel," drauf die Hausmutter, „'s ist ein rechtes Elend bei uns. Den Vater hat's wieder so viel auf der Brust."

„So! Halt das Frühjahr. Tut's nur Achting geben. Der Bauer tut im Herbst fexnen und der Sensenmann im Frühjahr." Und vom Kraut sagte sie nichts.

Als sie im Korb ihr Hundlein zurecht gebettet hatte mit allerlei zärtlichen Kosewörten, als sie ihm Milch und Butter zum schlecken vorgelegt und selbst schmatzend das ihr dargereichte Butterbrot abgetan hatte und sich hierauf sorgfältig die dürren Finger an einem Lappen rieb, trat endlich die Hausmutter vor mit ihrem „Gebitt" um Hexenkraut.

Da begann die Alte langsam ihren Hals nach vorn zu strecken. Die Glotzäuglein traten hervor. Die auf den Stock gestützte Hand begann zu wackeln.

„— — Adamshauserin! Mir scheint, Euch ist nit um's arme Leut zu tun, daß es soll Butter kosten. Mir scheint, das Hexenkraut ist's. Meine liebe Bäuerin, das hätt' Euer Bub früher sagen sollen. Ich hab' kein Kraut bei mir."

Weil ich zufällig anwesend bin, so kommt es mir in den Sinn: Wart' Alte, deinen Bettelhochmut wollen wir dir austreiben.

„Hausmutter," sage ich, ohne scheinbar der alten Marenzel zu achten, „wenn der Vater wieder an Atemnot leidet, da weiß ich ein Mittel, das hilft gewiß. Hundefett, von einem roten Dachshund. Gar nichts Besseres für Brustleiden! Da brauchen wir nicht erst ein stinkendes Hexenkraut."

Den Wutblick von der Alten, den möchte ich mir in Spiritus konservieren lassen. Ganz schwefelgelb! Und dann hat sie ausgepackt. Hexenkraut so viel, daß man damit alle Hexen und Kurpfuscherinnen vom Almgai hätte zu Tode räuchern können. Auch frisches Schusterpech für die Schußwunde: „Wenn nit der abnehmend' Mond schon zu viel draufgescheint hat, so wird es das Blei schon herausziehen."

Nachher, als sie fort war und der beräucherte Hausvater sich wieder erleichtert fühlte, habe ich Vorwürfe bekommen. Das tät er nicht gern hören, daß in seinem Haus das Heilkraut so verspöttelt würde. Man müsse dem Herrgott lieber danken, daß er's wachsen lasse. Und was solle das heißen, mit dem Dachshund? Das Hündel würde man ihr doch gönnen mögen, der armen Haut. Sei eh noch eine gute Tugend an ihr, daß sie ein Herz zum Tier habe.

Dann „der abnehmend' Mond?" — Die Schußwunde des Rocherl ist es, aus der gleichsam die ganze Familie blutet. — Und ihr anderes Leid ist der Soldat in der weiten Welt, der Valentin.

Seit Wochen erwarten sie seinen Urlaub. Zu Weihnachten hatte er eine Photographie geschickt; die hat der Rocherl zu den Bildern des Hausaltars hinaufgehangen und der Vater hat sie wieder herabgenommen.

„Man denkt beim Beten so schon zu viel an den Buben; und wenn erst gar noch das Bildel vor Augen hängt! Wenn sie auch immer einmal gemartert werden, die Soldaten — Märtyrer ist er halt doch noch keiner, daß man ihn zu den Heiligen könnt tun."

Des Hauses Stolz ist der kleine Franzel. Der Schullehrer hält nämlich von dem Knaben große Dinge. Es ist die Rede davon, daß er nächst' Jahr in ein Seminar soll. Wenn du einmal nachdenkest, woher die klerikalen Kämpen und heißglutigen Priester kommen, die ebenso entschieden Weltgeschichte machen, als andere Mächte — aus dem Bauernhause kommen die meisten. Unverbrauchte Erdkraft ist in ihnen. Daran denkt das alte Menschenpaar im Adamshause freilich nicht. Ihr höchstes Erdenziel wäre das, einstmals im weißen Haar dem Meßopfer des eigenen Kindes beiwohnen zu können.

Der Augapfel dieser Leute, ihr Herzblatt und ihre zitternde Freude ist —. Sagen tut's keines, anmerken tut man's jedem. Wenn die Barbel nicht da ist — wo ist sie denn? Wenn sie im Stalle Streu hebt oder vor dem Hause Holz schichtet — ist es wohl nicht zu hart für sie? Wenn sie bei Tisch den Löffel weglegt — was ist dir denn, Kind, daß du nit magst essen? Und hast wohl genug warm bei der Nacht, Barbel? Und tut dir wohl nichts weh, Barbel?

Am Josefitag, während das Mädel in der Kirche war, habe ich ein Gespräch gehört zwischen dem Adam und seinem Weibe, das mir zu denken gibt. Sagt sie zu ihm: „Ich weiß nit, Adam, mir ist immer einmal so hart."

„Warum denn, Mutter?"

„Das weiß ich halt selber nit."

Machte er sein schalkhaftes Gesicht: „Wenn dich was

druckt, Alte, da weiß ich dir einen guten Rat. Vor Zeiten wärest du selber draufgekommen.“

„Du meinst, daß ich für die armen Seelen im Fegfeuer ein Vaterunser beten sollt'?“

Er schüttelte den Kopf — das meine er nicht.

„Oder fleißig zum arbeiten schauen?“ sagte sie.

„Weißt, Mutter, zu wenig greinen tust du. Besser ausbrummen mußt dich, nachher wird dir schon g'ring.“

„Das kannst sein lassen, Alter. Fürs Foppen bin ich jetzt nit aufgelegt. Schlecht genug, wenn du dich nit kümmerst. Fällt dir denn gar nichts auf, Adam? Daß sie alleweil so traurig ist!“

„Wer?“

„Und schon gar nimmer lachen will. Die Barbel!“

„Die Barbel? Nit lachen? Nimmer lustig sein? — Du, Weib, jetzt fällt mir das auch auf. Haben wir nit alleweil gesagt: das Hausglöckel?“

„Gelt! Und jetzt nimmer. Schon lang' nimmer. Oder weißt eine Zeit, wo sie gelacht hat?“

„Schon lang' nimmer,“ sagte er nachdenklich.

„Seit dazumal, wo sie ins Wasser gefallen ist, kommt sie mir halt ganz anders für!“

„Seit sie zu Hoisendorf in den Bach gefallen ist?“

„Seitdem ist sie nimmer so.“

„Das kunnt ich mir nit denken, wegen was.“

„Du, wenn's mit dem Kind was hätt'! Himmlische Mutter Maria, wenn dem Kind was tät' sein!“

„Es müßte nur sein,“ meinte er, „daß ihr die Hand weh tät'.“

„Die Hand? Sie wird doch an der Hand nichts haben!“

„Dem Rocherl seine.“

„Mein Gott, es kann ja eh sein, daß es das ist.“

„Sie sollt's doch sehen, daß der Bub' selber lustig ist."

„Ist nit sein Ernst, mein du! Dem steckt's tiefer, als er's scheinen lassen will. Geh', sag' das einer Mutter nit. Was die Kinder müssen leiden, wenn man's selber kunnt tragen! Tausendmal gern! Daß uns so was hat müssen treffen mit dem Rocherl!"

„Mein Gott, Traudel," sagte er, „wir sind halt auf der Welt. Da ist doch das Unglück nichts Neues! Wollen denn wir den Himmel schon im Almgai haben? Narr'l, da tät' ja nachher das Absterben zu hart sein!"

So haben sie am Vormittage miteinander geplaudert beim Herdfeuer. Und zu Mittag, wie die anderen von Hoisendorf heimkommen, bringen sie den Brief mit. Vom Soldaten. Die Hausmutter hat uns für denselben Mittag Leinölkrapfen bereitet gehabt, die sonst so gut sein sollen. Haben uns nicht geschmeckt. Der Valentin liegt krank im Spital zu Laibach im Krainerland. Was ihm fehlt, das schreibt er nicht. Immer an „heim" muß er denken. Immer an heim! — Der zuerst anhebt zu brüllen, das ist der Franzel. Den Rocherl stoßt's bloß in der Brust. Die Mutter hockt im Ofenwinkel, reglos, wortlos. Der Vater hat größere Augensterne bekommen, daß man das Weiße nicht mehr sieht. Die Barbel steht ganz ruhig am Winkelkasten und schaut mit ihren runden, betrübten Augen zum Fenster hinaus, und die Hände hat sie über der Schürze gefaltet.

Jetzt, Knecht, zugereister, mach' dich einmal nützlich! Also fange ich an zu trösten: „Spital! Was weiter? Bin ich zweimal im Garnisonsspital gewesen, einmal vier, einmal sechs Wochen lang. Da fehlt einem gar nichts, als das bissel Gesundheit. Man hat sein warmes Bett, sein Stückel Fleisch und seinen Doktor. Und wird bedient wie ein Graf.

Wachzustehen braucht man nicht, zu exerzieren braucht man nicht, hört keine Flucherei, weiß von keiner Strafe und die Zeit vergeht doch. Manchmal geht's gar lustig zu im Spital: schwatzen, karteln, rauchen, feinsten Kommißtabak, versteht sich, nachher Geschichten erzählen und allerhand Narreteien, zum Kugeln vor Lachen. Ich sage nur das: manchem ist gar nicht gut, wenn ihm wieder gut ist und er heraus muß!"

Ich glaube, Philosoph, diesmal habe ich mir meine Suppe redlich verdient, mitsamt Salz und Kümmel. Die Angesichter haben sich schier aufgeheitert, wie ein Regenhimmel, wenn der Ost zieht.

„Ich denk' wohl auch, daß es nit so arg sein wird," meint der Hausvater, der überhaupt eine leichte Achsel hat, auf die er das Schwerste legt.

Eine solche Achsel, wenn die Hausmutter hätt'! Diese ließ es sich nicht nehmen, daß der arme Valentin schwere Not würde leiden müssen. Es wäre ja ein alter Brauch, daß man die Soldaten schier verhungern ließe.

„Wenn er nur Hunger hat, auf dem Krankenbett!" sagte der Vater, „wenn er nur recht Hunger hat, nachher kommt er uns wieder!"

„Schreibt er nit um Geld?" fragte die Mutter. Der Rocherl, der den Brief gelesen, verleugnete auf einen Wink des Vaters die kleine Zeile ganz unten am Rand.

„Noch nit einmal hat er um Geld geschrieben!" erklärte die Mutter.

Die verleugnete Zeile aber lautete: „Nur um zwei Gulden, wenn ich bitten dürfte, liebe Eltern!"

Der Vater wollte mit den Kindern erst die Geldbeschaffung besprechen, bevor er der Mutter die Bitte mitteilen mochte.

Tags zuvor war der Steuerbote dagewesen, schon das dritte Mal seit sechs Wochen. So verworren, daß sich kein Mensch auskennt, spricht der Zahlungsauftrag von „rückständiger“ Steuer, die der Adamshauser schon längst bezahlt zu haben wähnte. Es half ihm nichts, der Bote trug den Rest des Sparpfennigs mit fort, mit der Drohung, daß er nicht wiederkomme! Wenn bis Ostern die letzte Quote nicht bezahlt sei, dann ginge es an ein paar Ochsen! — O welches Glück, in einem Kulturstaat zu leben!

Der fürsorgliche Besuch des Herrn Staates hatte damals dem Adamshauser einen Atemnotanfall gebracht. Wie der Steuerbote die Lunge angriff, so ging nun der Soldatenbrief ans Herz.

Jetzt merkte ich aber, daß die Barbel anhub, ein frohes Gesicht zu machen.

„Braucht der Valentin etwa Geld?“ fragte sie leichthin.

„Na freilich wird ein Soldat nie zuviel Geld haben,“ meinte der Vater.

Nach wenigen Minuten brachte sie aus ihrer Kammer ein zierlich mit bunter Wolle gesticktes Mapplein.

„Da kann er gleich heimreisen, wenn er mag,“ sagte sie. Acht oder zehn glatt zusammengefaltete Papiergulden tat sie hervor.

Stürzte erregt die Mutter herbei: „Barbel, wo hast du das Geld her?“

„Geh', närrisch,“ lachte der Vater, „woher wird sie's denn haben? — Mir scheint, Tochter, du willst dein Kresengeld vertun!“

Es war aber nicht das Taufpatengeld, wie er meinte.

„Habt ihr auf die Hetschen-Basel denn schon ganz vergessen?“ fragte die Barbel. O, Freund, wie schön ist ihr Muttergottesgesicht, wenn sie schalkhaft schmunzelt!

„Das Geld von der Basel?"

„Das sie mir vermacht hat. Ihr wisset es ja, Mutter."

„Und daß du die Erbschaft in die Kailinger Sparkasse solltest legen! Ja, hast das Geld denn nit eingelegt? Du leichtsinnige Dirn', du!"

„Was braucht's denn die Kailinger Sparkasse, wenn man's daheim auch gut aufheben kann!'

Als sie den letzten Schein aus der Mappe tut, werfe ich einen Blick auf das Geld und erschrecke ganz abscheulich. Sind es lauter Papiergulden, die schon seit zwei Jahren keine Gültigkeit mehr haben.

Und wollen sie dieses Geld dem Valentin schicken! Da habe ich mir wohl gedacht: O Adam! Adam! Bisweilen wäre doch auch im Bauernhause eine Zeitung nicht schlecht!

Jetzt frage ich dich, Alfred! Du bist zwar ein tapferer Mann, schon auch darum, weil du so fest zum zugereisten Bauernknecht stehest. Aber die Hand aufs Herz! Hättest du den Mut, dieses Wesen aufzuklären darüber, daß ihre in der schönen Mappe so sorgfältig gehüteten Sparpfennige, mit denen sie den kranken Valentin die Heimreise ermöglichen will, wertlose Papierfetzen sind? Das wäre ja gerade, als risse ihr ein gottverfluchter Erzräuber das Vermögen aus der Hand. — Na, da rücke ich mich auf meiner Bank ein wenig gegen die Tischecke hin.

„Du, Barbel," sage ich, „laß einmal sehen. Acht Gulden hast du da. Papiergeld. Hörst du, das werden sie dir auf der Post schwer annehmen. Geld kann man neuzeit nur durch Postanweisungen schicken, und da muß Silbergeld eingezahlt werden. Ja, ja, Dirndel, du glaubst es nicht, was so eine kaiserliche Post für Kaprizen hat! Ist aber leicht geholfen. Wart' ein bissel, ich wechsle dir die Papiergulden gegen Silberlinge um. Hab' ihrer einen ganzen

Teuxel im Hosensack, da genieren sie. Mir ist Papier lieber und der Post Silber und so ist uns beiden geholfen.“

Gelogen wie gedruckt. Aber ich hoffe, der Herrgott, wenn er sich überhaupt um einen durchtriebenen Strick noch kümmert, wird mir dreihundert Zeitungslügen dieser einen willen verzeihen. — Du hast einmal gesagt, daß gute Menschen ansteckend wären. Hätte gar nichts dagegen.

Und so ist nachher dem dreibeinigen Bandelkrämer zu Hoisendorf die Geldsendung übergeben worden, und ein schöner Brief dazu, des Sinnes, daß die Heimatberge noch felsenfest stehen, daß Eltern und Geschwister frisch und gesund sind und alle Tage ihr Vaterunser beten für den Valentin um glückliche Heimkehr. Die durchschossene Hand ist ihm verschwiegen worden. Die kann er jetzt nicht brauchen.

Als der Brief geschrieben und vorgelesen war, schaute mich die Barbel an. Hatte ich ihr aus dem Herzen geschrieben? Mensch, so lieb hat mich noch niemand angesehen! — Wir haben heute Frühlingsanfang. Das stimmt, Professor. Frühlingsanfang! Frühlingsanfang!

Adamshaus, um dreizehnten Sonntage.

An das Redaktionskollegium der „Kontinental-Post“.

Lasset es gut sein, meine Herren. Euere dem Blatte unrechtmäßigerweise entzogenen und mir unverdient brieflich zugewendeten Geistesentladungen sind nicht mehr wohl angebracht. Ich bin bereits zu sehr verbauert, um dafür die richtige Wertschätzung aufzubringen. Ihr werdet schon verzeihen, daß der Spaß wirklich ernst geworden ist. Der Philister in mir wird bereits so vordringlich, daß ich aufhöre zu „wissen“ und anfange zu ahnen. Zu ahnen, was das weltberühmte Wort heißt: Im Schweiße deines Angesichtes! Und was Menschenleben heißt!

Die „Kontinentale“ ist mir nicht mehr unter allen Umständen notwendig. Wenn ihr sie mir noch weiter schicken wollet, um euch bei mir in freundlicher Erinnerung zu halten, dann sendet sie an den Herrn Guido Winter, Schullehrer zu Hoisendorf, ob Kailing. Bei mir daheim wird sotanes Papier nicht geduldet, weil es, nach Ausspruch einer mir maßgeblichen Persönlichkeit, beim Verbrennen zu viel Gestank macht.

Hier hebt jetzt Erdgeruch an, aus dem Boden zu steigen, der macht sich nach Weihrauch, Pulverdampf und Druckerschwärze, die mir schon in die Nase gestiegen, freilich ganz märchenhaft!

Machet euch um mich weiter nur keine Sorgen. Wenn das Jahr um ist, werde ich mein Visitkarte schon abgeben. Schluß.

Hans Trautendorffer.

Am vierzehnten Sonntage.

Liebster Alfred!

Am vorigen Sonntage hatte ich gerade so viel Zeit, um an die Herren der „Kontinental-Post" ein Absagebriefchen zu schreiben. Denn diese Art von Zuschriften ist mir endlich doch zu unangenehm geworden. So sehr mich deine Briefe stets aufrichten, so sehr haben mich die frivolen Geistreicheleien von jener Seite verstimmt. Und war auch ich einmal so einer!

Den größten Teil des vorigen Sonntags habe ich brütend über einem alten Buche zugebracht, das sich in einer wurmstichigen Truhe des Hauses gefunden. Es ist eine Erd- und Geschichtbeschreibung vom Gesichtswinkel eines alten Scholastikers aus. Weiter nicht der Mühe wert, wenn ich in demselben nicht meine — Ahnen entdeckt hätte. Kann mir darauf schon etwas einbilden! Zur Hohenstauffenzeit haben die Trautendorffer schon eine Rolle gespielt. Ein „Hannus Trautentorffer" ist damals zu Augsburg gevierteilt worden. Der Mann scheint die Durchfuhrszölle etwas zu eigenmächtig und zu energisch eingetrieben zu haben, bei reichen Kaufleuten, die durch den Spessart zogen.

Unser Rocherl guckt auch manchmal gerne in ein Buch, so habe ich den Namen durch einen Tintenklex bemäntelt. Wenn der Adam, dessen Ahnen wohl seit Jahrhunderten die Scholle bebaut haben, wüßte, daß ich die meinen in Tinte rein zu baden Anlaß habe!

Ob meine alten Bärenfleischfresser wohl einmal davon geträumt haben werden, daß für einen ihrer entarteten Urenkel die Zeit dünner Erbsensuppen kommen wird!

Nie habe ich eigentlich gewußt, was das heißt: Fastenzeit. Und nie habe ich darüber nachgedacht, obschon sie jeder Kalender sieben Wochen breit aufzeigt. Jetzt bin ich mitten drinnen. Die Erbsenwoche ist übrigens schon vorüber. Da hat die Hausmutter so unentwegt Erbsen auf den Tisch gebracht, daß der Nocherl das Wort Erbsünde davon ableitete. Nun sind die Wasserwochen, als Folge der Erbsünde gleichsam die Sündflut. Des Morgens, des Mittags, des Abends — nichts als Wassersuppen, bisweilen ein wenig mit Butter gefettet, an Freitagen aber vollkommen pur, mit Ausnahme des Zwiebelbeigeschmacks, der Hauptwürze in der Fastenzeit. — Der gute Adam! Wenn der zur Fastenzeit einmal in eine Prälatenküche gucken könnte!

Die Barbel kann schneidern und hat mir schon Jacke und Weste enger machen müssen. Doch merke ich nicht etwa ein Sinken körperlichen Wohlbehagens oder der Kräfte. Die Mäßigkeit, die gute Luft, körperliche Arbeit — man lobt sie auch in den Städten. Dozieren — ja. Probieren — nein. Die Schwielen meiner Hände tun mir schon lange nicht mehr weh. Von meinem noch stark städtischen Schuhwerk hatte mir der Hausvater eines Tages gesagt: „Tu' sie nur wieder einmal wichsen, sie verdienen's. Du wirst dir drin noch die Zehen allmiteinander erfrören.“ Heute trage ich ein Paar vom Valentin; der überschüssige Raum wird mit Stroh ausgefüllt. Auch mit anderen Kleidern versorgen mich die Hausgenossen. Denn der Touristenanzug muß geschont werden, soll ich in demselben einst wiederum bei euch einreiten. — — Diese Gedankenstriche bedeuten Fragezeichen.

Vor einigen Tagen, mein lieber Philosoph, habe ich die Weihe dieses Standes empfangen. Durch allerlei Arbeiten und Obliegenheiten bin ich endlich avanciert bis zum Dunghaufen. Wir führen den Stalldung mit Schlitten auf die Felder. Der Schnee ist auf dem Lande kein Verkehrshindernis, wie die Städter meinen, er ersetzt vielmehr die Eisenbahn und wohin der Landmann seinen Schlitten lenken mag, überall sind schon die glatten Schienen gelegt.

Anfangs hatte ich vor genannter Arbeit nicht geringe Angst. Nichts fürchtete ich so sehr, als den Dunghaufen, der übrigens recht harmlos im Hofe liegt. Niemand zeigt vor ihm einen Abscheu und die Leute, die daran arbeiten, kommen vom Brunnen mit reinen Händen in die Stube. Als ich mit der dreispießigen Gabel das erste Mal hineinstechen mußte, dürfte ich ein ähnliches Gefühl gehabt haben, wie der Soldat, der das erste Mal ins Feuer zieht. Ein Ding, das meiner Militärzeit nicht blühte. Es muß doch die Baronin Suttner dahinterstecken, daß es zu so gar keinem ordentlichen Kriege mehr kommen will. Für die Zeitungen wird dieser Zustand schon zur Kalamität. — Freilich, meine Hausmutter, die betet jeden Abend vor dem Einschlafen ein herzblutiges Vaterunser um den Frieden. Wer ein liebes Kind bei den Soldaten hat, der denkt in dieser Sache anders, als ein abonnentenhungriger Zeitungschreiber. Wenn's einmal wirklich ums Vaterland geht, da rückt der Bauer wild aus. Für eine politische Großmacht, für die Eroberung türkischer Provinzen, oder für eine Million Soldaten, die durch ihre Gewehrläufe Friedensschalmei blasen sollen, hat der Bauer nicht um einen Groschen Verständnis.

Und nun zurück zur Goldgrube. Sie hat, das wird niemand leugnen, einen starken Geruch. Einen starken, man könnte auch sagen: würzigen. Die Stadt hat schlimmere Wohlgerüche. Weißt du, woran das gemahnte, als ich hineinstach? An die feinen Käse nach einem Diner. Nur schade, daß es hier ein Dessert ohne Mahlzeit ist. — Mein Hausvater schmunzelt. Die dampfenden Schichten sind hübsch speckig und stellenweise blüht daran schöner Salpeter. Wenn uns die Wetter verschonen, so kann's Korn geben! Bislang siehst du die grauen Felder nur schwarz punktiert mit den abgeladenen Häuflein, dann kommt die Barbel mit der Gabel und streut die Sachen flach auseinander. Dichter älterer Schulen würden singen: Sie streut Rosen aus! — Mich Bauerntölpel dünkt, sie streut Früchte aus. Wir werden's ja sehen im August.

Heute muß ich dir aber noch eine andere Dunghausengeschichte erzählen, die sich in Kailing zugetragen hat. Der Kurat, der Lehrer und andere in Hoisendorf wissen davon. Es ist darüber viel gesprochen und viel gelacht worden, aber noch mehr geflucht. Du kannst sie herumzeigen in unserem schönen Chinesien.

Nu man dran.

Wundersame Geschichte vom anrüchigen Garibal.

Das war also zu Kailing an der Rechen. Die Leute standen überall unter den Haustüren und tuschelten es einander in die Ohren. Der Brotausträger sagte es laut in die Küchen hinein: „Wißt ihr's schon?" Und auf allen Gassen: „Wahr muß es doch sein, die Leut' reden überall davon."

Wovon?

Nun eben, das ist's ja. Wenn man das wüßte. Unbegreiflich ist es jedenfalls. Hatte dieser Mensch doch sonst immer einen guten Eindruck gemacht. Ein so netter junger Mann. Der Sohn des reichen Grösselhofers. Junger Doktor und gar Oberleutnant. Und doch nicht ein bissel stolz, auf Du und Du mit allen Schulkameraden in ganz Kailing. Vor kurzem noch hatte man ihn daheim gesehen auf dem Grösselhof, bei der Arbeit zulangend wie ein frischer Bauernknecht. Hatte auch gern mit den Dirnlein gescherzt und Schelmenliedeln gesungen. Ein flinker, hübscher Bursch!

Und jetzt diese Gerüchte! Diese unheimlichen Gerüchte! Soll auch schon in der Zeitung stehen, hieß es. Und in der Tat, das Wochenblatt brachte die Notiz, gegen den Reserveleutnant Garibal Randauer sei die Disziplinaruntersuchung eingeleitet worden.

Aber weshalb doch? Weshalb, weshalb? — — Man munkelt. Jemand wußte von einem Diebstahl, dafür hätte er beinahe Prügel gefaßt, wenn er seine Behauptung nicht eiligst damit begründet haben würde, der Oberleutnant habe einem Kailinger Bürgersmädel das Herz gestohlen. Schließlich vereinigten die Mutmaßungen und Meinungen sich um einen Totschlag aus Jähzorn und Eifersucht. Wieder andere wollten wissen, es sei noch etwas viel Schlimmeres. Dann hatte er gar am Ende einem Vorgesetzten was ins Gesicht gesagt. Renitenz? — Ach, Kindereien! Der Mann ist ganz anderer Dinge wegen anrüchig. Man munkelt von — von — — es sträubt sich die Feder, mein Alfred! Von einer ganz unaussprechlichen Schandtat hört man. Auch sein Bruder, der junge Grösselhofer, soll mit beteiligt sein.

Die Aufregung steigerte sich, als eines Tages drei Offiziere, der kleine, dicke Kommandant darunter, in die Gegend kamen, sich zum Grösselhof begaben und dort eine geheime Untersuchung abhielten. Sie standen vor den Ställen herum, an den Scheiterhaufen, Streuwächten und Dunghaufen, sie betrachteten Hacken, Krampen und Gabeln, nahmen das Hausgesinde in Verhör, unter dem strengsten

Auftrage, nichts weiterzusagen. Trotzdem war es jetzt so viel als klar: ein Mord. Doch nur das? Aber wen hatte der Mensch mit dem Beile erschlagen oder mit der Gabel erstochen? Es fehlte niemand. Alles, was nicht eines natürlichen Todes verblichen, war noch vorhanden. Ein alter Schuster endlich kam auf die Idee, die nach allen Seiten stimmte. Eine Revolte hatte er anzetteln wollen, einen Bauernaufstand gegen die Stadtherren, eine schreckliche Empörung mit Beil, Krampen und Gabeln. Das war's und nichts anderes. Natürlich!

„Den machen sie um einen Kopf kürzer.“

„Dann ist er immer noch so lang wie der Kommandant.“

Wer das gedacht hätt'! Ein Nihilist! Die Verschwörung geht heutzutage ja durch die ganze Welt. In allen Klassen und Ständen faßt sie Wurzel, man darf keinem Menschen mehr trauen. Wenn er noch einmal kommen sollte vor der Hinrichtung — ihm von weitem ausweichen. Den jungen Weibsbildern ward es schwer im Gemüt.

„Oft wird er nicht mehr kommen!“ sagte der Schuster. Und recht hatte er doch. Nur einmal kam er noch, der Garibal, um nicht mehr fortzugehen.

War's ein bureaukratisches Gericht oder ein standrechtliches — Nebensache. Die Hauptsache ist das Urteil. Der Reserveleutnant Garibal Randauer aus Kailing im Vordergai war schuldig befunden, die ganze kaiserliche Armee entehrt zu haben und ist deshalb des Offiziergrades verlustig erklärt worden. Der Unglückselige hatte nämlich — höre und schaudere — mit eigener Hand Dünger gestochen!! — Das Reglement verbietet nämlich dem Offizier in seiner Uniform jede gemeine, niedrige, knechtliche Arbeit, jede entehrende Beschäftigung. Und der junge Mann hatte in der Soldatenhose daheim auf seines Vaters Hof gemeinsam mit dem Bruder ein paar Stunden lang Kuhmist auf den Karren gefaßt. Deshalb ist das Scheusal degradiert worden. —

Ich fürchte, du hältst mich für einen Aufschneider. Mein Herr! — In der Tat, Freund, wir wußten all' miteinander nicht, wie uns geschah. Ich kenne jenes Verbot ja auch, aber das hätte ich nicht für möglich gehalten. Wie stehen wir jetzt da, wir Bauern! Lauter niedrige, gemeine, ehrlose Kreaturen. Er hat die Hand nach körperlicher Arbeit ausgestreckt, nach der uralten Beschäftigung des uralten Bauernstandes, und darum wurde er verlustig erklärt der Kameradschaft von Leuten, die in des Kaisers Rock an Spieltischen würfeln, leichtsinnige Schulden machen und Weiber verführen! — Alfred! Bleibt dir nicht der Verstand stehen?

Allerdings soll es noch irgendwo barbarische Länder geben, wo Generäle und Minister im Ruhestande auf ihren Landgütern persönlich mit Schlamm und Dünger umtun. Ja, es gibt sogar Könige, deren Ehrbegriff so verkommen ist, daß sie ganz gleichmütig und stumpfsinnig das Brot essen, welches auf Kuhmist gewachsen ist. — Die Bauern erzählen sich noch heute das Märchen von einem Kaiser, der im Lande Mähren einmal eigenhändig den Pflug geführt und Dünger in die Furchen geackert haben soll. Und es ist endlich der Aberglaube verbreitet, daß die ganze Welt, Hoch wie Nieder, vom Nährstand abhänge. Pfui, das sind alte Sachen! In den modernen Staaten gibt's statt Halme — Helme, und wenn man den Boden mit Menschenkadavern düngen kann, wozu da Kuhmist! —

Das ist die Geschichte vom anrüchigen Garibal.

Und wie stehe ich jetzt da? Gestern, als die alte

Marenzel wieder da war, hielt ich ihrem Hündlein ein Stück Krume hin. Das Vieh nahm nicht einmal den Bissen Brot von mir. — So weit gehen die Herren Offiziere wieder nicht.

Laß mich wieder zu meinem guten Adam gehen. Sinnend schaut er zu, wie das Feld genährt wird und sagt leise: Wenn Gottes Willen ist!

Das Wort wird einem geläufig auf der Scholle, der wunderbaren. Es ist eigentlich zum Verrücktwerden, wie der Bauer inmitten von lauter Wundern steht. Das Jahr hat dreihundertfünfundsechzig Tage — und was geht vor in dieser Spanne Zeit! Das Ungeheuerste geschieht. Eine sechzehn Stunden lange Nacht und wenige Monde später ein sechzehn Stunden langer Tag. Und in diesem Ring ein zartes Keimen, ein leuchtendes Blühen, ein üppiges Reifen, ein müdes Sinken, ein totes Starren. Welch' lange Zeit des lachenden Grüns, welch lange Zeit des ernsten Erwartens, und doch alles innerhalb eines kurzen Jahres!

Wenn ich am Feierabend draußen vor dem Wetterkreuze stehe, ist es zu hören jetzt, wie in den Bergen die Lawinen donnern. Hoch in den Hängen sammeln sich unter der Schneedecke die Wasser und gießen unten in trüben Fluten dahin, bis alles locker wird. Die Berge stehen klar und scharf in der feuchten Luft und ein lauer Wind weht über die Höhen. Welch ein Fernblick in die schneebedeckten Gipfel der Hintergaiergebirge und der Sandalpen, die so weiß, so still und weiß aufragen in den bleigrauen Himmel! In den Gaitälern werden schon die jungen Gräser sprossen, werden die Weiden ihre Kätzlein treiben — wir sehen nicht hinab. Bei euch werden jetzt die Konzerte sein mit den blädernden Fächern und den maliziösen oder gelangweilten Gesichtern dahinter. Die Gärtner werden den Parkrasen säubern, die Winde werden den Straßenstaub aufwirbeln, die Schneider werden mit irgendeiner Modetorheit die Frühjahrssaison einleiten.

Ei doch, die Fremdwörter. Nirgends sind sie so störend, als im Volkstum. Nirgends ist Unsinn so unsinnig, wie in der lieben Natur. Wehe tun sie dir in meinen Briefen, sagst du. Freund, das sind immer noch Schlacken, Kulturschlacken. Warte nur, bis das Fegefeuer mich erst ganz gereinigt hat.

Am fünfzehnten Sonntage.

In der vorigen Woche hat's bei uns Zank gegeben und zwar zwischen Vater und Mutter. Das soll sonst selten vorkommen, denn es ist, wie der Rocherl sagt: „Die Mutter tut, wie's der Vater anschafft, und der Vater schafft an, wie's die Mutter haben will.“ Diesmal hat aber das Männchen recht behalten, das heißt —. Recht behalten hat jedenfalls die Frau, er hat nur zufällig seinen Willen durchgesetzt.

Die Sache hat sich so begeben. Aus dem Untergaital sind zwei Bauern gekommen, denen sich auch unsere Nachbarn Schragerer und Kulmbock beigesellt hatten. Sie traten um die Mittagsstunde so feierlich ins Haus, daß wir alle miteinander erschraken. Sie brachten eine Zumutung mit, wie eine solche kaum je an einen Bewohner dieser Hütte gestellt worden war. Man will den Adam Weiler, insgemein Adamshauser im Almgai, zum Landtagsabgeordneten wählen. Ob er die Wahl annähme? fragte der Kulmbock.

Eine Weile verstand sie der Adam gar nicht. Dann aber legte er seine flache Hand aufs Knie, wie er gerne tat, wenn er etwas mit Nachdruck sagen wollte, und sagte sehr leise: „Männer, was fällt euch denn ein? Ich soll ein Landbote werden!“

„Das ist wohl wahr auch,“ meinte der Kulmbock. „Der Adam hat hart' Zeit, wo jetzt der eine beim Militär ist und der andere die schlechte Hand hat!“

„Daran denke ich nit einmal,“ sagte der Adamshauser. „Ich taug' auch sonst nit für so was. Ein alter Almbauer, der nichts weiß, der sein Lebtag nit viel weiter gekommen ist, als bis Kailing hinaus. So einer kennt sich wohl zu wenig aus. Man versteht's ja nit, was die Leut' jetzt machen auf der Welt. Na, das tät wohl zum Lachen sein."

„Grad derowegen, grad derowegen!" rief der Schragerer. „Just weil du dich nit kümmerst um die andern, just weil du so heimständig bist, brauchen wir dich. Wir wollen keinen schicken, der in der großen Politik dreinredet, die ändern wir Bauern sowieso nit. Wir wollen auch keinen Herrnbauern schicken, der sich etwan mit dem Großgrundbesitz zusammentäte. Wir schicken einen, der ein altgesessener Bauer ist, der alten Brauch und alte Wirtschaft halten will, weil unsere Äcker und Wiesen auch die alten bleiben und weil wir uns nach unserem Sommer und Winter richten müssen und nit nach dem, wie anderswo das Wetter ist. Du bist einer, Adam, der selber arbeiten muß wie ein Knecht, der's an sich selber spürt, wie's uns Bauern geht. Hätt' der Mittelbauernstand nit alleweil lauter Großbauern in die Landstube geschickt, so kunnt's auch anders sein. Das muß eine Veränderung nehmen. Einer, der sich um nichts kümmert als um Wirtschaftssachen, der ist uns der liebste. Und deswegen haben wir halt an dich gedacht, Adam."

Dieser saß da und schlug die Hand auf den Oberschenkel. Sagen tat er gar nichts.

„Es ist wohl wahr," redete der Kulmbock wieder drein, „wenn sich einer schon gar nit auskennt, das ist halt auch hart. Nit, daß ich mein', der Adam hätt' den Kopf nit dazu. Aber zu gut ist er, zu gut. Das muß ein harter Kloß sein, der in der Landstube was ausrichten will. Das muß ein Steinharter sein, den wir schicken. Sakerment noch einmal, Heugabeln friß ich nit!"

Der Schragerer schaute den Kulmbock an: „Nachbar, du tust ja abreden. Wegen was sind wir denn da?"

„Wo red' ich ab!" wies der Kulmbock den Vorwurf zurück, „aufmerksam machen muß man einen Menschen doch. Und auch, daß er sich um wen schaut daheim für die Wirtschaft, derweil er aus ist."

Der Schragerer zum Adam: „Du wirst etwa meinen, daß es nicht geht, wenn du wochenlang vom Haus fort sein mußt. Du weißt aber doch, daß der Abgeordnete eine Entschädigung bekommt. Davon kannst du dir derweil einen tüchtigen Wirtschafter halten und bleibt noch was übrig. Schau, dir und uns allen tust was Gutes, wenn du annimmst. Du hast einmal unser Vertrauen. Im ganzen Gai heißt es: Kein Besserer als der Adamshauser. Sagst uns: ja, so ist deine Wahl soviel als sicher. Geh', Adam, nimm's an!"

„Nimm's an, Adam!" setzte der Kulmbock bei. „Ich mein' auch, daß du genug Stimmen kriegen wirst. Will den Leuten schon auch zureden. Man sieht doch, wie nötig es ist, daß wir einen ganzen Kerl schicken, einen ganzen Kerl, der sich auch was zu sagen traut! Nit?" Er blickte herausfordernd um sich.

Stand jetzt mein Hausvater schwerfällig auf, wendete sich schräg gegen die Wand hin und murmelte: „Gar nix sag' ich drauf."

„Also, du nimmst an?"

„Aber saggra — nein!" rief der Adam.

„So sauber!" sagte der Kulmbock. „Am Ende bös auch noch sein!"

„Bös! Was soll denn ich bös sein!" hierauf wieder der meinige und warf die Arme auseinander. „Kann mich ja g'freuen! Kann mich ja g'freuen. Aber tun tu' ich's nit. Mein Lebtag nit!"

Er setzte sich auf den Holzblock in den Herdwinkel und hub an, schwer zu atmen.

„Mein Gott, er hat ihn schon wieder!“ jammerte die Hausmutter. „Wenn er halt in die Hitz' kommt, da hat er gleich den Lungendampf. Es ist wohl ein heiliges Elend auf der Welt!“ Hernach vertraulich zu den Abgesandten: „'s wird ja eh nit auf der Stell' sein müssen, daß er zusagt. Laßt's nur Zeit ein paar Tag. Er wird's überlegen. — Gelt, Vater, du wirst es überlegen?“

Der hatte jetzt ausschließlich mit dem Atmen zu tun. „'s ist halt ein Kreuz, wenn ein Mensch so krank ist!“ bedauerte der Kulmbock. Die Männer wünschten ihm baldige Besserung und wollten in zwei Tagen wiederkommen.

Als sie fort waren, bereitete die Hausmutter das Hexenkraut. Und als die Atemnot hierauf nachgelassen hatte, begann sie ihn zu bearbeiten. Weil er selber nichts aus sich zu machen weiß, so muß halt sie wieder einmal anschieben. Man hat ihnen gerade gern zugehört.

„Müßtest wohl ein Lapp sein, wenn du so was tätest ausschlagen!“ sagte sie zum Hausvater.

„Jawohl,“ entgegnete er, „das kunnt sauber werden! Kunntst du gleich alleweil hinter mir stehen mit dem Kraut im Landtag, wenn mich beim Reden der Lungendampf anpackt.“

„Geh, wirst nit so hitzig werden mit dem Reden. Wo die meisten Landboten, wie man hört, die ganz' Wochen lang dasitzen wie die Stummerln. Wirst grad du dich strappazieren.“

„Na freilich wird der Mensch ruhig sitzen bleiben, wenn er hört, daß alles gegen seiner ist. Daß sie nichts als neue Sachen und alleweil nur neue Sachen aufbringen wollen, bei denen der Bauernstand zugrund' geht. Da verschlagt's oft gar einem andern die Red', der gut auf der Brust ist."

„Na, so red' halt gar nichts," riet sie. „Wenn's eh nichts hilft. Dein Geld kriegst doch."

Jetzt schaute er sie an. Das war stark. Der Blick war stark. So einen hatte ich bislang an meinem Hausvater nicht gesehen.

In etwas sänftiglicherem Ton sagte sie: „Wer Kinder hat, soll's nit verschmähen. Macht doch allerhand Bekanntschaften dabei, die man einmal zu brauchen haben kann. Denk' an den Valentin. Wer weiß, ob du für ihn nit was tun kannst, wenn du Landbot' bist. Denk' an den Franzel. Der wird auch nit alleweil im Almgai bleiben wollen."

„Warum denn nit! Wir sind seit undenklichen Zeiten verblieben auf dem Hof."

„Mein Gott, wenn er sein Glück anderswo finden kann —"

„Bleiben soll er!" rief der Hausvater heftig. „Und mit deinem dummen Reden kannst mir aufhören. Mit deinem schlechten Reden! Sich wählen und zahlen lassen dafür, daß man dabei seinen eigenen Vorteil sucht!"

„Uh du lieber Gott! Den werden andere wohl auch suchen. Deswegen sitzen sie ja drinnen, daß sie ihren Vorteil suchen."

„Bieg' mir die Worte nit um, Weib! Ob einer den Vorteil für seinen Stand oder für sein Haus sucht, das wird wohl ein Unterschied sein. Nit?"

Vor Aufregung zitterte er. Da hoben sich seine Achseln, es hob sich seine Brust. Wieder die schreckliche Not — und heftiger als je.

Die Hausmutter tat sehr gelassen beim Herde um,

als sehe sie's nicht. — Er soll nur ein wenig zappeln, mochte sie denken, geschieht ihm recht. Warum giftet er sich so in die Hitz' hinein, wegen Sachen, die sich gar nicht auszahlen.

Er hielt seinen Mund über den Rauch des knisternden Krautes, aber der Krampf wollte diesmal nicht nachlassen. Erbärmlich rang er um das bißchen Luft, die Stirnadern, die Halsadern schwollen ihm zum Bersten, die Lippen zuckten, die Augen traten hervor.

„Jesus Maria! — Rocherl!" schrie die Hausmutter. Der erschrockene Bursche langte von der Wandstelle die Weihekerze, um sie anzuzünden. Die Barbel lief zum Brunnen um frisches Wasser. Mit dem labte sie ihn und sagte dabei fortwährend: „Vater! — Vater! — Vater!"

Er tastete nach ihrer Hand, krampfte die Finger in ihren Arm: „Mein Kind!" —

Unbeschreiblich betrübt sah er sie an. Tropfen hingen an seinen Wimpern.

„Du — du bist mein liebes Kind!" sagte er endlich aufatmend. Es war ihm leichter geworden.

Von dieser Zeit an sprach meines Wissens die Hausmutter nichts mehr davon, daß er sich in den Landtag wählen lassen soll. Nach zwei Tagen kam der Kulmbock nachfragen, ob der Adam es sich überlegt hätte.

Sie antwortete: „Es ist gescheiter, du redest gar nit mehr mit ihm. Schad' um jedes Wort."

„Ich hab's ja gleich gesagt," rief der Kulmbock fast fröhlich aus. „Müssen wir halt einen andern suchen. Und wenn sich doch etwan ein Nachbar dazu sollt' hergeben, so wird ihm der Adam wohl die Stimm' zuwenden. Ich laß ihn grüßen."

Nach diesen klugen Worten ist der Kulmbock mit sehr würdigen Gebärden davongetrottet. —

Weißt du aus der Schule her noch etwas vom Palmsonntag? Wie der Herr, einen Palmzweig in der Hand, auf dem Esel in Jerusalem eingeritten ist. Das hat weitere Folgen. Heute bin ich mit einem großen Buschen Felberzweige auf der Achsel in Hoisendorf eingezogen. Das heißt man hierzulande Palmesel sein. Von jedem Hofe haben Bursche solche Buschen herbeigetragen und der Kurat hat sie in der Kirche geweiht. Dabei hatte sich eine dramatische Szene abgespielt zwischen dem Priester und dem Schullehrer. Es war eine Prozession um die Kirche herum; als sie wieder zum Tore hineinzogen, schlug der Lehrer dem Kuraten vor der Nase das Tor zu, so daß dieser laut schreiend im kalten Winde stehenbleiben mußte, während es die Gemeinde stumpfsinnig geschehen ließ. Na, das ist doch stark, denke ich in meinem Kirchenstuhl, das geht zu weit. Wie ich zum Lehrer eilen will, der noch am geschlossenen Tore steht und mit dem Geistlichen draußen disputiert, merke ich, daß sie lateinisch reden. Wenn sie lateinisch reden, dann hat's weiter nichts auf sich, und ist es richtig eine kirchliche Zeremonie gewesen, deretwegen sich der Knecht, der zugereiste, bei einem Haare tüchtig blamiert hätte. Der Auftritt soll wohl den Konflikt des Heilandes mit den Schriftgelehrten und Pharisäern bedeuten, die den Propheten und Seher zu aller Zeit aus ihrer Gemeinschaft verstoßen haben.

Allmählich schleicht sich mir bei solcher Umgebung ein klein bißchen Religion ins Herz. Du hast einmal den Ausspruch getan: Bis der Mensch siebzig Jahre alt wird, lernt er Gott erkennen. Beim Bauernknecht dauert's nicht so lang, ich versichere dich! — Ich bin auch schon in Stadtkirchen gestanden, um bittweise mit der Gottheit anzubinden. Es war nichts, sie fand mich nicht und ich sie nicht. Wenn man aber in Dorfkirchen steht, da steht man nicht lange — man kniet nieder. Die gläubigen Beter ringsum, man fühlt sich mit ihnen in einer leidenden Einheit. Die kirchliche Passionstrauer, die heute begann, hat etwas Berückendes, man muß es nur sehen, wie die armen, kummervollen Menschen sich den heiligen Geheimnissen hingeben. O nein, die Religion ist durchaus kein überwundener Standpunkt, wie manche meinen, sie ist Natur, gehört zur Menschennatur, wie das Lieben und das Hassen.

Nach der Messe, die heute nur unter gedämpftem Orgelton stattgefunden, schritt der Lehrer leise von Bank zu Bank und teilte an die Leute „Palmzweige" aus. Der Tolpatsch, warum er meine Barbel übersehen hat?

Auch sie hat ihr Gesicht von ihm abgewendet, ganz hinter dem Pfeiler ist sie gesessen. Sind ja sonst doch einmal so gut miteinander gestanden. So viel ich merke, liest sie auch keine Bücher mehr von ihm. Gegen mich ist der Lehrer etwas ungleich. Manchmal, als hätte er einen Groll, und heute hat er mir doch einen der schönsten Zweige in die Hand gegeben. Was soll ich denn damit anfangen? Den großen Buschen, den ich getragen, hat die Hausmutter nachher auf dem Dachboden unseres Hauses verwahrt. Im Sommer, wenn die Wetter blitzen, legt man — sagt der Rocherl — davon in die Herdglut und der aufsteigende Rauch treibt aus den Wolken die böse Macht davon.

Wofür nur soll ich meinen Zweig aufbewahren? Wäre es schon die Palme für das Märtyrertum? Oder soll der Palmsonntagszweig mich schützen vor einer bösen Macht? O Barbel! Was wird das werden im Sommer, wenn die Wetter blitzen?

Aus dunklem Mittelalter grüßt dich, Freund, wie ein kleines, rotes Lichtlein ein Menschenherz.

Am Ostersonntag, das ist der sechzehnte des Jahres.

Mein lieber, treuer Freund!

Willig füge ich mich dem Vorschlage, in meinen Briefen den Inhalt der deinigen nicht weiter zu berühren. Du willst einheitliche Stimmung haben in den Berichten aus dem Adamshause. So was wie ein Roman! Weiß man's? Das wäre so etwas! Im Buche läse es sich vielleicht ganz hübsch, in Wirklichkeit ist es manchmal verdammt unbehaglich.

Zeige mein vertrauliches Tagebuch nur nicht her. Es würde mich für alle Zukunft unmöglich machen. Höchstens drucken lassen, wenn du willst. Da glaubt's kein Mensch. — In dieser vergangenen Charwoche, wenn ein paar feingebildete Herrschaften hier gewesen wären, oder gar die Redakteure der „Kontinental-Post"! Die hätten einen Brocken gehabt für ihren Witz! Wie Vandalen hätten sie gewirtschaftet in diesem mystischen Reiche.

Die Charwoche ist hier ein großes, einziges Weihefest. Alle weltliche Absicht der Arbeit tritt zurück, aller häuslichen Beschäftigung wohnt eine wundersame Stimmung inne, von der die Weltleute draußen keine Ahnung haben. Hätte ich in meiner Kindheit nicht selbst von diesem Blute Muttermilch getrunken, ich könnte es nicht begriffen, nicht bewundert, nicht verehrt haben, wie den letzten Gruß einer versinkenden Welt. Lache mich nicht aus, Philosoph, manchmal weht es wirklich noch hier wie eine Auferstehung von den Toten. Von längst zur ewigen Ruhe gegangenen Menschen streichen die Seelen umher. — Schon am Montag ist das hölzerne Kruzifix vom Wandwinkel gehoben und auf den Tisch gestellt worden. Abends setzten wir uns allemal an den Tisch und der Rocherl oder der Franzel las ein Stück aus der Leidensgeschichte, die mit großer Ehrerbietung angehört wurde. Erst dann genossen Vater und Mutter den ersten warmen Bissen des Tages. Dabei sind sie in einer Hochstimmung, die manchmal an Verzückung gemahnt. Wie hätte ich das geglaubt! Am Gründonnerstag hatten wir ein größeres Abendmahl von Mehlspeisen und Brunnenkreß-Salat. Nach demselben gingen wir zum Brunnen und wuschen uns die Füße. Und da sah ich, wie die Burschen barfuß über den Rasen hinschritten, der überall schon grünt. Und auch die Barbel tat dasselbe, mir schien aber, als berühre sie den feuchten Boden nicht, als schwebe sie wie eine Seele, die nicht erlöst ist. Du meinst, dieser Rasengang werde zur Erinnerung an den Ölberggang des Heilandes geschehen sein. Aber da ist wieder eine jener Stellen, wo das Volk in seinem Christentum Sprünge macht. Wer am Antlispfingstag (Gründonnerstag) mit nacktem Fuß auf grünen Rasen steigt, den kann im folgenden Sommer kein „Donner derschlagen". Am Freitag und Samstag saßen wir in der Kirche. Die Fenster, die Bilder sind mit blauen Tüchern verhüllt, das große Kruzifix ist mitten in der Kirche auf den Boden hingelegt und die Leute knien daneben nieder, neigen sich zur Erde und küssen die Nägelwunden. Kein Glockenklang, kein Orgelton. Während der Geistliche leise murmelnd die geheimnisvollen Zeremonien verrichtet, schlägt von Zeit zu Zeit die Karfreitagsklapper an.

Spät abends am Freitag war's, in der dunklen Stube daheim, daß mein Adam, sich allein wähnend, am Tisch kniete vor dem Kruzifix, im tiefen Gebete versunken. Und mir schien, ich hätte ihn schluchzen gehört. — Ein schweres Anliegen muß der Mann haben, aber ich komme nicht dahinter.

Und am Samstagmorgen gab's in Hoisendorf etwas

Lustiges. Während der Meßner auf dem Turm anstatt der Frühglocke die große Klapper läutete, lief der Jagdaufseher der nahen Herrschaftswaldungen wie rasend um die Kirche, hielt sich mit beiden Händen die Ohren zu und schrie, man möge das verdammte Klappern sein lassen, sonst gäbe es ein abscheuliches Malheur.

Der Lehrer stellte ihn darob zur Rede und war es also das. Der Mann hatte seit Tagen mit vieler Mühe im nahen Forst auf der Tanne einen Auerhahn festgewartet. Und siehe, die Ahnung Nimrods ging in Erfüllung, die Klapper hatte das Tier verscheucht — ein paar Tage vor der Jagd! Die Glocken, scheint es, machen nichts, die werden die Auerhähne schon gewohnt sein. — Vielleicht wirst du nächstens einen Gesetzentwurf der löblichen Jagdvereine lesen, daß aus Rücksicht für jagdliche Interessen in der Karwoche nicht mehr geklappert werden darf.

Hat ja doch auch für die in der Osternacht angezündeten Freudenfeuer von der Jagdherrschaft die Bewilligung eingeholt werden müssen. Das gemeinsame Feuer ist auf unserer Höhe veranstaltet worden, auf der sogenannten Kulmplatte, oben hinter dem Schachen. Die Burschen des Almgais hatten schon tagelang gebaut an dem Holzstoß, und als zu Hoisendorf die Auferstehungsfeier vorüber war und der Ernst der Fastenzeit, die Trauer der Passionswoche sich ganz plötzlich in Freude und ausgelassene Lustbarkeit verwandelt hatte, kam von weit und breit alles zusammen auf diese Höhe. Es war eine laue Vollmondnacht, der Boden schneefrei und auf den dicken Ästen der alten Wettertannen saßen die Musikanten. Sie hatten Erlaubnis zu blasen nach Herzenslust, denn auf unserem Berge gibt es dies Jahr weitum keinen Auerhahn.

Der Rocherl, der Franzel und ich waren natürlich

auch hinaufgegangen. Doch war der Bursche mit der durchschossenen Hand, die er in der Binde trägt, viel zu betrübt für ein Freudenfeuer. Alles Jauchzen und Pfeifen und Böllerknallen hat's nicht vermocht, daß er den Scherzen anderer Burschen und den Schelmereien junger Weibsleut' hätte stehen mögen. Da war ein ausgelassener Strick dabei, den hießen sie den Saufüssel. Sein wahrhaftiger Schreibname. Es soll der alten Marenzel ihr Sohn sein. Dieser Junge hat zwar die Osternacht sehr lustig angefangen, aber sehr ärgerlich beschlossen. Er konnte sich nicht genug tun an unpassenden Ausdrücken und rohen Späßen. Die Männer lachten bisweilen dazu, die Dirnlein jedoch flohen seiner mit Abscheu. Er aber haschte nach ihnen und neckte sie mit unflätigen Dingen. — Das große Feuer auf der Kulmplatte loderte voll grauenhafter Pracht in den dunklen Nachthimmel auf. Dabei sang man Osterlieder, die zum Teil einen so weltlichen Sinn hatten, daß manches Maidlein sich die Ohren zuhielt. Die Burschen taten springen und ringen und machten helles Geschrei. Nebenhin waren mehrere kleine Feuer angezündet worden, über die sie in hohen Sätzen sprangen. Einer trachtete dem andern schalkhaft kleine Hindernisse zu bereiten und die Unterliegenden wurden mit Kohle gezeichnet, maßen man ihnen die Nasen anschwärzte.

Auch mein Rocherl mischte sich, von mehreren Seiten gelockt, endlich unter die Heiteren und der Saufüssel eiferte ihn an, über ein Feuer zu springen. Dieweilen man nicht mit den Händen, vielmehr mit den Beinen springt, so war er bereit. Während er ausholte, zog der Saufüssel unbemerkt eine schwarze Schnur — der Rocherl sprang, stolperte und wäre mitten in die Flammen gefallen, wenn ich nicht zufällig in der Nähe stehe und ihn auffange. Der

Saufüssel schlug über seinen großen Witz ein grelles Gelächter an — wir dachten einigermaßen anders.

„Es ist zwar die heilige Osternacht," sagte ich, „aber etwas knechtliche Arbeit wird mir doch erlaubt sein."

Darauf habe ich den Saufüsselbuben hergenommen.

Es sei ja nur ein Spaß gewesen, versicherte er flehend.

„Es ist ja auch das nur ein Spaß," sagte ich und waltete scharf. Der Racheengel waren zu Dutzenden da, besonders weibliche. Anfangs hielt ich es für eine mildere Entwicklung, als der Missetäter den Dirnen überlassen wurde, bald jedoch mußten Männer schlichtend eingreifen, um ihm das nackte Leben zu retten. Erdrosseln, zerreißen wollten sie ihn. „Den lieben Adamshauser Rocherl, der eh die wehe Hand hat, ins Feuer haspeln! Werft ihn selber hinein, den Wichtelbalg, das Krotmaul!"

Na nu, die können's auch, die jungen Furien, wovon einige nicht bloß gereizt, sondern auch reizend waren. Auf unsere Fürbitte hin haben sie sich schließlich damit begnügt, dem Saufüssel die Hände auf den Rücken zu binden, die fetzigen Haare zu versengen und das Gesicht zu schwärzen. Darauf haben sie ihn, wie Hunde den Hasen, über die Höhe hingejagt und ist er nicht mehr gesehen worden.

Mein Rocherl war nun der Gegenstand wärmster Teilnahme. Und da habe ich bemerkt, wie dieser Junge, dessen sanfte Trauer um die verlorene Hand einen völligen Verklärungsschein um seine klassische Schönheit legt, der Abgott aller Dirnlein ist. Und der Schlingel weiß es gar nicht, wie mich dünkt. Oder es ist ihm einerlei. Davongelaufen ist er ihnen.

Als wir dann miteinander nach Hause gehen und die weite, mondbeschienene Berglandschaft so himmelsfriedlich vor uns daliegt, da sagt der Junge plötzlich und in einem unbeschreiblich traurigen Tone: „Wie schön ist doch die Welt!"

„Ja, wer sie gut zu fassen weiß," antworte ich.

Schweigend gehen wir nebeneinander dahin. Es scheint ein paarmal, als wollte er etwas sagen. Und tut's doch nicht.

Endlich tue ich wieder den Mund auf: „Jetzt kommt die schöne Frühlingszeit."

Er schüttelt leicht das Haupt. Dann bleibt er stehen und lehnt sich an einen Baum.

„— Rocherl! — Rocherl! — Ist dir etwas? Was ist dir denn?"

„Hansel —" sagt er leise und stockt wieder.

„Was ist dir, Rocherl?"

Da atmet er fast laut und sagt mehr in den Baum hinein als auf mich her: „Die Barbel hat geweint . . ."

— — — — — — — — — — — — — —

Die Barbel hat geweint.

Was ist denn das? — Die mit sieben Schlössern zugeschlossene Barbel. Die so plaudersam, so lustig gewesen sein soll in früherer Zeit. Vor Erscheinung des zugereisten Knechtes. Und gesagt haben soll, für traurige Leut' hätt' der Himmel keine Ofenbank. Die hat geweint? Wann? Warum?

Der Bursche hat weiter nichts gesagt.

Wir kamen zu unserem Hause. Er reichte mir die Hand, was er sonst nie zu tun pflegt. Es war, als hätte er durch das Anvertrauen des Geheimnisses mich zu seinem Freund erhoben.

„Gute Nacht, Hansel!"

Nicht eine halbe Stunde werde ich geschlafen haben in dieser Osternacht.

Die Barbel hat geweint . . .

———

Am siebzehnten Sonntage.

Ich nenne dich nicht mehr. Du bist es ja. Ich schildere weiter. Der Osterjubel ist verrauscht. Das war wie ein klingender knallender Springbrunnen aus diesen Menschenherzen. Christ ist erstanden und das Frühjahr ist da! Natürlich ein tausendstimmiger Freudenschrei zum Himmel.

In den Tälern, auf die wir niedersehen, liegt ein Wiesengrün, wie es die Maler nicht zuwege bringen, weder die alten, noch die modernen. Es fehlt ihnen dazu das wahre Freilicht, das Licht der freien Natur. Zwischen den Wiesen hin gießen die braunen Bäche, in denen der einst so weiße Winter zu Tale fährt seit Wochen. Im Hochgebirge hinten, wir sehen es so schön über den Almen stehen, rührt sich noch nichts. Dort alles starr. Und wenn über unserem Gai die warme Aprilsonne leuchtet, ist über jenen Höhen ein graues, halb durchsichtiges Schneegestöber.

Was wir jetzt mit den Wiesen und Matten tun, auf denen Gras wachsen soll, das ist eine reizende Sache. Sie werden gewaschen, gekämmt, gefüttert und getränkt. Das Füttern geht voran, soweit der Dung reicht, dann streichen wir den Rasen mit dem Rechen ab, krauen alles dürre Zeug und Geschütte weg und machen den Boden glatt vor Steinwerk und Maulwurfshaufen, daß er wie ein gebügeltes Tuch daliegt an der Lehne hin. Nun leiten wir aus der Schlucht Wasser in einer Rinne oben am Raine hin und schlagen von Stelle zu Stelle Scharten aus, daß die Wasser tagelang niederrieseln und sich glitzernd ausbreiten über den Wiesenboden. Aber es kommt nicht zu Tale. Der Boden saugt das Nasse gierig ein, die Stoffe lösen sich und zwischen den fahlen Grasresten des Vorjahres sprießen jung und spitz die grünen Gräslein auf. Dieses Berieseln mit dem Wasser ist ein liebliches Spiel und noch immer mehr Bach habe ich mit der Haue aus der Schlucht hervorgeholt, um die durstige Wiese zu begasten. Hat sie genug, dann macht sie ihre Millionen kleinen Mäuler zu, das Wasser rieselt wie ein schimmernder Schleier zu Tale und wir schütten die Rinne zu.

Mein Hausvater ist gestern mitten im Hofe gestanden, hat zu dem Giebel aufgeschaut und den Kopf geschüttelt. Was denn das ist, daß sie heuer noch nicht da sind? Heißt es doch: „Zu Maria Verkündigung kommen die Schwalben wiederum.“ Das ist kein gutes Zeichen, wenn dieser Glücksvogel ausbleibt. Um den Hoisendorfer Kirchturm hat der Adam ihrer schon gesehen tanzen. Und zum Adamshaus wollen sie nicht mehr kommen? Was soll das bedeuten?

„Vater,“ rede ich ihn an, „wenn Ihr nach Schwalben ausseht, so kann ich Euch schon aus dem Traum helfen. Die Schwalben werden immer seltener erscheinen und endlich gar nicht mehr.“

„So wär' der Jüngste Tag nicht weit?“ fragt er.

„Der Jüngste Tag wird kaum daran schuld sein, wenn unsere lieben Zugvögel ausbleiben, wohl aber die Vogelmassenmörder.“ Und habe ihm dann erzählt, wie man in Dalmatien, in Südtirol, in Italien die durchziehenden Vögelscharen fängt und vernichtet.

Ganz sprachlos hat er mir zugehört, die Hände ineinander geschlungen, so stand er da und sagte schließlich: „Immer einmal kommt's einem wahrhaftig vor, unser Herrgott schläft.“

Wenn er bloß schläft, dann wird er ja wieder aufwachen, dachte ich. — Heute schleichen sie noch auf Socken an der Himmelstür vorüber und sind froh, wenn er schläft. — Ob der Mensch nicht einmal mit rasender Faust an das Tor pochen wird, um ihn zu wecken?! —

In dieser Woche, wenn wir bei Tisch zusammen saßen oder in der Arbeit nebeneinander zu tun hatten, habe ich manchmal dem Mädel verstohlen an die Augen geguckt. Es sind die sanften großen Kindesaugen wie immer. Ein ganz besonderer feuchter Glanz ist wohl in ihnen. Vielleicht hat der Rocherl das für ein Weinen gehalten. Auch sie schaut manchmal zum Hausgiebel auf. Es sind ja die Meisen, die Finken da. Ist ihr das nicht genug? Ein einsamer Spatz ist auch da. — Manchmal kommt's mir gottlos an, ich möchte das Mädchen ein wenig beleidigen. Ich möchte sie einmal zornig sehen, und wäre sie's gleich auf mich. Jemandem so ganz und gar nichts zu bedeuten, das ist auf die Länge schwer zu ertragen.

Am Ostermontag ist der Jäger Konrad in unser Haus gekommen, der auf den Rocherl geschossen hat. Gar höflich trat er ein, ohne Gewehr, ohne Gemsbart oder andere Jägerhoffart; allein die Hausmutter begrüßte ihn mit den Worten, es wäre ihr lieber, wenn sie seiner von hinten ansichtig würde.

Ob der Rocherl daheim wäre, fragte er fast demütig.

„Der Wildschütz?" darauf die Hausmutter giftig, „der wird wohl mit der Büchsen im Wald sein. Wo denn sonst?"

Alsogleich setzte der Hausvater gemütlicher hinzu: „Von der Kirchen ist er noch nit heim."

Der Jäger ging hinaus und setzte sich im Hof auf den Kopf des Brunnentroges. Wir beguckten ihn durch das Fenster und ergingen uns in Mutmaßungen, was das zu bedeuten habe. Ob er nicht etwa dem Rocherl noch etwas antun wolle? Oder ob er am Ende dienstlos geworden wäre? Vielleicht vom Jagdherrn abgesetzt, weil er auf Menschen schießt.

In diesen Gegenden wird am Ostersonntag von jedem Hause aus ein Korb mit Rauchfleisch, hart gekochten Eiern, Weißbrot und geschnittenem Meerrettich in die Kirche getragen, wo solche gute Sachen, wie eine Woche vorher die „Palmen", die Osterweihe empfangen. Mit diesen geweihten Speisen wird das Ostermahl eröffnet und fremde Besucher, die während der Osterzeit ins Haus kommen, werden mit einem Teller dieses Aufgeschnittenen bewirtet. Nun sagte der Adam zu seinem Weibe: „Mutter, gib dem Jager ein paar Schnitten Osterfleisch hinaus!"

Für diesen Wunsch hatte sie nichts, als einen Blick der Entrüstung. Den Todfeind ihres Sohnes bewirten? — Dann aber mochte ihr der Gedanke kommen: über geweihte Sachen soll der Christenmensch seinen Haß nicht spinnen. Sie holte aus dem Kasten den Fleischkorb hervor, sie holte einen blumigen Teller und begann aufzuschneiden. Das war gar nicht karg, die braunen Spalten des Rauchfleisches, die Scheiben der Eier, die gelblichen Brotschnitten, die lockeren Späne des Krenns darüber füllten beinahe den Teller. Sie wollte ihn schon heben und hinaustragen, da zuckte ihr die Hand zurück. — „Nein, so was kann unser Herrgott nit verlangen."

Sie hat den gefüllten Teller in den Kasten gestellt, den Kasten abgesperrt, den Schlüssel in den Sack gesteckt. — Recht hast, Mutter, mußte ich ihr zudenken, das ist Rückgrat.

Der Jäger saß immer noch draußen und wartete. Einmal stand er auf, hielt seinen Mund vor das Brunnenrohr und trank. Dann setzte er sich wieder hin und wartete. Endlich kam er daher, der Rocherl, in seinem grauen, grünverbrämten Feiertagsgewand. Im grünen Hutbande stak ein Sträußlein frischer Brimmeln, die er im Tale gepflückt haben mochte. Vielleicht auch ließ er sie sich von jemandem schenken. Den rechten Arm trug er in der hellroten Tuchbinde.

Der Jäger ging ihm bis zur Hofplanke entgegen.

„Ich wart' schon auf dich," sagte er.

„So!" antwortete der Bursche, ohne stehenzubleiben.

„Wenn du dich ein wenig hersetzen wolltest, Rocherl. Ins Haus mag ich nit hineingehen. Hätt' halt was zu reden mit dir."

Der Rocherl setzte sich einigermaßen widerwillig auf den Brunnentrog.

„Schau, Rocherl, ich —" so begann der Jäger, „ich habe dich fragen wollen. Wie geht's dir mit der Hand?"

„Das siehst du ja," antwortete der Rocherl und schwenkte den Arm in der Binde. „Wie soll's denn gehen? Ein Loch hat sie halt."

„Ist die Kugel heraußen?"

„Wahrscheinlich. Weil's jetzt einmal zuheilen tut."

„Kannst sie schon brauchen, die Hand?"

„Nit abbiegen laßt sie sich."

„Tut's noch weh?"

„Das glaub' ich. Voraus bei der Nacht."

„Wenn nur einmal das Blei heraußen ist!" meinte der Jäger. Dann schwieg er still und schien, wie es mir, dem Lauscher, vorkam, nach passenden Worten zu suchen. Und nach einer Weile: „Es ist wohl saudumm, daß es so hat sein müssen. Ich hab' am vorigen Samstag für drei Monat meine Löhnung bekommen."

„Ist eh recht," sagte der Rocherl. „Zu den Feiertagen braucht der Mensch immer Geld."

„Nit deswegen, Rocherl. Weißt — schau — ich hab' dich um was bitten wollen. Im Wirtshaus — kannst dir denken — g'freut's mich nimmer. Das Kartenspielen auch nit. Für den Tabak langt's so noch aus."

„Hast recht," sagte der Rocherl.

„Schau, du solltest deine Hand halt doch von einem ordentlichen Arzt untersuchen lassen. Ob das Ding wohl auch richtig heraußen ist. Daß du kein Krüppel wirst. Denn, wenn's nit heraußen wär' —. So hab' ich mir gedacht, es ist meine Schuldigkeit, daß ich —. Gelt, Rocherl, du bist mir nit bös deswegen."

Den Ballen seines blauen Sacktuches wickelte er auseinander und da ist ein Geldtäschlein zum Vorschein gekommen.

Der Rocherl stand schnell und zornig auf.

„Mein lieber Konrad! Was ich schon gelitten hab' um diese Hand, das ist nit zu zahlen. Und was ich noch werd' leiden müssen! Glaub's schon, daß es dich jetzt stiert. Daß mein ganzes Leben verspielt ist! — Steck' du dein Geld nur wieder ein."

Er ließ den Jäger sitzen und ging rasch ins Haus.

Jener hat noch eine Weile hergeblickt auf dieses Haus, ist dann durch die Hoflücke hinaus und über die Matte davongegangen.

Also habe ich gesehen, daß unser Rocherl der Sohn seiner Mutter ist. Wenn die Herren vom Walde glauben, hinterher mit Geld alles gutmachen zu können — bei den Leuten im Adamshaus kommen sie schlecht damit an. Hier gilt nicht jedes Geld. —

Habe ich dir schon geschrieben, daß statt meines spröden Adams der Kulmbock zum Landboten gewählt worden ist? Seine Antrittsrede beim Kirchenwirt war kurz, aber stark:

„Na, die sollen sich g'freuen! Wenn ich einmal anheb'! An mir kommt keiner vorbei! Wenn sie glauben, die Herrschaften, daß sie mich mit dem Viehsalz abfüttern werden! Na, gute Nacht. Mit mir werden sie nit viel zu lachen haben. Die Schlamperei muß ein Ende nehmen. Bei mir, wenn sie verhandeln wollen, kommen sie an den Unrechten, Daß sie's nur wissen. Schuhnägel friß ich nit!"

Das ist der derbe, klobige Kulmbock. Wir werden uns auf was Großartiges gefaßt zu machen haben bei diesem Abgeordneten. Schuhnägel frißt er nit! Der geht auf keine Kompromisse ein. Ja, Freund, wir schicken einen Wilden. Einen Urkerl aus der Waldbergscholle. —

Muß dir noch mitteilen, daß ich nächstens auf eine Woche delogiert werde. Schlafen muß ich dann in der Heuscheuer, wo es nicht übel ist und keine Stadtdame hat das aromatische Boudoir, wie Hansel der Knecht. In meine Appartements nächst den Ochsen wird der Michelmensch einziehen. Das ist ein doppelter, sagt der Rocherl, besteht aus dem Michel und der Michelin, und zusammen werden sie der Michelmensch geheißen.

Das alles ist so wunderlich und schwer ins „Milieu" zu bringen. Ich habe einen großen Gedanken. Komm' im nächsten Sommer in den Almgai. Da ist es frischer und urwüchsiger als in Südtirol, wo dir ja ohnehin die Hitze nicht behagt. Beim Wirt in Hoisendorf fehlt dir nichts und die Ferienfaulenzerei kannst du dir noch damit versüßen, daß du, im Baumschatten hingelagert, dem Adamshauser-Knecht bei seiner Rackerei zuschaust und dabei eine Havanna schmauchest. Mußt ihrer aber selbst mitbringen, denn die hiesige Trafik führt nur — starken Towack.

Am achtzehnten Sonntage.

Jetzt sind sie da. Der Mai und der Michelmensch. Der erstere macht mich zu einem sehr reichen Manne. Jetzt, Alter, kann ich dich wahrhaftig einladen. Jetzt steht der Empfangssalon bereit. Sogar in unserer Hausstube heben auf Kästen und Truhen die gemalten Blumen an zu blühen, wenn zum Fenster hinein die Sonne draufscheint. Und erst gar draußen!

Es ist wohl sehr zu unrechter Zeit, wenn der Herausgeber der „Kontinental-Post" jetzt Versuche macht, mich in die Stadt zu locken. Und er macht sie. Beehrte mich mit einem entzückend liebenswürdigen Brief. Es bedürfe einer weiteren Probe nicht mehr, schmeichelte er; den Beweis, daß ich ein Charakter bin, der Wort zu halten versteht, hätte ich ja glänzend erbracht. Alle Achtung! Ich möchte nur zurückkehren in das menschenwürdigere Leben der Kultur. Die Stadt liege jetzt wie in einem Paradiese da, mitten in ihren blühenden Gärten. Das glaube ich ihm aufs Wort. Hier haben wir ja auch ein Paradies und sogar einen Adam drin. Wenn nicht auch eine Eva. Ein Mann, so schreibt mein Stein von Stein, der mit so tapferer Selbstverleugnung für sein Fach praktische Studien gemacht, werde seinem Blatte doppelt wert sein. Der könne schließlich wohl auch mit Recht auf eine tunliche Gehaltserhöhung pochen und man würde kaum ermangeln, seinen etwaigen diesbezüglichen Wünschen zu entsprechen. — Wie schön doch dieser Vogel jetzt singt! So schön hat er noch nie gesungen. Ich, natürlich, bin stockblind für meinen eigenen Vorteil und danke ihm bestens für das gütige Interesse an meiner Person, könne aber seinem väterlichen Rate leider nicht nachkommen, weil meinem Dienstherrn versprochen worden sei, das ganze Jahr bei ihm zu bleiben. Übrigens ginge es mir nicht schlecht, hätte meiner Tage nirgends so viel gelernt, als hier, und auch nirgends so viel verdient! — Es wird ihm unendlich leid sein. Natürlich um die zwanzigtausend Kronen. —

Der Michelmensch hat es sich allerdings nicht ganz so einrichten können. Der Michel ist in hiesiger Gegend über sechzig Jahre Bauernknecht gewesen, die Michelin sechsundvierzig Jahre Bauernmagd. Zwanzig Jahre lang sollen sich die zwei geliebt haben — heimlich natürlich, am Fensterl. Als ihnen das langweilig wurde und als das Gesetz allgemeiner Heiratsberechtigung kam, haben sie sich auch öffentlich zusammengetan und heißen seither der Michelmensch. Arbeitsfähig waren sie immer gewesen, erspart jedoch hatten sie sich gar nichts. Der Michel war ein Lump gewesen und hatte alle Sonntage nach dem Amte beim Kirchenwirt ein Seidel Wein getrunken. Die Michelin hatte ihren Jahrlohn ans Kind verbraucht. Ein Knabe war's, der frühzeitig als Almhirte selbst sein Brot erwarb und in seinem elften Lebensjahre eines Tages bei plötzlich eingefallenem Schneegestöber erfroren ist. — Das der Lebensumriß dieser zwei alten Leutchen, die nun als Bettelleute von Haus zu Haus ziehen und in jedem der Höfe je acht oder vierzehn Tage verpflegt werden müssen. Dir ist das „Einlegerwesen" wohl aus Morres Volksstück „'s Nullerl" bekannt. Nun, im Theater rührt es gelinde und macht guten Appetit fürs Souper. Hier jedoch —.

So ist der Michelmensch auch in das Adamshaus gekommen. Einen großen Buckelkorb, für den breiten Rücken eines Waldholzknechtes gebaut, haben die zwei so getragen, daß das eine Tragband ihm über die rechte Schulter, das andere ihr über die linke ging. Mitsamt den Handstecken hatte dieser „Michelmensch" somit sechs Füße und vier Hände, zwei Köpfe und einen Korb. Recht gesprächig waren die kleinen, ganz eingeschrumpften Leutlein, als sie im Hause angekommen. Der Michel setzte sich behäbig wie ein alter Ausgedingler in den Herdwinkel, nickte beständig mit dem weißen Köpfel, schaute unverwandt seiner plaudernden Alten ins Gesicht und begleitete ihre Ausdrücke mit Mienenspiel, so daß er den zahnlosen Mund aufmachte, wenn sie lebhaft sprach, daß er seine Stirn runzelte, wenn sie sich über die Roheiten eines Nachbars beklagte, und sein runzeliges Antlitz gemütlich ins Breite zog, wenn sie die Mildtätigkeit einer Bäuerin rühmte. Die Michelin wollte sich im Hause gleich nützlich machen und langte überall zu, gleichsam als möchte sie den Adamsleuten die Güte erstatten, daß ihr Michel so warm im Herdwinkel sitzt und extra einen Mehlbrei bekommt, weil er bei Tische schon gar nichts mehr beißen kann.

Nachher haben sie sich in meiner Stallkammer eingeheimt. Die Michelin packte den Korb aus: Wollkissen, Hauspatschen, eine Menge von Schächtlein, Töpflein und Fläschlein, blankes Eßzeug, Nähzeug, Seife, Kerzenstümpfchen, Heiligenbildchen, Rosenkränze und anderlei Sächelchen. Alles mit großer Sorgfalt eingemacht und jetzt mit zärtlicher Liebe von allen Seiten betrachtet, ob wohl auch nichts Schaden genommen habe. Nie habe ich an Menschen eine so wahrhaft herzinnige Freude an ihrem Eigentume beobachtet, als diese zwei Bettelleute an dem Inhalte ihres Korbes hatten. Der Alte war geneigt, mit den Gläslein oder Krüglein kindisch zu spielen, sie nahm ihm die Dinge bald aus der Hand, reinigte sie mit einem Lodenlappen und tat sie wieder in den sicheren Winkel des Korbes.

„Was glaubst denn, du Lapperl!“ sagte sie zärtlich schmollend zu ihm, „so ein Krügerl darf man ja nit z'samschlagen! Das gehört ja freilich wohl dem Hieserl, wenn er kommt.“

Da kicherte der Alte: „Kommt ja nimmer. Ist ja maustot, der Hieserl!“

„Geh, laß dich nit auslachen. Der Hieserl wird tot sein!“

„Haben ja seine Beinderln gefunden und eingegraben!“

„Du, Michel!“ drohte sie, „wirst gleich was fassen, wenn du nit still bist! Was weißt denn du? Bis der Flachs blüht, ist der Hieserl bei uns!“

„Wird schon sein, wird schon sein!“ gab der Alte zu. „Wenn du's sagst, wird's eh wahr sein.“ Und setzte weinerlich bei: „Schlaferig bin ich.“

Dann haben sie sich in einen braunen, über und über beflickten Lodenmantel gewickelt, sich ganz klein und eng aneinander schmiegend, nicht anders, wie das Vielliebchen in einer Mandelschale. Sehr bald hernach das melodische Doppelgeschnarche des „Michelmenschen“. — Vielleicht kommt wenigstens der Hieserl im Traume zur Mutter. Wie viele Jahre der Knabe schon tot ist, so hoch kann sie nicht rechnen, aber daß es erlogen ist, was die Leute damals sagten, als sie die Knochen des Hirtenjungen gefunden im Gebirge, das weiß sie, und daß der Hieserl kommen wird noch in diesem Sommer, bevor der Flachs blüht, das weiß sie ganz gewiß. — Da denke ich mir auch, bei so felsenfestem Glaubensreichtum muß es wirklich nicht schwer halten, ein „armes Leut“ zu sein. Das Nachtgebet, wenn ich mir hätte merken können, das die Michelin eines Abends laut gebetet hat. „Herr Jesus, komm bald, wir warten dein. Hau' zu, hau' zu, aber lach' dazu. Schön Dank, daß du unser König bist, Herr Jesu Christ!" So ähnlich. Ich bat sie am nächsten Tage, mir den Spruch wörtlich mitzuteilen. „Das geben wir nit her!" war die Antwort und schnell stand ihr Rücken vor mir. So reich sind hier die armen Leute. Übrigens, ihm scheint manchmal bange zu sein und bisweilen kann man ihn murmeln hören: „Schlafen tut er zu lang!" Der Herrgott nämlich.

Das sind jetzt die Gäste meiner Stallkammer. Der Adamshauser soll den Michelmenschen ordnungsgemäß acht Tage lang behalten. Da er aber merkt, daß die Einlegerleute gerne hier bleiben, weil sie nicht überall so gut behandelt werden, so hat er mich gefragt, ob ich ihnen die Kammer noch länger überlassen wolle. Ich würde ein schönes Vergeltsgott dafür bekommen. Ein Vergeltsgott wird hier hoch bewertet. Man legt's in die Sparkasse auf die ewige Seligkeit. Die Adamshauserleute haben ihrer schon viele beisammen. —

Mein Verhältnis zu diesem Berghofe hat endlich auch eine Art bekommen. Ich bin verwendbar. Ich bin ihnen wirklich von Nutzen, sie sagen es schon offen und ich sage glücklich darüber: Walt' es Gott! — Jetzt habe ich keine Angst mehr, ich halte aus.

Kannst du mir nicht sagen, Philosoph woher das Wort Arbeit kommt? Es heißt, in alten Zeiten habe dieses Wort soviel als Not und nötig bedeutet. Es kann ja sein, daß gewisse Leute nur dann arbeiten wollen, wenn sie die Not dazu drängt. Ich frage indes, ob das Wort Arbeit nicht von Arling (Pflugschar) oder Aren (Egge) kommen könnte und also ursprünglich nur solches Wirken ausdrückte, das mit der Erdscholle zusammenhängt. Erdbeuten, Erde ausbeuten, oder so was, wie es die Philologen manchmal so hübsch zu drehen wissen. Ich könnte dann sehr schön dartun, daß das Ackern der Grundbegriff aller Arbeit ist und mir damit ein besonderes Ansehen geben.

Seit Mitte April ackern wir. Als zuerst die Pflugteile: der Arling, das Sech, dann auch die Egge in Ordnung zu bringen waren, entdeckte ich in mir einen ganz brauchbaren Gesellen: den Schmied. Man lernt nichts umsonst. So habe ich den Arling geschärft, den Pfluggründel mit Ringen beschlagen und an den Rädern abgesprengte Reifen festgeschmiedet. Das gelang so gut, daß meinem Hausvater fast bange geworden sein soll, ich könnte nun mit Sonderansprüchen auftreten. Wenn der wüßte, wie gut mir das Dienstjahr bei ihm gelohnt wird!

Meine Schmiedleistungen waren wohl recht sehr am Platze, denn sonst hätte mir der erste Tag am Pfluge leicht den Dienst kosten können. Das mußt du dir vorstellen, Herr. Vorn an den Pflug sind zwei Ochsen gespannt, die vom Rocherl bei den Hörnern geführt werden. Hinten gehe ich drein, halte den Pflug bei den Hörnern und habe ihn so zu leiten, daß er den Rasenstreifen, etwa einen Schuh breit und einen halben Schuh tief, ausschneidet und umlegt. Das ist die Furche. Wird die Furche zu schmal genommen, so richtet man nichts aus, wird sie zu breit genommen, so hebt es den Pflug und der Arling kratzt seicht über den Rasen hin. Und dieses Festhalten in gleicher Breite, dieses Niedergründen, wenn der Boden seicht, sandig oder steinig ist, greift menschlich Fleisch und Bein höllisch an.

Zuerst hat's mich so mächtig hin- und hergeschleudert, daß der Rocherl laut auflacht. Ganz hinten drein geht die Barbel mit der Haue, um die schlecht gelegten Furchen zu gleichen und vom Arling übersprungene Rasenteile umzuhauen. Je schlechter ich's mache, je mehr hat das Mädel zu tun. Du kannst dir denken, wie mich das spornt zur äußersten Anstrengung meiner geistigen und körperlichen Fähigkeiten. So schauderhaft der Anfang gewesen ist, durch Fleiß und Übung gelang es — ich kann nun ackern.

Ein Bauernknecht, der ackern kann!

Und dieser Erdgeruch! Dieser köstliche Erdgeruch! Das haucht einem so frisch und kühl, so erdharzig ins Gesicht! Ich möchte dirs beschreiben und kann nicht. Als ob man von Rheinwein ganz leicht berauscht wäre, so herzhaft mutet das an, so herzhaft und urstärkend, wenn Erdsegen aufsteigt. — Dieser Lebenshauch, ich habe bisher keine Ahnung von ihm gehabt. Zum Aufjauchzen, so froh!

Auf steilen Feldern ackert man mit dem angedeuteten Hin- und Herfurchen natürlich von unten nach oben. Und während wir mit dem Pflug auf die Anhöhe kommen, rückt unten schon der Adam mit dem Säetuch dran. Und wie der ältliche Mann unbedeckten Hauptes in Demut und Würde zugleich über die braunen Schollen dahinschreitet und sein Korn der Erde opfert — so kommt mir das ganz weihevoll, priesterlich vor. Die erste Handvoll Korn, die er ausgestreut, hat er vorher andächtig emporgehoben zu seinen Lippen. Geküßt hat er die Körner wie ein Heiligtum! — So war mir noch nie bisher im Leben, als an diesen Tagen. Als ob ich heimgefunden hätte! Als ob der verlorene Sohn endlich wieder in seiner uralt heiligen Heimat wäre! Ja, Freund, ja, das ist der alte große Adelsstand. Zuerst der Gottschöpfer und gleich unterhalb sein Handlanger, der Bauer. Wer seine eigene Hand in die offene Furche der Erde legt, der muß dran glauben.

Nach dem Pflügen das Säen, nach dem Säen das Eggen, wodurch mit der „Aren“, wie man die Egge nennt, der Same ins Erdreich gekraut wird. Dann lassen wir's stehen. Lassen es stehen, stellen uns seitab an den Rain und beten um Regen und Sonnenschein. — Kein Mensch sieht sich mit seinem Tun und Lassen so unmittelbar auf Gott angewiesen, als der Landmann. Düngen, pflügen und säen, ja das kann er. Aber das ist all noch nichts. Das Korn, das er in die Erde gestreut, verwest und er ist ärmer, als vorher. Was nun anfängt zu geschehen und zu werden, das wird ohne sein Zutun. Er kann nicht fördern und nicht hemmen, ganz ohnmächtig muß er zusehen, was da wird oder nicht wird unter der wechselnden Sonne, unter den träumenden Wolken des Himmels. Es ist wohl sein Anlaß, aber es ist nicht sein Werk. Und weil der rechte Bauer schon einmal nicht müßig sein mag und doch zur Förderung seiner Sache auch nicht weiter Hand anlegen kann, so legt er diese Hände aneinander: Vater unser! Gib uns unser tägliches Brot!

Ich glaube, wenn der Bauer Atheist wäre, es könnte auf seiner Erde nichts mehr wachsen. Fromm glauben und gut düngen! — Und den alten Herrn mit dem weißen Bart und dem Dreieck über dem Haupte — laßt ihn uns stahn, ihr werten Weltweisen allsamt. Und *sollte* er schon nicht sein, so tut er noch in seinem Nichtsein den gläubigen Menschen mehr Gutes, als ihr in eurer körperlichen und geistigen Wesenheit selbander! —

Ich werde es übrigens bald erfahren müssen, daß wir das Gedeihen doch auch sonst noch fördern können. Wir werden in nächster Woche schon mit der Haue über das junge Feld gehen und die Erdklumpen kleinschlagen; wir werden das Unkraut jäten, wir werden den grünenden und reifenden Acker vor den äsenden Tieren schützen bis zu dem Tage, da mit klingender Sichel die Frucht darf in Empfang genommen werden.

Der zugereiste Knecht trägt jetzt ein äußerst grobes

ungebleichtes Rupfengewand vom Valentin. Luftig ist es. Auch die anderen Mannsleute der Gegend tragen des Werktags solche Leinwand am Leibe. Rock brauchen wir keinen mehr. — Loses Linnen über den Gliedern. Wüßtet ihr, was das für ein prächtiges Tragen ist! Wie sich's drin frei atmet, kühl arbeitet und ungebunden lebt! Wenn die vornehmen Leute sich einmal bewußt würden, was für ein Unglück ihr Modegewand ist! Wenn sie diese unglaublichen, diese tragisch komischen Fesseln inne würden! Durch solche glatte, farbgetränkte, zwei- und dreifache Futterale kann auch keine Krankheit und keine Sünde ausdunsten. Bleibt alles drinnen. Ihr Städter tut geringschätzig über die Hemdärmeln. Wem vor dem Hemdärmel graut, dem graut vor dem Arm. Vor der Hand Arbeit. Merkst du, wie das wieder ähnlich klingt: Arm-bieten, Arm-beiten, Arbeiten.

Hierin verstehe ich unser schönes Mädel nicht. Sie trägt noch immer ihre wulstige Winterjoppe. Der Hausmutter ist das auch nicht recht, ihr hat die Barbel aber gestanden, sie hätte das kurze Sommerjackel der armen Lucknerin geschenkt, daß die ihrem kleinen Kinde eine Wiegendecke daraus machen könne. Die Bettelleut', wenn sie kommen, richten es gerne so ein, daß sie die Barbel im Hause treffen. Da soll allemal am meisten abfallen. Und sonst auch. Das Mädel versteht gütig zuzuhören, wenn sie ihre Nöten klagen. Und wenn sie dazu ein gutes Wort sagt, ein teilnehmendes, troſtreiches, so ist das ein Almosen für sich. Es wird wohl so sein, wie mein Adam einmal gesagt hat: Das *Teilgeben* ist schon gut und das *Teilnehmen* ist noch besser.

Der Michelmensch, der doppelte, ist auch vernarrt in dieses Mädel. Ausgerechnet *er* steckt ihr manchmal ein Sträußchen junger Maßliebchen zu. Das muß er freilich hinter dem Rücken seiner Alten tun. Weil aber die alten Weiber auch hinten Augen haben, so ist es die Michelin einmal gewahr worden, was der Michel heimlich tut und hat ihm ein abscheuliches Wetter gemacht. Darunter ist das abgedörrte Alterchen ordentlich aufgetaut. Kannst dir denken, wie das einem Achtzigjährigen wohl tut, wenn er noch imstande ist, bei der Eheliebsten Eifersucht zu erregen. Und daß das Mädel diesem ihrem neuesten Buhlen ein besseres Auge zeigt als mir, mag ich schließlich nicht verwinden.

Von der Mailuft, die über unseren Bergen weht, kann ich gar nicht genug bekommen. Am späten Abend noch, während die Pflugochsen im Stall ihr Heu fressen — als Arbeiter bekommen sie jetzt natürlich besseres Futter, denn im Winter als Faulenzer — sitze ich gerne im Freien auf der Wandbank und betrachte es, wie am Firmament die Sternlein sich allmählich anzünden und vom Graben herauf die Wasser lauter werden. Und da habe ich mehrmals beobachtet, wie der Rocherl Sträußlein bindet mit großer Mühe seiner linken Hand, wie er damit an das Hausfenster hinschleicht und den Strauß ans Fenster der Barbel steckt. Am nächsten Tage sind die brüderlichen Liebesopfer welk, da bringt er frische. Und das Mädel hat die Blümlein des alten Einlegers schier lieber, als die des Bruders.

Und einmal, in der Abendstunde, steht der Rocherl beim Kirschbaum und flucht alle Flüche, die ihm einfallen. Und die ihm nicht einfallen, möchte er mit den Zähnen zerreißen.

„Was du für ein absonderliches Abendgebet kannst, Rocherl!"

Er stößt sich die Faust an die Stirn: „Zugrund' geh' ich!"

„Schmerzt dich die Hand so arg?“

„Die Barbel!“ schreit er auf.

„Die Barbel? Deine Schwester? Ist ihr was?“

„Jeden Zugelaufenen hat sie lieber als mich!“

„Jeden Zugelaufenen? Wer ist damit gemeint?“

„Das weiß ich schon!“

Sollte er mich —? Kaum denke ich das, so stürzt er mir an die Brust, stöhnt, gröhlt und bringt endlich die Worte hervor: „Weil ich sie gern hab'! — Umbringen muß ich mich!“

Alfred! In meinem Leben bin ich selten noch so erschrocken, als jetzt. Wenn es wäre, daß dieser junge glühende Mensch eine Leidenschaft nährte zu seiner Schwester!

Den abscheulichen Augenblick habe ich sofort in Spaß gebeizt.

„Am Ende, Rocherl!“ sage ich in komisch gespielter Entrüstung, „am Ende hast du mit dem Mädel eine Liebschaft. Nachher wird gerauft! Und den Alten töte ich auch. Was hat er ihr Blumen zuzustecken! Das Mädel gehört mein. Sie mag mich zwar nicht, und dich auch nicht, aber gerauft wird doch. Haderlump! Prügel kriegst, weil sie uns nicht mag. Und ich krieg' ihrer auch, deswegen. Und auf meinem breiten Buckel haben mehr Platz, als auf deinem Forellenrücken. Nachher kann sie uns Schusterpech auflegen, das die Prügel wieder herauszieht.“

Grell aufgelacht hat er. Dann sagt er ruhiger: „Du hast leicht Spaß machen. Ich weiß schon, wen ich meine.“ Dann ist er in sein Bett gegangen und die Wasser haben gerauscht im Tale.

Am neunzehnten Sonntage.

An diesem Briefe, mein Freund, werde ich wohl zwei Sonntage zu schreiben haben. Nicht, weil die Finger steif geworden sind. Nicht, weil ich jetzt lieber im Freien herumstreichen möchte, als gebückt über der Truhe sitzen. Ein anderer Verzug ist vorhanden. Es ist lang und es geht tief. Wenn's nur ein Roman wäre und ich ein Romanschreiber. Gott, wie nett! Aber es ist ein Schicksal und ich bin ein armer Mensch.

Daß wir etwas Bedenkliches im Hause haben, ahnst du. Oder bist du noch nicht auf schlimme Gedanken gekommen? — Ein halbverlumpter Städter geht, um eine Geldsumme zu gewinnen, zu den Bauern, prahlerisch, hinterlistig. In einem Gebirgshause bei schlichten herzensguten Leuten, wo er in Vertrauen und Treue aufgenommen wird, verführt er den Liebling aller, die einzige Tochter und Schwester, ein engelschönes, schuldloses Kind. Sie tut sich Leides an, Vater und Mutter vergehen vor Gram und der Abenteurer kehrt — nachdem er die Familie im Bauernhause zugrunde gerichtet hat — zur Stadt zurück, um seine Wette einzustreichen.

Wäre das nicht packend und modern?

Nein, es ist schlecht und grausam, solche Ungeheuerlichkeiten auch nur zu denken. — Es ist aber auch eine ganz niederträchtige Hoffart, zu sagen: Bei mir weit entfernt davon! Es waren Augenblicke der Gefahr, daß Gott mich verlassen könnte! — Aber darf der Gerettete denn jubeln, wenn er andere in Not, vielleicht in Schuld sieht?

Doch, das muß alles hübsch in Ordnung vorgebracht werden, sonst wirst du mir kopfscheu. Mein ältester Bekannter in Hoisendorf ist, wie du weißt, der Schullehrer Guido Winter. Derselbe, der im Januar mir das Adamshaus gewiesen hat und mich dann nicht wollte heraufsteigen lassen. Hernach hat's eine Spannung gegeben und nun ist alles klar. Der Mann ist etwa um zehn Jahre jünger als ich. Nicht gerade der Hübscheste. So blatternarbig, daß der Rocherl sagt, er müsse mit dem Gesichte auf einem Rohrstuhl gesessen sein. Dazu linkisch und ungeschickt, ein bissel untertänig und ein bissel stolz und ein bissel eigensinnig und hat noch besondere Sachen. Im ganzen ein frischer Kerl. Wir kommen an Sonntagen zusammen und plaudern. Ich besuche ihn schon seiner Bücher wegen und weil er mir die Zeitung vermittelt, die übrigens nur deshalb für mich noch einen gewissen Reiz hat, weil sie im Adamshause eine verbotene Frucht ist. Der Apfel vom Baum der Erkenntnis, wenn ich geistreich sein wollte. Doch heute habe ich dir Wichtigeres zu sagen.

Mehrmals schon hatte ich bemerkt, daß der Lehrer hinterhältig gegen mich ist. Natürlich, er kann ja auch aus mir nicht klug werden. Er kennt sich nicht aus bei diesem zugereisten Knecht und ich habe bislang Bedenken getragen, ihm meine Geschichte mitzuteilen. Nun kommen aber nach und nach allerhand Geschichten zusammen, eine hängt an der andern wie in Tausend und einer Nacht, und es sind noch so viele Wochen! Was das für ein Ende geben wird — der Himmel weiß es!

An diesem schönen Frühlingstage, als ich nach Hause will, hat sich der Lehrer mir angeschlossen. Er müsse einmal ganz extra mit mir gehen, vorgenommen habe er sich's schon lange. Da ist mir schon so etwas aufgefallen. — Wir gehen nach dem Wasser hinein, wir gehen aber nicht den Berg hinauf. Wir steigen in die Klamm und durch das

Hochtal weiter bis zum Almboden, wo jetzt neben Resten von Schneelawinen aus dem grauen Gefilze des Vorjahrs endlich auch das feine frische Gras hervorsticht, gelbliche Primeln stehen, die dünnständigen Lärchen grünen und in roten weichen Zäpfchen blühen. An den Berglehnen ragen stellenweise graue Steinknorze hervor und aus dem Hintergrunde des Hochtals leuchtet eine zerrissene Felswand. Wenn ich zeichnen könnte! Pah, die Landschaften bleiben ja stehen. Die Menschen müßte man zeichnen!

Zuerst, glaube ich, haben wir von Adams Franzel gesprochen, dem Schulknaben. Ein aufgewecktes Köpfel, sagt der Lehrer. In den Schulgegenständen nicht gerade der erste, aber voller Aufmerksamkeit und Beobachtung für Tiere, Pflanzen, Steine. Die Bücher langweilen ihn, wo er aber frei denken und Schlüsse ziehen kann, da ist er der ganzen Schule über.

„Den müssen wir wohl in die Stadt zu bringen trachten,“ setzte der Lehrer seiner Schilderung bei.

„Hören Sie mir auf mit der Stadt!“ rief ich drein. „Was soll er denn in der Stadt? Dort gibt's ohnehin schon gescheite Leute genug. Lasset doch auch ein paar kluge Köpfe bei den Bauern daheim. Da haben sie schon auch ihre Nüsse zu knacken und ist wenigstens ein Kern drin. Wenn alle begabten Leute davonlaufen, dann ist es wohl kein Wunder, daß geschieht, w a s geschieht.“

„Es geschieht auch, wenn sie dableiben,“ sagte der Lehrer. „Es geschieht, weil es geschehen muß. Und da möchte man doch die intelligenteren Kräfte möglichst auf einen besseren Boden retten, ehe sie in den Einöden verkommen und elendiglich zugrunde gehen.“

„Ich habe selbst einmal ähnliches geschrieben,“ sagte darauf der zugereiste Bauernknecht übereilt. „Das heißt, wie man so seinen Freunden schreibt. Aber jetzt denke ich anders. Das Geheimnis der Scholle! Die Heimatserde!"

„Heimatserde," sprach der Lehrer auflachend. „Das sind alte Sachen. Für den Trödelmarkt."

„Ist das Ihr Ernst? Dann hätte ich, mit Erlaubnis, meine Meinung darüber. Sie haben wohl auch schon über die Nationalitätenfrage nachgedacht, die heute alle Welt beschäftigt und Reiche erschüttert. Gut. Nun sagen Sie, um was geht es denn eigentlich her? Um Nationen? Gewiß ja. Aber noch mehr um die Erdscholle. Sie lachen, wenn Sie hören, daß die Nationalitätenfrage eine geographische Frage ist."

Er lachte wirklich und ich fuhr fort: „Würde es sich bloß um die Nation handeln, lieber Gott, die in aller Welt zerstreuten Deutschen könnten leicht zusammen kommen, wenn sie ihre Scholle aufgeben, ihren Erdbesitz mit Slawen oder Franzosen, die an ihrer Stelle sitzen, umtauschen würden. Ein moderner Bismarck brauchte bloß die Landkarte herzunehmen und die Völkerteile einfach wie Schachfiguren zu verschieben."

„Das ist nicht möglich!" rief der Lehrer aus.

„Es ist so unmöglich," sagte ich, „daß ein ähnlicher Vorschlag im Ernste kaum jemals gemacht worden ist. Und warum ist es unmöglich, weil die Menschen an ihre Scholle gewachsen sind, weil die Völkerfetzen an ihrer angestammten Erde kleben."

„Sie meinen also, daß der Einzelne fester an seiner Scholle hängt, als an seinem Volke?"

„Wie Figura zeigt."

„Ein Frevel, das auszusprechen!" rief der Lehrer entrüstet.

„Darüber müssen Sie einen andern zur Rechenschaft

ziehen. Den, der die Menschennatur so und gerade so gemacht hat."

„Der natürliche Mensch ist Nomade und nicht Schollenhocker."

„Und der Kulturmensch kann nur bestehen und sich vervollkommnen, wenn er auf festem Boden steht. Und daß der Boden, der Heimatboden, ewiges Eigen eines und desselben Volkes bleibe, darum handelt es sich vor allem bei diesem Weltkampfe."

„Wenn es also gerade auf diese Heimständigkeit ankäme," warf der Lehrer ein, „dann müßte ja der berufsmäßige Schollenmensch, der Bauer nämlich, der größte Kulturmensch sein!"

„Und wenn er es wäre! Und wenn das Landleben inmitten all der Bedingungen, die des Menschen Bedürfnisse decken, ohne ihn zu verwöhnen, zu erschlaffen, wirklich eine höhere Kultur wäre? Höher als etwa das Fabriksleben mit seiner sozialen Not und Unzufriedenheit; als das Kaufmannsleben, das rastlos die Güter der Welt hin und her schiebt, damit die Reichen aller Länder übersättigt werden können von den Produkten, bei deren Herstellung die Mehrzahl der Menschen Mangel leiden und verkommen muß! Der Bauer nur kann sich selber erhalten, ist also stärker, tüchtiger, freier, als andere."

Mit Verblüffung schaute mir der Lehrer ins Gesicht.

„Und deshalb," so schloß ich meine Betrachtung, „kann man's nicht verstehen, warum in unseren Tagen der angestammte Kulturmensch seinen Boden verlassen soll und ihn wirklich verläßt! Und wie sogar Dorfschullehrer dazu die Hand bieten können! — Nein, der Bauernlehrer soll seinen Kindern Tag für Tag das Vaterunser und den Erdsegen vorbeten."

Hierauf er: „Sind wir Lehrer dazu da, daß wir Bauern machen? Wir unterrichten die Kinder, damit sie, der Zeit gewachsen, ein gutes Fortkommen finden können."

„Fortkommen! Ja, Donnerwetter, wohin denn? Ich glaube fast, Herr, Sie wollen mich ärgern mit Ihrem Witz!"

„Aber Gott, nein!" rief er, mich am Arme packend. „Ich bin nur voller Staunen. über Ihren Witz!" Und dann mit plötzlicher Gereiztheit: „Mir fällt es heute ja nicht das erste Mal auf, daß der Knecht des Adamshauses wie ein Professor spricht. Was ist denn das? Das ist ja ganz verdächtig. Da muß man doch endlich einmal fragen nach dem Heimatschein. Wenn es hier herum etwas auszukundschaften gäbe —"

„So könnte ich ein Spion sein, meinen Sie?"

„Bei meiner Ehre, ja! Ein natürlicher Bauer sind Sie nicht, wenn Sie auch noch so groß von ihm sprechen. Nein, nein, Hans, da mögen Sie sagen, was Sie wollen."

„Meinen Sie?"

„Jetzt ist's mir zu dick. Sie gehören nicht in den Almgai. Sie haben Ihre besonderen Gründe, sich hier aufzuhalten!"

„Und ob ich sie habe!"

„Soll ich Ihnen sagen, weshalb Sie manchmal so eifrig die Zeitung durchschauen? Sie suchen Ihren Steckbrief!"

„Na nu, Schullehrer, das wird stark! Da könnten Sie sich ja gleich den Ergreiferlohn verdienen!"

Die gute Ruhe, mit der das Wort gesagt war, hat ihn doch wieder stutzig gemacht. Und er lenkte ein: „Ich meine ja auch nicht, daß —. Ein Spitzbube möchte kaum harte Arbeit machen in einem Bauernhofe, monatelang. Aber wissen möchte ich doch, was dahinter ist."

Er stand mitten auf dem Wege still, griff sich mit beiden Händen an meinen Jackenflügeln fest und fragte: „Jetzt sagen Sie es mir offen, Hans Trautendorffer, was suchen Sie da oben? Sie sind ein verkappter Stadtmensch, Sie haben Ihre Gründe, warum Sie sich im Adamshause aufhalten! Mit Verstattung, was suchen Sie da oben?"

Sein rotes Gesicht war noch röter geworden, um seine Augen hatten sich Wulste gebildet, als wären sie verschwollen, dazwischen stachen die Blitzer ganz kurios hervor. Ob solcher Heftigkeit kam mir der Trotz und ich schwieg.

„Werden Sie es sagen?"

Was denn? Warum sollte ich es ihm am Ende nicht anvertrauen. War's denn eine Schande? Hatte ich mich nicht doch vor falschem Verdacht zu retten? — Nein. Bei solcher Art zu fragen, antwortet ein Hans Trautendorffer nicht.

„Also, Sie sagen es nicht, was Sie da oben festhält?" sprach er nachgerade drohend.

„Aber natürlich nicht."

„Gut. So werde ich es Ihnen sagen."

„Nun?"

„Das Mädel gefällt Ihnen!"

„Das Mädel? Mir?" — Kunstpause.

„Das Mädel wollen Sie haben!!"

„Mein Gott, Schullehrer," darauf die Antwort, „warum sollte ich das Mädel nicht haben wollen? Was ginge denn das Sie an?"

„Was das mich angeht, mein lieber Trautendorffer, das will ich Ihnen wohl sagen. Das geht mich gar viel an. Das Mädel ist mein!" —

Und jetzt, Philosoph, übe dich eine Woche lang in Geduld. Fortsetzung folgt.

Am zwanzigsten Sonntage.

Am vorigen Sonntage hast du deinen Freund in einem entlegenen Alpentale stehen gelassen, in Gesellschaft eines eifersüchtigen Nebenbuhlers. Er lebt noch. Er hat seither wieder eine Woche lang Korn eggen und Kartoffeln pflanzen müssen.

Aber es hätte gar nicht mehr viel gefehlt. Verliebt bin ich ja in dieses blöde Ding und habe es auch dem Lehrer nicht einen Augenblick verhehlt. Zwar nicht viel anders, wie man in eine Rafaelsche Madonna verliebt sein kann. Traue du der Liebe zu den Himmlischen! Zum Glücke sind, fatale Nachzüge abgerechnet, die bedenklichsten Jahre vorüber. Geschadet jedoch hat's durchaus nicht, daß plötzlich der tolle Mensch vor mir stand mit dem Schrei: Das Mädel gehört mein!

Von diesem Augenblicke an gewann die Sache ein anderes Aussehen. Mancherlei wurde mir klar, jetzt ganz auf einmal. Was kann denn begreiflicher sein, als daß auch der Lehrer um dieses Lichtlein flattert. Und bei Sturm fliegt das sittsamste Flämmlein ins Dach. Schon vor Jahresfrist hat sie sich von dem die Augen küssen lassen, diese marmorkalte Maid!

Seinem Schrei also auf jenem Spaziergange bin ich ruhig gestanden. Der Lehrer steht auch und scheint verwundert zu sein, daß ich nicht umfalle. Ich stehe immer noch und sage: „Sackerment, Lehrer, Sie haben einen guten Geschmack! Und dazu meinen Glückwunsch! Aber das will ich Ihnen auch sagen, wenn Sie das Mädel nicht glücklich machen, dann steinige ich Sie auf offenem Kirchplatz zu Hoisendorf."

„Gut," antwortet er, und jetzt geht's schon ins gemütlich Groteske, „wenn ich sie nicht glücklich mache, dann sollen Sie bei Nero, bei Diokletian, bei Iwan dem Grausamen und allen Inquisitoren Studien machen, wie ich am qualvollsten zu Tode gemartert werden könnte."

„So ist es in Ordnung," sage ich, „Sie können sich verlassen. — Und nun soll es zwischen uns anders sein, meinen Sie nicht? Für Ihren Freimut möchte ich Vertrauen geben. Ihre Bedenken meinetwegen lassen es endlich hoch an der Zeit sein, daß ich mich Ihnen erkläre. — Wollen wir noch weiter ins Hochtal hinauf? Vielleicht lehnen Sie sich an diesen Ahornbaum, Herr Lehrer, denn sonst werden Sie wahrscheinlich umfallen, wenn Sie meine Geschichte hören. Sie meinen weiß Gott was für eine Romantik, wenn ein fünfundzwanzigjähriger Prachtkerl verliebt ist. Das ist gar nichts. Da gibt es andere Exemplare. Gucken Sie sich just einmal einen Zeitungschreiber an, der Bauernknecht wird — ein wirklicher hagebuchener Bauernknecht!"

Na, dann kam der geschichtliche Teil des Hans von Trautendorffer, dessen Ahn zur Hohenstaufenzeit den Reisenden die übermäßigen Lasten abgenommen hat. In neuer Zeit kam dann der elternlose Knabe, der zu nichts anderem gut war, als für die Grobschmiede im Dorf. Aus dem Schmiedejungen entwickelte sich der Schlingel, aus dem der Bäcker-Oheim den großen Gelehrten machen wollte, und es kam der Tornister, in dem angeblich der Feldmarschallshut steckt. Durch all diese Wandlungen hat der junge Mann mit größter Geschicklichkeit den Weg verfehlt und trat also in die Gilde der Zeitungschreiber. — In dieser Epoche vertiefte ich meine Schilderung und zeigte den zweispältigen Gesellen, dessen Neigungen mit dem Berufe gar nicht übereinstimmen wollten, so daß eine altmodische Weltanschauung mit der großstädtischen Journalistik sich beständig in den Haaren lag. Und schloß damit, wie bei jener Wette der Rüpel den Federfuchser plötzlich unterkriegte, als eines Mannes Ehre dran hing, ein Jahr lang Ritter von der Heugabel zu sein.

Der Lehrer hatte mir mit wahrer Verblüffung zugehört. Als ich fertig war, machte er einige Schritte auf die Wiese hinaus, wieder zurück und sagte: „Was Sie mir da erzählt haben, Hans, es steht wahrscheinlich unter dem Strich?"

„Wie Sie wollen, Herr Winter. Sie sind zu nichts verpflichtet. Der Glaubenszwang ist abgeschafft. — Ich vermeinte Ihnen Aufrichtigkeit schenken zu sollen. Eine bessere habe ich nicht."

Hierauf länger andauerndes Kopfschütteln seinerseits. Dann meinte er, es stimme ja eigentlich alles, und schüttelte mir die Hand.

Dieweilen waren wir sehr weit in die Wildnis geraten, an Felsen hin, wo graue Schutthalden niedergingen in das Wasser, das hier unter dem Berge hervorquillt. Es ist der Ursprung der Rechen. Mir war völlig leicht ums Herz, daß ich nun wieder als maskenloser Mensch redlich dastehen konnte, wenigstens vor dem einen.

Der Lehrer jedoch war sehr nachdenklich geworden. „So ein Wasser," murmelte er und schaute ins Bächlein.

„Ein schönes, klares Wasser!" setzte ich bei.

„Daß es immer so aus dem Berg herausrinnen mag! Immer und immer!"

„Immer und immer!" sagte ich ihm nach.

Wir waren ganz träumerisch geworden.

„Haben Sie Ihr Geheimnis sonst niemandem mitgeteilt, hier?" fragte der Lehrer.

„Sie sind mein ältester Bekannter in Hoisendorf, und — darf wohl sagen — mein jüngster Freund.“

„Wir sollten eigentlich Du sagen zueinander,“ schlug der Lehrer vor.

„Na nu — grüß dich Gott!“

„Denn mit ihr bist du wohl auch auf Du. Freilich kannst du nichts dafür, daß es bei den Bauern gleich so ist. Aber rasend werden hätte ich doch mögen, darüber. Ich gestehe dir's offen.“

„Von jetzt ab, Bruder, wirst du kein Tor sein, gelt! Versprich mir's. Es wäre zu dumm. Willst schon mir nicht trauen, weil ein Mann den andern kennt, so schau' bloß sie an. Du mußt am besten wissen, wie gern sie dich hat.“

„Davon habe ich Beweise,“ murmelte er und sah jetzt auf die Berglehne hin.

Wir waren umgekehrt und gingen über die Matten hin, wo wieder Sonnenschein lag.

„Du mußt ja schwer getragen haben, an deinem Geheimnis,“ sagte nach einer Weile der Lehrer. „Siehst du, mir geht's nicht besser.“

„Mir scheint, Guido, du hast auch etwas.“

„Jedem wird's halt nicht so leicht, das Auspacken,“ entgegnete er. „Und wäre doch so glaublich! So verdammt glaublich, daß die Leute es gewöhnlich früher glauben, als man's sagt.“

Das war so die Einleitung. Und es bedurfte einiger Lockreden meinerseits, bis die dunklen Dinge am Tageslichte standen. Du wirst mir schon verständnisinnig, Philosoph. Das ist bösartig von dir. So leicht soll's dir nicht werden. Höre nur einmal die Historie von Guido Winter, Volksschullehrer zu Hoisendorf. Auch ein Stadtmensch, der auf dem nicht mehr ungewöhnlichen Wege der Brotjagd ins Gebirge kam.

Soweit ganz regelmäßig, daß er kleinbürgerlicher Abkunft ist, eines Seilermeisters Sohn aus Lansach, und seine Studien kümmerlich vollendet hat bis nahe an die Grenzen des Doktors der Juristerei. Nun ist aber dieser Seilerssohn ein Strick, der sich nicht fügen will. Zwar wohl den Vorgesetzten, aber nicht den Kollegen. Da hatte der Mensch, von des Gedankens Blässe angekränkelt und schief gewickelt, wie er stets war, die Dreistigkeit, bei einem Studentenkommerse folgende Rede zu halten: „Kommilitonen! Ich liebe euch unbändig. Was aber die Saufkomments und die Mensurenrempeleien anbelangt, so sind dieselben nichts, als studentische Philisterei. Zum Trinken läßt sich kein Ochse kommandieren und schlagen mag sich, wer Schläge haben will. Ich nicht, hört ihr das? Mein Antlitz ist entstellt von Blattern, doch immerhin noch zu gut, als daß mir der erstbeste Raufsimpel seine Renommage hineinschnitzeln dürfte! Ich habe den Mut zu sagen, daß ich keinen habe!" — Dieser Mut, keinen zu haben, war allerdings gefährlicher, als so ein paar Semesterpaukereien. Er ward verhängnisvoll. Die Studentenschaft hatte den Guido Winter natürlich sofort „gesteckt". Als Ausgestoßener war er auch in der guten Gesellschaft der kleinen Universitätsstadt unmöglich, wo er durch Stundengeben bei dämlichen Hausherrensöhnen sich schlecht und recht fortgeholfen hatte. Er mußte die akademische Laufbahn aufgeben und sich ein anderes „Fortkommen" suchen. Noch von Glück konnte er singen, daß es Volksschullehrerstellen gibt, wovon eine hinten, weit hinten im Almgai provisorisch ergattert wurde. Dreihundert Gulden Gehalt und „Naturalien"! Sapperlot, war das ein Schwein! Und ein gesammelter Bücherschatz dazu.

Und trotzdem wäre er verloren gewesen in den Einöden dieser Berge, wenn er nicht eines noch zu eigen gehabt hätte — die Jugend. In der ersten Zeit ging es ganz wohlgemut; je länger er in Hoisendorf saß auf dem kleinen Schulhause, je fremder kam er sich dort vor. Dem Stadtkind fehlte der eigentliche Hang zum Lehrfache, es fehlte ihm das Verständnis für Ländliches und sein Sinn für das Volkstümliche erstreckte sich nicht viel weiter, als bis zu der lieblichsten aller Bauerndirnen. Als er nach Hoisendorf kam, saß sie noch in der Schulbank und hatte sauber in ihr Lesebuch geschrieben: Barbara Weiler. Sein erster Gedanke, als er sie sah: das ist ein herziger Fratz. Und später — ob sie mit ernsthaften Augen dem Lehrer die trautsamen Worte gleichsam vom Munde sog oder ihn wegen mancher Ungeschicklichkeit im Haushalte weidlich auslachte, oder ob sie ihm flink eine kleine häusliche Arbeit verrichtete oder irgendein Buch von ihm entlehnte — wußte er schon passendere Bezeichnungen für sie. Als sie aus der Schule trat, riet er ihr, im Lesen und Schreiben sich fleißig zu üben. Demnach las sie manchmal so ein bißchen aus seinem Peter Hebel und Schiller und schickte ihm durch den Bruder Franzel die Bücher allemal mit einem artigen Dankbrieflein zurück. Ob bei diesem Bücherentlehnen die Dankbrieflein nicht Hauptsache waren? So hat sich das sachte angesponnen, sachte und arglos — und auf einmal war es da. Die erste Offenbarung war eine auffallende Befangenheit. Wenn sie sich am Sonntag sahen und begrüßten, wurde sie rot im Gesicht und er stolperte auf ebenem Platz. Na, ich werde dir etwas schildern, was seit Adam und Eva das gleiche ist! Aber es ist ja schrecklich merkwürdig, wie sie einmal im Mai an der Kirchhofsmauer gerade unter blühendem Holler zusammengerieten und er ihr in einem Kusse fast die Augen austrank. Das hatte der dumme Junge arg zu büßen. Von nun an mied sie ihn, wie die versengte Katze das Feuer, und er wußte sich in der unsinnigen Feuersbrunst keine Hilfe. Den ganzen Sommer war — nach des Lehrers Aussage — nichts, als ein wildes Herz und ein dummer Kopf. Und dann im Frühwinter. Guido kommt von einer Lehrerversammlung in Kailing nach Hause, findet seine Stube warm geheizt, voll von Weibern, und in seinem Bette liegt die Barbel! Liegt die Barbel fröstelnd und lachend. War das Mädel auf einem Gang zum Krämer über den vereisten Steg in die Rechen gefallen, zur knappen Not von einem Holzfuhrmann herausgezogen und in dieses nächstbeste Haus getragen worden. Freilich ist noch an demselben Tage der Adam mit einem Karren da, auf den die in ein halbes Dutzend Bettdecken gewickelte Barbel gelegt und mit zwei Ochsen bergwärts geführt wird. — Das hilft nichts, der Lehrer ist doch verrückt. Ein paar Tage später geht er hinauf ins Gebirge und kommt natürlich zum Adamshaus. Er möchte ein wenig rasten, aber er ist nicht müde. Er möchte sich ein bißchen wärmen, aber ihm ist nicht kalt. Da denkt er: Nachfragen bei ihren Eltern, wie's ihr geht, ob sie sich schon ganz erholt hat, das schickt sich doch. Die Eltern waren nicht im Hause, sondern in der Scheune beim Futtermachen. In der Stube beim Spinnrad saß das Mädel. Ganz allein — mutterseelenallein ist sie dagesessen in der Stube und hat gesponnen. Zuerst hat er nichts gesagt, dann ist er auf sie zugestürzt: Lieb hab' ich dich! Lieb hab' ich dich! — Und ist wahnsinnig geworden.

Und soll es geschehen sein zur selbigen Stund', daß sie sich voreinander nicht haben erwehren können.

So weit, mein Freund, hat er erzählt. Gegen Ende

hin unsicher tappend, wie viel er verschweigen darf und wie deutlich er sein muß, um verstanden zu werden.

Wie bei diesem Bekenntnisse des Lehrers mir zumute gewesen ist! . . .

— — — — — — — — — — — — — —

Dann haben wir weiteres geplaudert. Was er für die Zukunft anzustreben gedenke? — Er denke nicht weiter, er wolle in Hoisendorf verbleiben. Doch wie das ein anderer über sich bringe, der nicht so dran sei wie er, das verstehe er nicht. Es sei halt doch wohl ein trauriger Winkel. Darum möchte er eben auch dem kleinen Franzel ein gutes „Fortkommen" wünschen.

Nach diesem inhaltsreichen Spaziergange waren an dem Berge die Schatten hoch hinaufgestiegen. Nur dort die Holzwände des Adamshauses leuchteten in der untergehenden Sonne noch und die Fenster funkelten glühend, als wäre das Innere voller Feuer.

Am Eschenrain trennten wir uns, der Lehrer ging talwärts, ich bergwärts. Am Stege blieb er stehen und schaute mir nach. Es scheint, er traut mir doch nicht ganz.

Auf dem Bergwege blieb ich auch nicht allein. Der Jäger Konrad gesellte sich zu mir. Heute hatte er wieder Gewehr und Federbuschen.

Langsamer sollte ich gehen. Einen Kameraden möchte er haben.

Ich wäre jetzt lieber allein gewesen. Mit Jägern weiß ein Mensch nicht viel zu reden. Heute war's anders. Dieser Jäger sprach seltsamerweise nicht von Hirschen, Hasen und Hunden, sondern von Menschen. Und zwar von meinem Rocherl. — Das Leben vergräme es ihm, dieses Unglück mit dem Burschen. Schon Schmerzensgeld habe er geben wollen, aber er nähme nichts an. Die eigene Hand könne er sich nicht abhauen lassen und hingeben für die zerschossene. Könne man das, so täte er's, Gott sei Zeuge. So oft er den Krüppel sehe, möchte er sich selber was antun. Es sei ihm ganz abscheulich.

„Das habt Ihr von Eurem verdammten Schießen!" fahre ich ihn an. „Muß denn allemal gleich geschossen sein? Und wenn auch so ein notiger Tropf einmal ein Stückel Wildpret erhascht, was liegt denn dran? O nein, Jäger, da hab' ich ein weites Gewissen. Gegen Leute, die jährlich ein bürgerliches Vermögen für das Jagdvergnügen ausgeben können, habe ich ein weites Gewissen. Arme Leute einsperren oder gar zu Krüppeln schießen zu lassen, weil sie einmal ein Stück Braten wollen haben, das — wenn ich Edelmann bin — wäre mir, offen gestanden, zu lumpig."

Da könne man nicht widersprechen, meinte der Konrad, doch ein Jäger habe seine Vorschriften. Er sei selber Diener. Er wisse es wohl. So herrisch manch ein Jäger vor Bauern und armen Häuslern sich aufblähe, vor dem Gnädigen biege er sich wie ein Radreifen und würge Brocken hinab, die kein Jagdhund annehme. Er habe es auch satt. Das ärgste sei ihm noch, daß er gehört habe, der Kulmbock wolle den Fall vor den Landtag bringen.

Jetzt ward mir erst helle, warum der Mann so demütig ist. Den Landtag fürchtet er und seine Herrschaft dürfte sich auch nicht darauf freuen. Heimlich, was das Zeug hält, nur keinen öffentlichen Skandal. So soll halt jetzt der Rocherl versöhnt werden, natürlich. — Es wäre brav von dem neuen Abgeordneten, daß er sich an die Aufdeckung der Waldlumpereien machen wolle! Mit diesem Trost habe ich den Jäger entlassen.

Noch immer war es heute mit dem Alleinsein nichts in diesen einsamen Bergen. Beim Hinaufgehen gegen unsern

Hof fand ich auf der Brunnenwiese — hier hat nämlich jedes Fleckchen Boden seinen besonderen Namen — den Hausvater. Er saß auf einem feuchten Grashaufen und holte Atem. Weil die Kühe im Stall ohne frisch Futter sich nicht wollen melken lassen zum Abend, so hat der Alte die Sense genommen und war Gras mähen gegangen. Während der Arbeit hatte ihn wieder sein Übel angefaßt.

„Warum tut Ihr das, Vater, wenn Ihr einen Knecht habt!" sagte ich. Er hätte es mir ja am Morgen schaffen können.

Darauf er in kurzen Atemstößen: „Vergelt's Gott, Hansel. Der Sonntag gehört dein."

Nachdem das Futter im Kuhbarren war, ging ich in meine Heuscheuer, um wieder einmal nachzusinnen über die dumme Welt. Dort vertreiben sie sich Zeit und Kraft übermütig mit Mensuren, Duellen, Rennen, Wettlaufen und Wildjagen, und mein Adam muß sogar am Sonntage unter der Arbeitslast zusammenbrechen.

Philosoph, du kannst gelegentlich einen deiner Weltweisen fragen, wie lange das noch dauern soll.

Meinetwegen sollen sie sich lieben, die beiden. Es ist ja alles Torheit, Torheit! Es ist eine dumme Welt. — —

Am einundzwanzigsten Sonntage.

Revolution hat's gegeben in dieser Woche, bei uns im Adamshause.

Es waren die Schuster da. Ihrer drei, der Meister mit der großen Glatze, der Geselle mit dem pechschwarzen Haarschopf und der Lehrjung mit dem fuchsroten Skalp. Aus den Kuh- und Schweinshäuten, die der Adam den Tieren abgezogen und der Nachbar gegerbt hat, wollen sie uns Schuhe machen fürs ganze Jahr. Im Frühjahre, meint der Hausvater, wären die Herren von Drahtzug am wenigsten übermütig, da hätten sie wenig Arbeit im Gai, da wäre ihnen nicht jedes Leder zu spröde, nicht jedes Garn zu ruppig, nicht jedes Schmer zu ranzig und nicht jede Kost zu schlecht. Und dennoch beherrschen sie das Haus. Den großen Tisch haben sie an den Herd gerückt, den Gewandkasten an den Ausgußtrog. In dem also freigewordenen Raum sitzen sie nun mit ihren breiten Rundungen, jeder auf einem Dreifuß. Der Meister mit der Glatze schneidet auf dem Kniebrett das Leder zu. Der Geselle mit dem schwarzen Schopf haspelt über den nackten Ellbogen und den ausgespreiteten Fingern das Garn, spannt nachher die Fäden an den Wandhaken, um weit in die Stube hinaus den Draht zu ziehen. Wenn er mit seiner Pechsohle glättend dem von der einen Faust strammgespannten Draht entlang fährt, da dröhnt das ganze Haus. In großen Zubern ist altes Schuhwerk eingeweicht, überall riecht's nach Leder, Pech und Schustern. Den Lehrjungen mit dem fuchsroten Skalp, den kenne ich schon. Er guckt immer schief an mir vorbei, denn ich habe in der heiligen Osternacht knechtliche Arbeit an ihm verrichtet. Das ist auch einer von solchen, denen alles zum besten anschlägt. Weil sie ihm damals das Haar versengt haben, kann ihn der Meister jetzt immer noch nicht beim Schopf nehmen. Nun möchte er gern der jung' Schuster genannt werden, aber unser Rocherl heißt ihn den Saufüssel, als wie er von Rechts wegen im Taufscheine steht. Der kann jetzt seine Ausgelassenheit an dem alten mausgrauen Schuhwerke üben. Mit der Zange reißt er es auseinander, damit die noch brauchbaren Lederteile an den neuen Schuhen verwendet werden können.

Das war der Schusterherrschaft erster Tag. Am zweiten wurde schon tapfer ausgefahren nach links und nach rechts mit den aufgeärmelten Armen. Der durchs Leder fahrende Draht röchelt wie ein „steckkropfiger Bürstenbinder" und die Schuster fluchen wie ein verliebter Husar. Das sind noch zwecklose Schuster, lieber Freund, die nageln noch nicht, die nähen.

Aus Anlaß der Schuster, die auch des Abends arbeiten, bis zehn Uhr, haben wir ein neues Licht bekommen. Das Spanlicht war ihnen zu rauchig, die Rübsöllampe zu „dumper" gewesen. Die Unschlittkerze war zu schwach für sechs Augen, die mit der Schweinsborstennadel das Loch ins Leder finden wollten. Dieses Loch mochte mit der befetteten Ahle noch so gut gestochen sein, die Borste zuckte umher und traf es nicht, und daran war die „Funtzen" schuld. Die Schuster huben an zu fluchen und verlangten Petroleumlampen, wie sie der Nansenbauer und der Kirchenwirt zu Hoisendorf haben. Da brachte der Adam zwei Glaskugeln daher, ich glaube, mit Wasser sind sie gefüllt, hing sie an beiden Seiten der Kerze auf und siehe, diese Reflexe verdoppelten das Licht. Der Schustergeselle war übermütig und fabelte von einer elektrischen Beleuchtung, wie sie in den Städten wäre. Unterbrach ihn die Hausmutter: „Bei uns auf der Bäuerei ist's halt so der Brauch: früh schlafen gehen und früh aufstehen, da erspart man die teueren Sachen, und der Sonnenschein, den der Herrgott umsonst gibt, tut's auch noch."

Jedes bekommt jetzt seine Schuhe, die Mannsleute „grobgenähte", die Weibsbilder „durchgenähte", die einen mit auswendiger, die anderen mit verdeckter Naht, letztere besonders für Sonntagstracht. Der Rocherl wollte auch von der feineren, „durchgenähten" Gattung haben, aber der Adam sagte: „Schamst dich nit?" — Auch mir sind ein Paar „Grobgenähter" angemessen worden. Als der Meister mit einem Papierstreifen das Maß nahm, spuckte er aus und sprach: „Das ist kein Bauernfuß!"

Bei Tische schwamm in dieser glorreichen Schusterwoche alles in Fett, das Kraut, die Klöße, der Sterz, der Brei, das Fleisch. Und auch die salbungsvollen Reden, die der Meister hielt. Einmal ging's über den Nachbar Kulmbock her. „Der neue Landbote, sapermosthosen! Der wird's schon machen! Der wird's schon packen, das Ferkel beim Fuß! Der wird der Katz' die Schellen schon anhängen, der! Die Dienstboten sollen wieder gezwungen werden für ein ganzes Jahr! Oder der Schandarm her! Der Bauer soll mit seinen Ochsen und Kindern tun können, was er will, sie in die Schul' schicken oder daheim zur Arbeit brauchen. Die Bauerngründe sollen verkaufsweise nicht mehr auseinander gerissen werden dürfen, wie alte Hemdfetzen, wenn man Schuhlappen aus ihnen machen will. Ein Bauernhofbesitzer, wenn er verheiratet ist, soll nimmer Soldat werden, weil er eh daheim seinen Krieg hat. Die Jagd soll abgeschafft werden, weil es ungerecht ist, wenn der Hase den Kohl, und der Herr den Hasen frißt, dieweil der fleißige Bauer an den kahlen Krautstengeln nagen kann. Die Bauernsteuern werden verringert, weil die Herrenleut' froh sein müssen, wenn ihnen der Bauer was zu essen gibt. Die Herrensteuer soll erhöht werden, denn warum, weil sie alleweil sagen, daß die Herren mehr wert sind als andere."

Das ist des Kulmbocks Programm, in welchem der Schuster jeden Punkt mit einem lauten Lachen begleitete. Und so oft er während des Essens das breite Lachen ausstieß, ging ein leichter Sprühregen über den Tisch, so daß der Rocherl in einer seiner lustigen Anwandlungen zur Mutter sagte, sie möge das rote Parapluie hervorsuchen.

„Soll's heut' noch regnen?" fragte der Meister.

„Es tröpfelt schon."

Und der Schuster wieder über den Kulmbock: „Freilich, natürlich! Versprechen tut jeder, bis er drinnen sitzt. Nachher sitzt er halt und laßt sich zahlen fürs Sitzen auf dem Lederpolster. Nau, Kurschamadiener! Wenn der Kulmbock so viel besser macht, als was das Schwarze an meinem Fingernagel ist!"

„Man muß nicht so unbescheiden sein," war mein Senf drauf.

„Der Kulmbock ist schon recht," redete jetzt auch die Hausmutter drein. „Wenn's wahr ist, daß er den Jäger Konrad will anzeigen. Wegen dem Rocherl seiner Wunden."

Machte der Hausvater mit der Hand einen leichten Schlag in die Luft: „Was hilft das!"

Der Lehrjunge hatte bisher nur gegessen. Nun er satt war, regte sich auch in ihm der Zeitgeist.

„Und was soll denn für die Lehrbuben geschehen?" gixte er.

Weil das überhört wurde, so ein zweitesmal:

„Geschieht für die Lehrbuben noch immer nichts?"

Der Meister tat ein bedeutsames Kopfnicken gegen den Jungen: „Wart' nur, es wird gleich was geschehen!"

Der Saufüssel duckte sich hinter den Gesellen und streckte die Zunge heraus. —

Es gärt, mein lieber Philosoph!

Und eines Abends, als wir schon alle in der Stube beisammen saßen, sprach ein fremder Mensch zu. Der gab sich für einen gelernten Schlosser aus. Der Hausvater meinte, die Schlösser wären im Adamshause ziemlich überflüssig geworden. Es seien drei Schuster da und zwei alte Einlegerleute, so wisse er nicht, wo der Reisende schlafen solle. —

„Aufs Jahr schlafen wir schon in seidenen Himmelbetten," sagte der Fremde, „alsdann so will ich diesmal aus Gefälligkeit noch einmal mit dem Stroh fürlieb nehmen. Zum Nachtmahl bin ich mit einem wohlgeschmorten Schweinsbraten zufrieden, wenn nichts besseres vorhanden ist."

„Der Herr wär' eh gut," spottete mein Hausvater.

„Ja, mein lieber Bauer!" sprach der Fremde, „jetzt werden wir halt einmal aus einem andern Loch pfeifen. Wie es in der Bibel steht: Die Ersten werden die Letzten und die Letzten die Ersten sein."

Nun horchte der alte Michel auf, der im Ofenwinkel sein Abendsüpplein trank. Den Topf hielt er in seinen tatternden Händen, so horchte er hin und fragte dann seine Alte: „Was sagt er?"

„Das ist so einer!" schrie sie ihm ins Ohr, „laß nur Zeit. Das ist schon so einer!"

Die Hausmutter sprach wohl nicht ohne Hinterhalt zum Fremden: „Vielleicht, daß der Herr bei unserem Nachbar Arbeit findet, beim Kulmbock drüben." Der, dachte sie, wird ihm den Prozeß schon machen.

„Von Arbeit habe ich nichts gesagt,“ antwortete der Schlosser in scharfgesetzter Rede, während er mit der schmalen Hand seinen schwarzen Spitzbart streichelte. „Ein ganz anderer Anlaß, weswegen ich da bin. Von Kailing komme ich seit gestern herauf. Alsdann dort tun sie alle mit, die Handwerker und die Bauern. Die Bürger werden schon nachkommen, denen ist's derweil nur ein bissel unbequem. Ich glaub's.“

„Um was geht's denn?“ fragte nun der Schuster und brannte sein Pfeifchen an — wenn's ein Plauderstündchen geben soll.

„Um was es geht?“ lachte der Fremde. „Euch Almgaiern muß man doch einmal die Schlafhaube vom Kopf nehmen beim Zipfel. Um was es geht, fragt er! — Der Nans in Hoisendorf da unten, der hat nicht lange gefragt, der hat's bald begriffen, daß uns anders nicht mehr zu helfen ist alsdann. Uns allen, sage ich. Die Arbeiter, die Gewerbsleute, die Bauern — wir stehen zusammen!“

„Mir scheint, das ist einer von denen!“ sprach der Rocherl mit Bedeutung.

„Wohl, junger Mann und Großgrundbesitzer!“ rief der Fremde lustig. „Euch Bauern wird's auch wohl tun, wenn wir einmal aufräumen mit dem alten Plunder. Sehen Sie, dort hinter dem Herd hocken so ein paar, die sich ihrer Tage lang geschunden haben wie ein Vieh und jetzt betteln gehen, dieweilen andere vom Schweiße des Bauers sich fett mästen!“

„Was sagt er?“ fragte der alte Einleger die seinige.

„Die Wahrheit sagt er!“ zischelte die Alte und zuckte ganz absonderlich mit den hageren Fäusten.

Der Fremde sprach weiter zum Rocherl: „Sie haben Ihrer Hand gehabt, hört man. Dieses Unglück kommt von den vornehmen Herren her, verstehen Sie? Wir wollen es einmal umwenden. Schriften habe ich mit. Sind schön zu lesen.“

Er packte Hefte aus und wollte sie verteilen. Die ihre Hand davor zurückgezogen, denen legte er sie auf den Tisch hin.

„Wir haben eh zu lesen,“ sagte der Hausvater und warf von der Wandleiste die alte Hauspostille ziemlich heftig auf den Tisch.

„Ist ein Leutverdummer!“ bemerkte hierüber der Fremde. „Hätten die Leute rechtzeitig solche Bücher verbrannt, so wären sie selber nicht verbrannt worden, verstanden das? Jetzt ist eine andere Zeit und der Bratspieß wird umgekehrt. Aber zusammenhalten heißt's, Leute! Dann sind wir die Stärkeren und erreichen alles, was wir wollen. Wenn der ungeheure Reichtum, den die Arbeiter geschaffen haben, verteilt wird, dann gibt's keine Armen mehr. Werdet es schon finden in diesen Schriften alsdann, steht alles drin. Aber solidarisch müssen wir sein!“

„Und ich sag',“ rief der Schustermeister aus, „so lang wir soldatisch sind, wird's nit besser!“

„Nicht soldatisch habe ich gesagt, Stockfisch! Solidarisch habe ich gesagt, alsdann das heißt so viel als gemeinsam. Einer für alle und alle für einen, wenn's zum Herrenerschlagen kommt!“

„Was hat er gesagt?“ fragte der immer mehr erregte Einleger hinter dem Herd.

„Hörst es nit? Hörst es denn nit?“ entgegnete ihm die Alte, ihre Äuglein wurden scharf wie Geieraugen.

„Das Handwerk wird wieder einen goldenen Boden bekommen!“ fuhr der Schlosser fort.

„Bravo!“ rief der Schustermeister.

„Meister und Geselle sollen gleich sein!"

„Bravo!" rief der Schustergeselle.

„Und der Lehrling soll wie der Geselle sein!"

„Bravo!" kreischte der Saufüssel.

Schwups! hatte er des Meisters Knieriemen am Rücken, daß es klatschte.

„Wird schon geschlagen? Wird schon?" So der alte Einleger Michel und stolperte hastig vom Ofenwinkel hervor.

„Ich tu' auch mit!" schrie die Michelin, krallte ihre Finger in die Luft und schoß herfür.

„Herrgott, steh auf, wir fangen an!" rief der Alte lustig.

„Zuschlagen, zuschlagen!" schrie sie und beide huschten ganz gespenstisch in der Stube herum, so daß wir uns alle fragten: Was haben denn die Alten? Als sie es endlich merkten, daß das Zuschlagen sich nicht auf die großen Herren und auf die reichen Bauern bezog, sondern bloß auf den Schusterjungen, schraken sie zusammen wie Nachtwandler, die plötzlich geweckt werden, und lallend taumelten sie wieder zurück in ihren Herdwinkel.

Freund, das war unheimlich, als aus diesen zwei sonst so schicksalsergebenen, kriecherisch demütigen, uralten Leutchen auf einmal die Bestie hervorpfiff! Mir ging's ganz kalt über den Rücken.

Der fremde Schlosser hatte die Bewegung mit höchstem Wohlgefallen beobachtet. „Tapfer! Alles rot, die Jugend und das Alter!" so begann er eine Rede, die unterbrochen wurde. Der Hausvater war schon eine Weile am Tisch gekniet, den Daumen an die Stirn legend, um bei der ersten Pause des Aufruhrs laut das Kreuz zu machen und den Psalter zu beginnen. Jetzt, als der Schlosser neu einsetzte, legte er los. Auch die Schuster beteten natürlich mit, während sie den Draht zogen, die Sohle hämmerten und mit der Zange das Leder über den Leisten zwängten. Der Schlosser wußte gar nicht, wie ihm geschah, zu diesem Schloß hatte er keinen Schlüssel. Wie er jetzt — während zu den Fenstern das Abendrot hereinschien — mit seinen weltumstürzlerischen Plänen mitten unter Betenden so stand! Im Widerstreite, ob er sich hinknien solle, oder setzen, oder fortgehen, blieb er mitten in der Stube stehen wie gebannt. Plötzlich brach der Hausvater das Gebet ab und auch wir anderen zuckten auf. Da schritt er zum Schlosser hin und sprach nicht laut, aber deutlich: „Wer in ein fremdes Haus geht, der muß sich nach dem Hausbrauch richten. Wenn der Herr nicht mitbeten will, so soll er hinausgehen."

Der Mann hatte jedoch ein Nachtquartier und für den nächsten Morgen ein Frühstück nötig, so bog er sich.

Nach diesem Abendsegen ging der Schustermeister in sein Bett, das oben unter dem Dache stand. Geselle und Lehrling legten sich nur halb ausgezogen aufs Stroh, das die Hausmutter zwischen Tisch und Werkstatt ausgebreitet hatte. Vater und Mutter gingen in ihr Stübchen, der Rocherl in sein Gelaß, das zu dieser Jahreszeit in einem Raume über dem Keller ist. Die Barbel nahm an der Stubentür aus dem Gefäß mit den zwei Fingern ihren Weihwassertropfen und ging ernst und still in ihr Gemach. Der fremde Schlosser schaute ihr nach. Der doppelte Michelmensch siffelte in die Stallkammer und ich meinem Heustadl zu.

Mitten auf dem Hofe bleibe ich stehen und warte, bis der Schlosser aus dem Hause tritt. Als er nicht kommt, gehe ich nochmals hinein, es ist finster und still und bei der Tür des Mädchengemachs steht er. Was er da mache? — Ja, das Schloß studiere er, es sei ein altes, gar interessantes Eisenschloß, wie man solche nicht mehr viele finde. —

„Das wollen wir morgen besehen, wenn es licht ist.“ Damit habe ich ihn aus dem Hause und auf die Tenne geleitet zu seinem Stroh.

Auf der Tenne haben wir noch ein Wörtlein miteinander gesprochen. Ich hielt ihm vor, wie dumm er sich mit seiner neuen Lehre im Bauernhause ausgenommen habe. Sie hätten ihn zum Glücke nicht ernst genommen, sonst würde er jetzt wahrscheinlich Kreuzschmerzen haben. Er müsse schon stark verlumpt sein, so auf eigene Faust Sozialdemokratie zu treiben. Ob er es nicht wisse, daß er mit solchen Grundsätzen längst allein stehe?

Hierauf behauptete er dreist, wenn man auch selbst nicht dran glaube, einfältigen Leuten müsse man so sprechen, sonst wären sie für nichts zu haben. Bei der Gleichheit würden sie doch anbeißen.

Da habe ich ihm gesagt: „Schänden Sie die Sozialdemokraten nicht, die sind eine ehrliche Partei, sie verlangen ihr gutes Recht und wollen, denke ich, auch gewissenhaft ihre Pflicht tun. Sie aber gehören ins Zuchthaus.“

Und ließ ihn stehen bei seinem Stroh.

Hingegen hörte ich noch am selben Abende den alten Einleger zu seinem Weibe sagen: „Wir sind halt letze Leuteln. Wenn wir Rebellion machen, da lachen sie.“

„Laß nur Zeit, Michel. Bis erst unser Hieserl kommt, der wird schon stark sein.“

Der Hieserl, von dem man vor vielen Jahren die Knochen gefunden hat. —

Nicht allein die Menschen sind verrückt, auch die Zeit ist's. Und sogar das Wetter. Mitten im Mai gibt's bei uns Schneegestöber wie zu Neujahr. Kirschbaumblüten und Schneeflocken durcheinander. Das Rainhäuschen drüben hat ein Strohdach. Weil es leer steht, spricht der Adam davon, daß wir das Dach abtragen und damit unser Vieh füttern könnten. Denn wir haben in den Scheunen kein Futter mehr und auf der Weide liegt der Schnee so hoch, daß kaum die Zaunstecken herfürgucken.

Wir sind in der Stube gesessen und haben mal eins politisiert. So gut wie die Kannegießer kann's auch mein Adam ohne Kanne. Der türkisch-griechische Krieg, von dem man jetzt so viel hört, gefällt ihm gar nicht übel. „Das ist gescheit, daß es dem Türken heimgezahlt wird, wie er vor Zeiten in unserem Land grausam sengen und brennen tat! Und Leut' einfangen.“ Aus der Pfarre Hoisendorf allein soll der Roßschweif dreiundsechzig Männer und Weiber in die Gefangenschaft davongeführt haben. — Als wir hernach vernahmen, daß die den Krieg angezettelten Griechen Schläge bekommen hätten, war es dem Adam auch recht: „Wer anfängt, der soll nur brav gehaut werden.“

Das war ein Messerchen gegen den zur Stunde anwesenden Holzhauer, genannt der „Toifel“. Aus dem Rudolf hatten sie einen Dolfel und aus diesem einen Toifel gegemacht. Ein grober jähzorniger Mensch, der überall, wo ein paar Mannsleut' beieinander sind, eine Rauferei anstiftet. Dieser bezog die Bemerkung des Hausvaters auf sich. Wie ein Tiger sprang er auf und fragte den Adam, ob das etwa ihn angehe? Ob er niedergelegt sein wolle, der Adam Weiler? Dann möge er es gerade einmal sagen! — Da es in der Gegend Krüppel gibt, die „es gerade mal gesagt haben“, so spielte ich den ehrlichen Diplomaten.

„An deiner Stelle täte ich das nicht, Holzknecht,“ sagte ich. „Mit dem kränklichen Menschen da mir so den großen Ruf verpatzen, das wäre schon mein Letztes. Hast du Schneid, so weiß ich dir einen anderen, in der Stallkammer draußen ist er. Ein doppelter sogar. Der ist gar nimmer zu bändigen. Herren derschlagen will er gehen. Mit dem — möchte ich sagen — kann sich nur der Holzhauer Toifel messen, wenn er's nit vorzieht, selber gegen die Herren zu gehen."

„Was gehen mich die Herren an!" knurrte er trotzig, immer wieder dem Adam zustrebend, „und der in der Stallkammer draußen geht mich auch nichts an."

„So, der geht dich auch nichts an? Wo er just alle Tage ein paarmal prahlt: Wer ihn niederlegen wolle, der müsse früher aufstehen als der Toifel."

„So! Hat er das gesagt?" fragte der Holzknecht ganz geschmeidig. „Das Knäblein muß ich aufsuchen."

Er ging hinaus, wir waren froh und sperrten hinter ihm die Haustür zu.

„Mein Gott!" jammerte die Barbel, „wenn er sie umbringt!"

„Er tut ihnen nichts," sagte der Adam, denn die Einlegersleut', die ich gemeint, waren eine Stunde früher vom Nachbar Schlappzopf mit dem Schlitten geholt worden.

So viel für heute von den Welthändeln im Adamshause, wo dein in Liebe gedenkt der

getreue Knecht.

Am zweiundzwanzigsten Sonntage.

Mein Herr Stein von Stein hat mir schon wieder ein Liebesbrieflein geschrieben. Es stünde mir — schreibt er in seiner unerschöpflichen Gewogenheit — ja selbstverständlich frei, meine Stellung und Zukunft einer Marotte zu opfern, er habe nur die Ehre, mir mitzuteilen, daß vom ersten des nächsten Monats an mein Ressort bei dem Blatte neu besetzt werde. Daß ich später darauf nicht mehr zu reflektieren hätte, wäre „selbstredend".

Von den Kollegen schreibt mir jetzt keiner mehr. Nur der Mayer unterm Strich hat mir vor einigen Wochen eine abschreckende Schilderung des Redaktionsdienstes während des Krieges und der tückischen Liebenswürdigkeiten des Herrn Chef geliefert. Ich glaube, die Kerle intrigieren gegen ihr würdiges Oberhaupt und lachen sich ins Fäustchen, daß der alte Knauser die Wette verliert. Nur habe ich manchmal Bänge um die drei Zeugen. Wenn Gott jetzt die Doktoren Lobensteiner, Mayer und Wegmacher zu sich nähme! Doktor Wegmacher will immer nach Amerika auswandern, weil ihm der Mayer seine Causerien im Feuilleton nicht unterbringt, was auch wirklich eine Bosheit ist, denn die Causerien wären gut, sagt ihr Verfasser, und der wird es doch wissen! Lobensteiner soll stiller Gesellschafter der Firma sein. Solcherlei Umstände könnten einen Krach geben für mich. — Einstweilen stelle ich mich tot und antworte dem Chef nicht.

Daß du, lieber Freund und Philosoph, meinen Vorschlag wegen deiner Sommerfrische im Almgai rundweg abgelehnt hast, war für mich sehr schmerzlich, ist aber — näher bedacht — gut. Du hast recht, es wäre schade um die Erdreich-Märchenstimmung, die uns jetzt so berückt, und die entzaubert sein müßte, wenn ein moderner Stadtmensch im Grase läge und dem düngerkrauenden und kartoffelbauenden Freund unter schöngeistigen Gedanken zusähe. Du hast tausendmal recht, das Erdreichjahr muß in dem Ernste seiner großen Einsamkeit durchgelebt und durchgelitten werden. Läuternd! Es mag ja sein, denn manchmal brennt's wie Fegefeuer durch meine arme Seele. Es ist oft eine geradezu blutige Mühsal. Und das Elend der Hausgenossen! Sie empfinden es zwar nur halb; ihr heimliches Leid krallt sich einem um so weher an, je ergebener es ertragen wird. Endlich das Heimweh nach Geistesleben! Hundertmal mag ich es mir vorsagen: es ist nichts dahinter, es verödet nur das Herz! Zum Teufel auch! In meiner Lage alles Geistesleben so brutal entbehren zu müssen, das verödet und verblödet das Herz! — Nun, du nennst das ein Auslüften der staubigen Stadtseele, und es wird endlich wohl das rechte Wort sein. Mein Leben lang werde ich dir danken müssen für deinen Zuspruch in dieser Zeit der Verwandlung.

Oft habe ich in der furchtbaren Einschicht keine andere Labe als — das Mitleid. Je hochgemuter die Adamsleute sind, um so mehr erbarmen sie mich, und je mehr Erbarmen, um so mehr Seligkeit. Jetzt fange ich erst an zu ahnen, was uns das Leid bedeutet. Es ist der Verzweiflung Gegengift. Besonders in meinem Falle. Von der großen Alpennatur, den Schönheiten der Landschaft hatte ich so vieles erwartet. Nein doch, derlei gefällt nur dann, wenn man sich selber hineinlegen und wieder herausgenießen kann, wenn die Seele frei, das Gemüt in Ordnung ist. Ein Ersatz ist es nicht. Und so bleiben nur noch die armen Menschen. Dem Himmel ist es in einer losen Laune eingefallen, diesen Adamshauserleuten mich zum Beistande zu geben. Gerade mich! Na gut, er soll sich nicht vergriffen haben.

Zur Zerstreuung stellt sich bisweilen irgendein kleines Ungemach ein, das strenge genommen, ganz unnötig ist und also auch nicht bezahlt wird von der Fürsehung. Aus diesem Blatt wirst du Terpentin riechen. Das kommt so: In der vorigen Woche sind wir beim „Zäunen" gewesen. Das heißt, wir haben Stangenschranken ausgebessert, so da Weide und Feld voneinander scheiden und auch die Besitzgrenzen feststellen. Letztere, will ich dich lehren, sind solche Schranken, an welchen bisweilen die Seelen verstorbener Grenzfälscher ruhelos gespenstern müssen, bis der versetzte Grenzpfahl wieder an der richtigen Stelle steht. So sei, erzählte mir der Adam, am Grenzzaun des Nachbars jahrelang in den Nächten der alte verstorbene Schlappzopf hin und her gegangen und habe kläglich gewimmert. Der Adam habe wohl gedacht, da handle es sich um eine Grenzfälschung zum Nachteil des Adamshauses. Weil er aber doch nicht wissen konnte, um wieviel es gefehlt sei, so habe er den Pfahl nicht berichtigen können, habe jedoch in einer Pfingstsonntagsnacht, als der Schlappzopf wieder gewandelt sei und wieder kläglich gewimmert habe, dem Geiste zugerufen: „Nachbar, im Namen Gottes sollst du erlöst sein und mir nichts mehr schuldig sein, und der Grenzpfahl soll stehenbleiben wie er steht, und soll's deinen Nachkommen geschenkt sein!" Darauf sei der Geist verschwunden. Hingegen wäre in einer der nächsten Nächte ein anderer Geist an das Bett des Adams getreten, sein Großvater, und der hätte sich beklagt, daß der Adam was hergeschenkt hätte, das nicht ihm gehört. Und dann habe der Adam darüber nachgedacht, daß man wohl ein Kalb oder einen Wagen herschenken könne, nicht aber ein Stück Erdreich, das keinem gehört, weil es allen gehört, den Nachkommen wie den Vorfahren, dem ganzen Geschlechte. Hernach habe der Adam mit seinen Leuten gesprochen, sie hätten sich mit dem Nachbar aber nicht anders vergleichen können, hätten ihm fünfzig Klafter abgekauft und die Grenze um soviel hinübergerückt. Dann sei Frieden gewesen.

Da hast du meinen ganzen Adam, zuerst schenkt er das Eigen hin, damit der alte Nachbar erlöst sei, dann kauft er's wieder zurück, damit sein Großvater Ruhe habe. Und du siehst aus dieser Geschichte die Unveräußerlichkeit der angestammten Bauernscholle. Im Bauerntume kann man auch von Geistererscheinungen etwas lernen.

Nun also wir haben den Zaun neu gemacht. Der Hausvater trieb zu paar und paar die Stecken in den Erdboden, ich legte die Stangen dazwischen, junge Lärchstämmlinge, die wir vorher im Dickicht geschlagen und entästet hatten. Dann wand er um die Stecken frische Bänder aus Fichtenbaumzweigen, die der Rocherl am offenen Feldfeuer gebäht hatte, damit sie die nötige Zähigkeit gewannen. Der „Einhandel" ist allemal vergnügt, wenn sich eine Beschäftigung findet, die er gleich einem ganzen Menschen verrichten kann. Ein ganzer Mensch möchte er sein, wie alle anderen, aber seine rechte Hand ist ohnmächtig, wie dürres Holz, nur weh tut sie wie Menschenfleisch. Und da bricht in dem armen Burschen manchmal eine Verzweiflung hervor, die uns alle hart bekümmert.

Was ist dagegen *meine* Wunde an der Hand? Und nun komme ich bald zum Terpentin. Es ist der Vorabend des Christihimmelfahrtsfestes und um vier Uhr nachmittags verkündet der Hausvater bei unserem Zaunmachen den Feierabend.

„In Gottes Namen lassen wir's gut sein," pflegt er zu sagen, wobei mir allemal das Bibelwort von der Erschaffung der Welt einfällt: Und er sah, daß es gut war. — Ich aber sah diesmal am vorigen Mittwoch, daß es nicht gut war. Es blieb da noch eine Zaunlücke offen, durch die des Nachbars Weidekühe leicht auf unser schön grünendes Haferfeld kommen konnten, während wir am Himmelfahrtstag in der Kirche saßen. Ich blieb also allein zurück, um die Lücke einstweilen mit Stangen zu verrammeln, und dabei stieß ich mir einen scharfen Holzsplitter in den Ballen der rechten Hand. Der Adam hat nachher mit der Taschenfeitelspitze wohl einen Teil davon herausbekommen, was aber drinnen blieb, das stach höllisch auf einen Nerv. Die Hausmutter kam mit ihrem schwarzglänzenden Pechöltopf, schmierte ein Pflaster und legte es über meine Hand. „Das zieht den Spell schon heraus."

Zwei Nächte lang habe ich wenig geschlafen und wollte mich zum Ärgernis des ganzen Hauses schon aufmachen nach dem Doktor in Kailing, da begann doch endlich der Balken herauszuschwären. Er ist nicht größer als ein Hagebuttdorn und man ärgert sich baß über den Nerv, der einer solchen Kleinigkeit wegen so aufgebracht ist.

„Der Nerv ist halt nervös," meinte der Rocherl aus Erfahrung. Ich bin immer seelenvergnügt, wenn er humoristisch wird und du weißt jetzt, weshalb das Papier nach Pechöl riecht.

Vorgestern hat mein Hausvater in der großen Stube ein weitläufiges Gerüste aufgestellt, das noch mehr Verwirrung anrichtete als vorhin die Schuster. Ein Gefüge von Schrägen, Balken, Rollen, Haspeln, Rädern und allerhand Zeug. Lange wußte ich nicht, was denn das wieder bedeuten soll, und zum Fragen ist er gewöhnlich auch zu stolz, der Herr Knecht. Am Nachmittage, als der Adam von Spulen und Haspeln Garn auf die Rolle zog, begann mir zu dämmern, und als dann auch das Schiffchen zum Vorschein kam und wie es bei jedem Ineinanderschlagen der zwei Garnrahmen lustig zwischen den Fäden durchpfiff, konnte sogar ein Redakteur der volkswirtschaftlichen Rubrik nicht mehr länger darüber in Zweifel bleiben, daß es ein Webstuhl ist.

Wie man dreist behaupten kann, daß die gewöhnliche Holzrolle zur Weiterbewegung von Lasten eine wichtigere Erfindung war, als später die Lokomotive, und das einfache Spinnrad der Häuslerin die sinnreichsten Spinnereien der Welt an Bedeutung in den Schatten stellt, so darf ich auch sagen, daß der altbäuerliche Webstuhl in seiner Einfachheit, mit den schlichtesten Mitteln die größte Zweckmäßigkeit erzielend, doch eigentlich merkwürdiger ist, als alle kunstreichen Einrichtungen einer modernen Tuchfabrik, die ja auch aus dem Bauernwebstuhle hervorgegangen. Ein einziger Mann mit zwei Beinen zum Treten, zwei Armen zum Schnellen und einem Kopf zum Denken macht aus dem losen Garn die schöne, glatte Leinwand.

Wohl sehr mit einem Kopf zum Denken!

Recht lehrreich wäre es für den Städter, einmal ein Auge zu legen auf die Vielseitigkeit eines „dummen Bauers“. Nebst des Betriebes einer vielgliedrigen Landwirtschaft, die hier in Ackerbau, Viehzucht und Holzarbeit besteht, kann der Bauer nicht bloß Korn mahlen, Leinöl pressen, Haus zimmern, Dach decken, Ofen bauen, Brunnen graben, Kohlen brennen, Pechöl sieden, Most pressen, Branntwein destillieren, sondern auch Garn spinnen, Leinwand weben, Wolle wirken, Loden walchen, Leder gerben, kurz alles, was in eine Wirtschaft schlägt, die sich selbst genügen muß. Ein Vergnügen war es, dem Adam zuzusehen, mit welcher Fertigkeit er den Webstuhl betrieb. Man muß nur wissen, was das heißt: Garn! Ich hatte bloß einen ganz kleinen Handlangerdienst zu leisten und augenblicklich war ich umgarnt. Ich versuchte abzustreifen, wendete mich nach allen Seiten herum, begann zu zappeln und zu kreisen und geriet immer tiefer hinein, so daß es dann selbst die Hausmutter nicht zustande brachte, mich zu erlösen. Sie schalt auch zu sehr dabei, war zu ungeduldig, ein Fehler, den das Garn am allerwenigsten vertragen kann. Ich geriet bei jeder Anstrengung, den hundertfachen Faden und Maschen zu entkommen, nur immer tiefer ins Gewirre. So daß endlich die Barbel gerufen werden mußte, um die täppische Hummel aus dem Spinnengewebe zu befreien. Als das Mädel hereinkam, war mir's just, als käme die Kreuzspinne nachsehen, welche Beute diesmal im Gewebe hängen geblieben ist. Während sie in aller Gelassenheit mit zarter Hand die Fäden von meinen Armen und Beinen nestelte und auch die Schlingen um Brust und Hals lockerte, ward die Umstrickung erst vollkommen. . . .

Wenn das der Schullehrer erfährt. Ich vermute, daß die Leinwand, die der Adam webert, zur Hochzeitsausstattung kommen wird. Und ist schon einmal der zugewanderte Knecht im Garn gesessen! Torheit! Das Mädel ist arglos wie ein Schneeglöckchen. Wer mich umgarnt hat, das bin ich selbst — mit meinen dummen Einbildungen.

Wir können ja nicht lieben, wir von der „hecheren Bültung". Wir können liebeln und tändeln und sündigen und eifersüchtig sein. Aber lieben? Wie Leander die Hero, wie Romeo die Julie! Dafür sind wir viel zu gut erzogen. Oder zu schlecht genährt. Was meinst du, Philosoph? —

Heute am Nachmittag ist der Michelmensch wieder dagewesen. Der Doppelte, dem ich's zutraue, daß er lieben konnte, seit man sah, wie letzthin sein Haß zum Dach herausgelodert hat. Er war vor einigen Tagen vom Nachbar so plötzlich mit dem Fuhrwerk geholt worden, samt seinem großen Korbe, daß er gar nicht Zeit hatte, sich im Adamshause zu verabschieden. So kam das alte Einlegerpaar, um sich zu bedanken für die „guten Wochen", die es hier aufgehoben war. Sprecherin war das Weib natürlich, und brachte sie es so treuherzig vor, so dankbar und zart, wie sie beten wollten allbeide, daß die liebe Frau Mutter Gottes ihren Schutzmantel ausbreiten möchte über dieses gute Haus und seine frommen Leute. Und wenn der Michel und die Michelin, was wohl sicher sei, früher von dieser Erden Abschied nehmen müßten, als die Adamshauser, so wollten sie beim Herrgott im lichten Himmel oben schon einen guten Platz belegen für den Vater Adam, für die Mutter Traudel und ihre Kinder alle vier.

Waren das wirklich die zwei Alten, die bei der Anwesenheit des aberwitzigen Roten so wütig aufgezischt hatten? War es purer Wahnsinn gewesen? Oder war diese demütige Dankbarkeit für gebührende Armenpflege nichts als Heuchelei? Ich denke, es sind alte Kinder, die auf einmal störrisch werden können. Oder ist auch im gottinnigen, altweltischen Landvolke ein wilder, revolutionärer Blutstropfen vorhanden?

Sie trippeln, mit ihren Stecken klappernd, schon über die Türschwelle, als die Alte noch einmal umkehrt zum Feuerherd und die Hausmutter bittet: „Wenn etwan der Hieserl kommen sollt' und unser nachfragen, gelt Mutter, du weisest ihn. Beim Schlappzopf sind wir jetzt, nächst Wochen beim Gleimer, nachher beim Kulmbock und auf der Sonnseiten weiter."

Das Licht ihres Alters. Ihr Sohn! — O Freund, was der Glaube macht!

Gute Nacht zu dir, Alfred, in die weite Welt. Heute könntest du ein Kirchenlied von Paul Gerhard auf mir spielen, so weich bin ich gestimmt.

In diesem Hause herrscht ein schöner Brauch, den ich in anderen Bauernhäusern der Gegend bisher nicht beobachtet habe. Am Abende, wenn die Familie auseinander geht, reichen sich Eltern, Kinder und Geschwister die Hand und sagen: „Behüt' dich Gott über Nacht!" Sie sagen es so ernst, wie beim Abschied vor einer Gefahr. Das hat mir wieder einmal ins Bewußtsein gebracht, was das heißt: Die Nacht! — „Sie ist keines Menschen Freund!" Was das heißt: Der Schlaf! „Er ist des Todes Bruder!" — Der Mensch legt sich hin wie aufs Bahrbrett und vertraut seinem Herzschlag, daß er den Leib warm erhalten werde. Bald hat alles aufgehört, was sein Leben und sein Streben gewesen. Es ist gerade so gut aus, als ob's gar nie gewesen wäre. Es ist gerade zu gut aus, als ob's gar nie mehr anfinge. Und wenn es nicht mehr anfängt, so ist kein Schmerz und keine Klage darüber beim ewig Schlafenden. — Und wenn es wieder anfängt, so ist es, wie eine neue Weltschöpfung, ein neues Geborenwerden und ein göttliches Wunder. Alles was dem Einschlummernden lautlos und leidlos unterging, ist wieder da, wie aus dem Erdboden stehen liebe Menschen auf ringsum und sagen einander: Guten Morgen!

Freund Alfred, so sei auch unsere Urständ. Behüt dich Gott, über Nacht!

Am dreiundzwanzigsten Sonntage.

Pfingsten, das liebliche Fest ist gekommen! So abgebraucht man dieses Zitat finden wird, die schlichte Herrlichkeit desselben habe ich doch erst jetzt empfunden. Wenn ein derber Bauernkerl weinen dürfte, ich würde es mit Vergnügen tun. Wenn Bauernlümmel vor Glückseligkeit flennen von wegen Blumen, Sonnenschein und Vogelsang — das wäre euch doch genug Gemütsbildung im Volke! Ganz unbeschreiblich, Freund, wie jetzt die Bergwelt schön ist. Wenn das Lüftchen zieht, so schneit es über das Stalldach die Blüten nur so herüber von den Kirschbäumen und die Hochmatten sind weiß bis hin zum Schachenrand vor lauter Margeriten. Ich versinke in Blüten- und Frühlingsleuchten und möchte manchmal aufschreien: Herr, ich bin nicht würdig! — Bezahlen lasse ich mich für diesen Himmel! Der Wette schäme ich mich zu Tode.

Und diesem Mädel ist noch zu wenig Blühen. Im Hausgärtlein hockt sie, auf das eine Knie stützt sie ihre Hand, mit dem andern kniet sie auf dem schwarzen Erdreich. Selber wie ein Rosenstock zieht sie junges Nelkengestämm, hegt silberschimmernden Rosmarin. Den braucht sie für Fronleichnam und so hat ihr's die Mutter aufgetragen. — Jetzt nimmt sie das weiße Tüchlein und trocknet sich den Schweiß. Ist es denn schon so heiß auf der Welt?

An diesem Pfingstsonntag bin ich früh aufgestanden, bin hinaufgegangen durch das nasse Gras. Der Löwenzahn und das hohe Gestämme der Glockenblumen haben meine Beine weit herauf mit Tautropfen benetzt. Auf der Kulmplatte, wo vor sieben Wochen das Osterfeuer gebrannt, bin ich gestanden und habe hingeschaut. Dieses urgewaltige Bergland, ich habe es angebetet wie einen Pfingstaltar. Aus unserem Hoisendorfer Tale ragt nichts hervor als der senkrecht aufspringende Rechenstein, aber ein Glockenton klingt zur Höhe, erinnernd, daß dort ein Kirchlein steht für solche, die Gott nur dann erkennen, wenn er klein ist und im Menschenbaue wohnt. Freilich, freilich, man soll ja Gott nicht nach außenhin suchen im unbeschränkten Raum, sondern in der eigenen Brust, und da mag es ja sein, daß die enge Beschränkung in einer Steinmauer eher den Weg ins Innere weist als das freie Himmelszelt. Aber du lieber Gott, mein Inneres ist ja nicht gerade allein dort, wo die Blutmuskel pumpt und das Gehirn arbeitet, mein Inneres ist überall, wohin ich denken kann, ist in allem, was das Ohr hören und das Auge sehen und das Gemüt fassen kann. Alles, wovon ich weiß, alles ist mein Leib, ist mein Wesen.

Als an diesem Morgen mir solche Gedanken kamen, da jauchzte es plötzlich: Mensch, Welt, du bist ja erlöst! Mensch, du bist Weltall geworden! Weltall, du bist Mensch geworden! Du bist eins, du bist ewig und dein Geist heißt Gott! — und da gibt's ja kein Leiden mehr, keine Unvollkommenheit, und wen sein Gürtel drückt am Menschenleib, der lege ihn ab und umgürte sich mit dem Sonnenkreis! —

Ich habe es schon wiederholt geahnt, mein lieber Alfred, daß die Stimmung des höchsten Glückes gefährlich werden kann. Heißt das, was man so nennt. An diesem Pfingstmorgen auf der Kulmplatte hatte es mich einen Augenblick lang überkommen: wenn ein Felsabhang da wäre, ich müßte jetzt in den Sonnenkreis fliegen. Aber der Bauernknecht hielt den Allmenschen zurück und sagte: „Was fällt dir denn ein! Soll der Adam mit seiner kranken Brust in der nächsten Woche allein brachen?“

Und da habe ich meinen unendlichen Leib, der mir ohnehin nicht entgehen wird, einstweilen an das Himmelszelt gehangen und ihn noch von außen angesehen, durch die zwei Augen des Hans Trautendorffer.

Hast du schon bemerkt, daß der Tourist, wenn er eine hohe Bergspitze besteigt, unwillkürlich fast immer zuerst nach Westen ausschaut? Ist das der magnetische Sonnenstrich, der die Menschheit stets von Ost nach Westen leitet? In mein Auge fällt zunächst die ferne Felsenkette mit ihren rotglühenden Spitzen. Nach der entgegengesetzten Richtung hin breitet sich das weite Nebelmeer. Und jetzt geht dort die Sonne auf. Die schreckliche, die blutige, die ungeheure Sonne! Ganz glanzlos, eine glührote Scheibe, nach einem Rande hin dunkler, als hätte diese Kugel eine Schattenseite. Ist denn das dieselbe, die nach wenigen Stunden wie ein funkelnder Stern am hohen Himmel steht, jedes Auge blendend mit vernichtendem Blitz! — Nun hebt sie sich empor, ganz sachte. Und lodert gewaltiger und nimmt in plansicherer Unbändigkeit ihren Schwung durch den ewigen Himmel.

Die armen Städter! Sie schlafen jetzt, dieselben Menschen, die vierzehn Stunden später sich mit klingenden Münzen in die dunstige Bude drängen, um einen Theatersonnenaufgang zu sehen.

Ich verewige den Saufüssel. Den Schleuderer! David der König hat in seiner Hirtenzeit die Schleudersteine nach dem Riesen Goliath geworfen, der Saufüsselbub nach der Schafherde des Adamshauses. Das war sein Pfingstfestvergnügen und ist es ihm gelungen, einem trächtigen Mutterschaf das Vorderbein abzuschlagen. Das hielt er wieder einmal für einen guten Spaß. Ich entledigte ihn des Kleides und habe auf seine Abachseite allerhand eindringliche Lehren geschrieben, eingedenk der Alten, daß man die wichtigsten Dokumente auf Pergament schreiben müsse. Darob will der Junge mich jetzt verklagen. Beim neuen Landboten, dem Kulmbock, der alles recht machen wird, an dem keiner vorbeikommt, der es nicht zuläßt, daß Lehrjungen tätlich berichtigt werden. Nach dem neuen Gesetz dürfen keine Lehrjungen mehr gezüchtigt werden. Überhaupt, wenn die Rebellion kommt, meint der Saufüssel, dann sei nicht mit den großen Herren anzufangen, sondern mit den hergelaufenen Bauernknechten. Er scheint sich schon so einen auf die Mücke genommen zu haben.

Der Kulmbock gibt's jetzt groß. An den Werktagen wandert er in der Bauernschaft umher und sammelt Unzukömmlichkeiten, Beschwerden, Wünsche und Forderungen, um sie im Hohen Landtage vorzubringen. Dann wird er's ihnen schon sagen, „denen, die uns alleweil niederdrucken möchten. Wir sind auch noch da, wir! Und Glasscherben fressen wir ihnen schon lang nit, wir! Mit den Sozi spannen wir uns zusammen, da werden ihnen die Hosen schon bledern, denen gewissen!"

Am Sonntage nachmittags sitzt er zusammen beim

Kirchenwirt, mit dem Kuraten. Der Kurat hält nichts von den „Sozis"; die Konservativen, sagt er, die Geistlichkeit voran, die wären weit bessere Bundesgenossen. Darauf antwortet der Kulmbock: „An die haben wir uns lang genug gehalten, sie sind dabei alleweil stärker geworden und wir alleweil schwächer. Na, Gott sei Dank! Mich kriegt keiner herum! An mir kommt keiner vorbei!"

Ich sage dir, Freund, dieser Kulmbock ist der wahre Bauern-Bismarck!

Und nun ein Liedel vom verwundeten Mutterschaf. Der Rocherl als Leidensgenosse hat besondere Teilnahme dafür und wollte ihm in einem Winkel des Stalles auf frischem Stroh ein Lazarett errichten. Da kam die Schwester und bettelte ihm das Tier ab. Der Junge war voller Freuden, daß die Barbel einmal einen Wunsch aussprach und überließ ihr das Schaf auf der Stelle. Sie nahm das schwere Tier in die Schürze, trug es in ihre Kammer. Dort hat sie die Fußwunde mit lauem Wasser gewaschen, hat die Wolle herum weggeschnitten, hat ein Pechpflaster um das Bein gewunden, hat es mit Lappen verbunden und hat es in einen alten Korb gelegt auf weiches Haferstroh. Anfangs hatte das Tier ganz erbärmlich geschrien, dann lag es gar behaglich da und schaute aus den viereckigen Augen mit dankbarem Blick auf die Wohltäterin, die ihm noch frischen Klee und laue Milch zum Abendbrot bereitete. Wir waren alle herumgestanden, um ihr beim Verbinden zu helfen, aber sie machte alles allein. Mittlerweile beguckte ich ihr Gemach. Der Spinnrocken, der blanke Linnenschrank, der kleine Nähtisch, am Fenster blühende Sachen. Sie besorgt mit solchen Dingen das ganze Haus. Gretchens Stübchen kennst du ja. Manchen von uns himmelstürmenden Fäustlingen hat Mephisto dahingeleitet.

Das gehört nicht hierher. Es ist nur ein Redeschmuck, ein dummer.

Als das Schaf anfing, neuerdings unruhig zu werden, sagte sie zärtlich wie zu einem Kinde: „'s tut halt schon wieder weh, gelt!" Und hub an, den Korb sachte hin und her zu schaukeln wie eine Wiege. Und dabei selber so ernsthaft, so betrübt.

„Daß sie denn gar nimmer will lachen!" sagte nachher die Mutter am Herd. „Sie hat's ja nit anders, wie vor und eh. Wer tut ihr denn was?"

Die alte Marenzel war gekommen und wollte gleich ins Stübchen zum Mädel. Da begann in ihrer Rücktrage das Dachshündchen auf das Schaf zu keisen, so, daß dieses entsetzt auf und davon wollte. Man hätte gemeint, daß sie es der Mutter des Schleuderers eintränken würden. Nicht mit einem Worte. Nur daß die Alte artig hinausgewiesen worden ist. In der kleinen Kammer sei frei kein Platz zum Niedersitzen, in der großen Stube könne sie besser abrasten. Dort nun fütterte sie ihr Hündlein mit Speck und gesalzenen Schnecken. Der Liebling lehnte ab, er war schon fett zum Platzen.

Als die Marenzel den Seufzer der Bäuerin hörte, warum das Mädel denn gar nimmer lache, packte sie mit ihrer Weisheit aus:

„Hast schon geschaut, Traudel, ob ihr die Fingernägel blühen?"

„Wem? Der Barbel? Die Fingernägel?"

„Wenn ihr," fuhr das alte Weib fort, „an der rechten Hand die Fingernägel blühen, so steht ihr ein großes Glück zu. Und wenn ihr an der linken Hand die Fingernägel blühen, so steht ihr ein Unglück zu. Und wenn ihr der Nagel am Ringfinger blüht, so hat sie den Milzschwund.

Und wenn der Mensch den Milzschwund hat, dann kann er nimmer lachen."

Wenn ich meinen lieben Philosophen richtig beurteile, so wird er jetzt die Nägel seiner Finger besehen, wie wir es gleich beim nächsten Abendessen getan haben. An uns und heimlich an der Barbel. An der kleinen, rundlichen linken Hand hat sie nichts Auffälliges, als daß dieselbe eben sehr schön geformt ist. Das kann er, der ewige Bildhauer, wenn er will! — An den rosigen Nägeln der rechten Hand, die geradeso schön ist, hat sie ein paar weiße Punkte. Schneeweiße, wie winzige Kirschbaumblüten. Die Hausmutter warf dem Adam einen bedeutsamen Blick zu. Sie kannte es, das Blühen war's. Also helles Glück und kein Milzschwund.

Warum sie dann also einzig nicht lachen will!

Am nächsten Frühmorgen soll die Barbel einen Ruf der Überraschung ausgestoßen haben. Der Franzel hat ihn gehört und sich gedacht: Was jauchzet denn heut' die Barbel schon in aller Frühe! — Hatte das graue Schaf im Korb ein schwarzes feuchtes Lämmlein bekommen. Nun beleckte es das Junge und die Barbel stand da und wußte nicht, wie ihr geschah.

Der Adam flüsterte seinem Weibe zu: „Das ist recht, jetzt wird sie schon lustig werden. Jetzt hat sie was zum Gernhaben."

Und sie fing an, das kleine zappelnde Wesen, das noch so unsicher auf den vier langen Beinchen stand, zu hegen und zu pflegen. Wir durften keines in die Kammer. Dem Rocherl gelang es aber doch am Nachmittage. Ein rotes Seidenbändchen hatte er im Papier. Das tat er auseinander und ließ es flammen vor ihren Augen: „Kannst du das brauchen, Barbel?"

Das Bändel? Wozu soll ich das Bändel brauchen?"

„Dem Lamperl, hab' ich gemeint, müßt' es gut stehen um den Hals."

„Meinst du, daß wir so hoffärtig sind?" fragte sie ein wenig schelmisch. „Du sollst dir's doch selber umhängen, wenn du's schon gekauft hast."

„Ich hab' es nit gekauft. Ich hab' es von der Kulmbock-Fronerl geschenkt bekommen."

Sie streichelt ihm das Haar. „Dummer Bruder, du! Was man lieb geschenkt kriegt, das darf man nit gleich wieder so herschenken. Das muß man schön behalten."

Er wendet sich unwillig ab: „Hab' mir's eh gedacht. Was von mir kommt, das ist dir nichts mehr. Von jedem andern nimmst alles."

„Von jedem andern? Wie ist das gemeint, Rocherl?"

Er kniff die Lippen zusammen und die Augen zu, er preßte sich die Faust an die Brust, als wäre ein heftiger Schmerz totzudrücken.

„Du bist kindisch, Rocherl," sprach sie voller Zärtlichkeit. „Von jedem andern, schau, so was mußt du nimmer sagen. Man kann ja nur einen gern haben."

„Warum hast du mich nimmer gern!" schrie er auf.

„Aber Närrlein! Du bist ja mein lieber Bruder!"

Er packte sie um den Nacken, küßte sie heftig auf die Wange und taumelte zur Tür hinaus.

Am selben Abende hörte ich ihn vor sich hinmurmeln: „Es wird sein müssen! Es wird sein müssen."

Mir fällt's auf, schon seit einiger Zeit. Der Rocherl wird von Woche zu Woche blässer und bekommt einen so sonderbaren Blick. Ich weiß nicht, mir ist er unangenehm, dieser Blick. Früher war er nicht. So etwas Springendes, wie ein Funken, den der Wind jagt. Ob dem nicht etwa die Nägel der linken Hand blühen? Keinesfalls schlägt ihm seine unstete Stimmung so gut an, wie der Barbel ihre stille Ernsthaftigkeit. So schweigen die Lilien und blühen. —

Mir geht's — um einmal landläufig briefzuschreiben — Gott sei Dank, auch soweit gut. Die Arbeiten sind nicht schwer um diese Zeit. Der Anbau ist vorüber, die Wiesen sind bewässert und gereinigt. Lässig wird im Wald herumgetan, um Brennholz zu machen aus dem Gefälle und dürrem Astwerk, das der Sturm niedergeworfen hat. Man kliebt das Holz zu Scheiten, stößt es auf, um es gelegentlich mit einer Schlarpfen in den Hof hinabzuschleifen. Dann die Vorbereitung für die Erntezeit, die Sensen werden gedängelt, die Rechen gezähnt, die Heugabeln geschaftet, die Sicheln beheftet, die Körbe bebändert, die Karren beradert. Man ackert den Krautgarten, macht dann mit der Eisenstange Löcher in die gelockerte Scholle, gießt Jauche auf und setzt die zarten Kohlpflänzchen ein. Zum Hüter dieser wichtigen Pflanzung wird der Hasenschrecker aufgestellt. Na, da hat es sich wieder einmal gezeigt, was so ein zugereister Knecht kann. Mit einer alten Linnenhose vom Rocherl, einer zerfaserten Joppe und einem löcherigen Hut vom Hausvater hat er einen Strohbund bekleidet, denselben mit einem hölzernen Rückgrat versehen und mitten auf den Krautgarten gestellt. Es ist eine wahre Charaktergestalt und zwar von der Gattung, die hier herum öffentliche Meinung macht. Die Arme breitet der Kerl weit aus und wird die Beständigkeit, mit der er das tut, durch eine Querstange hergestellt. An den Händen hat er lose hängende Brettchen, die beim Luftzug aneinander klappern, so daß die Hasen etwas meinen sollen. Die älteren, nämlich solche, die keine heurigen Hasen mehr sind, lassen sich nicht so leicht düpieren. Sie lassen den harmlosen Herrn mit seinem martialischen Aussehen und seinem Strohkopf stehen und klappern, und fressen ruhig die Kohlpflanzen ab, ihre Lieblingsspeise selbst im Sommer, wo ihnen doch allüberall Freitisch gedeckt wäre. Die unerfahrenen Häslein aber, jene mit den Hasenfüßen, haben vor dem Herrn Polizeirat auf der Stange einen heillosen Respekt und wagen sich nicht an den Krautgarten.

Weil der Mensch in den holden Frühsommernächten nicht immer schlafen mag, so habe ich mich selbst dem Hasenverscheuchamte zur Verfügung gestellt. Neben dem Krautgarten steht ein Kirschbaum, darunter sitze ich auf der Bank und genieße die Nacht. Am vorigen Freitag sitze ich dort wieder. Es ist warm, fast schwül, der Himmel umzogen. Drin über dem Hochgebirge Wetterleuchten. Im Hause schläft alles voll tiefer Ruh. Auch die Kuhschellen im Stall melden sich nicht mehr. Kein Glanzkäferchen unten, kein Käferchen oben. Nur Wetterleuchten in allen vier Weltgegenden. Es ist fast, daß einem bange werden könnte. Ich wandle langsam am Rain gegen den Schachen hin und horche, ob kein Murren zu hören ist aus der Ferne. Nichts. Schweres Schweigen. Ich gehe wieder dem Hause zu und denke: Menschenherz, halte Frieden. — Und wie ich um die Ecke biege, steht einer vor ihrem Fenster. Das Fenster ist offen. Drinnen tut jemand schluchzen, sehr tief, sehr heftig. Der vor dem Fenster spricht etwas hinein, ich kann's nicht verstehen. Beruhigen will er, so kommt es mir vor, so gütig spricht er hinein. Und ist's der Schullehrer.

„Kannst du mich denn noch lieb haben, jetzt!" sagt sie drinnen.

„Klage dich nicht an, ich bitte dich. Laß mir die Last. Ich verlaß dich nicht!"

Drinnen wimmert es. „Mein armer Vater! Mein armer Vater!“

Er spricht wieder leise und tröstet sie; es zittert sein Hauch vor Erregung. Und sie weint und weint.

„Hättest es mir früher sagen sollen,“ spricht er.

„Ich hab' gemeint, unser Herrgott wird mich sterben lassen. Hab' ihn so darum gebeten . . .“

Er will immer beruhigen und trösten. Sie weint und weint.

Da bin ich in meine Kammer gegangen. Was hat mir denn der Lehrer erzählt, damals in der Hochtalklamm? Wenn es das wäre?! — Vor dem Schlimmsten erwehre ich mich mit der Vorstellung: Des Hausvaters wegen. Er ist brustkrank. Schlecht wird's mit ihm stehen und sie sagt es jetzt dem Lehrer.

Hingelegt habe ich mich auf mein Stroh und bin wieder aufgestanden. Und hinausgegangen auf den Anger. Es ist Ruhe. Am Fenster steht er nicht mehr.

Und wie ich wieder liege in meiner Kammer, da fällt es mir ein: Hat das Fenster ein Gitter? —

Am fünfundzwanzigsten Sonntage.

Das ist das Kapitel vom „Jungfrauentag". Auch der „Kranzeltag" geheißen, den wir gefeiert haben am vorigen Donnerstag zu Hoisendorf. Feierlicher Umgang durch das Dorf, über die Matten hin. Und auf dem Rechenstein donnern die Pöller wie Kanonen. Ja, hier schreit auch das Pulver betend auf zum Himmel, zur Reue und Buße dafür, was es anderswo Böses tut. — Die Herren von der „Kontinentalen", wenn sie mich so mit entblößtem Haupte und laut betend unter den Bauern hätten dahinschreiten sehen, sie würden ausgerufen haben: Was tut der Mensch nicht alles um zwanzigtausend Kronen! — Pfui, daß mir diese Sachen immer noch aus der Feder springen. Ich bin doch fertig mit ihnen. Und gründlich fertig, will ich hoffen. Die ländlichen Vergnügungen, als Rangeln, Fingerhäkeln, Hosenlüpfen, Kegeln und Karteln, Fensterln und Wildeln würden etwas länger gebraucht haben, um mich in den Strudel des Bauernlebens hineinzuziehen, als es die Arbeit und das Leiden getan. Ich habe schon oft beobachtet, daß Lust und Vergnügen die Menschen entzweien, die Leiden sie einigen. Das letztere habe ich nun auch erfahren. Wenn Wesen zusammenwachsen sollen, sie können es nur an blutenden Wunden. Und hat es letztens der Kurat auf der Kanzel gesagt: Wo das Leid ist, da kommt leicht auch die Liebe und der Glaube. Es mag wohl so sein.

Freund, ich bin nicht der Sitte halber hinter dem Sakrament einhergegangen. Wer selbst das Feld bepflügt hat, der wandelt unter heißem Sonnenhimmel hübsch demütig einher in der betenden Schar, die ein hundertstimmiges Rufen tut: Herr Gott, Allmächtiger, bewahre unsere Erdfrüchte! Beschütze uns vor Blitz und Ungewitter! — Und wäre nichts vorhanden, als die harte Natur allein, wenn so viele Lebewesen gemeinsam etwas wünschen und ersehnen, da wird eine neue Kraft wach und es muß sich erfüllen. In einem Dichterbuche habe ich gelesen: In dem Augenblick, wo alle Kreatur zu gleicher Zeit heiß wünschen würde, nicht zu sein, würde die Welt aufgehört haben zu sein. — Kann die Welt auf gemeinsames Verlangen verneint werden, so wird sie durch ein gemeinsames Verlangen auch bejaht werden können. Ich halte was auf Einmütigkeit der Menschen in Lieben, Hassen und Wünschen. In dieser Einmütigkeit läge doch vielleicht jener Punkt, von dem aus die Geschicke lenkbar sind.

Das mögen so meine Erbauungen gewesen sein, während wir betend über die Fluren streiften. Der Herrgott wird bei dem zugereisten Knecht halt mit dieser Andacht haben fürlieb nehmen müssen, sie war ja nichts anderes als eine Willenserklärung: Ich bin einverstanden mit allem, um was sie dich bitten, o Herr!

Die Burschen, unter die ich mich eingereiht hatte, dürften zeit- und stellenweise auch anderen Andachten gehuldigt haben, bei denen der schlechte Adamshauser-Knecht möglicherweise wieder gleicher Willensmeinung war. Ach, diese krummen Wege! So oft sie sich krümmten, sahen wir vor uns das Haupt der Schlange, oder hinter uns den Schweif. Wir sahen nicht bloß den roten „Himmel", unter dessen Dache der Kurat im Ornate die Monstranze trug, nicht bloß die vier Stangenlaternen und die bunten Fahnen, nicht bloß die Spielleute mit ihren Trompeten, Klarinetten und Trommeln, wir sahen auch die lange Reihe der weißgekleideten Jungfrauen mit dem Rosmarinzweige im Haar. — Der Rosmarinzweig im Haar gilt hier als das öffentliche Bekenntnis magdlicher Unversehrtheit. Solches Bekenntnis wird abgelegt einmal im Jahre, und zwar am Fronleichnamstage. Da gehen Kleine und Große, Schöne und — andere, bei denen die schämige Versicherung um so glaubhafter erscheint. Etliche sind wohl zu arm, als daß sie sich ein weißes Kleid anschaffen könnten, sie sind in ihrem blauen oder buntgestreiften Sonntagsgewand, aber der grüne Zweig auf ihrem gescheitelten Haar spricht so erfreulich und züchtig, wie bei den Weißen.

Die Burschen lassen natürlich ihre Augen fleißig spazieren gehen über diese lieblichen Reihen hin, sie wissen, daß man sich auf den alten Brauch so ziemlich verlassen kann. Eine, die freimütig ihr bekränztes Haupt dahinträgt durch den Fronleichnamstag, die steht nicht bloß hoch im Preise, nein, sie ist eben gar nicht zu haben. Es wäre kaum zu wagen, was einst eine heimlich Gefallene draußen in Sankt Kunigunden gewagt hat. Sie wand sich am Fronleichnamstag einen Rosmarinzweig ums Haupt, und während des Hochamts verwandelte sich der Rosmarin in einen Brennesselstrauß, dessen Stämme so hoch aufwucherten, daß man sie in der ganzen Kirche sehen konnte. So etwas möchte keine erleben.

Da bleibt man lieber weg und läßt die Frage offen.

Warum es nur den Burschen erlassen sei, ein öffentliches Bekenntnis abzulegen, habe ich den Rocherl scherzweise gefragt. Er schaut mich verblüfft an und antwortet, ich solle nicht so dumm fragen. — Was soll man sich von einer solchen Antwort denken, Philosoph?

Nun, bei dieser Prozession ging der Schragererknecht neben mir her, und der Almhalter Blasius und hinten der Saufüsselbub. Während des Psalters führten sie miteinander eine halblaute Unterhaltung über Dirnen, die nicht da wären. — „Die Gleimerische ist wohl schon auf der Alm.“ „Die Kulmbock Fronel?“ „Die hilft ja das Frauenbild tragen, siehst du sie denn nicht? Dort, die große mit der roten Masche auf dem Buckel. Einen ganzen Rosmaringarten hat die auf ihrem roten Haar, dreidoppelt hat sie das Grünzeug um den Kopf geschlungen. Na, die muß freilich eine sein! Sogar mehr als eine.“ „Hast du die Adamshausersche noch nicht gesehen?“ „Bigott, die Barbel ist nit da!“ „Die tut am End' kirchenschwänzen heut'.“ — Da huben die Racker an zu kichern.

Und nachher zu Mittag. Als der Adam heimkam von der Kirche, ging er in die Kammer, wo das Mädel gerade Linnenzeug zusammenfaltete, an dem sie genäht haben mochte.

„Ist bei dir heut' Werktag, Barbel?“ fragte der Vater.

„Am Werktag komm' ich nicht dazu, zum Nähen.“

„Ich hab' gar gemeint, du bist krank, daß du nicht in die Kirche gehst an so einem Tag!“

Sie knüpfte wohl eifrig an einem Zwirnsfaden und sagte dann ganz gleichmäßig: „Vater, ich hab' nichts aufzusetzen gehabt. Das Schaf. In den Garten ist's mir gestern gekommen und hat den Rosmarin gefressen.“

„Daß du aber nicht besser acht gibst, Kind!“ sagte der Adam und ging in den Garten hinaus. Es war so. Die Rosmarinstämme abgebissen und welk.

Bald darauf kam die Mutter hinein. Ich stand just im Vorhause hinter der Tür. Die Hausmutter tat anfangs recht gleichmäßig, man muß bei ihr aber nur das Zucken an den braunen knochigen Händen kennen!

„Du Barberl!“ sagte sie, „warum bist du denn nit in die Kirchen gegangen?“

Der Mutter antwortete sie nicht so.

„Das hab' ich doch meiner Tag nicht gesehen," fuhr die Hausmutter fort. „Bleibt der große Leutstock in der Hütten hocken! Dieweil jede ordentliche Dirn mit ihrem Kranz beim Umgang ist, wie sich's gehört! Gehst du jetzt auch noch nit herfür? Wart, dir will ich noch einmal zeigen, wo das Loch ist hinaus! Trutzen die längste Zeit, und kein Mensch weiß, warum!"

„Getrutzt hab' ich nie, Mutter!"

„Nit! Getrutzt nit! Also was denn? Ist das vielleicht Zulebigkeit, wenn du mit niemand nichts redest die ganze Zeit und ein Gesicht machst wie ein Armenseelentagwetter! — Ist dir was nit recht? Geht dir was ab? Hat dir wer was getan? Ich leid's einmal nit, die verdankte Mockerei!"

„Mocken tu' ich nit!" sagte die Barbel.

„Die Leut' reden schon all!" fuhr die Hausmutter fort. „Gerad' ausgewichen bin ich ihnen, weil mich jedes gefragt hat auf dem Kirchweg: Wo ist denn heut' die Barbel? Und weswegen zeigt sich denn die Barbel nit auf? — Daß du Zahnweh hättest, hab' ich lügen müssen. Schand und Spott kunnt'st bringen über uns miteinander, wenn's nit all täten wissen, daß du brav bist."

Das Mädel wendete sich seitab, um das Linnenzeug in den Schrank zu tun.

Die Mutter ging ihr ein paar Schritte nach und sagte: „Barbel! Schau mich an! Schau mir ins Gesicht!"

Da wankte das Mädel zur Tür hinaus.

Die Hausmutter — sie stand still. Wie in den Boden gewachsen, so stand sie still und starrte in den dunkeln Vorraum, wo das Mädel verschwunden war. Sie sagte kein Wort, kein einziges mehr. Die Arme hob sie, die Hände legte sie zusammen.

Dann beim Mittagsmahl. Die Barbel war nicht bei Tische erschienen. Der Rocherl war nicht erschienen. Niemand fragte, wo sie wären. Wir übrigen saßen schweigend beisammen, es wollte nicht schmecken. Eins um das andere legte den Löffel frühzeitig weg, stand auf und ging hinaus. Endlich bin ich allein dagesessen und habe nachgedacht, was all das bedeuten soll. — Am Nachmittag ging der Hausvater hinaus auf die Weide, um Löffelkraut zu suchen. Löffelkraut ist eine Arznei für den Milzschwund.

Gestern früh, wie ich meine Rinder zum Brunnen lasse, gellt an der Hausecke ein Schrei und sehe ich, wie der Rocherl, eine Holzaxt in der Hand, zwischen den Kirschbäumen durchläuft, am Raine hinaus, dem Schachen zu — einem andern nach. Und knapp vor dem Hause steht der Hasenschrecker, als wäre er auf seiner Stange zu Fuß vom Krautgarten herübergekommen. Nur daß er die Arme nicht ausbreitet mit den Brettlein. Diese Arme hält er über der Brust und es liegt etwas drin — eine mit Faden zusammengebundene Strohpuppe. — So steht das Ungetüm vor ihrem Fenster . . . .

Ich glaube, daß der Popanz von niemandem bemerkt worden ist, außer dem Rocherl und mir. Ich habe das Ding in die Streuscheune geschafft und es dort in tausend Stücke zerrissen. Den Tag über habe ich gelauert, ob die Hausvatersleute oder gar sie selber den abscheulichen Schimpf am Ende wohl doch wahrgenommen hätten. Sie taten nichts desgleichen. Es war die stille Traurigkeit, wie gewöhnlich. Auch mit dem Rocherl habe ich kein Wort darüber gesprochen, er war verstört den ganzen Tag.

Und wer dem Hause die unerhörte Schmach angetan, der — könnte mich ins Kriminal bringen.

Am sechsundzwanzigsten Sonntage.

In der großen Hausstube, an den Herd festgebaut, steht der Backofen. Die rückwärtige Wand mit den grünen Kacheln geht ins Nebenstübchen. Diese Wand hat Sprünge bekommen, und wenn Backzeit ist, kriecht durch dieselben der Rauch hervor, beißt der Hausmutter in die Augen. Wenigstens sagt sie so, wenn sie mit geröteten Augen daherkommt. Der Ofen muß geflickt werden und auch der Herd hat seine Schäden, Sprünge und Löcher, in denen die Schwabenkäfer wieder ihren eigenen Herd bauen.

So sind wir, der Hausvater und ich, dieser Tage ausgezogen, um Lehm zu suchen. Moorgrund in den Niederungen überall, aber weißer Lehm ist selten. Mein Bauer weiß es schon nach der Gräserart zu schätzen, ob unter dem Rasen Lehm ist oder nicht. Hinter dem Sattel drüben, in der Brandsteinschlucht, haben wir endlich einen gefunden. Es war gerade nicht leicht, durch Gestrüppe und Rasengefilze aufs Fletz zu dringen, dann ist es aber reiner käsegrauer Lehm, aus dem man auch weiße Wandtünche machen kann. Also, da hat mein alter Adam mit dem Spaten sich in seinen feuchten Urstoff hineingewühlt und ich habe die hervorgegrabenen Schollen in Säcke gefaßt.

Beinahe den ganzen Tag hat er so geschürft und gegraben, und nichts dabei gesprochen. Immer nur gegraben und gegraben, so daß ich habe sagen müssen: „Vater, lasset doch mich dazu. Ihr werdet wieder den Dampf kriegen!“

Er antwortet nicht und gräbt.

Endlich hat er sich niedersetzen müssen auf den Rasen. Mit den Hemdärmeln fährt er langsam über seine Stirn. Dann sagt er: „Ja, mein lieber Hansel, so geht's.“

Und sonst wieder nichts. Wendet nur so ein wenig den Kopf, als ob er horchen wollte, was das rieselnde Wässerlein sagt. Es sagt eigentlich nichts, es rieselt bloß und rieselt schon den ganzen Tag.

„Ja das wohl," spricht endlich der Adam zu mir. „Wenn dir auch einmal sollt hart werden und bang werden auf der Welt, Hansel: Nur fest zum Arbeiten schauen!" Wie traurig hat er das gesagt.

„Mein Gott, Vater, ihr tut halt sonst gar nichts, als arbeiten. Da müsset ihr ja zu früh von Kräften kommen. Ihr habt doch noch andere Leute dazu."

Er tut ein großes Stück Brot hervor, das wir für einen Imbiß mitgebracht haben, er hält es mir hin und auch den Taschenfeitel dazu: „Schneid' dir ab, Hansel, schneid' dir nur recht ab. Wohl, wohl, bei meinem Aufwachsen hat's noch mehr so willige Dienstboten gegeben. Jetzt schon lang nimmer. Es ist schon bald so, daß man den Leuten schier nichts mehr zu schaffen getraut. Und umgehen mit ihnen wie mit einem lehnen Ei, sonst laufen sie davon. Dem Nachbar Gleimer sind erst gestern wieder ein paar Knechte fortgegangen, wo jetzt die g'nötige Zeit kommt. Desweg —". Jetzt steckt er sich eine Brotschnitte in den Mund und redet nicht weiter.

Da muß doch gefragt werden: „Sollt' ich euch einen Anlaß gegeben haben? Ich wüßte nicht. Ich bin ja ganz zufrieden."

„Hansel," sagt er und schaut mich an, „bei dir kenn' ich mich halt alleweil noch nit aus. Muß frei sagen, schon fünfunddreißig Jahr lang bin ich Adamshauser, aber so einen wie dich, Hansel . . . Mein Weib sagt's auch, nur dir mag sie's nit sagen, sagt sie. Wenn du's erst tätest wissen, was du für uns wert bist, möchtest dich leicht teurer machen, meint sie. Ah na, Mutter, hab' ich ihr drauf gesagt, wie ich den Hansel kenn', so ist er nit. Den hat uns der lieb Herrgott geschickt."

Freund Alfred! In deinem letzten Briefe findest du es bedenklich, daß ich der Wette wegen keine Schrift in Händen habe. Ich brauche keine. Und wenn sie jetzt die Kronen verdoppeln wollten, um mich fortzuziehen — diesen Menschen verlasse ich nicht.

Ich halte ihm die Hand hin: „Tut mir vertrauen, Vater Adam. Werd' euch schon einmal sagen, wie es mit mir ist. Derweil denket euch nur, der Hansel möchte halt auch gerne einmal in den Himmel kommen, und so hilft er, wo es nottut."

„Glaubst du doch noch ein bissel was?" sagt er zu mir. „Immer einer wie du — möcht' den Herrgott leicht abgedankt haben."

— Immer einer wie du? Sollte er doch ahnen, wissen, aus welchen Zonen ich komme?

„Na ja," meint er, „mein Urgroßvater hat gern gesagt: Der Fichtenbaum weiß auch nichts von Gott und wachst doch dem Himmel zu. Und die Weltkugel muß allerhand Spreitzen haben, wenn sie nit davonkugeln soll."

„Habt ihr euern Urgroßvater denn noch gesehen?"

„Er ist hundertdrei Jahr alt geworden."

So der Adam, und berichtet mir dann mancherlei von seinen Vorfahren. Seit Menschengedenken sind sie auf diesem Hofe gesessen. Nichts als Arbeit so weit man zurückschaut. Keiner derer vom Geschlechte der Weiler war je in der Fremde gewesen, keiner Soldat oder sonst was Außergewöhnliches. Immer auf dem Stammhause nach Vatersbrauch in alter Sittsamkeit und Ehr'. „Keiner hat Unehr' gemacht," hob er hervor, „im Kirchenbuch kann man's ja sehen." — Das Adamshaus, so hat's seit alters her geheißen und jeder Adamshauser hatte stets nur die eine Lebensaufgabe gehabt, das Bauerngut für seine Kinder zu bewahren.

„Und diese Kinder —" setzt der Adam leiser sprechend bei, „machen einem . . ." Er hebt einen Seufzer aus der Brust: „So viel Kummer machen sie einem! — Nimm noch Brot, Hansel."

Auf mein Vorhalten, daß er ja brave Kinder habe, antwortet er: „Freilich wohl, freilich wohl! Wenn sie nit gut wären, täten sie einen nit so derbarmen. — Der eine ist ein Hascherl mit der Hand. Der Gesunde in der Stockfremd' tut sich zu Tod kränken."

„Der Valentin, ist er wieder krank?"

„Die Heimkrankheit, oder was." Der Adam sucht in den Taschen und findet im Hosensack einen zerkrümelten Brief, und ich möchte ihn lesen. Den muß ich dir abschreiben.

„Liebe Eltern!

Im Anfang meines Schreibens bedanke ich mich fürs Geld und mache Euch zu wissen, daß vom Spital wohl heraus bin, aber sonst nicht weiß, was mit mir ist, indem keiner auf Urlaub gehen darf, und heißt es, ein Feldzug. Wenn das sollt sein, weiß ich nicht, was geschieht und möcht wohl am liebsten bei der Nacht davon und heim. Dem Rochus sein Brief hat mich geschreckt, derbarmt mir wohl hart und die Hand wird nicht billig verkauft, wenn ich den Jäger einmal derwisch! Sonst nichts Neues, die Übungsmärsche in der Hitz sind wohl nicht leicht. Ich schließe mein Schreiben mit tausend Grüßen an Euch, liebe Eltern und Geschwister, und verbleibe euer dankschuldiger Valentin.

Laibach, am 24. Juni 1897."

Und eine Nachschrift. In derselben warnt der Valentin die Seinigen vor dem fremden Knecht. „Sollt's ihm nicht trauen, wer weiß, was er im Sinn hat. Es gibt allerhand Leut' auf der Welt."

Jetzt erst wurde es mir klar, weshalb der Adam vorhin so mit mir gesprochen hatte. Das war alles so, als sollte einerseits kein Hehl sein von den Bedenken und auch kein Hehl von dem Vertrauen.

„Was das Letztere anbelangt," sagte ich nun, ihm den Brief zurückgebend, „so würde ich an seiner Stelle wahrscheinlich auch nicht anders schreiben. Bis er heimkommt, wird er mich ja sehen. — Und heute abends wollen wir ihm schreiben. Das mit dem Feldzug ist Zeitungsgeschwätz. Im Herbste wird der Jahrgang sicherlich beurlaubt. Und das bei der Nacht davon und heim schlägt sich ein tapferer Bauernbursch flott aus dem Kopf."

Der Adam flocht seine hageren Finger ineinander und sagte: „Du kannst mir's nit glauben. So oft ich bei der Nacht wen an die Haustür klopfen hör', kommt's mir vor: der Valentin! Jetzt ist er da. Und morgen fangen sie ihn ein und derschießen ihn."

„Ihr denkt gleich an das Allerschlimmste. Wem's ohnehin so hart zusetzt, der sollte sich's nicht noch härter machen. Es gibt auch noch andere Gedanken. Euer Franzel, an dem könnt Ihr doch eine Freude haben. Der hat das Köpfel, der kann's zu was bringen."

„Ja, ja," entgegnete der Hausvater, „der Lehrer sagt's auch, wenn der Franzel wo hinkommen könnt. So geht's halt. Der eine will heim und der andere will fort. 's ist einem wohl jedes Kind ans Herz gewachsen — eins wie das andere. — Mit dem Mädel . . ."

Er stand auf, ging ein paar Schritte über die Schollen

hin, ging wieder zurück. Dann riß er am Erlenbusch einen Zweig ab und ließ ihn sachte niederfallen.

„Mit dem Mädel,“ sagte er dann und zuckte neuerdings ab. „'s ist halt ein Kreuz.“

Dieser Stein, das merkte ich wohl, war der schwerste. Wenn er ihn heben wollte von seinem bangen Herzen, sollte ich ihm nicht dabei helfen?

„Die Barbel,“ sagte ich, „jeder Vater hat kein so liebes Kind.“

„Die halben Nächte kann ich nimmer schlafen, ihretwegen. — Es geht nit recht her. Hansel, es geht nit recht her mit der Barbel! — Ganz herzkrank ist sie uns worden!“

— Ganz herzkrank ist sie worden? Das bekümmert ihn?

„Wäre es denn so groß Wunder?“ sagte ich. „In solchen Jahren braucht der Mensch muntere Ansprache. Sie hat keine Gesellin, keine Freundin, wie andere Dirnen ihres Alters. Immer allein mit sich selber, mit der herben Mutter, dem armen Rocherl. An uns zwei Alten ist auch nicht viel Lustiges zu finden. Da muß ein junges Wesen freilich ernsthaft werden, und traurig mit der Zeit.“

Mein Hinweis auf solche Ursachen befreite ihn fast.

Wäre nur auch ich von meinen Worten überzeugt gewesen. Ich weiß die Hasenschreckergeschichte und er weiß sie nicht. „Keine rechte Gespanin hat sie,“ sagte er. „Wird eh so sein, wird eh so sein!“ — Aber bald wurde er wieder nachdenklich, trocknete sich den Schweiß und murmelte für sich: „Wenn's was anderes hätt'! — 's wär' nit zu überleben . . .“

Gegen Abend habe ich den Lehmsack auf meine Achsel genommen und heimgetragen ins Adamshaus. Der Adam geht, am Spatenstiel gestützt, langsam hinter mir her. Er hat keinen Lehmbündel auf dem Rücken — aber ich wollte es leicht erraten, wer von uns beiden schwerer trägt. —

Nun muß ich dir aber noch ein verteufelt artiges Stücklein erzählen.

Am Montag hatte ich drüben am Schachenrain zu tun. Es müssen dort die Hecken gerodet werden, weil der Adam Rüben anbauen will. Bei dieser Arbeit fällt es mir auf, daß im Schachen manchmal so ein Widerhall ist, als würde irgendwo laut geschrien. Zu Mittag sage ich das dem Rocherl, und ob denn die Hirten auf der Planalm so schrien? Anstatt einer Antwort sagt er, das Heckengraben sei jetzt nicht nötig, ich müsse für den Nachmittag ins Tal hinab, es sei die Mühlbachwehr gebrochen. Der Hausvater schickt mich aber doch in die Hecken und den Rocherl mit, daß er das Strubwerk zusammenschleife zum Verbrennen. Und da höre ich wieder das Schreien.

„Es kommt vom Ausgedinghäusel herüber!“ sage ich. Das steht nämlich drüben, hinter dem Schachen an der Schlucht.

„Das Häusel ist ja unbewohnt, und es kommt auch kein Mensch hin,“ sagt der Rocherl hart.

„Und es schreit doch wer drüben, ich lasse mir's nicht nehmen. Komm, wir müssen hinüber!“

Wie der Bursche sieht, ich wäre nicht zu halten, geht er mit und sagt: „Hansel, du wirst im Ausgedinghäusel wohl wen finden. Du wirst den Saufüsselbuben finden. Den hab' ich dort eingesperrt.“

„Aber Lapp!“ rufe ich aus, „du wirst dem dummen Schusterbuben doch die Osternacht nicht noch immer nachtragen!“

„Ich wollt' nicht reden davon. Der Hasenschrecker,“ sagt der Rocherl, vor Erregung die Worte ganz kurzatmig hervorstoßend. „Du weißt ja eh davon. Hast ihn eh selber zerfetzt. Der Saufüssel hat ihn aufgestellt vor ihrem Fenster.“

„Was Teufel noch einmal! Der und allemal der, wenn wo ein Schelmenstück geschieht.“

„Schelmenstück sagst du bloß?“

„Dummheiten, sage ich.“

„Weißt du, daß ich ihn dabei erwischt habe?“ fährt der Rocherl fort, während wir durch den Schachen gehen. „Weißt du, daß ich ihn mit der Axt hab' totschlagen wollen, den Hund? Er hat nicht mehr aus können, hat sich versteckt ins Ausgedinghäusel hinein. So gescheit bin ich wohl, daß ich nit nachlauf ins Finstere. Aber die Tür hab' ich zugesperrt. Seitdem ist er drinnen und jetzt weißt es, wer so schreit.“

„Seit wann ist er drinnen?“

„Seit Samstag.“

„Narr, da muß er ja verhungern!“

„Meinetwegen,“ sagt der Rocherl.

Wir kommen zur Hütte, die unter einer großen Wettertanne hart am Rain steht, am Abhang der Schlucht. Wir gucken rückwärts durch die kleinen, glaslosen Fenster hinein. Der Saufüssel kauert im Winkel mit zerfetzten Kleidern. Als er uns gewahr wird, springt er auf, faltet die Hände und wimmert: „Um Herrgotts willen bitt' ich euch, laßt mich aus. So viel Hunger! So viel Hunger!“

Wir haben uns nicht lange mit ihm unterhalten.

„Du hast meine Schwester beschimpft!“ rief der Rocherl. Und der andere drin: „Deine Schwester ist —“ Und eine Geste mit den Händen, da habe ich genug gehabt.

„Rocherl,“ sage ich, „jetzt glaub' ich's schon selbst, daß

wir den jungen Mann noch ein paar Tage im Kotter lassen sollen, bis er etwas gemütlicher wird. Komm'!"

Lassen den Saufüssel schreien, bitten und fluchen, und gehen davon.

Am Dienstag wollte ich ihm einen Krug Wasser bringen und nachsehen, wie es mit seiner Besserung stünde. Die Haustür weit offen, der Vogel ausgeflogen. — Und am selbigen Abend beim Suppenessen sagt die Barbel: „Wenn sich heut' das Kalbel nit in die Schlucht verlaufen hätt', so möchten wir einen schönen Schreck derlebt haben, nächstens im Häusel. Der Schusterbub. Eingesperrt worden soll er sein! Vor vier Tagen schon. Hat gar nimmer reden können. Ist nur gleich hingefallen ans Bachel und hat so lang Wasser getrunken, bis ich ihn aufricht' und sag: Mensch, du trinkst dich ja zu Tod!"

„Du hast ihn ausgelassen?" fährt sie der Rocherl an.

„Gott Lob und Dank, daß es noch früh genug gewesen ist!"

„Weißt du nit, Barbel, daß es der Saufüssel ist gewesen, der —"

„Der dem Schaf das Füssel hat abgeworfen!" rede ich rasch drein.

Weiter nichts. Sie weiß nichts und wir sagen nichts und mir ist zum Lachen und zum Weinen gewesen darüber, was doch die Fürsehung bisweilen für einen wunderlichen Humor hat.

Am Tage Peter und Pauls.

Das ist eine Extrapost. Oder ein Nachtrag zum vorigen Sonntage. Des Saufüsselbuben wegen. Die Sache liegt mir fast an. Der Junge — Klemens heißen sie ihn jetzt — ist schwer erkrankt am Typhus. Er liegt bei seiner Mutter, der Marenzel, die sich arg über die Adamsleute beklagen soll. Sie habe mit ihrem guten Pflaster dem Rocherl die Hand gerettet, sonst hätte sie putz weggeschnitten werden müssen. Dafür habe dieser ganz bösartige Bursche ihren armen Klemens in eine entlegene Hütte gelockt, ihn dort tückisch überfallen und eingeschlossen, so daß der gute Knabe schon dem Hungertode verfallen war und jetzt sein junges Leben werde lassen müssen.

Darüber ist der Rocherl heute mittags nach dem Essen von seinen Eltern zur Rede gestellt worden.

„Ich sag' dir's nur, was die Leut' jetzt über dich reden, Rocherl," sprach der Hausvater. „Daß es nicht wahr ist, weiß ich gleichwohl. Wer wird denn so was tun!"

Sagte der Rocherl trutzig: „Warum soll's nit wahr sein! Es ist wahr."

„Christi Heiland!" rief die Mutter. „Du hättest den Schusterbuben in die Hütten gesperrt! Daß er auf den Tod ist worden! Ja warum denn, gottverlassener Mensch!"

Der Rocherl blickte um sich, blickte die Barbel an, den Vater, endlich auch die Mutter, und antwortete: „Das kann ich nit sagen."

„Die Marenzel schreit herum, sie werde dich von den Schandarmen abholen lassen. Da wolltest du ein bissel länger sitzen müssen, als ihr Klemens in der Hütten!"

Der Rocherl nichts, als ein Achselzucken.

Später habe ich ihm draußen unter den Kirschbäumen zu bedenken gegeben, daß er den abscheulichen Vorwurf nicht auf sich sitzen lassen dürfe. Da wird er zornig und schreit: „Stell' dich nit so blöd'! Du weißt es recht gut, wie es ist. Mich rechtfertigen — nichts leichter als das! Soll sich die Barbel das Herz abkränken, wenn sie den Schimpf erfährt? Und den Vater der Schlag treffen, wegen des Hasenschreckers und was dran ist zu verstehen gewest? Laß mich aus, da will ich lieber mit den Federbuschmännern davonspazieren." — 's ist doch ein Kerl zum Küssen.

Der Konflikt ist zur Stunde aber schon gelöst und die Barbel hat's getan. Die Barbel ging hinab zum kranken Klemens, um ihn zu trösten und auszufragen, wie es gekommen sei. Beim Jungen war vorher gerade der Kurat gewesen mit den Sterbesakramenten.

Der Kranke soll ihr gleich die glühheiße Hand entgegengestreckt haben und sie um Verzeihung gebeten.

„Was hab' denn ich dir zu verzeihen?" hat sie gefragt.

„— Das mit dem Hasenschrecker und dem Kind vor deinem Fensterl." — So hat sie's von ihm selbst erfahren. Mit keinem Auge soll sie gezuckt haben. Sie gab ihm die Hand: „Wegen meiner sollst in Frieden sein, Klemens. Ich trag', was mein ist."

Und wie hat der Rocherl dreingeschaut, als das Mädel heimkommt und zu ihm sagt: „Bruder, der Klemens laßt dich grüßen und bitten, daß du ihm verzeihst. Er tut's auch dir."

Jetzt ist's ihnen beiden leid, wenn der Saufüsselbub sterben muß. Die Mutter weiß auch davon, nur der Vater kann immer noch nicht begreifen, was doch dem Rocherl mag eingefallen sein. Er will übrigens jetzt die

Barbel auf eine Alm schicken in die Sennhütte, damit sie ihre Schwermut sollt' verlieren. O einfältiger Adam du! —

Nachschrift. Um Mitternacht. Mir zittern die Hände, und doch muß es dir noch geschrieben werden. Eine plötzliche Veränderung wollte es nehmen.

Nachdem ich den Brief an dich geschlossen, war im Stalle den Ochsen noch Reisigstreu hinzuschütten. Ich tue das mit der eisernen dreispießigen Gabel, und da springt der Rocherl rasch zur Tür herein, auf mich zu und reißt mir heftig die Gabel aus der Hand. An seinem Munde weißer Schaum, die Waffe zückt er gegen mich, während ich sie noch am Stiel erfasse und ablenke.

„Was willst du, Mensch!"

„Hund, ich stech' dich nieder!" schnauft er. Wir ringen um die Gabel. Er ist von Sinnen! Er ist von Sinnen! sonst kann ich nichts denken. Sein einziger Arm hat dreifache Kraft, wie zwei Tiger, so ringen wir, von einer Wand zur andern fahrend, daß es dröhnt, bis endlich die Streugabel in meiner gehobenen Hand bleibt.

Starr stehen wir uns gegenüber.

„Was bedeutet das?" frage ich.

„Das wirst du schon selber wissen!" sagt er knirschend.

„Bei Jesu im Himmel, ich weiß es nicht!"

Er langsam, wie träumerisch: „Bei Jesu im Himmel? — Du weißt es nicht? — Dann werde ich dich schon erinnern müssen."

„Was soll das Umreden! Sag's, was du meinst!"

„Verstell' dich nit, Hansel. Gesteh's nur offen ein, daß du die Schuld bist. Bei ihr . . ."

Jetzt habe ich ihn aber auch verstanden. — Daß er es noch nicht wissen sollte, was ich weiß! Aber wie soll er's denn wissen, wenn es der Lehrer mir als Geheimnis anvertraut hat!

So sage ich nun zum Rocherl: „Wenn es so steht! Wenn ich in diesem Verdacht bin! Wenn man mich gleich niedermachen will, anstatt dort anzufragen, wo man's doch leicht würde erfahren können, dann — bleibt mir keine Wahl mehr, was zu tun ist. Meinen Dank an deine Eltern für alles Gute — du kannst ihn ausrichten, oder auch nicht, wie du willst. Morgen früh braucht mich dein Vater nicht mehr zu wecken."

„Fortgehen ist freilich das bequemste," sagte er.

„Rocherl! Mein Bleiben dürfte dir nicht wohlbekommen!"

Er sagt nichts mehr, stolpert aus dem Stall.

Dann habe ich begonnen, meine Sachen zusammenzusuchen und in ein Bündel zu tun und bei mir gedacht: So muß es enden! Und als das Bündel fertig war und ich an der Tür stand, hinausschauend in die sternhelle Nacht — da kam er über den Hof gegangen. Einige Schritte vor der Tür blieb er stehen und fragte leise: „Bist noch da?" Dann trat er ganz an mich her, hielt mir die Hand entgegen: „Hansel, verzeih' mir. Ich weiß es jetzt schon. — — Bleib' da bei uns — bleib' da!" Und fiel mir an die Brust und weinte so wild, so schwer, daß ich hätte vergehen mögen vor lauter Erbarmen.

Das, mein Alfred, habe ich dir noch schreiben müssen in dieser Sommernacht.

Am siebenundzwanzigsten Sonntage.

Es ist doch eine Freude, jetzt! Die Haferfelder grünen frisch auf und lachen uns schon Dank zu. Das Korn steht hoch, viele Halme höher, wie ein Mensch. Wenn man auf dem engen Fußsteig durch das Kornfeld dahingeht, so streicheln einem wiegende Ähren die Wangen, und ihre zarten Blüten bleiben hängen im Haar, und ihr Duft weht in die Seele einen süßen Rausch. Wie ein bläulicher See wallt die Fläche, wenn die Luft streicht. Zwischen dem Gehalme leuchtet dort und da der glühende Mohn hervor, oder das feurige Blau der Kornblume, Schönheiten, die aber meinem Adam nicht recht gefallen wollen, weil sie „Unkraut" sind. Überall wirbelt Gesang der Lerchen, und man sieht keine; in den Halmen zirpt es, im hohen Himmel klingt es. Was ist alle gemachte Poesie in einer großen Stadt gegen die Schönheit eines Kornfeldes!

Vor ein paar Tagen haben wir stundenlang gezittert. Im Hochgebirge stand ein Gewitter. Zuerst waren die weißen Nebelstreifen niedergeflossen in die Schründe und Schluchten, sachte sank das schwere Gewölk ins Hochtal herein und in den Lüften war ein Rauschen, als rieben sich in ungeheueren Säcken gedörrte Nüsse. Auf dem Rechenstein haben sie geschossen. So dunkel war es geworden in der Stube, daß die Wetterkerze, die mein Hausvater angezündet hatte, ihren roten Schein an die Wand warf, wie in der Nacht. Bei allen drohenden Gefahren muß die Weihekerze brennen, leise betend schauen wir in die geheimnisvolle Flamme. Draußen, über dem Dache steigen die Rauchwölkchen der Palmsonntagszweige auf, die in der Herdglut glosen. Die lastende Luft schlägt ihren prickelnden Geruch nieder auf den Erdboden.

Unter dem Ahorn stand die Barbel und schwang fortwährend in der Hand ein Kruzifix gegen das stetig heranrollende Gewitter. Dabei sprach sie halblaut den Wettersegen: „Im Anfang war das Wort und das Wort war bei Gott, und Gott war das Wort. In ihm war das Leben und das Leben war das Licht der Menschen. Und das Licht leuchtete in der Finsternis. — Und das Wort ist Fleisch geworden.“

Ich stand unweit von ihr und schaute hin, wie sie in einer Art von Verzückung die Worte des Johannesevangeliums sprach. Ihr weißes Gesicht vor dem bleiernen Hintergrunde leuchtete magisch. Wie eine Seherin stand sie da. Endlich trat ich hin zu ihr: „Barbel, du sollst jetzt ins Haus gehen. Siehe, in den Ästen rauscht der Wind. In wenigen Augenblicken ist es da. Du sollst ins Haus gehen!“

Da sagte sie zu mir: „Laß mich, Hansel. Hier ist es schön.“

Die Nebelmassen wälzten sich talwärts, so daß wir fast über ihnen waren. Plötzlich sprang aus ihnen ein Blitz auf, so grell, daß man ihn im Auge wie einen heftigen Stich empfand.

Als der Donner ausgeschmettert hatte, hörte ich die Barbel traumhaft sagen: „Hier ist es so schön! — Herrgott, nimm mich jetzt. — Das Wort ist Fleisch geworden ....“

„So komm doch, Barbel!“

Mit gehobenen Armen stand sie da und schaute halb schreckhaft und halb schwärmerisch ins Geäste des Ahorns auf: „Hörst du, wie sie wispeln? — Die kleinen Kinder!

Siehst du sie? Dort schaukeln sie in den Zweigen, siehst du sie? Und hocken und schaukeln und tanzen!"

„Kleine Kinder? Wo?"

„Da oben im Ahornbaum. Und schaukeln und wispeln. Die vor der Taufe gestorbenen Kinder! Die kleinen armen Seelen! — Im Särgelein liegen die Knospen. Die Seelen müssen auf dem Ahorn warten, bis das Christkind kommt in der heiligen Nacht. — Herr Jesu Christe — gnadenreich, — und führt sie ein — ins Himmelreich ...."

Jetzt brachen die Wässer aus den Lüften, ich zog die Barbel am Arm mit ins Haus. Sie strich sich mit krampfigen Fingern das lose Haar vom Gesicht und starrte betroffen umher, als wäre sie aus einem Traum erwacht. —

Als das Gewitter vorüber war, funkelten die Bäume wie Glasluster in der untergehenden Sonne. An jedem Halm wiegte sich ein Lichtlein. Draußen aber, in den Tälern des Vordergaies, lag ein weißer Winter. —

Und jetzt, denke dir, hört man die Mär, daß die Bewohner des vorderen Gaies klagbar auftreten wollen gegen den hinteren Gai. Im Hintergai sei nämlich geschossen worden, während man sich doch seit Jahren gegenseitig verabredet habe, es dürfe weder vorne noch hinten geschossen werden, wenn ein Gewitter zusteht. Denn das Wetterschießen mit Pöllern sei erstens ein Eingriff in den Willen Gottes, der sich es nicht gebieten lassen werde, wo gehagelt werden soll und wo nicht. Zweitens wäre es eine Lumperei gegen die nachbarlichen Ortschaften, wo nicht geschossen werde, und wo das verjagte Gewitter sich entladen müßte. Und drittens sei es überhaupt eine Dummheit zu glauben, daß durch den Knall etlicher Mörser der Himmel sich werde schrecken lassen, maßen ein Hochgewitter sein eigenes Feuern und Krachen hat und trotzdem manchmal Eis wirft, was das Zeug hält. Wie das auch sei, hinten wäre jetzt geschossen worden und vorne sei der Teufel los. — Der Kulmbock aber sagt: „Sollen nur kläglich werden, die da draußen! Werden's ihnen schon zeigen! Die sollen sich anschauen, wenn ich drüber komm! Schuhnägel friß ich nit!" — Das Wetterschießen wird also in den Landtag kommen. Der Gleimer behauptet, daß es in der Hoisendorfer Gegend am Fronleichnamstag seit Menschengedenken nicht grob gewettert hätte. Sicherlich des Fronleichnamsschießens wegen. Du kannst einmal einen Naturforscher fragen.

Gestern ist ein Händler zu uns gekommen. Der hat die Felder geprüft und gemessen und das Korn auf dem Halm gekauft. Mein Hausvater bekommt einen Vorschuß auf die Hand, der kaum ausreicht, um die allerdringendsten Steuern und Anschaffungen zu bestreiten, aber gerade groß genug ist, um ihn rechtlich zu binden. Der mehrere Teil soll ihm ausbezahlt werden im Frühherbst, wenn das Getreide, unversehrt vor Wetterschlägen, Nässe, Dürre, Wildfraß und anderem Unheil in die Säcke rieseln kann. Nämlich so: Ist die Ernte gut, so hat der Händler den Vorteil, schlägt das Unglück, so hat mein Adam den Schaden. Der hat wohl recht den Kopf geschüttelt, aber unterschrieben hat er doch. Denn es ist kein Kreuzer im Hause. In früherer Zeit hat man im Bauernhause das Geld entraten können, da haben sie fast alle ihre Bedürfnisse an Nahrung, Gewand und Haus mit eigenem Werk befriedigt und besser, als heute mit gekauftem. Der Adam sagt, sein Vater habe für Haus und Familie im ganzen Jahre nicht dreißig Gulden Geld ausgegeben. Mein Herr Stein von Stein spendiert sich jährlich fünfhundert Gulden für Zigarren, und seine Frau Gemahlin nicht weniger für Handschuhe, Puder, Schminken und Salben. Und der fleißige Bauer? — Es wackelt in der Welt.

Ich bin mit einem Ochsenpaare und einem Karren nach Hoisendorf geschickt worden, da ist's einmal hoch hergegangen: Einen Metzen Weizenmehl, einen Salzstock, dann Feldwerkzeuge, als Sensen und Sicheln, dann Eisenstiften, Zündholz, Wacholdergeist und Rosenbuschbalsam zur Medizin. Der Hoisendorfer Schmied kann glasen und wachsziehen, bei dem habe ich Fensterscheiben und einen Wachskerzenstock erstanden. Ferner habe ich einen Krug Lichtöl eingekauft. Als Aufklärer von Fach tat ich meinen guten Leuten das Petroleum solange anpreisen, bis sie es versuchten. Es gefällt ihnen und mich reut es. Das Öl kostet Geld, den Kienspan hatten sie umsonst. Den Bauern Geldausgaben lehren und ihm das Schuldenmachen angewöhnen, wie unsere Kreditvereine und Sparkassen es tun, das ist schon die richtige Volkswirtschaft, das! Der Adam fühlt sich manchmal noch altständig und sagte gestern ganz einfältig: „Wenn alle Stricke reißen und alle Brücken brechen, so leben wir halt von dem, was wir selber bauen. Und brauchen keinen Teuxel wen sonst dazu." — Welch ein anderer Stand könnte das je von sich sagen! Aber kann es der Adam noch sagen? —

Na, ich wollte dir eigentlich etwas anderes erzählen.

Ich sitze auf der Karrenladung und leite mit der Gerte die braven Ochsen stetig durchs Tal herein. Und lobe sie, daß sie so folgsam sind und so fest anziehen, und die Gerte brauche ich nur, um ihnen die zudringlichen Stechfliegen vom Leibe zu wehren. Wie wir zur Bachbrücke kommen, steht dort der Lehrer. Er hat die Ärmeln aufgestreift und ist beim Fischfang. Zwei weißbauchige Forellen hat er schon hübsch in ein großes Lattichblatt gebettet und frägt mich gleich, ob ich sie nicht wollte mitnehmen ins Adamshaus. Dort gebe es jemanden, der gern gebratene Forellen esse.

Ich will zuerst dieser Sache ausweichen und sage: „Gib acht, Winter, daß dir der Konrad die Hand nicht abschießt!" Denn der Jäger hat auch die Aufsicht über das Fischwasser.

„Der Jäger Konrad ist zahm geworden," sagt der Lehrer. „Den muß das böse Gewissen schon stramm zusetzen, des Rocherls wegen. Seitdem läßt er alles gehen, ich glaube, vor dem könnte man jetzt den Steinbock aus dem astronomischen Tierkreis schießen."

„Ja ja, dort oben ist der Herrgott Jagdeigentümer, hier ist's der Baron!"

Dieweilen habe ich mein Fuhrwerk angehalten. Der Lehrer streift die Armlinge vor und reicht mir eine Zigarre auf den Karren.

„Na nu! So etwas rauchst du?"

„Nein, ich nicht. Du sollst es rauchen."

„Sehr verbunden, Herr Schuldirektor! Oder sind wir schon Fleischermeister geworden, oder Groß-Käsehändler, daß es ein solches Kraut gibt?"

„Vom Herrn Landtagsabgeordneten habe ich sie!"

„Und der Kulmbock raucht Regalitas?" lache ich auf.

„Er sagt, der Bauer dürfe sich nicht lumpen lassen."

Ich gebe ihm die Zigarre zurück. Was ich vom Rauchen halte, weißt du ja. Und schon aus Achtung für meine Ochsen wollte ich mir das Ding nicht ins Gesicht stecken.

Die Tiere fressen ruhig Kernkraut, das an der Brücke

wuchert. Ich lasse sie gewähren und denke: Wie packest du jetzt den Schullehrer?

„Willst sie denn nicht selber hinauftragen, deine Fische, ins Adamshaus?"

„Verdammt heiß ist's," sagt er.

„Man müßte eben des Abends gehen. Oder gar in der Nacht," klinge ich an.

„Wahrhaftig!" sagt der Schelm ganz harmlos.

„Es ist halt nicht gar lustig, bei uns oben jetzt," sage ich.

„Ist was? Ist was?" fragt er rasch.

„Ja, es ist was," antworte ich gelassen. Glaube beinahe, daß ich die Worte so ein wenig gesungen habe.

Er lehnt sich angelegentlich an das Karrenjoch, schaut mir ins Gesicht und sagt: „Was reden wir denn so. Du weißt es ja."

Mit der Gerte streiche ich ihm über den Rücken. Er fährt auf und ich sage: „Eine Bremse ist dir angesessen. Die Viecher stechen höllisch arg."

„Du bist wieder so besonders, Trautendorffer," sagt der Lehrer unsicher.

„Und ich kenn' mich an dir nicht aus, Winter! Als ehrlicher Mann — müßtest du schon wissen, was jetzt zu tun ist."

Darauf er leidenschaftlich: „Wird nicht nötig sein, gleich den ehrlichen Mann vorzuspannen. Der lauft dir nicht davon."

„Dann werden wir uns leicht verstehen. Guido, du mußt dich erklären. Mit der Mutter kannst offen reden. Beim Vater ist's anders. Ich glaube, der weiß noch nichts. Die höchste Vorsicht, ich sage es dir. Er ist herzleidend."

„Sollte er noch nichts ahnen?“

„Er ist ein altes Kind.“

„Dann steht dem armen Mädel das Schlimmste noch bevor,“ sagt er mit einem Seufzer. Plötzlich stößt er heraus: „Freund, wie oft habe ich diese Stunde verflucht!“

„Wie jeder, den die Liebe traf!“

„Diese verdammte Liebe!“

„Mein Freund, die Liebe ist nicht verdammt!“

„Sie ist anders, als man sich sie vorstellt! Da schleicht sie an, wie ein Engel, der durchs Zimmer geht — so fromm, so arglos. — Warum bleibt's nicht dabei?“

„Ho, Falberle, ho!“ Denn die Ochsen zogen an. Der Karren ging quieksend vorwärts, der Lehrer schritt daneben her, stützte sich immer an das Karrenjoch und sprach leise, rasch, fieberhaft: „Dumm wäre es und schlecht wäre es, eine Rechtfertigung zu versuchen. Ich bin ja doch selber schuld, ganz allein ich. Die geschwisterliche Traulichkeit läßt man sich nicht genug sein. In Gedanken wird gezündelt und immer gezündelt — wochenlang, und immer in Gedanken gezündelt. Man sinnet sich ein, man regt sich auf, man sucht Gelegenheiten und führt die unschuldige Liebe spazieren, wohin sie nicht gehört. Ganz unversehens ist's da, Leidenschaft und Gelegenheit beisammen und der Teufel ist los.“

„Und das Philosophieren hintendrein hilft nichts,“ sage ich.

„Wenn ich's allein zu tragen hätte — nicht ein Wort! Mit Wonne würde ich büßen.“

„Nun eben! Der Adam bringt's und die Eva trägt's.“

„Die Eva!“ fährt er auf. „Ich leide es nicht. Das ist kein Vergleich. Als ob sie mich verführt hätte! Das ist ja das Verfluchte: die Schlange war ich. Das Mädel ist heute so unschuldig, wie vor einem Jahre. Und jetzt — leiden muß es sie. Sie allein. Wer eine Taschenuhr stiehlt, der wird eingesperrt. Wer einen jungen Menschen zerstört, der . . . Es ist ein abscheulicher Zustand. Ich sage es dir: Jeder soll sich hüten!"

„Meinst du damit etwas? Stelle du dich deinen Schulknaben als warnendes Beispiel auf. Ich brauche keines mehr. Meine Hundstage sind, sagen wir, größtenteils vorüber. Man verflucht sich nicht, man findet sich ab. — Mich interessiert heute nur zu hören, mein lieber Winter, wann du Hochzeit machen wirst?"

„Mich dünkt, Trautendorffer, du hast eben von dir selbst gesprochen. Hast du dich auch stets mit Hochzeiten abgefunden?"

„Ich sage dir, wenn es nötig gewesen wäre, gewiß! Man bequemt sich den Kreisen an, in denen man lebt."

„Das denke ich auch," entgegnet der Lehrer. Und setzt bei: „Was meinst du von der Bauernschaft? Wird jeder Bursch', der ein Mädel gerne hat, dasselbe gleich allemal heiraten? Und fragt der Bauer, der später die Braut heimführt, ob er der Erste sei?"

„Teufel, was sind das für Ausflüchte!" fahre ich auf.

„Ich meine nur, wenn man sich den Kreisen wollte anbequemen, wie du gesagt hast. Ich weiß ja, was zu tun ist."

„Na, das denke ich auch, Guido, daß du dieses Mädel nicht mit anderen Bauerndirnen vergleichen wirst. Diese Adamshauserleute, das sind Sonntagsmenschen, mein Lieber! Obschon ihr äußeres Leben ein einziger, lastvoller Werktag ist. Wäre ich ein junger Königssohn, mit Demut würde ich werben um dieses Bauernkind. — Ja, ja, sieh mich nur an! Du weißt es schon lange, daß ich sie liebe. Heute ist diese Liebe allerdings noch eine fromme Schwester, um mich deiner Poesie zu bedienen, aber sie könnte einmal etwas anderes werden. Sie könnte eine Rächerin werden, verstehst du?"

„Hans, es scheint, daß du mich für eine Kanaille hältst."

Nun bin ich aber vom Karren gesprungen, habe den Lehrer an den Rockflügeln gepackt: „Sage mir klar, willst du sie heiraten oder nicht? Ja oder nein!"

Er ist gar nicht arg verblüfft, sondern entgegnet: „Wenn du es wirklich wissen wolltest, Freund Hans, das wäre nicht das richtige Fragen. Mit einer Schreckensherrschaft dürftest du wenig ausrichten. Wenn ich dir eine Antwort gebe, so geschieht es, weil ich sie geben will. Und daß sie nicht eine plötzliche etwa gar herausgezwungene, sondern eine vorbereitete ist, sollst du aus diesen Vorlagen sehen, wenn du die Güte hast!"

Er zieht aus seiner Tasche Briefschaften. Die eine ist der Bescheid seiner Zuständigkeitsgemeinde, die gegen eine Verehelichung nichts einzuwenden hat. Die andere Schrift ist eine Abantwortung von der Lehrerbehörde; sie sei dermalen nicht in der Lage, den provisorischen Lehrer Herrn Guido Winter definitiv anzustellen, respektiv sein Gehalt von dreihundert Gulden zu erhöhen.

Ich lege die Schriften in seine Hand zurück und sage: „Das soll also die Antwort sein!" Doch ist meine Stimme durchaus nicht mehr so zuversichtlich laut. Mit dreihundert Gulden heiraten! Und eine alte Mutter, glaube ich, ist auch noch da.

„Das ist nur die Antwort, weshalb ich gezögert habe," sagt der Lehrer. „Es wird trotzdem ernst. Ich habe einmal ein Duell abgelehnt. Der damals erspart gebliebene Mut ist jetzt gut hernehmen. Ich heirate mein Mädel auf dreihundert Gulden.“

„Gut,“ sage ich, „beim Mädel bleibt's. Das steht fest.“

„Wie der Rechenstein!“

„Wie der Rechenstein. Des weiteren wegen sprechen wir noch. Du weißt, daß ich dein Freund bin. Und jetzt müssen wir den Berg hinan alle drei, ich und die Öchslein. Sage mir noch, Guido, wann erwartet sie?“

„Um den ersten Teil des September.“

Am achtundzwanzigsten Sonntage.

Immer reizt es mich, lieber Freund, dir meine Erfahrungen über das Leben der Haustiere zu schildern. Über das leibliche und — höre es! — auch über das seelische Leben der Rinder, Schafe, Schweine, Hunde und Hühner! Wollen aber diese Darstellungen doch auf eine günstigere Zeit aufheben, wenn die „Vieher" nicht unmittelbar über die Achseln aufs Blatt schauen. Wir verfassen dann ein Werk darüber. „Das Seelenleben der Haustiere." Ich gebe die Empirik, du das System und die Philosophie. Als Motto sage ich dir heute schon: Die Ochsen und Kühe sind auch Menschen, nur solche mit vier Füßen. Ihre Freuden und Leiden merkt man ihnen leicht an, ihre Liebe und ihren Haß bekommt man manchmal zu spüren. Ihr Glauben und ihr Zweifeln beeinflußt ihr Wollen so gut, wie bei uns. In ihren Träumen haben sie ein zweites Leben wie wir. Von ihren Gedanken würden unsere Philosophen sehr vieles lernen, wenn sie einstweilen so klug wären, ihre Sprache zu verstehen.

Es ist durchaus verständlich, daß diese Tiere im Bauernhofe wie traute Hausgenossen behandelt und geachtet werden. Wie Lebensgenossen geliebt, wenn du willst! Nicht allein, daß sie eine Sprache für sich haben, verstehen sie auch die menschliche, so weit sie sie angeht. Du mußt einmal ein Rinderfuhrwerk gesehen haben, auf der Straße oder am Pflug, du mußt einmal ein Kuhmelken beobachtet haben, oder das Herdelocken eines Hirten — und du wirst dir gewiß schon gesagt haben: da ist mehr dahinter, als unsere alten Gelehrten wahrhaben wollen. Mein Adam ist nicht der Gesprächigsten einer, doch wenn er mit seinen

Haustieren zu tun hat, da geht ihm Herz und Mund auf. Denen Herrschaften erzählt er ganze Geschichten aus seinem Leben, die allerdings so harmlos sind, daß sie in jedes Familienjournal für Kälber und Schafe Aufnahme finden könnten. Er macht auch Späße, bei denen die Ochsen nicht gerade offen lachen, immerhin aber ein ganz munteres Geschau bekommen. „Geh, sei so gut, Falber," sagte er vor ein paar Tagen bei einem Fuhrwerk zum Rinde, „laß mir meine Joppen ein bissel ans Hörndel hängen!" Denn es war heiß und der Ochse trug gehobenen Hauptes den Rock fast feierlich heran und schmunzelte ein wenig dabei. Am liebsten hören sie es natürlich, wenn er sie zum Heu lockt, oder zum Salz, wovon jedes jeden Tag ein Stücklein aus seiner Hand in die Schnauze bekommt. Aber sie achten es auch, wenn er sie am Pfluge leitet, und wissen, daß sein Hi — vorwärtsgehen und sein Hota — stehenbleiben bedeutet. Wenn er ihnen auf der Weide strenge zuruft, nicht ins Haferfeld zu gehen, nicht vom Kleeacker zu naschen, so gehorchen sie zumeist gutwillig. Doch gibt es sehr unterschiedliche Ochsencharaktere. Da haben wir einen grauen Recken mit breitem, kurzem Kopf und schwarzer Schnauze, die immer tropfig ist. Der läßt sich alles ruhig gefallen, das schlechte Gras und die Gertenhiebe, der regt sich nie auf, strengt sich nie an, läßt am Karren den Kameraden anziehen und schreitet würdevoll nebenher. Der läßt sich den verbotenen Klee auf der Wiese mit demselben ruhigen Gewissen schmecken, wie das Heu aus dem Troge. Einen Falben haben wir, der ist der Fleiß und die Treue selber. Er zieht an der Egge oder am Karren immer scharf drein, ohne daß die Gerte seinetwegen zu pfeifen braucht. Er kann einen halben Tag lang am Raine grasen neben dem Kohlgarten, ohne daß er sein klobiges

Haupt nach dem süßen Kraut wendet, weil er aus mancherlei Erfahrungen weiß, daß es der Adam nicht leiden mag. Da haben wir einen schwarzen Stier mit dicken, kurzen Hörnern und einem schrecklich wuchtigen Hautlappen am Halse, der bei jedem Tritte schwer hin und her schlägt. Das ist ein händelsüchtiger Geselle, wählerisch im Futter und zur Arbeit überhaupt nicht zu brauchen. So oft ihm ein Geschlechtsgenosse in die Nähe kommt, brüllt er auf, sucht ihm mit dem Horn einen Schurf oder mit dem Hinterfuß einen Schlag zu versetzen. Gegen Kühe und Kalben ist er sehr zuvorkommend und streichelt sie verführerisch mit seiner rauhen Zunge am Kopf, am Hals, an den Hüften, bis sie ihm verfallen sind. Er ist sich seines Berufes für den Gai bewußt und läßt sich durchaus weder von einer Rute noch von einer Zaunplanke Gesetze geben. Nur meine Gerte hat ein Pfeifen, nach dem er manchmal tanzen muß. Im nächsten Herbste, meint Rocherl, wird dem Schwarzen etwas passieren, wonach sein Haar bald ergrauen dürfte und sachte weiß werden, wie bei einem Ochsen. Unterricht? Diesmal erteile ich dir ihn nicht. Du kannst den Kulmbock einmal danach fragen. Der besorgte früher das Geschäft für die ganze Gegend. Jetzt, weil er einer ist, „der keine Schuhnägel frißt", fürchten wir, wird er Geschichten machen und in so untergeordneten Sachen nicht mehr gemeinnützig sein wollen.

Seit jener Nacht, als der Hasenschrecker herabgestiegen war zum Fenster der Barbel, haben wir einen zottigen Haushund. Der abgewirtschaftete Nans, der weit fort in eine Fabrik gehen will, hat das Tier dem Adamshause vermacht. Eine Woche lag es an der Kette, dann war es angewohnt und konnte freigelassen werden. Bismarck heißt der Pudel. Der Nans hatte nämlich als Soldat den Germanenherzog einmal hoch zu Roß gesehen und aus Bewunderung für ihn den Hund also getauft. Der Pudel sucht seinem großen Namensvetter Ehre zu machen durch Klugheit, Schneidigkeit und Wachsamkeit. Landstreicher haben die größten Unannehmlichkeiten mit ihm, bevor sie von der Hausmutter ihr Almosenbrot ergattern. Dann legt sich der Bismarck, indem er sich etliche Male im Kreise dreht, aufs Stroh im Vorhause, bettet seinen Kopf mit den breiten Ohrlappen auf die Vorderpfoten und macht die Augen zu. Wie ein Maurer schnarcht er manchmal. Sobald aber draußen von irgendeiner Seite dem Hause auf hundert Schritte etwas Fremdes naht, fährt er bellend auf, zottet hinaus und prüft die herankommende Wesenheit, ob sie verdächtig ist oder nicht. Der alten Marenzel war er einmal auf den Korb gesprungen; sie, einer Ohnmacht nahe, hatte schon geglaubt, ihr armes Dachsel wäre vernichtet — aber vom Bismarck war das nur Spaß gewesen und wedelte er vergnüglich mit der Schwanzfahne; als ihm die Alte dankbar für die Verschonung ein Stückchen Speck zuwarf, ließ er es liegen. Wenn der Hund mit seiner zarten Zunge dem Rocherl manchmal die schmerzende Hand leckt, da muß man sein Auge beobachten. Die funkelnden Wolfslichter werden zu milden, treuen Menschenaugen, die voller Mitleid zum armen Burschen aufschauen. Und so, Alfred, wollest auch du unserem neuen Hausgenossen deine Freundschaft schenken.

Das Adamshaus hat ein Teilrecht an den Almweiden des Scharecks. So haben wir vor einiger Zeit zwei Paar Ochsen und die Kalbinnen hinaufgetrieben. Die eine Kalbin ist der Liebling des Mädels, und da hat's einen Abschied gegeben. Hinter dem Futterbarren der Knecht versteckt mit der Streugabel — das war wieder so etwas für ihn. Zuerst streichelt sie dem jungen Rind lange den Backen, dann kraut sie ihm den Kopf zwischen den kaum noch hervorguckenden Hörnern und dann flicht sie ihm mit Tannenzweigen einen Kranz aufs Haupt. Und endlich hebt sie an, mit der Kalbin zu plaudern — halblaut, vertraulich: „Im vorigen Jahr, mein du! Weißt du noch? Sind wir zwei miteinander gegangen auf die Alm. Jede mit einem Kranzel auf dem Kopf. Seither hat sich was verändert, mein du! Verwundern wirst dich, wenn du wieder heimkommst, im Herbst."

Die Kalbin macht großmächtige Augen: Verwundern! Wieso?

„Weiß nit, wie ich dran bin," flüstert das Mädel weiter und hat ein ganz anderes Gesicht als sonst, alle Mienen zucken. „Weiß nit, ist's zum Verzweifeln oder zum Juchezen." Ihren Arm legt sie um den Hals des Tieres, ihre Wange drückt sie an seinen Kopf. „Was Lebigs wachst . . ."

Die Kalbin dreht ihren großen pechschwarzen Augapfel dem Mädel zu. Sie versteht nicht ganz.

„Schämen tu ich mich neun Klafter tief in die Erden hinein," fährt die Barbel fort.

Die Kalbin gleichmütig: Das hilft alles nichts, das muß ertragen sein.

„Mein größtes Anliegen sind Vater und Mutter."

Die Kalbin: Denen wird's auch nichts Neues sein.

„Und immer einmal ist mir so gut — so glückselig!"

Die Kalbin: Natürlich, wenn eins zwei Herzen hat!

„Wenn ich nur den Guidel so kunnt halsen, wie dich!"

Leidenschaftlich kost sie das Tier und ihr aufgelöstes Haar kräuselt sich um seinen Kopf. — Dann sinnt sie still für sich hin, dann murmelt sie ein Gebet, an dem ich nur die letzten Worte verstand: „— der ist mein Verderben, sonst kunnt ich als reine Jungfrau sterben . . .“

Mir war ganz traumhaft, ganz taumelig, ganz rauschig, und mußte mir noch sagen: Unverschämter Kerl. Aber hatte ich denn davon können hinter dem Barren?

Dann sind wir auf die Alm gezogen, der Rocherl und ich, mit den Rindern. Schwer bepackt mit Lebensmitteln, Gewand, Bettzeug und Vieharzeneien. Die Kalbin kam mir ganz heilig vor. Die Vertraute. Aber zum Rocherl habe ich nichts gesagt. Der war schier leblustig, begann einmal zu jodeln — brach aber mitten im hellsten Klange ab. — Der Weg über die Hochmatten hin stieg sachte an, von einer Kuppe zur andern. Die Höhen sind fein glatt, die Ausblicke so weit, daß ich fürchte, es könnten sich Touristen züchten im Almgai. Glücklicherweise ist nichts zum Klettern da. Das Schareck, das hinter den Almen aufsteigt, ist wohl ein ruppiger Felskegel, mit Knieholz bewachsen, hat aber, wie mir der Lehrer sagt, im roten Buch keinen Stern und du weißt, daß nur solche was gelten, die einen Orden tragen. Vorläufig wären wir also sicher. Von den Almen geht's nach drei Seiten tief niederwärts in die bewaldeten Täler, an deren Bächen die langgestreckten grünen Wiesen liegen. Weit draußen an den Lehnen die Bauerngründe. Dort steht auch der senkrecht aufspringende Rechenstein, an dessen Fuße das weiße Kirchlein von Hoisendorf schimmert. Bergrücken, die einen ätherigen Schleier haben, verdecken den Vordergai. Unsere Almhütten liegen nach den Messungen des Lehrers über siebzehnhundert Meter hoch. Es stehen noch ein paar Fichtengruppen dort, die aber ihre zerzausten Äste alle nach einer Seite hin wachsen lassen, im Sturm erstarrte Windfahnen. Die Hütten stehen unter dem

Schareck in einem kleinen Kessel, auf dessen Weiden graue Steinblöcke liegen. In dem mit Stangen eingefriedeten Pfränger, dem Tummelplatz des Viehes, wächst üppiger Sauerampfer. Die kleinen Hütten selbst sind ganz musikalisch, so pfeift durch die Fugen ihrer Zimmerung der Wind in allen Tonarten. Ihr steiles Bretterdach scheint wohl die Absicht zu haben, Herd und Bettstatt vor Regen zu schützen, erreicht diese Absicht aber nur bei schönem Wetter. Die Gleichgültigkeit dieser Alpler gegen Regen und Sturm ist fast gottlos. Scheint die Sonne, so schafft man in bloßen Hemdärmeln, regnet oder schneit es, so werfen sie sich den Wettermantel über den Leib, einen Lodenfleck, der mitten das Loch hat, um den Kopf durchzustecken. Selbst im Juliregen sind Schneeflocken nichts Seltenes, kein Mensch spricht davon.

Am Tage unseres Auftriebes sind auch von anderen Seiten die Nachbarstriebe heraufgekommen, Halter und Senninnen, die auf der Alm ihre Milchwirtschaften einrichten über den Sommer. Lustig ist es hergegangen. Das Kuhgeschelle, das Blöken der Rinder auf den Weiden, das Jauchzen der Bergfrohen, das Hin- und Herrufen der Ankommenden und das Blasen der Alphörner, hier „Flatschen" genannt — allzusammen mir ein ganz neues Rauschen des Lebensstromes.

Von der Nachbarsalm ist ein Hirte da, ein alter borstiger Besen. Als ringsum die Kuhschellen schrillen, ruft er: „Leut', sie tun schon zusammenläuten zu der Predigt." Springt auf einen Holzschragen und singt in Predigerton das Lob der Almdirndeln. Ihre Nächstenliebe! IhrFerngeben! Und ihre große Züchtigkeit faßt er schließlich in dem Vierzeiler zusammen:

„Zum Dirndel ihrem Kamerl
Is a dicke, an eichnene Tür,
Hat a dreifaches G'schloß
Und als Riegel — is a Strohhalmerl vir!"

Vom Kulmbock ist die Tochter da, eine üppige Rundlichkeit auf und auf. Der Rocherl nennt sie einen „harben Kerl". Was er damit meinen mag? Diese anlebigen Augen unter ihrem Strohhut! „Es ist Feuersgefahr, meinst du nicht, Rocherl?" Fortwährend schalkt sie über den Zaun herüber, um einzufädeln, und wenn ihr mein Junge was hinüberstichelt, gibt sie's derb zurück. Und der Rocherl verdoppelt es keck und da habe ich meine Wunder gehört, was die für eine Sprache führen, wenn Vater und Mutter weit weg sind.

„Ich kenne dich nicht, Rocherl!" ist mein Aufwecken. „Wenn so was deine Schwester hörte!"

„Die Kulmbockische ist schon was gewohnt," antwortet er, „um die tut's mir nit leid. Und der andere," setzt er zögernd und finster bei, „der's der Barbel hat angetan, —"

„Was meinst?"

„Der — lebt nimmer lang."

Und da zuckt in seinem Auge ein grünliches Blitzen, mit dem Arm fährt er aus, daß die Schlinge reißt. Das kann ich mir nicht reimen. In diesem Knaben brennen allerhand Feuer.

Am Abende, als wir unser Vieh in dem Almstall untergebracht und uns in der luftigen Hütte eingeheimt hatten, röstete er auf dem Herdfeuer Mehlnocken — ich habe schon bessere Soupers mitgemacht. Auswendig waren sie verbrannt und inwendig spickig, auch hatte der Koch das Salzen vergessen, aber sonst waren sie gut. Das Heu nachher war noch besser, wir genossen es nach unserer Weise, indem wir uns lang und breit darauf hinlegten, ich hinten bei den Brettern, er bei der Türwand. Von den Nachbarhütten her gab's noch Gelächter und man hörte die grelle Stimme des „harben Kerls".

Endlich war alles still geworden, nur daß manchmal ein Dachbrett ächzte im Nachtwind. — Oder war es der Rocherl?

„Es muß sich das Wetter ändern," sagte er auf einmal von seinem Heu herüber.

„Schlafst du denn noch nicht, Bergsohn?"

„Mir bohrt's wieder in der Hand."

„Soll ich sie dir verbinden? Du hast sie heute so aus der Schlinge geworfen."

„Ich weiß ein anderes Mittel," sagte er, „und das will ich probieren. Wo hast du den Ruckkorb hingestellt? Ich hab' Hexenkraut mitgenommen. Wenn's dem Vater hilft, kann's mir auch helfen."

In seinem groben Hemde ging er in den Winkel, wo der Korb stand, kramte etwas hervor, und nicht lange, so stand er an der Herdglut und atmete gierig den Rauch des glosenden Krautes ein.

Zur Stunde habe ich mich erinnert, daß das Hexenkraut ein Früchtel aus dem Mittelalter ist, welches durchaus keinen guten Ruf hat. Damals hat man es „Liebesklee" genannt, der berückenden Träume wegen, die es hervorgebracht haben soll. Nun, seither ist das Unkraut älter geworden und anstatt, daß es arme müßige Seelen in den Irrgärten der Liebe umherführt, widmet es sich jetzt der christlichen Barmherzigkeit, stillt Lungenkrämpfe und die Schmerzen übelgeheilter Schußwunden. Der Adam wird allemal recht ruhig davon. Und der Rocherl, nun der ist auch ruhig geworden. Ganz fest und auch süß mußte er schlafen, denn kein Atemzug war zu vernehmen her von seinem Heu.

Schon nach Mitternacht ist's, daß mich ein Lärm weckt. Er kommt von den Nachbarhütten. Ein Poltern, Schreien und Fluchen.

„Rocherl!" sage ich, „hörst du nichts? Mir scheint, sie raufen."

Er hört es nicht und steht nicht auf. Soll sich ausschlafen, denke ich, verlasse mein Lager, suche im Dunkeln die Rindspeitsche und gehe hinaus. Und finde die Kerle draußen vor der Kulmbockhütte im Handgemenge. Zwei Halterburschen haben einen dritten unter sich, auf den sie mit Fäusten losdreschen. Ich lasse eilig meinen Riemen zischen, da fahren sie auseinander, und wer sich schwermütig vom Boden erhebt und die Sterne des Himmels in sein verknülltes Gesicht schauen läßt, das ist mein Rocherl. —

„Teuxel noch einmal!" knurrt er und macht mit der einen Hand, als wolle er sich den Rücken glattstreichen. „So was ist mir auch noch nit passiert."

„Haben sie dir stark aufgeladen?"

„Meinetwegen, sie kriegen es schon zurück. Aber die andere Dummheit. — Zu der Kulmbockischen hat er mich tragen wollen, der Teuxel!"

„Hast doch schon so fest geschlafen!"

„Ich? — Ja, die Hand, die ist bald gut gewesen auf das Rauchen. Nachher —" Mit ärgerlichem Lachen hat er's einbekannt, daß ihm auf einmal so absonderlich geworden sei. „Bin ganz munter gewesen und hab' gemeint, es müßt sein auf der Stell. Aufgestanden bin ich und zu der andern Hütten hinüber. Vor der Tür sind wir zusamm'-

kommen, der Gleimer-Jockel und der Wendhoferische. Na, die sollen sich g'freuen! Sei so gut, Hansel, binde mir jetzt die Hand ein. Saggra, das grabt! — Das ist wieder einmal eine Dummheit gewesen!"

Ja, Philosoph, es ist ein himmelweiter Unterschied, ob das Kraut von einem alten Manne angewendet wird, oder von einem jungen.

Nächstens muß ich's doch selber probieren.

Am neunundzwanzigsten Sonntage.

Nun heben die Feste an. Es beginnt das Ernten.

Zuerst reift uns das, woran wir das geringste Verdienst haben. Wasser leiteten wir auf die Wiesen, das war so ziemlich alles. Das Wasser löst in der Scholle die gebundenen Kräfte und nun steht die üppige Halm-, Blätter- und Blumenwildnis da. Am Morgen heben sich die taufeuchten Knospen empor, im jungen Sonnenschein entfalten sie sich und lachen in allen Farben den ganzen Tag. Und schaukeln im Winde ihre Glocken und Kronen, umtanzt und umworben von summenden Hummeln und flammenden Faltern. Gegen Abend senken sich die Blumen müde niederwärts und schließen sich zu und die kleine unendliche Tierwelt birgt sich unter Blättern und im Wurzelgeflecht. Immer möchte man dastehen und die Herrlichkeit betrachten, anstatt dessen muß man sie mit der Sense zerstören. Das gehört auch zum Menschenfluch — er macht die Blume zu Heu!

Freund, das Mähen ist schwer! Die härteste Arbeit im ganzen Jahr! Damit entschuldigt mich der Adam, wenn's nicht klecken will. Schon die Vorbereitungen deuten auf außerordentliches, so das schallende Dängeln der Sicheln am Vorabend, so der kräftige Weckruf am Morgen, so das stattliche Frühstück um sieben Uhr früh auf der Wiese. Aber du mußt vorher drei Stunden mähen. Taunasses Gras schneidet sich besser als eins, das die Sonne gewelkt hat. Schon seit einigen Wochen hatte ich mich geübt in der Führung des grauenhaften Messers, und spiele nun leidlich den Sensenmann, blühendes Leben vor mich niederzulegen in langen Machden, die hinterher der Franzel mit der Holzgabel auseinanderstreut. Der mit Wasser und Stein gefüllte Wetzkumpf hängt mir hinten, so wie euch der Zopf. Aber unten am Gürtel. Und nach jedem dritten Dutzend Hiebe ins Gras — die Sense zahlt fast jeden Streich mit einer kleinen Scharte — muß sie geschärft werden mit dem Wetzstein. Schüttest du dir ungeschickterweise beim Bücken das Wetzkumpfwasser über den Kopf, so magst du den Stein nachher ins nasse Gras tauchen; ausgelacht wirst nicht, weil jeder mit sich selbst zu tun hat. Die Reihe bei uns ist nicht lang. Voran der Hausvater, der in seiner blädernden Leinwandhose gebückt und weitbeinig dasteht und mit jedem Hieb einen Schritt weiter schleift. Dann meine Wenigkeit mit ihren unterschiedlichen Nöten; hinten die Hausmutter, die sehr schneidig dreinmäht und mir stets hart an den Fersen ist. Es ist eine schreckliche Marschroute, Stund' für Stund'. Zum Glücke hat man dabei keine Gedanken, man schwitzt alle heraus.

Die häuslichen Arbeiten besorgt das Mädel. Der Rocherl hat seinen Almdienst dem Gemeindehalter übergeben und weidet die Schafe am Rain. Dabei flucht er wieder etwelches über den Jäger Konrad, der ihn unfähig gemacht hat zu jeder starken Arbeit. „Der Vater mit seiner kranken Brust muß mähen und ich muß müßiger Schäfer sein!" klagte er mir. Könnte der junge heißblütige Mensch so arbeiten, als wir anderen, er würde sich nicht verlieren, die Kraft würde sich nicht umsetzen in ein dämonisches Seelenleben, vor dem mir manchmal so bange ist.

Freilich muß der Adam oftmals aussetzen mit der Sense, um sich verschnaufen zu können. Die Mutter hat immer das Hexenkraut mit, aber bisher ist es auf der Wiese nicht nötig gewesen. — Steht die Sonne hoch, dann hängen wir die Sensen in den Schatten eines Strauches, nehmen Gabel und Rechen, krauen die flachgestreuten Futterschichten um, so daß sie über und über trocknen, und am nächsten oder übernächsten Tage zu Haufen oder Schöbern gespeichert werden können. Vom Wetter getrauten wir uns nicht ein Wort zu sprechen vor lauter Frohsein, daß es so schön war. Wir könnten es verschreien. Nur einmal sagte der Adam fast beklommen vor Freude, ein so gutes Heu, wie dieses Jahr, hätte er schon lange nicht mehr bekommen. Dieser Duft! Köstlich wie der Geruch des feinsten chinesischen Tees. Die Leute wissen nicht, weshalb es beim Heuen so heiter hergeht, es ist der Rausch der Düfte, die aus welkenden Kelchen steigen. Über Nacken und Antlitz rieselt prickelnd der Schweiß, immer und immer bestätigend jenen uralten Fluch oder Segen: Im Schweiße deines Angesichts sollst du dir dein Brot verdienen! — Das heißt einmal Wort halten, du heiliger Herrgott! — Hingegen muß ich sagen, daß meine alten Kopfschmerzen, die mich sonst in der heißen Jahreszeit gequält haben, bisher hier ausgeblieben sind.

Am Donnerstage abends war's, als ich über den Hof gegen meine Schlafkammer schritt, daß von Barbels Stube her die scharfe Stimme der Hausmutter erscholl. Sie steigerte sich bis zur höchsten Heftigkeit. Dann hub sie an, laut zu gröhlen. Das Mädel habe ich gar nicht gehört. Als wäre es froh, daß der gefürchtetste Sturm vorüber, herzte es am nächsten Morgen das schwarze Lamm und sprach: „Du bist ja mein! Du bist ja mein! Du bist ja mein!“ Das Tier leckte an ihrem roten Mund. Da lachte sie, und lachte so klingend, daß das Lamm emporfuhr und sie erschrocken ansah.

Und am Samstag war's, als der Hausvater, der Rocherl und ich auf einem Heuhaufen saßen und „Halberabend" hielten, das heißt, das Nachmittagsbrot einnehmen. Es bestand aus Buttermilch und Topfen, in einem Brei vereint, eine der wenigen Speisen, die mir trotz aller guten Zucht gar nicht in den Schlund wollen. So legte der Adam mir den Brotlaib vor: „Heiz ein, Hansel! Hast brav angezogen, die Wochen. Jetzt lassen wir's gut sein, für heut'. Eine Freud' ist's, so ein Heu! Eine Freud' ist's!"

Dann gingen wir, unsere Gabeln und Rechen auf der Achsel, langsam in den lieblichen Feierabend so dahin, die Sonne stand noch über den Bergen. Sagte der Adam plötzlich: „Und daß mir der Stein vom Herzen ist, Gott Lob und Dank, daß er mir vom Herzen ist! — Gestern hat sie ja gelacht wie ein lustiges Vogerl in den Lüften!"

Da habe ich gesagt: „Wer sollte denn nicht lustig sein, wenn es so schönes Heu gibt!"

Er blickte mich rasch an und wieder weg. — Wenn's ein so schönes Heu gibt? Ist denn das Mädel ein Heu? — „Bleichsüchtig wird sie sein, oder was Teuxel. Und blutarm, daß sie sich so stark anlegt im Sommer. Mein Gott, alles eins, Kranksein oder Betrübtsein. Nur brav bleiben! — Gott Lob und Dank, daß sie wieder lachen tut!"

Die Spatzen pfeifen es auf dem Dache. Die paar Schwalben, die noch um unsere Giebel kreisen, wissen auch was. „Hörst sie?" hat mich der Rocherl gefragt. „Hörst, was sie singen?" Und zwitscherte — der Vogelsprache kund: „Der Schulmeister ist ein Erzspitzbub', ein Erzspitzbub', bringt Dirnlein in die Schand', in die Schand', und laßt sie sitzen!"

„Dumme Ludern, diese Vögel!" sage ich.

Der Junge legt den Finger an den Mund: „Hörst es, was jetzt einer singt? — Totschießen, totschießen . . ."

„Ei, was dir nicht beikommt!“ lacht ich gröblich drein, „verstehe sie doch besser: ‚Brotessen, brotessen! Und hast du Junge im Nest, Junge im Nest, so mußt du sie fleißig atzen.‘“

In dem Augenblick, wie dem Burschen im Horchen auf den Vogel das Gesicht sich versteinert, fährt es mir kalt über den Rücken. Was ist das für ein Menschenantlitz?

Ich hielt ihm meinen Taschenspiegel vor: „Willst ihn?“

„Will ich wissen, wie schön ich bin, so ist mein Brunnentrog da,“ antwortete er ablehnend, „tu' ihn lieber dem Schulmeister spendieren, daß er sein Reibeisengesicht kann betrachten.“

„Weißt du, Rocherl, was ein junges Gesicht noch häßlicher macht, als Blatternarben? Rate einmal.“

„Laß mich zufrieden!“

„Weißt du, was ein Menschenauge am ärgsten entstellt?“

„Was lauter?“

„Der Haß.“

„— — Der Haß?“

„Der Haß macht häßlich!“

„Braucheſt mich ja nit anzuschauen, wenn ich dir nit gefall'!“ sagte er rasch und wendete sich ab.

Was lauert in dem?! —

Vor kurzem war der Konrad wieder bei ihm, der Jäger. Er hatte gehört, der Rocherl wäre auf der Alm von Lotterbuben beleidigt worden.

„Ist es dir recht, Rocherl, so zahl' ich's ihnen heim.“

Antwortete der Junge: „Da braucht's nix heimzuzahlen. Wenn die Kulmbockische an einem hängen bleibt, dann hat er eh sein Teil. Und was geht das dich an!“

Nach diesen Worten wendete er sich nicht seitab wie sonst, blieb noch stehen vor dem Jäger und sagte: „Konrad, wenn du wieder einmal gut schießen willst — einen Bock tät' ich wissen!"

Das verstand der Jäger nicht. Zögernd ging er seines Weges. —

Nun wieder etwas anderes. Gestern am Abend gab es Tierhetze. Sah ich über die Breitwiese weg unsere braune Kuh laufen, mit hin und her schlagender Wampen erschreckt dahintrotten, hinter ihr der Bismarck und ganz hinten lauft mein Adam, erregt den Pudel hetzend auf das Rind. Das will schon fast zusammenbrechen vor Erschöpfung, der Adam aber immer noch: „Huß, Bismarck, huß, huß!" Und beide der Kuh nach.

Ich eile ins Haus: „Mutter, schauet geschwind hinaus. Der Vater ist närrisch worden!"

„Jesses, der Klee!" ruft die Hausmutter und schreit zum Fenster hinaus: „Huß, huß, Bismarck!" Und der Rocherl springt zur Wiese hinab, reißt vom Haselbusch eine Gerte und jagt das arme Rind wieder auf, weil es schon hingefallen ist.

O ihr verdammten Bestien! denke ich und eile auch hinzu. „Reitet euch denn alle der Teufel, jetzt auf einmal!"

Sie zerren die Kuh bei den Hörnern weiter, sie schlagen mit der Gerte auf sie ein und der Hund läuft im Kreise herum, bellt und schnappt manchmal in das Bein des Tieres.

Da fängt an diesem plötzlich etwas an zu gurgeln.

„Sie windet, sie windet!" ruft der Rocherl.

„Nachher ist's gut," sagt der Adam und bleibt stehen. „Jetzt führ' die Braune in den Stall und schau, daß sie kein Wasser kriegt!"

Und des Rätsels Lösung ist die: das Rind war von

seiner Grasweide unvermerkt auf das Kleefeld gekommen und hatte sich dort sattgefressen. Aber die üppige Pflanze hub an zu gären und hätte der Kuh den Magen gesprengt, wie der Adam sagte, wenn durch das heftige Jagen nicht Wandel geschafft worden wäre.

So sehen bei uns die Parforcekuren aus.

Vor einigen Wochen war derselben Kuh wegen ein kleiner Familienzank. Das Tier benahm sich des Morgens ganz wider seine Gewohnheit sehr unruhig, lautete fortwährend, bockte an den andern Rindern herum, und da sagte der Adam, die Barbel und der Franzel sollten halt die Braune zu Nachbars Jodel führen. Das Mädel antwortete gedrückt, das möge es nicht gerne tun. Der Vater war darüber betroffen, daß sie — die doch sonst in allem so willig ist — auf einmal weigerlich würde. „Seit Jahr und Tag," sagte er, „führst du die Kühe zum Jodel und jetzt auf einmal der Unwillen! Das versteh' ich nit!" Es ist dir eine empörende Einfalt in diesem Alten, es ist der platte Adam vor dem Sündenfall. Die Mutter hat ihm nahegelegt, daß die Zeiten sich halt ändern täten; so hat der Vater den Kopf geschüttelt und mit der Kuh den Franzel und mich zum Nachbar geschickt. Mir war das gerade einmal recht und ich wollte den vierzehnjährigen Knaben beobachten. Es gab aber nicht viel zu beobachten. Dieweilen der Jodel mit der Kuh seine Scherze trieb, schnitt sich der Knabe auf der Wiese eine Germe ab, höhlte den Stengel durch und versuchte daraus eine Blaspfeife zu schnitzen.

Ganz so harmlos ging es heute beim Mittagessen nicht zu. Es war die Barbel wieder einmal nicht vorhanden. Sie habe Zahnschmerzen und könne nichts essen. Die Hausmutter war ausnehmend weich gestimmt und gesprächig. Sie erzählte so nebenhin manche Neuigkeit von einer Bekannten in Krosbach. „Eine soviel brave Person, die Gutheit und Bravheit selber. Ein einziger Fehltritt, mein Gott, das junge Blut und das Gernhaben! Ist ihr halt auch so ergangen, wie es seit der ersten Menschenmutter Weltlauf geworden. Mein Gott, es ist ja nichts Neues. Schon bald, wie der Vetter Krisost einmal gesagt hat, daß es in Krosbach wäre: Eine Schand für eine junge Dirne, wenn's nit ist. Zeit und Weil ist ungleich. Ehevor ist's freilich großmächtig gefehlt gewesen, jetzt macht man sich schon bald eine Ehr' draus. Die Schlechtesten, meint der Vetter Krisost, wären es eh' nit, die Malheur haben."

„Der Vetter Krisost ist ein Strick," fuhr der Hausvater drein. „Die Liederlichkeit schön machen, das tät' g'rad noch fehlen. Im Adamshaus wird so was wohl doch nit vonnöten sein!"

Die Hausmutter kam nicht weiter in ihrer Erzählung von der Bekannten in Krosbach. Hingegen fragte sie, dieweilen ihr bloßer, magerer Arm in der Schüssel das geschmälzte Kraut umrührte, leichthin, wer heute bei der Predigt gewesen wäre? Ob nicht das Evangelium vom Pharisäer und Zöllner ausgelegt worden sei?

„Das ist heut' nit," antwortete der Adam. „Heut' ist dasselbe, wie der Herr Jesus viertausend Leut' mit dem wenigen Brot gespeist hat."

„So werden wir auch nit verhungern, wenn um eins mehr wird," sagte sie.

„Wieso?" fragte er dumpfig. „Du meinst, wenn der Valentin auf Urlaub heimkommt?"

Hat aber den zerrissenen Roggenknödel auf dem Teller liegen lassen, hat nichts mehr gegessen und ist's gewesen, als wäre wieder so etwas wie der Dampf in Anzug.

Ich glaube, er ahnt. Nur nicht wahrhaben will er's.

Er fing an, die Achseln in die Höhe zu schieben, den Hals einzuziehen, die Brust schwer zu heben und stöhnte: „Mutter, den Rauch!"

Glaubst du, daß es gut ist, wenn man seinen Kopf in den Sand vergräbt? Nach meiner Meinung ist die Furcht vor einem bevorstehenden Unglück heilsam, sie nimmt schon einen Teil des Leidens vorweg. So wie die zu große Hoffnung auf ein kommendes Glück dasselbe schädigt, weil die übermäßige Erwartung enttäuscht wird, so erscheint nach großer Angst vor dem Ungemach dasselbe tatsächlich selten so schlimm, als man sich's vorgestellt. Also sollte doch auch mein Adam das kommende Unheil tapfer vorweg fürchten, damit es ihn dann nicht in plötzlicher Wucht niederstoßen kann.

Tapfer fürchten! habe ich gesagt. Du verstehst, Philosoph.

Am dreißigsten Sonntage.

Das emsige Heuen, das heiße Heuen drängt alles andere in den Winkel. Alles ungute Denken und alles wehe Bangen. Die Barbel ist auch auf den Wiesen in ihrer wulstigen Joppe und mit ihrem langstieligen Rechen. Einmal hatte sie ein Liedel gedrällert:

„Es ging ein Knab' spazieren,
Wohl heimlich bei der Nacht . . ."

„So ist's recht, Mädel!" rief der Adam helle aus. „Junge Leut' müssen lustig sein!"

Er hatte nur des Liedes lieblichen Anfang vernommen, nicht das Ende.

„Das Herz möcht' einem zerspringen!" hörte ich die Mutter seufzen.

Heute morgens bin ich hinabgegangen nach Hoisendorf, früher als an anderen Sonntagen, und eigentlich nicht der Kirche wegen. Ins Schulhaus gehe ich und sage zum Lehrer:

„Jeden Tag, den Gott vom Himmel gibt, wirst du erwartet im Adamshaus. Wir haben bald Ende Juli!"

„Es ist zum Verzweifeln!" Er schlug seine Stirn mit der Faust.

„Aber ich verstehe dich nicht, Guido. Denke doch an Wort und Handschlag!"

„Zum Teufel, ja, ja, ja! Geh' hinauf und nimm sie! Das ist so leicht gesagt. Lasset mich doch erst die Sachen ordnen."

„Höre einmal, Guido, ich möchte dir etwas sagen. Bis dieses Jahr endet, bin ich ein reicher Mann. Nein, erschrick nicht, reiche Leute schenken nichts her. Ein Anlehen schon eher, auf Wucherzinsen natürlich."

„Mir ist nicht besonders heiter!" sagte er.

„Mir auch nicht. Aber zur Sache gehört's für den romantischen Bauernknecht, daß er ein junges Liebespaar glücklich macht. Zweitausend Kronen sind dir fällig zu Neujahr. Du willst doch dein Weib und ich meinen Roman! Nun also! — Kopf aufrecht, Junge!"

Da hebt er an, mit gröblicher Derbheit die Stube auf und ab zu gehen zwischen den Schulbänken. Die Hände auf dem Rücken, den Kopf vorgebeugt: „Ich kann mir nicht helfen! Es kommt mir immer wieder, es ist verflucht!" Plötzlich bleibt er stramm vor mir stehen und sagt in stechendem Tone: „Warum gerade dir so viel an dieser Heirat liegt!"

Das alte Teufelslied ist schon wieder da! — Aber ich bin diesmal kalt geblieben, oder vielmehr kalt geworden.

„Winter!" sage ich, „des öfteren habe ich dir den Rat gegeben, du sollst hinaufgehen. Jetzt gebe ich dir einen besseren Rat. Gehe nicht hinauf. Lasse sie, die du verführt hast, in Not und Unehr' allein. Lasse sie hinwelken und in jungen Jahren sterben. Es ist besser, als du wirst zum Henkersknecht ihrer Liebe und peinigst sie mit Verdacht und hetzest sie mit Eifersucht in Verzweiflung und Stumpfsinn hinein. Schurken, die ein unschuldiges Wesen verderben und dann Ausflüchte suchen —"

Aufgröhlt er wie ein getroffener Eber, von der Schulbank bricht er schmetternd eine Latte und damit auf mich zu.

Ich stoße ihn mit der Hand seitlings: „Daß einen der leidige Zornteufel erfaßt, wenn ein Schulmeister nicht rechnen kann!"

Das hat er doch verstanden und ist still geworden. Und ist denn demütig zu mir gekommen: „Hans, die Liebe und die Sorgen! Das macht wahnsinnig! Nur so viel laßt mir noch Zeit, daß ich ein wenig den Weg machen kann, der uns zusammenführen soll."

„Was ich vorhin gesagt habe, das ist gesagt. An dir liegt's, ob ich dir unrecht getan oder nicht. Wenn ja, dann sollst du deine Genugtuung haben . . ."

Hierauf rasch davon. Und lange tat es noch wetterleuchten in dunkeln Seelen.

Seit meinem Aufenthalte im Adamshaus ist etwas, das früher nicht gewesen. Bei so manchem, was ich tue, frägt nachher etwas in mir: War's recht? War's gefehlt? — Was ändert mich nur so? Ist es der Adam mit seiner Geduld, die Barbel mit ihrer heimlichen Liebespein, „von der niemand nichts weiß". Ist es die Bravheit und Tüchtigkeit dieser Leute? Ist es der Ernst der Arbeit, die Größe und Herbheit der Natur? — — Gott, was war ich für ein Windhund in der Zeitungstube!

Jetzt kommt es mählig über mich, ich müsse auch für was gut sein. Ich müsse, was da leidet und irrt nach meiner Möglichkeit zum Guten wenden. Er ist ja ein Tor mit seinem Verdachte. Nur steht die Frage offen, ob man in seiner Lage nicht am Ende selbst ein solcher wäre? In dem Hitzegrad, wie wir beide zusammengerieten, duelliert man sich ja schon bei euch draußen. Hier ringt jeder mit sich selber, daß es zum Guten werde für dieses arme Kind. Und ob starke Herzen nicht den Erdfluch zum Erdsegen wandeln können?! —

Und dann habe ich dir heute noch etwas zu erzählen.

Wir wollen in der nächsten Woche brachen, das heißt, den Acker umbrechen für die Wintersaat. Sehe ich nun heute in der Zeughütte nach, ob der Pflug imstande ist. Und wie ich just mit dem Schlägel den locker gewordenen Arling festkeile, pipst draußen jemand: „Hänsel“, und eine zweite Stimme kräht: „Grethel!“ Und stehen im nächsten Augenblick zwei Herren von der „Kontinentalen“ vor mir.

Ich habe keine Lust, die Reize dieses Wiedersehens zu schildern. Herr Sammer und Doktor Wegmacher! Mit einer wahren Sintflut von Witzen sind sie auf mich eingedrungen. Ganz gutmütig, unzutreffend und geistreich dumm, die Bösartigkeit lag nur in der Menge. Sehr belustigten sie sich über meine entbarteten Backen und nannten mich „Euer Wohlgeschoren“. — Auf einem touristischen Ausflug waren sie natürlich ganz zufällig in die Hoisendorfer Gegend gekommen. Durchwegs eine dunkle Gegend, aber aus der Ferne hätten sie ein Licht gesehen und diesem Lichte wären sie zugegangen und demnach urplötzlich vor dem klassischen Mistrüppel gestanden.

„Erleichtert euch immerhin, meine Herren,“ habe ich gesagt, „nur erweist mir die Gnade, euch vor meinen Hausgenossen nicht legitimieren zu müssen. Ich begleite euch ins Tal hinab, durch den Waldsteig. In Hoisendorf gibt's ein gutes Wirtshaus, und morgen früh, recht zeitlich, wandert es sich prächtig durch die schattigen Schluchten hinaus in die schöne, lichte Welt.“

Wirklich schon in Todesangst war ich, sie könnten mir alles verschütten, aber das Wirtshaus übte eine solche Anziehungskraft, daß für den Adamshof die Gefahr bald vorüberging. Unterwegs haben sie mir Neuigkeiten erzählt von der „Kontinentalen“. Doktor Angelus Mayer, der Redakteur des Feuilletons, ist nach irgendwo ausgewandert. Der Reporter für den Gerichtssaal wurde in eine Nervenheilanstalt überführt. Mir ist das nicht ganz geheuer, denn die genannten Herren waren Zeugen bei der Wette. Es ist noch der dritte vorhanden, der Administrator Lobensteiner. Was hatte ich dir auf dein Bedenken vor Wochen geschrieben? Daß drei lebendige Zeugen besser seien, als ein toter Federstrich?" — Jetzt wäre mir der tote Federstrich lieber. Da ich nun sozusagen auch die Schullehrersippe auf mich genommen habe. — Der Chef, wußten die Herren zu sagen, spreche nicht gern von mir, oder nur achselzuckend wie von einem Sonderling, der seinen so hübschen Posten einer lächerlichen Bravour geopfert habe. — Ich ließ mich schön empfehlen. — Aber der Herr Knecht würde doch ins Wirtshaus mitkommen. Dieser gütigen Einladung wurde jegliche Antwort verweigert und als wir zur Bachbrücke kamen, verließ ich die Herren mit der Hoffnung auf ein frohes Wiedersehen zu Neujahr.

„Au, Teufel!" rief der eine, „ist das eine Dreschflegelbratzen! Dein Händedruck ist ja das reine Vergehen gegen die körperliche Sicherheit!"

Dann hatte ich sie glücklich los. Eine halbe Stunde später kniete ich in der dämmernden Stube des Adamshauses und betete mit den Hausgenossen den Psalter.

Am einunddreißigsten Sonntage.

Das geht dich nichts an, Hansel! würde meine schneidige Hausmutter gesagt haben. In der Tat, was geht unsereinen die Predigt an! Der Pfarrer predigt halt für die Leut' und nicht für den armen Knecht, der vor ein paar Jahren in die Karnevalszeitung das Inserat rücken ließ, daß ein noch völlig ungebrauchtes Christentum in Verlust geraten sei.

Im Hoisendorfer Pfarrhofe scheint es der redliche Finder tatsächlich hinterlegt zu haben. Ist nicht ohne, so ein derber Dorfkurat, der die Kurse der heiligen Theologie mit ihren dogmatischen Schätzen längst verschwitzt hat und das Evangelium sich nach seinem persönlichen Dafürhalten auslegen muß. Unserem Kuraten ist nicht übel zuzuhören, ein gerader deutscher Michel, gibt er das Wort Gottes so, wie es die Gemeinde am leichtesten versteht und am besten brauchen kann.

Da hat sich gestern abend im Adamshause ein kleiner Religionsstreit erhoben. Der Franzel pflegt nämlich am Samstagsfeierabend stets den Evangeliumabschnitt des folgenden Sonntags vorzulesen, und so kommen jetzt die Verse des Lukas über den ungerechten Haushalter. Du kennst die Parabel vom verschwenderischen Verwalter, der von seinem Herrn verjagt werden soll. Der Verwalter ist schlau, und will sich, so lange er noch im Amte ist, die Gunst der Schuldner seines Herrn erwerben. Er läßt ihnen geschwind die Hälfte der Schulden nach, damit er dann, wenn er brotlos ist, bei ihnen gute Aufnahme finden möchte. „Und der Herr," fährt Christus als Parabelerzähler fort, „lobt den ungerechten Haushalter, daß er klug gehandelt habe, denn die

Kinder dieser Welt seien klüger, als die Kinder des Lichtes. Aber ich sage euch: Machet euch Freunde mittelst des ungerechten Reichtums, damit, wenn es mit euch zu Ende geht, sie euch in die ewigen Wohnungen aufnehmen."

Als der Franzel das gelesen hatte, schüttelte mein Adam den Kopf und sagte: „Das gefällt mir nit."

Die Hausmutter entgegnete von ihrem Herde her scharf: „Beim Evangeli sagt kein Christenmensch: das gefällt mir nit; er kann höchstens sagen: das versteh' ich nit."

„Versteh' ich nit," wiederholte der Hausvater. „Wenn's so deutlich gesagt ist, wird man's doch verstehen. — Franzel, das letzte noch einmal."

Der las: „Machet euch Freunde mittelst des ungerechten Reichtums, damit, wenn es mit euch zu Ende geht, sie euch in die ewigen Wohnungen aufnehmen."

„Das ist ja gerad', als ob der Mensch mit unrecht Gut in den Himmel kommen soll!" sagte der Adam.

Daraufhin war ich nun doch begierig, wie sich bei der heutigen Predigt der Kurat aus der Schlinge ziehen würde.

Er steht auf der Kanzel, liest die Verse, und wie er zum Schlusse derselben das Buch küßt, sagend: „Das die Worte des heutigen Evangeliums!" sehe ich meinen Adam auf seinem Platze schon unruhig werden.

Der Kurat nimmt langsam eine Prise, stellt die Horndose neben auf den Kanzeltisch, schiebt die weiten Ärmeln des Chorrockes zurück und beginnt:

„Liebe Christen!

Im heutigen Evangelium hätte der Evangelist Lukas auch ein bissel deutlicher sein können. Wie er's gemacht hat, da kommt's schier so heraus, als ob Christus der Herr den ungerechten Haushalter loben tät, von wegen der Lumperei!

Das tät einigen unter euch vielleicht gefallen — wie? Es ist aber durchaus nicht so. Christus will in seiner Parabel nur ein Beispiel geben, wie die Weltleute allemal abgefeimte Spitzbuben sind, und die Kinder Gottes sind einfältig. Wenn der Herr sagt, daß wir uns mit ungerechtem Reichtum Freunde machen sollen — was heißt denn das? Heißt es, daß wir ungerechten Reichtum erwerben sollen, damit wir nachher mit demselben die Leute bestechen können? Da sei Gott für! Es heißt vielmehr erstens, daß der Reichtum eben ungerecht ist, daß er überhaupt ungerecht ist, jeder Reichtum, nicht bloß der gestohlene, auch der erworbene. Und es heißt zweitens, daß, wer einen Reichtum hat, denselben als etwas Ungerechtes, ihm nicht Gebührendes wieder weggeben soll an die Armen und Notleidenden, daß man solcherweise mit ungerechtem Reichtum gute Werke stiften müsse, die uns, wenn's zum Sterben kommt, in die ewigen Wohnungen Gottes führen. Also das ist gemeint, wenn es heißt: Machet euch Freunde mit ungerechtem Reichtum! — So ist's, meine lieben Christen, und nicht, daß ihr glaubt, der liebe Heiland hätt' einen Unsinn gesprochen, wo die Dummheit vielmehr an denen liegt, die ihn nicht verstehen. Merkt euch das, befolgt das Wort Gottes, übervorteilt eure Nebenmenschen nicht um Geld und Gut, die ihr als ungerechten Reichtum doch wieder zurückgeben müsset. Ja, nicht einmal auf sogenannte rechtmäßige Weise sollet ihr euch Reichtümer erwerben, sondern schön zufrieden sein mit dem, was ihr notwendig braucht für den heutigen Tag. Und nicht alleweil sorgen: Was werden wir morgen haben? Der himmlische Vater, der die Vögel nährt und die Blumen kleidet, vergißt euer nicht. Trachtet nur zuerst nach dem Reiche Gottes, das heißt, nach einem gottgefälligen Lebenswandel und nach einem guten Gewissen, das ist die Hauptsache, alles andere wird euch von selbst gegeben werden." — Hier unterbrach er sich, blickte über die Bänke hin und fügte bei: „Wollt ihr schlafen, meine Lieben, so höre ich auf. 's ist die Arbeit hart um diese Zeit; wer hart arbeitet und seine Mühsal dem Herrn zu Lieb' aufopfert, der ist auch auf dem Wege zum Himmel. Ich predige nicht, um zu predigen und ihr höret nicht, um zu hören. Ich sage euch, daß der müde Leib von der Erden ist, und die Seele von Gott, und daß die Seele den Leib heiligen wird, und ewiglich selig sein im himmlischen Vaterlande. Amen."

Ähnlich hat er gepredigt, und das ist so seine Art. Die Gemeinde nimmt wohl auch hier so eine Sonntagspredigt als Formsache, nach der man ruhig zur Tagesordnung übergeht, nur meinem Adam müssen die Worte wohlgetan haben; schier ein verklärtes Gesicht hat er gemacht darüber, das sein redliches Arbeiten und Dulden vom Priester so schön geweiht wird. —

Vor einigen Tagen ist unserem Hausvater angedeutet worden, daß in nächster Zeit der Herr Lehrer sich einfinden würde, um einen Besuch zu machen.

„Einen Besuch? Der Herr Lehrer? Bei uns? So so! Ja, warum denn?"

„Er hätte halt was zu reden mit uns," gab die Hausmutter bei.

„Hätt's gar mit dem Franzel was? Sollt' er nit brav lernen?"

„Mit dem Franzel hat's nichts."

Weiter fragte der Adam nicht. War still und sprach nichts mehr vom Schullehrer. Und als die Barbel über den Hof ging zum Brunnen, und den Krug unter den Quell hielt und träumend vor sich hinblickte, bis er voll war und überging, und sie immer noch so dastand, da schaute der Vater auf sie und rief ihr endlich zu: „Barbel! Mach, mach! 's geht ja schon über!"

Da schrak sie auf, nahm den Krug und ging schnell ins Haus hinein.

Der Adam fährt mit dem Pflug auf die Brache, vergißt manchmal die Ochsen anzutreiben, steht da und schüttelt den Kopf.

Die Hausmutter ist schon am frühen Morgen dran, Tag für Tag, den Tisch, die Bänke zu scheuern, die Fenster zu klären mit feuchtem Lappen und zu achten, daß kein Splitterchen und kein Strohhalm auf dem Fußboden liegt. So oft der Bismarck anschlägt draußen auf dem Anger, fährt sie ans Fenster. Das eine Mal steigt ein Bettelmann daher, das andere Mal ein Nachbarsdirndel, das dritte Mal ein Hausierer — aber der Rechte ist es nicht und ist es immer nicht. So sind die ersten Tage der Woche vergangen, so sind die letzten Tage vergangen — und er kommt nicht. Die Barbel geht manchmal über den Rain hin, hält die Hand vor das Auge und schaut in die sonnige Welt hinaus. In der Ferne ist ein Läuten. Hummeln summen an den Kirschbäumen herum, wo im grünen Laub an langen Stengeln die roten Kirschlein leuchten. — Plötzlich jauchzt das Mädel auf.

Kommt er?

Am zweiunddreißigsten Sonntage.

In der Zeitung steht wieder einmal von einem Millionär zu lesen, der sich aus Überdruß das Leben genommen hat. Ein junger, bildschöner Mensch, wie es heißt, der Liebling der Gesellschaft. Im Adamshaus, wenn er gelebt hätte, wäre ihm der Überfluß und der Überdruß kaum passiert. Es schweben mancherlei Dämone auch um die Giebel des Bauernhofes, ganz abscheuliche Gespenster darunter, die den Schwächling ins Grab hetzen, oder ins Zuchthaus. Aber der Dämon Langweile ist hier nicht daheim. Die Arbeit wird von der Ermüdung abgelöst, die Ermüdung von der Sorge und die Sorge wieder von der Arbeit. Im Schutze dieser Genien ist der Mensch sicher vor Blasiertheit. Und wenn sie sich einmal heranschleichen sollte, die stinkträge, blutsaugende Bestie! Beim Gleimer in Hoisendorf ist ein alter Knecht, dem die Arbeit schon alle Glieder krumm gebogen hat wie Äste eines Weichselstrauches. Der kann es nicht leiden, wenn im Kalender nebeneinander zwei Feiertage stehen. Denn am zweiten wird ihm langweilig und er geht aufs Feld, Rasen umzustechen. Das verwies ihm der Kurat einmal, und der Knecht antwortete: „Küß die Hand, Würden Herr Pfarrer! Wenn ich nit darf arbeiten, nachher geh' ich Leut' ausrauben. Was zu tun muß der Mensch haben!"

Auffallend ist es auch, daß Bauernburschen von der schweren körperlichen Wochenarbeit am Sonntage sich eben wieder durch körperliche Übungen erholen, als Kegeln, Rangeln, Schleudern und andere Spiele, die den Muskel spannen. Hast du, Philosoph, dich einmal vom Studieren durch Studieren erholt? — Oder darf man sagen, daß die körperliche Arbeit naturgemäßer ist, als die geistige? Daß sie den Menschen lange nicht so schnell aufbraucht? Oder ist es der Erdhauch, der immer wieder frisch und stark macht? — Manchmal wundere ich mich sogar darüber, daß aus den zehn Geboten nicht zwölf geworden sind. Elftens, du sollst nicht faul sein, zwölftens, du sollst nicht denken. —

Und daß diese Briefe eines Bauernknechtes geschrieben werden? Schiebe es nicht der Langweile zu, wenn dein Hans an Sonntagen philosophische Anwandlungen hat. Gedenke seiner niedrigen Herkunft, und daß langwierige Schulbänke nie mehr ganz gutzumachen sind. — Es kommt ja schon wieder Erdreich.

Am Mittwoch, während — wie ich lese — bei euch draußen überall das wilde Hochwasser war, daß die Berglehnen ins Bad sprangen und die Eisenbahnzüge mitten auf Seen stehen blieben, haben wir die Sicheln gedängelt. Die Haferfelder sind zwar noch wiesengrün, nur sonnseitig färben sich die vielschnabeligen Rispen gelblich. Der Roggen steht dicht, hoch, üppig und eine Ähre legt sich schwer und tragemüde auf die Achsel der andern. Goldene Ähren! sagt der Dichter. Ich weiß auch wahrlich nichts, das so in gesättigtem Goldglanz strahlte, als die reife Kornähre. Zwei Berglehnen leuchten auf dem Adamshauser Grunde und auch die Felder der Nachbarn leuchten, so daß ein heller Widerschein Berg und Tal verklärt.

„So schön," sagt mein Adam in seiner demütigen Freude, „so schön ist die liebe Feldfrucht seit vielen Jahren nicht mehr gestanden, als in diesem Sommer."

Fünfzig Schöber, das sind dreitausend Garben, gedenkt der Adam zu ernten. Und mir verdirbt es die Freude. Denn das, was hier unserer Sichel wartet, gehört ja nicht mehr uns allein. — Wer denkt an das? Zum Angreifen ist's jetzt.

Also am Donnerstage haben wir uns an den goldigen Feldrand gestellt mit klingender Sichel. Der Hausvater schärft mit dem Wetzstein, den er aus dem Kumpfe nimmt, das mondkipfelförmige Messer, es funkelt aber wie die Sonne. Dann sagt er: „In Gottesnamen!" bückt sich, schlägt ins Korn und schneidet die erste Garbe heraus. Hinter ihm habe ich mich angestellt. Aber froh war ich, Freund, daß die Herren von der „Kontinentalen" mich nicht an diesem Tage mit ihrem Besuche beehrt haben. Sie hätten ob ihres Kollegen der Schande viel erlebt. Es ist schwerer, auf dem Felde eine stilvolle Korngarbe fertig zu bringen, als einen Zeitungsartikel über Einfuhr ungarischen Getreides. Mir wollten beim Schneiden und Binden die Halme nicht einig werden. Während der Adam Garben hieb, glatt und gleich, wie Strohdachschaube, stand bei mir der eine Halm da hinweg, der andere dort hinaus, der eine zog sich hier zu weit zurück, dort zu weit hervor, und als die Garbe mit schlecht gewundenem Halmbande geraidelt war, lag sie da wie eine schlampige, ungekämmte Weibsperson. Und erst die Stoppeln! Hier standen sie borstig halbfußhoch auf, dort war vom Rasen ein Stück weggehackt, so daß auf der Sichel die frische Erde klebte. Wie man die Halme glatt wurzab haut, wie man aus zwei dünnen Halmbüscheln mit einer einzigen flinken Handbewegung ein Garbenband dreht, das lernt man auf keiner Akademie, das lernt mancher erst auf der Hochschule des Lebens in den letzten Semestern. Das Ernten ist eine Wissenschaft und eine Kunst für sich. Wieviel „Vortel" es dabei gibt, wie viele Abarten der Tätigkeit, wie viele technische Bezeichnungen! — Der kleine Franzel, der jetzt Schulferien hat, tut auch tapfer mit, ich bewundere, beneide ihn, seine Hand macht's ganz von selber, was ich mit aller Spitzfindigkeit nicht fertig bringe, er hat's ordentlich schon im Blut, das „Wetzen“, das „Abmaißen“, das „Ausziehen“, das „Wellenmachen“, das „Bandelwinden“, das „Raideln“, das „Ausschlachten“, das „Aufdeckeln“. — „Was ihr euch mit Witz und Verstand nicht erwerbt, das hat er von seiner Frau Mutter geerbt.“ — Und wo Mutter Natur ihn etwa einmal im Stiche läßt, da hilft die Hausmutter nach, die knapp hinter ihm drein ist und es scharf verweist, wenn er von der Garbe einen Halm verstreut oder eine Ähre geknickt hat. Dem Knaben sagt sie's, mich meint sie — und hat wohl alle Ursache, mich zu meinen. „Der große starke Bengel ist gerade der Allerungeschickteste!“ Mit den Fingern wollte ich ihr dieses Wort von der Zunge nehmen, denn dort liegt es zum Greifen.

Während der Hausvater und sein ungeschickter Knecht, die Hausmutter und ihr flinker Franzel die Garben schneiden, binden und hübsch gleichzeilig auf die Stoppeln legen, trägt der Rocherl sie mit dem einen Arm zusammen in „Hüfeln“. An diesem ersten Tage haben wir mehr als zweihundert Garben geschnitten, die nun in schütteren Reihen dalagen wie auf der Bahre, manche noch mit der leuchtenden Mohnblume geschmückt, oder der bläulichrot schimmernden Kornrade. Als es dunkel wurde und das Gras schon kühl und feucht war zwischen den Stoppeln, da sind die andern in den Hof gegangen, um dort noch häusliche Arbeiten zu verrichten. Der Adam und ich sind auf dem Felde geblieben, um aus den Garben die „Deckeln“, je zu sechs, aufzustellen. Er stellt je fünf Garben auf den Kopf, so daß sie mit ihren Ähren aneinander lehnen wie Gewehrpyramiden im Soldatenlager. Dieweilen ich diese festhalte, daß sie nicht umfallen, biegt der Adam aus der sechsten Garbe den „Hut", eine Art Helm, den er dann aufstülpt. So wird das Schöberchen von diesem Hute zusammengehalten und bei Regenwetter vor Nässe geschützt. Die Tropfen sickern nicht durch, sondern gleiten an den zu allen Seiten niederhängenden Halmen nach außen hinab. So läßt man nun diese „Deckeln" etliche Tage in der freien Sonne stehen und trocknen, dann kommt der große Leiterkarren, auf dem die Garben in hohen „Tristen" zur Scheuer geheimt werden.

Du hast dein Lebtag schon so viel Überflüssiges gelernt, mein Doktor, Professor und Philosoph, daß dir dieser eingehende Unterricht über eine Kornernte im Gebirge kein besonderes Bedenken zu verursachen braucht. Wenn du dir alle diese Garben einprägst, so wirst du zwar viel Stroh im Kopfe haben, aber auch viel Ähren! — Ach, daß man noch witzig sein will bei solchem Unglück! Schon heute haben wir Abschied zu nehmen von der erst begonnenen Ernte. — Ich mag dir erst noch ein kleines Gespräch erzählen.

Es war schon finster geworden. Im Grase zirpten die Heimchen, daß es wie ein ununterbrochenes Klangrieseln war über das weite Feld hin. Hüpfende Heuschrecken schnellten kleine Tautropfen an unsere Hände. Der schwarze Himmel war voll funkelnder Sterne. Mein Adam setzte sich auf eine Garbe, trocknete den Schweiß und atmete schwer. Als er so, das Gesicht gegen den Himmel gewendet, ein Weilchen geruht hatte, sagte er leise: „Wenn wir einmal dort oben sind — allemiteinander!"

„Damit hat's Zeit, Vater!" antwortete ich.

„Es ist halt hart," sagte er. „Keins von meinen Leuten möcht' ich überleben. Und wenn sie mich müßten ins Grab hinablegen, täten sie mir wohl auch erbarmen."

Darauf ich: „Da wüßte denn der liebe Gott mit dem besten Willen nicht, wie er es einrichten sollt'."

„Es ist so, es ist so, Hansel. Wir sind all' zu herzkrank. All' zu herzkrank sind wir. — Wenn ich's nur nit gar so lieb tät haben, das Dirndel!"

Ich wollte schon eine Antwort geben, da erhob er sich mühselig und sagte: „Wollen wir halt schauen, daß wir in Gottesnamen fertig werden."

Dann deckelten wir den Rest der Garben auf und gingen langsam heimwärts.

Sind zwischen den fruchtprangenden Feldern hingegangen, so daß die wiegenden Ähren unsere Wangen gestreichelt haben. Sollen morgen unter die Sichel kommen. Die Luft war wie eine weiche betäubende Last. Der Sternenhimmel funkelte fast heftig, so daß die Zacklein rundum nur so hinaussprühten. Und wenn man hinaufschaute, so war es, als sinke und sinke alles hernieder. Und dabei flogen immerwährend die grellen Streifen der Sternschnuppen über das Himmelsrund hinweg.

Der Adam blieb einmal stehen, stützte sich an den Stab, atmete hoch auf und sagte: „Wenn man's betrachtet! — Die Allmacht Gottes!" — Dann stieg er wieder an.

Ob ich meiner Tage noch ein christliches Buch aufschlage, oder nicht, ich weiß nun, was Religion ist. Vor keinem Lehrstuhl hab' ich's erfahren können. Auf dem freien Felde hat's mich ein Bauer gelehrt. — Sieben oder acht Stunden später, mein Freund, haben wir ein anderes Kapitel erfahren von der Allmacht Gottes.

Wüstes Sausen und Brausen weckt mich auf. Ich springe hinaus ins Freie. Ein seltsam gelbes Licht zwischen Nacht und Morgendämmerung. Ein schwefelgelber Himmel sinkt nieder auf die Bergwipfel und über die Waldhöhen her wälzt sich ein ungeheuerer Wolkenballen, unter dessen Wucht die Bäume wie Grashalme niederknicken. Ein Prasseln und Schmettern überall, so daß aus ihren Gelassen die Hühner aufflattern, schlaftrunken kreischend, und im Stalle brüllen die Rinder. Von unserem Hausdache springen Giebelbalken und Firstlatten los und tanzen hoch in der Luft wie Geier mit langen Schwingen. Noch sehe ich an der Haustür den Adam im Nachtgewande, da werde ich zu Boden geschleudert, mit Knütteln und Steinwürfen bearbeitet, wie mich dünkt, und aufspringend, um mich zu wehren, habe ich's mit wuchtigen Eisknollen zu tun, die niedersausen überall. Unter das Streuhüttendach noch taumele ich hin, von welchem die Schindelsplitter fliegen, so leicht wie Apfelblüten im Maiwind. Schon bin ich eingeschlossen von einem wilden Gespinst, dessen niederstrählende Fäden sich kreuzend zu einem lebendigen Gitter weben. An die Dächer, an die Wände prallen die Schloßen und schnellen wieder zurück und mancher eigroße Knollen zerschellt in Trümmer. Durch den Hof schießt, die Werkzeughütte durchbrechend, ein Bach herab, Balken, Räder und Karren mit sich treibend. Förmliche Eismoränen wogen heran und der Lärm ist so, als wäre ringsum ein Wasserfall, eine Feuersbrunst und eine Schlacht. Mein Versuch, ins Wohnhaus hinüberzulaufen, mißlang, ebenso auch der, in den Stall zu gelangen. Allein zwischen undurchdringlichen Naturgewalten harrte ich in der Streuschichte auf das Niederbrechen meines Daches.

Freund, ich habe bisher nichts Ähnliches erlebt, mir ist jetzt nachhinein alles so traumhaft. Man ist so ganz befangen von dem, was geschieht und wartet nur auf den Verlauf und kann gar nichts anderes denken als: Will's denn nicht aufhören? Will's denn nimmer aufhören! —

Wie lange es gedauert hat, darüber gehen die Meinungen auseinander von fünfundzwanzig Minuten bis zu einer Stunde.

Als es vorüber war, kamen sie mir entgegen vom Hause her über das knisternde Eis. In tiefgerissenen Gräben brandete ein wüster Brei von Wasser, Erdreich und Schloßen herab. An den Bäumen und Dächern hingen die Fetzen nieder. Alle Wiesen, Matten und Felder schneeweiß, nur von schwarzen Gießschrammen durchzogen. Die Luft war kalt wie im Winter. An den Bergen strichen Nebel hin.

Sie sind ganz blaß. Der Adam tritt zu mir: „Ist dir wohl nichts geschehen, Hansel?"

„Seid ihr alle?" frage ich zurück, denn ich sehe die Barbel nicht sogleich. Dort oben an der Hausecke steht sie wie eine Bildsäule und schaut hin in den weiten, leuchtenden Winter. Ganz vergeistigt, ganz verklärt sind ihre Züge. Und auf den Hohlweg blickt sie hin, der von Hoisendorf heraufführt. — Jetzt kann aber niemand kommen, in kreuz und krumm liegen die Baumstämme und niedergebrochenen Äste über den Weg.

„Gott Lob und Dank, das Haus steht noch!" sagte der Adam.

„Und die Arbeit ist auch getan," setzte die Hausmutter bei. „Dieses Jahr hat er nit lang gedauert, der Kornschnitt!"

Auf allen vier Feldern steht kein Halm. Alles tief in den Erdboden geschlagen und zugedeckt mit Eis. Die Deckeln, die wir am Vorabende noch mit solchem Hochgefühle gebaut hatten, liegen da wie gekochte Strohhäuflein. Und als gegen Mittag stellenweise das Eis schmilzt, sieht der Boden aus, wie frisch geackert. Die Grasweiden sind kahl gedroschen. Der Kohlgarten ist mit

Krautblättern so dicht und glatt gepflastert, daß man darauf tanzen könnte, wenn die kahlen Stengel nicht ihre zerfransten Spieße aufreckten. Das Gekräute des Kartoffelfeldes ist fast spurlos verschwunden. Wenn es auf den Almen ebenso grob war, dann, Freund Alfred, kommt eine üppige Zeit. Dann gibt's keine Arbeit mehr, hingegen viel Fleisch zu essen, weil alle Haustiere wegen Futtermangel geschlachtet werden müssen. Auf weiten Umwegen nur können wir zu Nachbarshöfen gelangen; an den Lehnen und Rainen sind überall Lawinen niedergegangen, so daß sich die braunen Erdstriemen hinabziehen bis in die Gräben, die teils vermuhrt sind, so daß die Wässer zu Tümpeln und die Tümpeln zu Seen steigen, um dann gewaltsam den Wall zu durchbrechen. Kannst du dich erinnern an unsere Landpartie nach Kattning, im vorigen Sommer? Da hatte auch der Hagel geschlagen, daß auf den Feldern alle Kornhalme die Knie gen Himmel reckten. So wie dort die Kornhalme sind hier in den Wäldern stellenweise die Bäume geknickt, daß die Stämme in einem unentwirrbaren Durcheinander daliegen. Von den Gleimer- und Schragererhöfen herüber hören wir Klagen, Fluchen und Weinen. Auch unsere Hausmutter wollte zu hadern anfangen mit dem Herrgott, da legte ihr der Adam die Hand an den Arm und sagte: „Mutter, so mußt nit! Schau, was sich der Mensch schwer legt, das tragt er schwer. Das Korn ist freilich derschlagen, aber wir leben noch allmiteinand. Denk', wenn's umgekehrt wär'!"

„In Gottesnamen!" rief sie aus, „wenn uns der Donner derschlagen hätt' allmiteinand, so wär's überstanden. Bei dem Menschen ist gleich alles gefehlt; geht er ins Holz, um ein Stückel Wildbret, ist's gefehlt; verirrt er sich im Gernhaben, ist's gefehlt; und der da oben tut selber, was er will!"

Na, das war ein ordentliches Trumm Gotteslästerung. Der Adam stand da und blickte sie mitleidig an. Und als sie sich ausgetobt hatte, begann sie — demütig zu beten.

Du hast einmal gesagt, Philosoph, das beste Mittel gegen alle Lästerung Gottes sei, an keinen zu glauben. Denn ihn glauben und ihn den Urheber auch alles Bösen sein zu lassen, sei die größte Blasphemie. Das ist sehr gut gesagt, wer jedoch meinen Adam kennt, der möchte wohl auf andere Gedanken kommen, nämlich, daß unter dem Rate der göttlichen Vorsehung überhaupt nichts Böses geschieht, weil dem gottfrohen Gemüte alles Böse zum Guten wird.

Dem Hausvater wäre die gute Nachricht nicht einmal nötig gewesen, die am Abende von den Almen kam. Mehrere Hütten wären zwar vom Sturme abgedeckt worden, die ältesten Schirmbäume wären gefallen, aber vom Hagelschlag seien die Weiden verschont geblieben.

„Gut ist's!" rief die Hausmutter und klatschte die Hände zusammen. „Jetzt heißt's auf die Alm, machen Heu, wo wir eins finden. Die Feldrüben und Erdäpfel hat's auch nit derglängt — wir werden nit verhungern."

Und haben in der folgenden Nacht besser geschlafen, als in mancher vorhergehenden.

Am nächsten Tage drohte der Hagel erst *meine* Jahresernte zu vernichten. Nach dem Mittagsessen — es gab diesmal nur eingebranntes Kraut und Brotsuppe — blieb der Hausvater beim Tische sitzen, als ob Feiertag wäre. Und sagte, ich solle auch sitzen bleiben, er wolle halt jetzt mit mir „raiten".

Was das heiße?

„Sollst es halt gleichwohl sagen, Hansel, was wir dir schuldig sind. Denn jetzt dürfen wir dich wohl nit mehr bitten, daß du uns noch länger bleibst. Weil es eine solche Veränderung hat genommen in diesem Jahr. Du findest leicht einen besseren Platz. Siehst eh, wie arm es hergeht bei uns."

Jetzt, was war das? War es ein Ablehnen für weiterhin, weil wenig Arbeit und wenig Essen mehr vorhanden? Oder war es bloß ein Freigeben, falls mir selber das Elend in diesem Hause zu groß geworden?

Den ganzen Nachmittag ließ ich hingehen, ohne dem Hausvater eine Antwort zu geben. Mir war wirklich zu Mute, als dürfte ich diese Menschen jetzt nicht allein lassen, jetzt weniger als je.

Und am Abende, als wir auf dem Kopf des Brunnentroges saßen und traurig hinausblickten in die Landschaft, die so ruhig war, so friedsam wie ein Kirchhof, da sagte ich: „Vater! Ich ginge ungern fort. Und heute gibt es ja mehr Arbeit, als vor wenigen Tagen. Seht die Dächer an! Der nächste Regen rinnt in die Stube hinein. Die Fenster! Der Wind zieht durch und durch. Die Wege und Stege, es kann ja niemand hin und her. Etwas werde ich doch ausrichten können. Und wenn Ihr etwa der Verpflegung wegen meint — was für andere gut ist, wird für mich auch nicht zu schlecht sein." Die letzten Worte zu stammeln ist mir sauer geworden.

„Brav bist wohl!" sagte der Adam und hielt mir die zitternde Hand her.

Und jetzt war schon die Abschätzung da. Zwei Herren, gesandt von dem Händler, der das auf dem Feld stehende Getreide gekauft hat. Sie strichen überall herum, und als sie das Unheil sahen, bedauerten sie den armen geschädigten Händler. Hat ein Angeld gegeben und ist jetzt keine Deckung dafür vorhanden. Dann bedauerten sie auch voll christlicher Teilnahme den Adam.

„Kriegen wir denn gar nichts?" ruft die Hausmutter.

Die Herren zucken ihre Achseln.

„Das ist ja zum Verzweifeln!" schreit sie.

Der Adam wendet sich seitab.

„Sagst denn du nichts?" ruft sie ihm zu.

Er schweigt.

„Den Gewinn anderen, den Schaden uns!"

Da murmelt der Adam: „Wenn der Mensch kein größeres Anliegen hätte . . . ."

Am dreiunddreißigsten Sonntage.

Nun sollst du hören, lieber Freund, wie es gekommen ist.

Seit dem Ungewitter war der Hausbrunnen ausgeblieben. Oben im Schachen an der Quelle war das Erdreich ins Rutschen gekommen und hatte das Wasserrohr verstopft. So arbeiteten wir daran, der Adam und ich. Einen fünfzig Meter langen Eisendraht, kreisförmig zusammengerollt, hatte er hinaufgetragen, ihn dann auseinandergelöst und damit angefangen, die verstopfte Rohrleitung zu durchbohren.

„Gott Lob und Dank," sagte er, „daß nur die Quelle nicht verschüttet ist. So lange der Mensch noch Wasser hat, ist's nicht zum Verzagen."

„Und die unausrottbare Zufriedenheit ist noch besser als Wasser." So ich. „Euch müßte nach meiner Meinung Gott als Lohn für Euere Geduld das größte Glück geben."

„Und nach meiner Meinung," antwortete er wohlgemut, „müßte er das Glück gerad' solchen schenken, die kein Unglück ertragen mögen. Ich meine halt alleweil, wenn nur die Kinder brav sind, alles andere ist zu ertragen."

Dieses Gespräch hatten wir während des Arbeitens geführt, da rief die Mutter vom Hause herauf: „Vater! Du sollst ein bissel kommen, es ist wer da."

Der Adam stand ein Weilchen ruhig, als überlege er, wer denn da sein könne. Dann ließ er den Draht aus der Hand fallen und ging langsam hinab.

Ich blieb bei der Brunnenarbeit nicht lange allein. Der Rocherl kam, stolperte über den Draht, riß ihn mit der einen Faust zornig aus dem Rohre.

„Was tust du denn, Rocherl?“

„Wir brauchen kein Wasser!“ knirschte er, „allmiteinander sollen sie verschmachten. Da ist er!“

„Wer? Der Kornhändler?“ frage ich noch.

„Dieser Winter! Der Schullehrer.“

„Der Schullehrer ist da? Na, das wird doch nichts Schlechtes sein.“

„Natürlich, du wirst es just wissen!“ höhnte er. „Nichts Schlechtes, wenn er die Barbel, die er ins Unglück gebracht hat, jetzt wegführen will!“

„Aber Mensch, das ist ja gut! Dann ist's ja in Ordnung!“

„Ich leid's nit! Ich leid's nit!“ stieß er hervor, seine Zähne schlugen fiebernd aneinander.

„Sei froh, daß er noch der ehrliche Kerl ist und sie zum Weib nimmt.“

„Verdammt! Verdammt! Verdammt!“ Mit wildem Griff, als lange er nach einer Waffe, erfaßte er den Draht und knickte ihn entzwei.

„Ich verstehe dich nicht, Rocherl! Sei doch zufrieden, daß wieder einmal etwas Fröhliches kommt. Du weißt es ja, daß deine arme Schwester jetzt nichts notwendiger braucht als einen Ehrentag.“

„Ja, wo er es zuerst auf das angelegt hat, daß er sie nachher in seine Gewalt kriegt. Weil sie ihn sonst nit mögen hätt' — nie!“

„Siehst du denn nicht, wie lieb sie ihn hat?“

„Wen? Diesen hergelaufenen Zottel?“

„Weißt du denn was Schlechtes über ihn?“

„Dieser Zottel, dieser blatternarbige Zottel!“

„Na, wenn's nur die Blatternarben sind, dann bin ich schon wieder beruhigt.“

Jetzt schrie er mich an: „Du mußt auch um nichts besser sein, weil du ihm so das Wort redest!"

„Na freilich nicht. Wer ist denn überhaupt besser? Sei klug, Rocherl, und frage dich selber einmal, wie es dir hätte gehen können, damals auf der Alm, wenn dich die Lotter nicht noch rechtzeitig durchgedroschen hätten. — Du hast den Draht gebrochen. Was sollen wir jetzt machen mit dem verstopften Rohr?"

Er sagte nichts mehr, lehnte sich traurig an einen Baumstamm.

Nicht lange hernach erscholl der Ruf zum Mittagsmahl. Als ich in die Stube kam, stand an der Herdecke noch der Lehrer und an seinen zuckenden Mienen merkte ich, daß etwas nicht richtig war. Die Barbel sah ich nirgends, die war in ihrer Kammer. Wir andern setzten uns nach dem Gebet an den Tisch, wie immer. Der Hausvater schob einen verzinnten Blechlöffel, es war der bessere, für Gäste, über das Tischtuch und sagte: „Bitt' gar schön! Die Ehr' auf einen Löffel Suppen tu' uns der Herr Lehrer nit versagen! Wenn man so hoch heraussteigt, da mag man nachher schon was Warmes."

Der Lehrer trat einen Schritt vor und sprach: „Könnte wohl keinen Bissen essen, jetzt!" Schon das Wort würgte ihn im Halse.

„Ist's wie der Will', jetzt tun wir einmal Mittagessen," sagte der Adam und schnitt Brot in die Schüssel.

Der Lehrer wandte sich ein wenig gegen mich: „Der Hans soll's wohl auch wissen, warum ich da bin. Es ist kein Geheimnis, daß ich die Haustochter Barbel zu meinem Weib begehre."

Der Adam legte den Brotlaib hin, legte das Messer hin und sprach mit schwankender Stimme: „Tut's mich nit so peinigen, meine lieben Leut'. Ich derkenn' ja die Ehr', daß unsere Tochter so eine Heirat kunnt machen. Aber zu jung. Noch allzu jung. Gelt, Mutter, 's wär noch zu früh?"

Seine Berufung auf die Hausmutter war keine glückliche.

„Zu jung?" sagte sie, „das möcht' wohl kein Unglück sein. Älter wird der Mensch. Und haben schon jüngere geheiratet. Daß sie sich gern haben, das zeigt sich ja. Das zeigt sich ja wohl leider Gottes —"

Der Hausvater hatte sich auf die Bank gesetzt, legte die Hände ineinander und man merkte ihm eine schwere Beklemmung an, als er sagte: „Wie das hart ist, wenn man auf einmal sein Kind sollt weggeben . . ."

Ging sein Weib vom Herde an den Tisch, setzte sich zu ihm, ganz nahe und sprach fast zärtlich: „Wird uns halt sonst nichts übrigbleiben, Adam. Wird wohl sein müssen. Die paar drei Wochen sind bald vorbei, die sie noch hat. Wenn sie gleich anfangen, kann's noch zu rechter Zeit in Ordnung gebracht werden."

Jetzt schaute der Adam auf sein Weib, dann auf den Lehrer, dann wieder auf sein Weib. Sein Gesicht war völlig fremd, in gemütlichem Tone, aber recht heiser sagte er: „So, so. — Ist's wohl doch wahr. — Hab's nit glauben wollen. — Hab's nit glauben wollen. — Die Barbel. — Meine Barbel . . . Nachher freilich wohl . . . ."

Allsogleich nach diesen Worten wandte die Hausmutter sich ganz vergnügt dem Lehrer zu: „Nachher tät's ja so weit richtig sein. — Geh', Franzel, ruf' die Dirn'. Das dumme Ding soll doch herkommen. Zum Schamen ist's schon lang' zu spat. Kann Gott danken, daß es noch so ausgeht. — Aber tu' sich der Herr Lehrer doch hersetzen zum Tisch. Jetzt wird er halt schon tun müssen, wie daheim und ein Bauernessen nit verschmahen. — Was hat denn der Vater? — — Jesus Maria, was hat denn der Vater?!"

Unser Hausvater hatte sich in den Winkel gelehnt. Matt röchelte es in seiner Brust.

Was soll ich dir sagen, Alfred? — Nach wenigen Minuten ist's vorbei gewesen.

Das war gestern, als am 14. August.

Welch eine Wucht von Drangsal und Trübsal in diesem Hause! — Mit einem Schlag bin ich in den Mittelpunkt versetzt, als wäre ich Hausvater und Bruder. Alle stützen sich auf mich und weinen. Alle schauen zu mir um Rat, was jetzt zu tun sei. Aus welch frevelhaftem Grunde bin ich in dieses Haus gekommen und welch ernste Menschenpflichten haben meiner hier gewartet? Wenn die heilige Last dieses Standes und das Erbarmen mit den Duldern mich nicht einigermaßen geläutert hätten, wie wäre ich diesen Tagen gewachsen! Hier der tote Vater, hier die gefallene Tochter, hier der von unheimlichen Leidenschaften betörte Krüppel, hier der Soldatenflüchtling — und über allem der wirtschaftliche Zusammenbruch des Hauses!

In der Nacht, da ich verwirrt und ratlos auf meiner Truhe saß, kam mir ein Gedanke, für den ich mich hätte peitschen mögen wie einen feigen Hund. — Was hält dich denn fest in diesem Jammerhause? Nimm den Stecken und geh' davon. Im Vordergai brauchen die Bauern jetzt auch Leute. — Teufelseinflüsterung, verfluchte! Wer denkt noch an die törichte Wette! Mein Platz ist hier und nirgends als hier. Das will ich doch mal sehen, ob aus dem Haderlumpen, der ich war, ein treuer Mensch werden kann, oder nicht!

Nur dir muß ich schreiben dürfen, Alfred, nur du darfst mir dein gutes Wort nicht versagen. Dann will ich's versuchen zu leisten, was jetzt von mir verlangt wird. Und nun höre die weiteren Berichte aus dem Adamshaus.

Als bei jenem Mittagsmahle der Adam gestorben war, da habe ich es zunächst nicht glauben können. Derselbe

Mensch, mit dem ich eine Stunde vorher gearbeitet hatte oben bei der Brunnenquelle, der zu mir noch gesprochen hatte, wie ein Mensch zum andern spricht — der lehnt jetzt da im Wandwinkel, wird blaß, wird kalt und starr. Wie wir seinen Namen auch rufen, sein Gesicht begießen mit kaltem Wasser, seinen Leib schütteln und rütteln — das Auge ist gebrochen. Als ob ihn gewisse Mittel noch retten könnten, so tut die Hausmutter. Sie ruft die Heiligen an, sie trifft Anordnungen zum Laben und Aufwecken, sie spricht ihm zärtliche Worte zu, sie macht Gelöbnisse, sie betet den Sterbesegen. — „Aber Vater, was ist denn das? So krank werden jetzt auf einmal! Wart' nur, der kalte Guß, der schreckt dich schon wieder zurück. Das ist doch ein Unsinn, wie es dich wieder packt. Keinen solchen Dampf hast wohl schon lang nit gehabt. Unsere liebe Frau wird's noch einmal machen. Nur einmal noch hilf ihm, Maria, unsere liebe Frau!" —

Kein Atemzug mehr, sein verkalktes Aug' starrt leer dahin. Da sinkt das Weib aufs Knie: „Kreuzsterbender Jesu, erbarme dich seiner! Adam! Adam! Ohne Behütgottnehmen gehst du mir fort? — Mein Mann, mein lieber Mann! — Adam!" — — Dann knickt sie zusammen: „'s ist aus und 's ist vorbei."

Und wie das laute Klagen angeht in der Stube, richtet sich die Hausmutter auf und schreit: „Still sein tut's! Daß wir noch ein zweites Unglück kunnten haben!"

Der Franzel, der die Barbel hätte rufen sollen, war immer noch an der Tür gestanden. Jetzt ging die Mutter zu ihr hinaus. „Hast recht," sagte sie zum Mädel, „hast schon recht, daß du in deinem Stübel bleibst. Bei uns in der Stuben hat's wieder einmal was gegeben. Der Vater will nit. — Mach' dir aber nichts draus, er wird schon wollen, du kennst ihn ja. Bis der Sturm vorbei ist. Den Dampf hat er auch wieder. Ist nur am gescheitesten, du zeigst dich derweil nit auf."

Eine ganz unglaubliche Verstellung, aber du wirst dir's denken, weshalb dem Mädel der plötzliche Schreck zu ersparen war.

Der Lehrer hat dem Adam noch die Weste aufgerissen und sein Ohr an die Brust gehalten. An die stille Brust.

Ich nehme ihn an der Hand: „Guido, komm, du hast jetzt etwas anderes zu tun. Geh' zu ihr. Führe sie hinaus über die Felder spazieren und bereite sie langsam vor."

Da hieb der Lehrer sich die Faust an die Stirn: „Ich bin an allem schuld!"

„Jetzt heißt's ein starker Mensch sein! Ich sage dir, geh' zu ihr hinaus. Nötiger wie jetzt hat sie deinen Beistand wohl ihr Lebtag nimmer!"

Da ist er hinausgegangen, da sind sie beide über den Hof gegangen und dem Rain entlang.

Wir haben den Toten auf der Bank ausgestreckt und dann in größter Betrübnis Rat gehalten, was jetzt zu geschehen hat. Der Franzel wird um die alte Marenzel geschickt, daß sie die Leiche wasche, in den Sonntagsstaat bringe und aufbahre. Der Kleine eilt flink wegshin. Das ist einer, der es noch nicht erfahren hat, daß jemand, der gestorben ist, nimmer und nimmermehr vorhanden sein wird. Der Rocherl muß den Stecken in die Hand nehmen zu einer Wanderung nach Kailing, um die Depesche aufzugeben an den Valentin in Laibach und Sachen für die Leichenfeier heimzubringen. Ich bin nach Hoisendorf hinabgegangen, um beim Kuraten und dem Totengräber die Bestattung zu bestellen. Überall errege ich mit meiner Nachricht die höchste Bestürzung; nur der Kurat hat's gelassen angehört, wie eine alltägliche Sache. Er ist es ja gewohnt, das Sterben — bei anderen. Als es zum Verscheidenläuten ist, „Schiedungläuten" sagen sie hier, fehlt der Lehrer, der solchen Küsterdienst sonst zu verrichten pflegt. Daß, und wo der auf Freiersfüßen aus ist, habe ich nicht sagen mögen. Der Lehrling vom Schmied und ich haben uns an die Glockenstricke gemacht, ich in jeder Hand einen, so haben wir es ins Hochtal hinausgeläutet: Beten, beten sollet ihr! Ein Mitbruder ist verschieden! — Das hat mir der Schmiedjunge gleich erklärt: wenn's ein Mannsbild ist, müsse zum Schluß die große Glocke einige Züge lang nachgeläutet werden, bei einem Weibsbild die kleine. Damit sie es wissen. — Dann mit dem Totengräber, das war schlimm. Denn es ist keiner. Man muß von Haus zu Haus gehen und bitten um Knechte, die — es ist dafür eine Formel vorhanden — „aus christlicher Barmherzigkeit den abgerufenen Pfarrgenossen N. N. ein Erdenbett bereiten zur ewigen Ruh." — Sind uns nachher drei Knechte zusammengekommen; ich habe mitgetan, mein lieber Alfred, und so haben wir mit Haue und Schaufel meinem Hausvater eine Raststatt gebaut, wie es keine bessere gibt. Den Sarg macht der Zimmermann Martin, der gleich gesagt hat, das Maß dazu wolle er an sich selber nehmen, sie seien hübsch gleich groß gewesen.

Auf dem Heimweg in der Abenddämmerung treffe ich den Rocherl, der schon von Kailing zurückkommt. Er hat ein Bündel mit Weizenmehl, Preßhefe, Leichlichtern und ein weißleinenes Decktuch — „Übertan" sagen sie — für den Sarg.

Wie wir so hintereinander den steilen Berg hinaufsteigen, erinnere ich mich an jenen ersten Tag, als dort unter dem Lärchbaum im Schnee mit dem Mehlbündel ein erschöpfter Mann gesessen war, aus dem nachher mein guter Hausvater Adam geworden ist.

„Jetzt wird er's schon wissen," sagte der Rocherl.

„Wie es im Himmel ist, meinst du?"

Der Bursche stutzte und sagte noch einmal: „Jetzt wird er's schon wissen, der Valentin."

— Ob es nur auch die Barbel schon weiß? denke ich mir. Der Lehrer muß noch oben sein, weil er nicht unterwegs kommt.

„Wenn er nur Urlaub kriegt?" warf der Rocherl auf.

„Es ist eine Frage. Haben sie Übungsmärsche, so ist es gar nicht möglich. Übrigens kommt er wahrscheinlich zu spät, denn übermorgen früh ist das Begräbnis."

Dann erzählte der Bursche, daß der Kailinger Kaufmann wohl recht grob geworden sei, wie er ihm die Sachen hübsch in ein Bündel zusammengeschnürt hergibt und hört, daß er heute kein Geld kriegt.

„Die Mutter hat dir doch Geld mitgegeben?" erinnere ich den Rocherl.

„Ja," sagt er, „den Dukaten. Der ihr Bindband ist gewesen, wie sie der Vater genommen hat. Jetzt ist's mir unterwegs eingefallen, was nutzt dem Valentin der Urlaub, wenn er kein Geld hat zum Heimfahren. Und habe ihm gleich den Dukaten telegraphieren lassen."

Darauf ich: „Ihr seid nicht klug. Ihr wisset es doch, daß ich immer bissel ein Geld im Sack habe." Dir offen gestanden, viel nicht mehr! Die aus der Stadt mitgebrachten Kapitalien, vermehrt durch den Erlös von Uhr und Ring und ander Ding, haben hier einen verdammt schlechten Kurs. Ihrer fünfundzwanzig Gulden, oder nahe dran, damit ließe es auslangen bis Neujahr, wenn nicht auf den Baumwipfeln die Vögel sängen: Sorge nicht für den morgigen Tag.

Es ist dunkel geworden, die Wölklein am Himmel haben noch den Rosensaum des Abendrotes. Geruhsam ist alles, und wenn der Weg nicht seine tiefen Löcher und die Bäume nicht ihre gebrochenen Äste hätten, man dächte nicht daran, wie wahnsinnig diese stille Natur manchmal werden kann.

Vom toten Vater sprechen wir nicht, doch wendet der Rocherl sich wieder einmal um und sagt: „Jetzt wirst es doch glauben, Hansel!“

„Was soll ich glauben?“

„Daß dieser Mensch unser Unglück ist.“

Ich habe keine Antwort gegeben.

Endlich kommen wir hinan zum Hause. Das liegt da, eine dunkle Masse, aus zwei Fenstern leuchtet ein roter Schein. Der Rocherl bleibt stehen. Ich sage, er solle doch gleich mitkommen zur Mutter und Schwester. Er bleibt noch immer stehen und jäh hebt er an, heftig zu weinen. — Er weiß es wohl. Dort, wo der Fensterschein ist, steht die Bahre. Doch, wie wir hinkommen, ist im Hause nicht der Totenfrieden, ist vielmehr ein wirres Durcheinander von Weibern. Der Lehrer kommt zur Tür heraus uns entgegen und sagt: „Wir haben neues Unheil. So wie ich ist noch keiner gestraft worden . . .“

Der Rocherl stürzt wie wahnsinnig ins Haus.

„Was ist schon wieder geschehen?“

Die Barbel . . . .

Weiter kann ich jetzt nicht. Wir wissen zur Stunde noch nicht, ob sie davonkommt mit dem Leben.

Am fünfunddreißigsten Sonntage.

Dein Brief, mein teurer Freund, hat mich gestärkt. Nimm Dank dafür. Der Kompaß deines klaren Geistes gibt mir größere Sicherheit und Kraft zu dem, was ich muß. Du willst nun noch hören vom armen Mädchen.

Ich schrieb dir vor acht Tagen, wie zur Stunde, als der Vater gestorben war, der Lehrer sie hinausgeführt hat ins Freie, um sie vorzubereiten. Zuerst hat er ihr gesagt, daß sie zusammen nun vor Gott und den Eltern Bräutigam und Braut wären. Dann, daß er ihr Freund sein wolle in jeder Freude und in jedem Leide, für das Leben lang.

„Aber der Vater will ja noch nicht!" hatte sie gesagt.

„Ganz gewiß will er," beteuerte der Lehrer. „Erregt mag er ja gewesen sein, anfangs, wer verdenkt ihm das? Wenn er sich auch ungern von dir trennt, er muß wissen, zu wem du nun einmal gehörst."

„Das ist ja alles recht," sagte sie. „Wenn es mir nur nicht immer tät' vorkommen, mein Guido, als hättest du nur notigerweis um mich angehalten."

„Wie meinst du das?"

„Ob's dir wohl auch von Herzen geht!"

„Solche Gedanken sollst sein lassen, Barbel. Du weißt es ja, was ich gesagt habe."

Und dann sind sie lange umhergegangen über die Felder und Wiesen hin, wo jetzt so viel Schutt liegt. Und haben allerlei besprochen, wie sie es halten wollten in ihrem gemeinsamen Leben, und einrichten in ihrer neuen Wirtschaft. Und das Mädel war dabei ganz froh geworden. Dann war sie einmal still gestanden und hatte gefragt: „Was läuten sie denn zu Hoisendorf?"

„Morgen ist Maria Himmelfahrtstag," sagte er.

„Es ist ja noch nit Feierabendzeit," meinte sie.

Und er: „Vielleicht hat doch schon jemand Feierabend gemacht."

Da dachte sie: Es kann wohl wer gestorben sein. Zog mit dem Daumen über ihr weißes Gesicht ein Kreuz und betete still ein Vaterunser. Da dachte der Lehrer: Armes, gutes Kind, du betest für deinen Vater und weißt es nicht. —

Dann sagte sie: „Du solltest ja daheim sein, Guido, wenn es zum Läuten ist."

„Es läutet der Schmied."

„Man hat nichts gehört, daß wer krank gewesen wäre."

Sagte der Lehrer: „Mein Gott, es gibt doch kränkliche Leute in der Gegend. Der alte Gleimer zum Beispiel. Der hat ja immer so viel Atemnot, hört man, und herzleidend soll er auch sein. Der Mensch ist halt keine Stunde sicher."

„Müßt' wohl hart sein," sagte sie ganz leise, „so wen verlieren, wen lieben . . . ."

„Du hast recht, es ist immer ein Schmerz, wen's trifft. Aber endlich bleibt es keinem aus, und doch ist's noch besser, es drücken Kinder den Eltern die Augen zu, als umgekehrt."

Wie er so gesprochen, da hat die Barbel angefangen unruhig zu werden. Und plötzlich sagte sie: „Ich will aber doch jetzt heimgehen."

„Es ist noch Zeit, mein Schatz. Gönne dir den schönen Tag." Er hielt sie an der Hand. „Siehe doch, wie es schon wieder zu grünen anhebt auf dem zerschlagenen Rasen."

„Laß mich aus, Guido! Ich will heim zum Vater!"

So hat sie sich von ihm losgerissen und ist schnell den Rain entlang geeilt, daß er laufen mußte, um sie noch abzufangen an der Haustür.

„Barbel, ich will dir was sagen, du sollst jetzt nicht hinein. Denke, wofür du verantwortlich bist. Denke dran, Barbel. Laß dir's nur sagen. Dein Vater — er ist schwer krank geworden . . . ."

Heftig stieß sie ihn zurück und eilte in die Stube. Da hat man auch schon den gellenden Schrei gehört. Über den Toten ist sie hingefallen, hat ihn gerüttelt, hat ihm wie wahnsinnig ins fahle Antlitz geschrien, daß er soll' aufwachen und sie ansehen! — Und als sie endlich zur Überzeugung kam, wie die Sache stand, da ist sie in eine starre Ruhe verfallen, daß es unheimlich war. Sprachlos, tränenlos wankte sie ihrer Kammer zu. — — Als man später das Stöhnen gehört hat, ahnte die Hausmutter es bald, was vorging. Die alte Marenzel, die gekommen war, den Toten aufzubahren, hatte nun etwas anderes zu tun. — Als wir, der Rocherl und ich, am Abende heimkamen, lagen zwei des Adamshauses auf der Bahre — der älteste und der jüngste.

So, mein Alfred, hat es sich zugetragen. Und war eine solche Trauer im Hause, daß ich gemeint habe: Wenn nur wer schelten wollte! Wenn nur wer hadern wollte mit diesem niederträchtigen Geschick, daß ein frischer Zorn, eine Gemütsrevolution ausbreche, damit doch diese dumpfe, diese schreckliche Trauer unterbrochen werde. Alle, auch die sonst so scharfe Hausmutter, standen und gingen matt und traumhaft umher. In der Nacht aber war's, daß die Barbel in ihrem Bette anhub zu fragen: „Ja, ihr Leute, wie ist denn alles das zugegangen?" Und am Frühmorgen hat sie gefragt: „Wie ist denn das gewesen, daß mein Vater gestorben ist?"

Weil keines mit der Sprache herauswollte, so trat ich vor, ging entschlossen in ihr Stüblein und begann herzhaft zu erzählen.

„Barbel," sage ich, „es ist ein glücklicher Tod gewesen. Wie er hört, daß der Lehrer redlich um deine Hand bittet, da hebt er beide Arme auf wie zum Segen und ruft: Soll's doch sein, daß mein liebes Kind glücklich wird! Gott Lob und Dank! — Darauf an die Wand hingesunken und — aus ist's gewesen."

„Und herb wär' er nit gewesen?" fragt sie, „herb nit?"

„Freilich wohl herb, anfangs weil der Lehrer so spät gekommen ist — wohl rechtschaffen spät."

Darauf hat sie nichts mehr gesagt. Nur später leise mit sich selbst gesprochen: „Wenn es so ist gewesen! Wenn es so ist gewesen!" Und hat in sich hineingeweint, aber ganz anders als vorher.

Von dieser Lüge, Alfred, mußt du mich lossprechen. Die wohlgemeinte Unwahrheit, die ein Herz von Pein erlöst, kann doch nicht unrecht sein? — Aber jetzt in den Nächten, wenn ich schlaflos bin, sieht's anders aus. Es ist ja furchtbar frevelhaft, ein Kind über das Sterben des Vaters zu täuschen! Hat nicht sie den Jammer über die Familie gebracht? Soll nicht sie die ganze Wucht ihres schweren Fehlers büßen? — Ich bitte dich, Freund, sage nein. Sage, du treuer Forscher nach dem Guten und Wahren, sage, daß es erlaubt ist zu täuschen, wenn man damit was Gutes stiften kann. Sage nicht auch das abscheuliche Wort: Wahrheit über alles, auch wenn darunter Menschenglück und Menschenherzen zugrunde gehen. Ich beschwöre dich, Philosoph, laß alle Philosophie so sein, daß dieses Erdenleben milde wird und warm. Wenn es auch dunkel ist, wenn es nur reich an Liebe ist. Schau, das arme Mädel lächelt heute unter seligen Tränen. Die rohe Wahrheit hätte sie auf ihr Lebtag lang in Gram und Weh gestürzt.

Am nächsten Sonntage werde ich berichten, was sich nun weiter ereignet hat.

Am sechsunddreißigsten Sonntage.

An der Oberfläche scheint es, als kümmerten sich in der Bauernschaft die Leute nicht viel umeinander. Kommt jedoch über ein Haus etwas Besonderes, dann steht überall die menschliche Teilnahme auf, dann sind sie eines Stammes, die grünen und die dürren Zweige.

In den zwei Nächten, als unser Hausvater auf der langen Bank lag, konnte die große Stube kaum alle Anwesenden fassen, die gekommen waren, um zu trösten und zu beten. Etliche Bauernweiber hatten Butter, Weißbrot und gedörrte Waldkirschen gebracht, damit die Adamshauserin Mittel habe, ein würdiges Totenmahl zu bereiten. Ich beschreibe dir nicht die Sterbe- und Begräbnisgebräuche, deren im großen und kleinen sehr viele sind, sinnlos nur für den, der keinen Sinn herauszufinden oder keinen hineinzulegen weiß. Denke dir bloß, daß während der Tage, als ein Toter im Hause liegt, keine knechtliche Arbeit verrichtet werden darf, daß die Wanduhr stillstehen muß, daß das Sprengreisig, mit dem die Leute Weihwasser auf die Leiche spritzen, in einer dreifachen Kreuzform gewachsen sein soll, daß das Bettstroh im Freien verbrannt wird, auf welchem der Verstorbene in seiner letzten Lebensnacht gelegen, und dergleichen mehr. Der Gehstock des Toten wird ins Freie getragen und an einen alten Baum gebunden, damit er nicht allein umherwandeln kann, zu Nachbarshäusern. Wo so ein Stock an die Tür klopft, dort muß bald wer sterben. Im Trauerhause sind nächtig die Leute der Nachbarschaft an Tischen und Bänken herum, beten, singen Totenlieder, essen Weißbrot und führen nebenbei allerlei Gespräche. Es soll bei solchen „Leichwachten" manchmal ganz heiter hergehen, daß junge Leute Kurzweil treiben, körperliche Übungen ausführen und Schalkereien anstellen, sogar mit der Leiche, nach altem Herkommen. Gleichsam — sie machen sich lustig über den Tod, er imponiert ihnen nicht. — In unserem Adamshause war nichts als die tiefe Gedrücktheit.

Die Leiche war mit einem weißen Leintuche bedeckt. Manche, die ankamen, hoben vom Haupte das Tuch, schauten ins lehmfahle Gesicht des Adam und sagten zu ihm nieder: „Gott gebe dir die ewige Ruh. Sollt' ich dich einmal gekränkt haben, tu' mir's verzeihen."

Es mag wohl so sein. Wenn man an der Bahre eines lieben Menschen steht, so fängt er erst an, einen zu erbarmen, nicht weil er gestorben ist, sondern weil er gelebt hat. Gelebt und gelitten, heimlich und geduldig für sich allein. — Auch der Jäger Konrad hatte ihn so angeredet. Die Hausmutter hörte es und machte mit der Hand einen Deuter, als wollte sie sagen: Du, laß' es gut sein! Hättest ihm früher das Leid nit gemacht!

Neben dem Adam auf dem Lehnstuhl steht das kleine Kruzifix und ein Öllicht. Zu Füßen dieser langgestreckten schmalen Leiche, ganz im Wandwinkel, liegt ein kleines Ding, das auch mit weißem Tüchlein zugedeckt ist. Und das, mein lieber Alfred, ist die Erbsünde. —

Die Leute tun, als ob sie es nicht sähen und niemand fragt nach der Barbel.

In der zweiten Nacht war's, daß von der Nachbarschaft zwei Mägde ankamen, ganz erregt und verstört zur Tür herein. Sie wüßten etwas Unheimliches zu erzählen. Als sie durch den Schachen hergegangen seien, hätten sie an der Brunnenquelle neben dem Holzapfelbaum den Adam stehen gesehen. Er habe sich an einen Spatenstiel gestützt, als ob er gegraben hätte und dabei müde geworden wäre. Sie wüßten gar nicht, wie sie zum Hause hergekommen wären vor lauter Schreck.

„Wir wünschen ihm all' die ewige Ruh," sagte ein alter Mann. Da tat sich der Kulmbock hervor, der am Tische saß und rief überlaut: „Nit so dumm daherreden, Weiberleut'! Das friß ich nit! Was wird's denn ein Geist gewesen sein! Es gibt gar keinen Geist! Das werd' ich etwan nit wissen!"

Der Kulmbock gehört jetzt zu den Aufgeklärten. Seit er zum Abgeordneten gewählt worden, stellen sie ihn überall voran, auf den Ehrenplatz und als Ordner hin. So hat er auch die Leitung des Begräbnisses übernommen. Allerseits entwickelt er eine große Beredsamkeit, die er einstweilen nur im Landtage noch nicht hat betätigen können. Da will der kluge Mann erst einmal hören, was die anderen sagen. — Seine dralle Tochter war auch vorhanden in dieser Nacht; die drängte sich nicht vor, sondern hielt sich im Herdwinkel auf, mit anderen jungen Leuten heimlich schäkernd. Als der Rocherl mit Brotlaib und Messer dorthin kam und die munteren Burschen einlud, zuzugreifen, sagte die Kulmbock-Tochter schelmisch: „O ja, Rocherl, ich mag schon eins von dir, ein Brot. Schneid' mir nur eins, aber ein recht großes Trumm."

„Das wär' bei dem eine Kunst," spottete einer der Burschen. „Mit *einem* Maul Brot essen, das wird er wohl können; aber mit *einer* Hand abschneiden, schwerlich."

Darauf entgegnete der Rocherl scharf: „Und du tätest auch mit dem einen Maul nit stänkern, mein Lieber, wenn ich zwei gesunde Händ' hätt'!"

„Geht's weg!" schmollte die Kulmbock-Tochter, die

anderen mit dem Ellbogen von sich tauchend, „ich laß über den Rocherl nichts kommen!“

„Sie meint halt, halsen kann ein Einhandel auch!“ gab jener Bursche zurück.

Der Rocherl biß die Zähne aneinander, steckte das Messer tief in den Brotlaib und ging zur Tür hinaus. Ich hatte den kleinen Vorgang so halbhin beobachtet und da ist mir wieder das ganze Elend des armen Jungen klar geworden. Jeder Wichtling kann ihn nach Belieben verhöhnen, es geschieht ungestraft. Aber sie sollen sich nicht spaßen mit ihm. Wer ihn nur erst kennt! — Mit einer Hand führt man gefährlichere Waffen, als mit deren zwei!

Jetzt kommt aber noch etwas. Gegen Mitternacht war's, wir knieten alle gerade an den Tischen, deren in der Stube mehrere aufgerichtet worden waren, und beteten, als unten an der Tür eine Bewegung entstand. Kurze Ausrufe. Dann gedämpftes Sprechen und Schluchzen. Aus der Dunkelheit trat eine Gestalt hervor, wie der Adam. Aber strammer, jugendlich, in Mütze und Soldatenmantel. Der Valentin! Der Urlauber! — Ein junger Mensch mit breitknochigem Gesicht und eingefallenen Wangen. Er gibt jedem und jeder die Hand, auch der Mutter nicht anders, als den übrigen, und blickt unruhig, verwirrt um sich und tritt langsam, zögernd gegen die Bahre hin. Ein Weib deckt des Toten Gesicht auf und sagt leise: „Gelt! Ganz unverändert. Als wie wenn er tät schlafen. — Er tut gut rasten.“

Der Valentin kniet mit beiden Knien schwerfällig nieder auf das Fletz, faltet die Hände mit verschlungenen Fingern aneinander und starrt unverwandt auf den Toten. — Dann steht er auf, taumelt gegen den Uhrkasten hin, wo der Sarg lehnt, der fichtenhölzerne, unangestrichene, und an dem Beben und Stoßen seines Körpers sieht man's, wie es in ihm wütet.

Wir in den Städten kennen sie nicht, die Schamhaftigkeit des Schmerzes. So wenig, wie wir die Schamhaftigkeit der Freude kennen und die Schamhaftigkeit der Liebe zwischen Kindern und Eltern. Der aus der Fremde kommende Sohn küßt nicht die Mutter, berührt die Leiche seines Vaters nicht mit einer Fingerspitze; nicht ein Wort der Zärtlichkeit, der Klage habe ich gehört von seinen Lippen. —

Später, als der Valentin neben seinem Bruder an der offenen Haustür steht, herzschwül und wortkarg, und als sie so hinausschauen in die Mondnacht, da deutet der Rocherl auf eine Gestalt, die am Brunnen sitzt, und sagte: „Siehst du ihn, Valentin? Dort am Wassertrog. Das ist der Unglückstifter!"

Da tritt die Mutter vom Herd, wo bei prasselndem Feuer das Mahl kocht, zur Tür hin, und der Valentin sollte sich doch niedersetzen und was essen.

Der Soldat schüttelt den Kopf, essen könne er nichts.

Sie stellen sich zusammen im Vorhause und die Mutter erzählt dem Heimgekehrten, wie sich alles zugetragen. Als sie von dem Menschen spricht, durch den die Barbel ins Unglück gekommen, soll Valentins Hand nach dem Stilett gezuckt haben.

„Jetzt nimmt er sie aber," sagt die Mutter.

Und der Soldat: „Das ist sein Glück."

„Das ist sein Glück, meinst du?" begehrt der Rocherl auf. „Und damit glaubst du, wär' es gut?"

„Mehr kann er nit tun."

„Du, Valentin," sagt der Rocherl, gleichsam in Krämpfen

sagt er es: „Ich kann mit der einzigen Hand nichts machen, sonst — sonst hätt' ich nicht auf dich gewartet. Jetzt wirst du mit ihm abrechnen."

„Mit wem? Mit dem Lehrer? Wenn er sie ja heiratet!"

„Und ihr Ruf! — Und ihr Ruf?"

„Warum bist du so auf, Bruder Rocherl? Ein Malheur, das jedem passieren kann."

„So sagst du?!" ruft der Rocherl ganz betroffen aus. „So schlecht bist du geworden?!"

Da gibt der Soldat zur Antwort: „Mein Lieber, du sollst es erst wissen, wie es in der Welt zugeht!"

Dieses Gespräch ist zwischen den beiden Brüdern geführt worden, vor der Haustür im Mondscheine. Dann wollte Valentin die Schwester sehen.

„Jetzt schläft sie," sprach die Mutter. „Laß sie rasten. Sie hat viel gelitten."

„Weiß nit, ob es lange Zeit hat mit mir," sagte der Soldat. Dann kam er an den Herd. Am Tische rückten sie zusammen, um ihm Platz zu machen. Er hielt sich jedoch immer im Hintergrunde und so oft die Tür aufging, wandte er allemal rasch sein Auge dahin.

Jetzt trat ich zu ihm hin und stellte mich als den Knecht Hansel vor.

„Ich weiß es schon," versetzt er kurz.

„Wie geht's beim Regiment? Was macht der Oberst Marx?"

„Kennst du den?" fragt er.

„Ist mein Hauptmann gewesen."

„Hast du auch beim Siebenundzwanzigsten gedient?"

„Gehorsamst zu melden."

Nach diesen Worten will er sich verziehen. Mir fällt an ihm die Unruhe auf, die sich immer steigert.

„Ging es schwer mit dem Urlaub?“

„Ganz leicht,“ sagt er.

„Auf wie lange?“

„Auf unbestimmte Zeit.“

„So, so!“ sage ich, „das wundert mich.“ Und wie noch eine Frage an ihn gestellt wird, wendet er sich rasch und geht zur Tür hinaus.

Am siebenunddreißigsten Sonntage.

An diesem Brief schreibe ich schon seit Wochen. Du willst ja, daß ich dir alles genau erzähle.

Beim Valentin blieb ich stehen, er aber nicht bei mir. Da bin ich ihm so lange nachgegangen, bis er mir in der Strohschaubkammer nicht mehr entschlüpfen konnte. Er kauerte auf dem Schaub und preßte sein Gesicht ins Stroh.

„Valentin," redete ich ihn an. „Zu deinem Hause stehe ich so, daß auch zwischen dir und mir Vertrauen sein darf. Gestehe mir's ganz offen, du bist desertiert!"

Er leugnete es nicht ab und gestand es nicht ein.

„Hab' ihn eh gebeten, den Hauptmann, um Urlaub auf vier Tag, wie die Nachricht gekommen ist. Wenn jeder Urlaub hätt', wo zu Haus eins von der Sippe stirbt, hat er Antwort getan, alsdann hätten wir das halbe Regiment bei den Klageweibern!"

„Und dann bist du heimlich davon?"

„Ich gehe ja morgen, wenn's vorbei ist, gleich wieder zurück."

„Valentin," sage ich, „den Vater hast du noch einmal gesehen. Wir werden ihn gut betten. Geh' lieber sogleich."

Den Kopf hat er geschüttelt: Sogleich, das wolle er nicht.

Der Unglücksmensch ist geblieben, aber keiner von allen, die dem Totenbegängnisse beigewohnt, hat's glaube ich geahnt, daß ein Deserteur danebenstand, als sie den starren Adam vom Laden hoben und auf die knisternden Hobelspäne in die Truhe legten. Während die Leute noch an den Tischen saßen und unter gedämpftem Geplauder das Totenmahl verzehrten, nagelte der Zimmermann den Deckel auf. Verdammt, war das eine Musik, dieses Hämmern auf den Sarg! Die Hausmutter hatte alle Türen und Fenster zugemacht, daß die Barbel in ihrer Kammer den Schall nicht sollte hören können.

Dann haben sie den Schrein hinausgetragen und niedergestellt auf der Türschwelle, haben das Lied gesungen, in welchem der Scheidende Abschied nimmt von Weib und Kind, von Haus und Hof. In dem Augenblicke hub in der Scheune, die gegenüber der Kammer des Mädels steht, die Kornwindmühle an zu klappern, heftig und schmetternd. Die Leute schauten mit Entrüstung auf. Der Kulmbock war über diese Störung der Andacht sehr empört, aber ich muß dir mit Freuden mitteilen von einem erweckten Menschen. Von dem Saufüssel — wieder gesund ist er worden! Und gerettet! Der hatte bei jenem Osterfeuer den Rocherl in die Glut bringen wollen. Der hatte vor Barbels Fenster den Spottpopanz aufgerichtet. Und jetzt war es dieser Saufüsselbub, der die Windmühle trieb und Spähne hineingesteckt hatte, damit sie doch recht mächtig klappern möchte. Angestiftet soll ihn seine Mutter, die Marenzel haben: „Gedenk's Bub, wie dir's die Barbel gemeint hat, wie sie dich aus dem Rainhäusel hat befreit, wie sie in deiner Krankheit gut mit dir gewesen ist! Ich habe den Kulmbock schon gebeten, er möcht' das harte Lied sein lassen vor der Tür. Er tut's nit, der Dickschädel. Jetzt geh', Bub', und laß die Windmühl' bredeln, daß alles schnalzt, damit die Kranke in der Kammer das Totensingen nit kann hören." — Der Totenbrauch war gestört, aber dem Mädel war der herzbrecherische Abschiedsgesang erspart geblieben. Mich freut jetzt dieser Saufüsselbub mehr, als alle sinnigen Totensitten zusammen. Die Barbel hat's vollbracht, hat aus diesen Leuten — Menschen gemacht.

Wer da halbwild wie ein Verbannter ums Haus schlich, sich dazugehörig fühlte und doch nicht dazugehen durfte, das war Guido Winter. Außer dem unversöhnlichen Rocherl sagte es ihm keiner, daß er allein die Schuld an diesen Ereignissen sei, er selbst sagte es sich aber ununterbrochen, erbarmungslos. Nun wollte die Barbel wissen, wo der Guido sei, er solle zu ihr hineinkommen. Und dieses wunderbare Wesen — während sie den Vater davontrugen, während sie ihre Jugend, ihre Unschuld, ihr zartes Glück davontrugen, hat sie ihm mit lieben, sanften Worten Mut und Trost zugesprochen. Wenn man in diesen Schickungen sagen könne, jemand sei schuld, so sei es sie. Sie hätte die Gescheitere sein sollen. Die Hoffnung habe sie wohl immer gehabt, daß er sie nicht verlassen werde in der harten Zeit, und wenn er so wäre, wie man es manchmal von anderen höre, dann erst müßte man verzagen. Das größte Leid hätten sie nun wohl überwunden, ein so großes komme nicht mehr, und wenn's auch in Armut und Kümmernis müsse sein, alles sei ihr recht, nur ein wenig liebhaben solle er sie.

So hat sie zu ihm gesprochen und so hat er mir's erzählt. Und mitten in diesen heiligen Dingen fällt es mir ein, ganz abscheulich profan: Jetzt, wenn sie nur schon da wären, die zwanzigtausend Kronen! Jetzt wollte ich einmal Goldonkel spielen, daß schon all' des Teufels wäre!

Freund, wie sie so tapfer stand — es war dir ein wahres sursum corda! Ein urplötzliches Herzerheben in dieser Trauer. —

Nun also haben wir sechs Männer ihn hinabgetragen über den steinigen Weg. Mit Riemen war die Truhe auf dem Tragschragen festgebunden, und doch wollte sie rutschend werden, weil der Schragen so schief getragen werden mußte, den steilen Hang hinab. Hinter diesem Sarge ist ein junger Bursche gegangen, mit roten Bändern am Hut und am Arm, ganz hochzeitlich angetan. Der hat vor sich auf den Armen, wie man ein Kind trägt, das winzige Trühlein getragen, das mit weißer Leinwand verhüllt war. Den Rocherl hatten sie anfangs auserlesen, das sonderbare Schatzkästlein auf den Kirchhof zu tragen, der aber hat über diese Zumutung einen Schrei getan und ist in den Wald gelaufen, so daß wir ihn beim Begräbnisse gar nicht gesehen haben. Hinter dem hochzeitlichen Burschen siffelte die alte Marenzel drein, in der einen dürren Hand den Stock, in der andern die Stallaterne. In der Laterne Scheiben spiegelte sich so scharf die Morgensonne, daß das Kerzenlicht darin erst wieder sichtbar ward in der schattigen Hohlschlucht. Und dann folgten die vielen Beter und Beterinnen, von jedem Hause mindestens eins, im ganzen Almgai. Die Hausmutter in ihrem dunkelblauen Gewande, der Valentin in seinem Soldatenmantel und der kleine Franzel in seinem grünverbrämten Steirerröcklein, waren mitten drinnen und taten wie alle anderen. Weil die Trauer eine allgemeine geworden, so trugen sie scheinbar nicht schwerer, als die übrigen. Der Kulmbock soll sonst bei derlei Vorbeter gewesen sein, jetzt als Abgeordneter und Ordner hatte er mehr ans Reden zu denken, als ans Beten. So hat der Schneider Setznagel einspringen müssen mit seinem singenden Stimmlein. Ganz hinten am Zug trippelte der Michelmensch nach, der doppelte. Die zwei alten Einlegerleutchen kommen stets herfür, wenn es wo ein Totenschmäuslein gibt und haben sicher schon mehr Leute zu Grabe geleitet, als ihrer noch lebendig umsteigen auf diesen steinigen Bergen. Und zu allerhinterst lief einer nach, den sie wiederholt zurückjagten und der immer wieder nachkam, um seinem Hausvater das letzte Geleite zu geben.

Der Pudel Bismarck. Als er jedoch endgültig merkte, daß seine Teilnahme durchaus nicht beliebt ward, schlich er mit eingezogenem Schweife zurück zum Adamshaus, stand dort vor der stillgewordenen Tür und weinte laut.

Eine alte Nachbarin war daheim geblieben bei der Barbel und soll ihr aus einem Gebetbuche den „Kreuzweg unseres Herrn und Erlösers Jesu Christi" vorgesprochen haben. Ob das Herz des armen Mädels auf diesem Kreuzwege war, oder auf seinem eigenen ging —?

Als wir in die Kirche kamen, vor deren Tor die Leiche abgesetzt worden war, lagen auf dem Altare als Trauerschmuck vom Beinhause her schon die grinsenden Totenschädel; wer weiß, ob es nicht gerade die Voreltern des Adam waren, die jetzt Ehrenwache hielten bei dem Traueramte. Die Bänke waren voll Beter, wovon jeder ein Kerzenlicht vor sich stehen hatte. Der Valentin stand ganz hinten im dunklen Turmgewölbe und schaute auf das Kirchentor hin, so oft es aufging.

Nach dem Amte haben wir den Adam an sein Grab getragen. Als wir ihn mit zwei langen Riemen hinabrollen ließen, so daß der Sarg an der knolligen Erdwand ein wenig dröhnte, da habe ich wohl doch horchen müssen, ob denn niemand aufschluchzt. Die Glocken waren hell geworden, der Geistliche betete sein Requiem und der Knabe schwang das Rauchfaß, daß die blauen Wölklein aufstiegen in den Flieder des Raines. Die Hausmutter ist dagestanden bewegungslos, und hat unverwandt zum Christuskreuze hingeschaut. — Der Lehrer, so muß ich denken, wenn er nur jetzt bei ihr ist . . . .

Dann lehne ich die Leiter ins Grab und steige hinein, um den Sarg zurecht zu rücken, daß mein Adam gut rasten kann. Hernach hebt der hochzeitliche Bursche sein Trühlein herab, und wie ich das anfassen will, um es neben dem

Sarge des Vater zu betten, unterbricht der Kurat sein Gebet und fragt: „Es hat wohl die Taufe empfangen?"

„Mein Gott, freilich," berichtet die Marenzel.

„Natürlich, als es noch lebendig war?" fragt er.

„Hochwürden Herr, lebendig ist es gar nie gewesen. Heißt das, es ist schon so auf die Welt gekommen."

„Dann gehört es nicht hierher," sagte der Kurat und sein sonst gutmütiges Gesicht nahm einen peinlichen Ausdruck an. „Draußen vor der Hecke ist der Anger. Ich will es gerne segnen, nur solltet ihr wissen, daß die Erbsünde, die nicht durch die heilige Taufe gelöscht ist, in geweihter Erde nichts zu suchen hat. Und in diesem Falle schon gar nicht, leider Gottes!"

Als die Leute verstanden, der Kurat wolle das kleine Kindlein ausweisen, entstand ein Aufruhr. Der Lehrer, der beim ganzen Begräbnisse nicht zu sehen gewesen, jetzt war er auf einmal da. Dem Burschen nahm er das Trühlein aus der Hand und sagte ziemlich laut: „Es ist mein. Ich will es im Garten begraben und darüber eine Tafel setzen: Hier ruht eine Erbsünde, die nicht erlöst worden ist."

Die Leute halten ihren Atem ein. Was wird jetzt geschehen? — Der Kurat schaut wehmütig drein, schüttelt den Kopf und sagt dann zum Burschen: „Tue es hinab."

Und nichts weiter.

Wir haben es zu Füßen des Großvaters gestellt und dann Erdsegen darauf geworfen mit der Schaufel.

Wie das vorbei ist, drängt sich zwischen den Leuten, mit dem Ellbogen sachte eine Gasse bohrend, der Gleimerbauer mit seinem Weibe hervor, sie stellen sich ans Grab und heben an zu singen. Die Melodie, ein getragenes Moll, so war mir, mußte ich schon gehört haben in längst vergangenen Tagen, vielleicht zur Zeit der Nibelungen, vielleicht bei einem Odinsfeste unter germanischen Eichen. Den Text hatte seither das Christentum dazugegeben und die Wehmut der neue Mensch. Die Worte kann ich dir mitteilen, aber sie haben keine Seele, wenn diese Töne des zum Himmel gehobenen Weinens, des heldenhaften Hoffens fehlen.

Am Grabe meines Adams haben sie seiner Seele also nachgesungen.

„Fahr hin, o Seel, zu deinem Gott,
Der dich aus nichts gestaltet,
Der dich erlöst durch seinen Tod,
Den Himmel offen haltet.
Fahr hin zu dem, der in der Tauf'
Die Unschuld dir gegeben,
Er nehme dich barmherzig auf
In jenes bessere Leben." —

Und zum Abschiede:

„Wenn durch des letzten Tages Flamm'
Die Welt zugrund' wird gehen,
So bitte Gott, daß wir beisamm'
Zu seiner Rechten stehen."

Kannst du dir vorstellen, daß diese Menschen, die unsere Zeitgenossen des fin de siècle sind, fest an die Auferstehung von den Toten glauben? Was sage ich, glauben! Überzeugt sind sie davon. Durchaus selbstverständlich ist es ihnen, so sicher und natürlich, wie daß auf die Nacht der Tag folgt. So über alles Wort sicher ist es ihnen, daß die Toten, die sie auf ihrem Friedhofe bestatten, und sie selbst mit ihnen, am Jüngsten Tage, von der Engel Posaunenruf geweckt, auferstehen werden. Auferstehen mit ihrem irdischen Leibe und in dem Gewande, mit dem sie ins Grab gelegt worden, aus der Erde hervorsteigen, lebendig, die alte Seele mit demselben verjüngten Körper vereint zum ewigen Leben. —

Und sie, die das alles wissen, sind es doch selber, die nach so und so viel Jahren die alten Gräber öffnen, die Gebeine zerstreuen, der Natur unmittelbar zuschauen bei ihrem gründlichen Zerstören, Umwandeln und Erneuern. — Sie setzen zu den bekannten Naturkräften nur noch die Allmacht der ewigen Liebe und sind im Reinen.

Ist das nicht schauerlich groß? Hat die Phantasie, geschweige die Vernunft, für unser lebensdurstiges Herz je etwas ähnlich Aufrichtendes geschaffen? Darum hörst du sie auch nicht in Verzweiflung schreien an ihren dunklen Gräbern, siehst sie nicht unter der Überwucht des Schmerzes ohnmächtig zusammensinken, die Hinterbliebenen. Nach einer kleinen Weile ist ja das Wiedersehen, das bessere Leben da. — „Vom Baume kam der Tod, vom Kreuze das Leben." Dieser Spruch steht über dem Eingange des Kirchhofes zu Hoisendorf. —

Übrigens hatte ich nicht lange Zeit, solchen Gedanken nachzuhängen. Schon während des Schaufelns fiel mir auf, daß zwischen den Hecken des Kirchhofszaunes etwas funkelte. Ein ganz unheimliches Funkeln. Mein Valentin steht unter dem Flieder und schaut hinab in die Grube, die sich über dem weißen Sarge immer mehr mit Erde füllt.

Nach der Bestattung stieg der Kulmbock auf einen Betschemel, erhob die Stimme und hielt folgende Anrede:

„Dieweil wir jetzo unsern christlichen Mitbruder zur Erden gebracht haben, sage ich im Namen seiner Hinterbliebenen allen Anwesenden ein Vergelt'sgott, daß sie mitgegangen sind und für die arme Seele gebetet haben. Und wer Lust hat, laßt die Familie sagen, der soll sich jetzo zum Kirchenwirt begeben auf ein einfaches Totenmahl, auf daß die Trauer in Freude verwandelt werde. Gelobt sei Jesus Christus."

„Reden kann er!“ nickten sich die Leute zu. „Gut kann er reden.“

Ich habe von den Freuden, in welche die Trauer gewandelt werden sollte, nicht viel wahrgenommen. Wie die Leute sich jetzt verlaufen, treten zum Kirchhofstore rasch zwei Gendarmen herein. Der Valentin sieht sie, stößt einen heiseren Schrei aus, will nach rechts, will nach links davon, tut's aber nicht, sondern springt hinab in das noch halb offene Grab. Tiefer möchte er sich hineinwühlen mit beiden Händen in die lockere bergende Erde, um den Häschern zu entkommen, die ihn in die Kaserne schleppen wollen, ins Stockhaus und wer weiß zu was noch Schlimmerem. Zusammengekauert in der Grube rang er die Hände zu uns herauf: „Erden, Erden auf mich, daß sie mich nit finden!“ — Aber sie standen schon da und begrenzten den Grabrand mit ihren Bajonetten. Der Lehrer und ich haben keine geringe Mühe gehabt, den wahnwitzigen Burschen aus dem Grabe heraufzubringen. Einer der Gendarmen machte eine schrecklich wilde Miene und rief: „Na wird's? Vorwärts jetzt, marsch!“ Aber der barsche Ton dieses Kommandos mißlang, er fiel zu unsicher, zu biegsam aus, so daß der Mann sich weiter keine Mühe gab, sondern gutmütig beisetzte: „Seien sie nicht kindisch, Weiler!“

Er hat sich dann ohne weiteres ergeben. Seine Mutter und der Franzel sind starr dagestanden vor Schreck.

Sage ich zu den Gendarmen: „Die Herren werden doch etwas Mittag halten wollen, im Wirtshaus.“

Damit waren sie einverstanden.

Während die Leute das Totenmahl, Brot und Apfelwein, sich munden ließen, wobei die einen in eine rührselige, die anderen in eine übermütige Stimmung gerieten, saßen die Landwächter in der Nebenstube am wohlbesetzten

Tisch und der Valentin mit den kreuzweise geschlossenen Armen lehnte daneben in der Wandecke und starrte stumpf vor sich hin. Wir hofften insgeheim noch etwas vom Weine, der in einer Maßflasche vor die ausübende Nemesis gestellt worden war, doch diese verhielt sich sehr gemessen und schnob bisweilen nur so in den Schnurrbart. Der Kulmbock, der Lehrer und ich waren dieweilen nicht müßig. Im Schulhause setzten wir eine Art von Protokoll und Bittschrift auf mit dem Hauptgutachten, der Valentin Weiler habe nach allem Ermessen nicht die Absicht gehabt zu desertieren, nur die Kindesliebe habe ihm einen Streich gespielt, und hätte er mehreren Personen die bestimmte Absicht geäußert, nach dem Leichenbegängnisse des Vaters sofort wieder einzurücken. Die schwergeprüfte Familie, sowie die ganze Gemeinde bitte um Gnade, daß ihm der unbedachte Schritt nachgesehen werden möchte. — Diese Einschläge des Kulmbock waren nicht übel, obschon ich in der Diktion gerne eine militärischere Form gehabt hätte. Zuletzt kamen wir darin überein, daß der Valentin, in die Kaserne zurückgekehrt, schnurgerade und stramm vor seinen Obersten hintreten und gehorsamst um seine Strafe bitten solle.

Dann nach dem Mahle, als sie aufstanden und ihn wie einen gebändigten Missetäter davon führen wollten, brach das Mutterherz los. Aber nicht in weibischen Klagen, die gehen meiner Hausmutter nicht vonstatten, vielmehr in einem zornigen Aufbäumen gegen die höllische Art, ein armes gutes Kind vom Vatergrab hinwegzutreiben wie einen Dieb und Brandstifter. Und wenn der Soldat nicht einmal mehr so viel Mensch sein dürfe, daß er die Eltern heimsucht in der Todesstund', nachher sei es nicht der Mühe wert, daß der Mensch ein bewachtes Heimatland habe.

Scharf hat sie gesprochen, meine Hausmutter, und geschadet hat's nichts. Sagte einer der Gendarmen leise zum andern: „Mir scheint, seine Handeisen tun der Alten so weh. Ich glaube wirklich, wir könnten ihm die Hände frei geben."

Und der andere: „Wenn du's wagen willst! Ich halte mich an die Ordonnanz."

„Dann ich auch."

„Ihr Herren," sage ich zu ihnen, „eine Wette, ihr habt auch Vater und Mutter gehabt."

„Von uns soll ihm nichts Böses geschehen," antwortet der eine.

Menschlich sind sie zwar mit ihm umgegangen, aber entfesselt haben sie ihn nicht. Als der Valentin so, in gebundener Marschroute, an einer Gruppe von Bauernburschen vorüberkam, die betroffen dastanden, rief er hell aus: „Lebt wohl! Für mich ist die Kugel schon gegossen! Juchuchu!"

Das hat die Mutter stumm gemacht. Dieses Jauchzen hat sie stumm gemacht. Stumm und totenblaß.

Von den Landwächtern und ihrem Gefangenen ist bald nichts mehr zu sehen gewesen, als das letzte Funkeln der Spieße zwischen den Bäumen her, die am Hohlwege stehen.

Nachschrift. Es wird gut sein, Freund, wenn du diese meine Briefe der letzten Monate ganz wegtust. Falls ich noch einmal zurückkehre in die gebildete Welt, würden sie mich dort unmöglich machen. Diese Parteilichkeit für Arbeit und arme Leute! Diese Lobpreisung des Gottesglaubens! Diese Voranstellung des Menschen auf Kosten des Soldaten. — Es ist unglaublich, wie schnell man verbauert!

Am achtunddreißigsten Sonntage.

Im Adamshause geht es, als ob es nie anders gegangen wäre. Und wie anders war es noch vor wenigen Wochen! Schon dazumal glaubten wir schwer zu tragen, und war doch eine wahre Glückszeit, im Vergleich zu heute. Prächtig stand das Korn auf den Feldern, die Barbel pflegte in seliger Erwartung den Hausgarten, der Vater arbeitete arglos auf der Wiese, der Valentin hoffte auf Urlaub zu kommen und der Rocherl ging noch im Hofe herum. Heute ist das Korn und der Adam tief in die Erde geschlagen. Die Barbel liegt in der Kammer, der Valentin sitzt im Stockhaus. Der Rocherl ist fort.

Und wenn nun Tage kämen, im Vergleich zu denen diese Gegenwart noch eine Glückszeit wäre! Was mag der harte Herrgott noch alles in seinem Zeughause haben! Manchmal möchte man ihm schon den ganzen Krempel vor die Füße werfen: Foppe du andere Leut' mit deiner schönen Welt! — Die Hausmutter zeigt diesem Herrgott manchmal die Zähne, dann kniet sie doch wieder demütig hin und betet: Dein Wille geschehe!

Der Rocherl ist in Verlust geraten. Seit dem Begräbnistage, als man ihm zugemutet, jenes Trühlein zu tragen, ist er nicht mehr gesehen worden im Almgai. Nichts hat er mitgenommen, als was er am Leibe trug, und die alte Flinte. Bei den Almhütten oben soll er einmal gewahrt worden sein und später in einer Kohlenbrennerhöhle ganz hinten im Waldtale. Der Jäger Konrad heißt es, spähe ihm nach. Natürlich, wenn er die Flinte mithat! Der Rocherl soll aber gesagt haben, er wisse sich andere Böcke, die den Jäger nichts angingen! — Man weiß nicht, wie solche Reden zu verstehen sind. O Gott, wenn man's nur nicht wüßte! Dieses verhängnisvolle Lieben und Hassen an unrechter Stelle! Es müssen ihm rein die Sinne verwirrt worden sein. Man sollte ihn nicht aus den Augen lassen, meint der Konrad.

Nicht aus den Augen lassen! Dagegen hat der Junge gründlich gesorgt.

Magst du es glauben, Philosoph, daß man im Almgai überall wieder Korn ausgestreut hat? Und jetzt im Herbst! Man kann nämlich auch im Herbst säen, das „Winterkorn". Es grünt noch vor dem Schnee, dann scheint es in den langen Frost- und Eismonaten ganz und gar zu verkommen, im Frühjahr aber sprießt es frisch und kräftig hervor, reift fast zugleich mit der Frühjahrssaat und bringt wertvollere Frucht, als diese. „Wer im Herbste über das Kornfeld tritt, dem geht der Bauer mit einem Stück Brot nach, wer's im Frühjahr tut, dem geht der Bauer mit dem Stecken nach." Dieses Sprichwort deutet die Art des Wachstums an. Im Herbste wächst die Wurzel erdwärts, im Frühjahr der Keim himmelwärts. — Aber Freund, ich bewundere nur eins, nämlich, daß sie die Zuversicht nicht verlieren, trotz Wetterschläge und Mißernten immer wieder zu säen. Es kann alles wieder hin sein, was an Zeit, Arbeit und Samen hier geopfert wird — und sie tun es doch, und es kommt doch der Lohn, der für alles entschädigt, denn der Segen der Erde ist stärker, als der Fluch des Himmels.

Für uns gibt es jetzt weiter nichts dabei zu tun.

Die Hausmutter und ich arbeiten auf dem Kartoffelfeld vom Morgen bis zum Abend. Ganz allein sind wir bei diesem Ernten und hoffen vor dem ersten Schnee leicht fertig zu werden. Das Kartoffelgraben ist eine der wenigen

Arbeiten, die ich nicht erst mühsam erlernen mußte. Oder ist jetzt keine Zeit mehr zu lernen? Die wenigen Knollen, die ich anfangs mit der Haue angehackt, haben mir so wehe getan, als wären es meine bluteigenen Zehen gewesen. Am Abend laden wir die Säcke auf den Schubkarren und ziehen sie gemeinsam in den Hof. Dabei schweigen wir nebeneinander her. Mich verlangt's manchmal zu sprechen über das, was uns widerfahren ist, sie tut nicht mit. Von den Kartoffeln spricht sie und von dem Herbstklee, von den Maulwürfen — und kein Wort von dem Jammer, der so schwer auf uns lastet. Am tiefsten scheint ihr das mit dem Rocherl zu gehen, denn einmal, mitten im Graben, hat sie aufgeschrien: „Den Haustiel sollt' man abschlagen über seinem Buckel! So blitzdumm! So sumpflackenschlecht! Durchgehen! Ein solches Elend und durchgehen!"

„Ich will am nächsten Sonntag wieder suchen gehen!"

Auf dieses mein Wort ruft sie aus: „Fremde Leut' müssen einem helfen! Daß einem die eigenen Kinder so viel Kummer mögen antun! Alle! Eins, wie alle! Schad', daß der Franzel nit auch schon groß ist. Bin begierig, was der wird anstellen!" — Dabei lacht sie grell auf. — Ja, Freund Alfred, lustig ist's bei uns! — Der Lehrer läßt sich auch wieder nicht sehen.

So kann's aber nicht fortgehen. Ich zermartere mir den Kopf, was jetzt zu machen ist. — Fromme Leute lehrt die Not beten, mich lehrt sie rechnen. Da habe ich vor einigen Tagen einem bekannten Advokaten in die Stadt geschrieben, ihm den Sachverhalt meiner Wette mitgeteilt und ihn gefragt, was zu tun ist, um der Sache auch ganz sicher zu sein. Die großartig poetischen Anwandlungen sind in dieser heißen Zeit gründlich versengt worden. Auf mein Geld verzichte ich **nicht**. Es gibt zu gute Verwendung dafür. Alles kann man mit Geld freilich nicht machen, besonders, wenn man keins hat. Hat man's und versteht man's, dann ist es wohl doch ein Zauber! Und dann soll auf dem Adamshause der richtige Tyrann herrschen! Die zwei Leute müssen heiraten, der Rocherl muß heim, der Franzel muß an den Pflug und den Soldaten müssen wir auch ledig kriegen. Mit Geld geht alles, und warum soll nicht auch ich meine noblen Passionen haben! Wenn der Baron Wieselwang jährlich seine zwanzigtausend Kronen für Jagdvergnügen ausgibt, so kann der Trautendorffer, dessen Vorfahren wahrscheinlich zur Zeit der Hohenstaufen Wegelagerer gewesen, auch etwas auf ein Amüsement setzen. Mir macht's gerade einmal Spaß, diese Adamsleute wieder auf die Füße zu stellen. Ich will just einmal einen alten Bauernhof aufstiften, zur Zeit, wo es Mode ist, die Bauernhöfe abzustiften. Ist's ein Unsinn, so sehe ich nicht ein, weshalb gerade ich mit meinem Gelde keinen Unsinn machen soll. Ich kannte einmal einen feinen Herrn, der zweiviertel Millionen darauf verwendet hat, sich und seine Familie zugrunde zu richten mit Spiel und Sport und Weibern. So kostspielig sind meine Passionen nicht. Freilich auch nicht so nobel.

Nun, einstweilen heißt es mit der Hände Arbeit wacker nachhelfen. Und da glaube ich gestern kein schlechtes Stück geleistet zu haben. Nicht beim Kartoffelgraben. Ein besseres. Ich erzähle dir.

Kam da ein fremdes Männlein ins Haus, halb Bauer, halb Herr und halb etwas anderes. Eine spottschlechte Figur mit Höcker, krummen Beinen und einer Glatze von vorn bis hinten. Sonst anmutig. Zutunliches Rundgesicht, gut rasiert, voller Teilnahme über und über wegen der so schweren Unglücksfälle, die das Haus betroffen. Wohl auch er hätte ein ungeheuer schlechtes Jahr gehabt. Dem Bauer wäre wenigstens der Erdboden geblieben, auf dem wieder etwas wachsen könne. Ihm habe das böse Wetter, das die Feldfrüchte erschlug, alles erschlagen. Und deswegen werde die christliche Adamshauserin ein Einsehen haben und ihm von dem blutigen Angelde, das er für das Getreide gegeben, wenigstens einen Teil wieder zurückerstatten. Es müsse ja nicht gleich sein, aus Nächstenliebe wolle er zuwarten, ja er sei — weil ein Mensch den andern nicht verlassen dürfe — bereit, ein übriges zu tun. Sollte sie, die gute Adamshauserin, jetzt etwa in Geldnöten sein? Nach solchen Unglücksfällen wäre es ja wohl kein Wunder. Zwei-, dreihundert Gulden? Sie dürfe es nur sagen. Ohne Zinsen! Und mit dem Zurückzahlen werde er sie nicht drängen, das sei nicht seine Sache, aus dem Unglücke anderer Vorteil zu ziehen. Sollte es ihr binnen fünf Jahren nicht leicht werden, das Geld zurückzugeben, so würde er gerne eine andere Deckung annehmen, etwa das Wäldchen unten am Raine bis zum Felswändel hin — und erbitte sich hierüber bloß eine Unterschrift — der Ordnung halber. Das Angeld fürs Getreide wolle er dann auch durchgehen lassen, in Gottes Namen.

Ich konnte kaum erwarten, bis der Schelm ausgeredet hatte. Nun trete ich vor: „Liebwerter Herr! Was der Wald vom Rain hinüber bis zum Felswändel ausmacht, das wären auf Ihr gütiges Anerbieten in fünf Jahren zu dem Kapital etwa zweihundert Prozent Zinsen."

„Sind Sie Hausherr?" fragt er mich süßlich.

„Nein, bloß Hausknecht!" sage ich, packe ihn am Arm, führe ihn zur Tür hinaus, weit über den Anger hinab bis zum Bretterzaun und werfe ihn darüber hinweg.

Nach diesem Tagewerk habe ich meinen Samstagfeierabend gemacht und mir die Nachtmahlsuppe schmecken lassen. Verdient, glaube ich, war sie. —

Und jetzt eine andere Idylle. Kam vor etlichen Tagen ein Holzarbeiter aus den Waldgräben zu uns ins Haus gesprungen und er wolle Branntwein haben! — Die Hausmutter erkennt ihn als den Toifel, einen halbblöden, berüchtigten Gewaltmenschen, und antwortet ganz gütig: „Lichtenberger, wie er vom Brunnenrohr herausrinnt, oder eine Schüssel Milch. Anderen Trunk gibt es nicht bei uns.“

„Ich muß Branntwein haben!“ knurrt er, kauert sich in den Wandwinkel und schnaubt wie ein Eber. Wir kennen uns nicht aus, hat ihn aber keins gefragt, was ihm ist. Seine Augen sind gerade wie zwei schiefe Hacken, mit denen er uns anscheinend am liebsten zerrissen hätte. Bald darauf kommt der Knecht vom Gleimer und ob wir die Neuigkeit schon wüßten? Der alte Michelmensch wäre erstochen!

„Der Doppelte?“ fragen wir.

„Nein, sie lebt noch. Er liegt in der Totenkammer.“

„Lügen tust!“ schreit der Toifel von seinem Winkel her. „Gestochen hab' ich, aber nit grob.“

„Er liegt in der Totenkammer!“ wiederholt der Gleimerknecht.

Darauf hebt der Toifel an zu brüllen wie ein Stier. Dann kniet er vor mir nieder: „Bitt' dich gar schön, mein Adam, wenn du mir schon keinen Branntwein gibst, so tu' mich halt binden und stell' mich zum Gericht. Jesses, Jesses, jetzt hab' ich den alten Michel umgebracht!“

„Aber warum? Warum? Mensch, warum?“

Das weiß er nicht. Am Hüttbauernhaus sei er vorübergegangen, seine Holzknechtkraxen auf dem Buckel. Da sei ihm jäh der alte Einleger mitten im Weg gestanden.

Steh auf die Seiten, Michel! habe er ihm zugerufen. Der Alte hätte sich nicht gerührt, hätte trutzig gesagt: Steh du auf die Seiten! Darauf habe ihn der Toisel noch einmal gefragt: Wird's? Und der Michel habe gesagt: Na. — Ist gut, so räum' ich mir selber den Weg! Darauf der Toisel und stößt dem Alten das Messer in den Leib. Au! lacht der Michel, so viel kitzeln tust mich! kauert sich zusammen, fällt um und ist tot. — Auch der Knecht hat es so bestätigt.

Noch in derselben Nacht haben wir das Ungeheuer nach Kailing geführt zum Gericht. Als wir in Hoisendorf an der Totenkammer vorbeikommen, wo am Fenster ein Lichtschein flimmert, sagt der Gleimerknecht zum Toisel: „Willst hineinschauen beim Fenster, was der Michel macht?" Der Toisel hastet weiter. Nur einmal, bei der hohen Brücke unten steht er still, tut einen Seufzer und sagt zu uns: „Die Herren draußen werden Umständ' machen. Laßt's mich hinab da ins Wasser."

Auf dem Heimweg haben wir den Toten angesehen. Sein Weib, nun schon gar ein altes Mütterlein, ist emsig beschäftigt, mit einem Waschlappen die Blutkrusten von der Brust zu waschen, von der schneeweißen Brust. So gleichgültig, als ob sie ein Kleidungsstück reinigte für den Sonntag. An der linken Seite die klaffende Wunde, wie absichtlich ins Herz gezielt. — „Ungeschickt, ungeschickt, Kind!" sagt die Alte vor sich hin, „noch ein rechtes Glück, daß er endlich da ist."

„Was meint sie denn?" frage ich den Gleimerknecht. Der hat mir folgendes gesagt. Die Alte hätte in früheren Jahren einen Sohn verloren und sich immer eingebildet, er wäre noch am Leben und würde eines Tages wiederkommen. Und jetzt hielte sie den Toisel aus den Wäldern für ihren Sohn, der herfürgegangen sei, um den Vater zu herzen. Zu herzen! —

So ist sie irrsinnig geworden, die arme Alte. Und wohlgemut geblieben.

Verstehst du solche Sachen, Philosoph? Ich nicht. Es müßte denn sein, daß wir betrübte Adamshauserleute in diesem Ereignisse ein Gegenbild sehen sollen. Ein größeres Unglück — und doch wohlgemut.

Wie mir um den Rocherl bange ist, das kann ich dir nicht sagen.

Am neununddreißigsten Sonntage.

Die Tage gleiten träge dahin in ihrem Geleise. In dieser Woche hat der Schneider Setznagel mit seinem Lehrling im Hause gearbeitet. Doch ist eigentlich niemand vorhanden, dem der Meister was anmessen könnte. Der Franzel ist noch da, der sein Wintergewand bekommt. Meine Leute haben den selbstgemachten Schafwolloden verkaufen und Baumwollzeug dafür kaufen wollen, weil das billiger ist und als „Stadtgewandel" besser paßt, falls der Knabe in die Studie kommt. Mein Rat hingegen war: Ein Bauernbübel und ein Lodenjöppel!

„Wirst recht haben, Hansel," sagte drauf die Hausmutter, dieweilen sie für den Schneider Zwirn abhaspelte, „ich weiß mir nimmer aus, tu' wie du willst."

Tu' wie du willst? Bin ich denn wirklich in Ehr' und Willen eingesetzt auf diesem Hofe? Und wenn ja, kann ich's verantworten, wenn der Knabe auf meinen Rat hin festgehalten wird in dieser elenden Berghütte, während anderwärts in der weiten Welt bessere Lose seiner warten können? — O Freund, mein Vertrauen zu diesem ehrwürdigen Stand sinkt, wie das Barometer im Sturm.

Als der Schneidermeister ans Anmessen ging, machte er bei mir halt und fragte die Hausmutter: „Kriegt der Knecht auch was?"

„Freilich wohl," antwortete sie, „der kriegt ein ganzes Jahresgewand. Vom braunen oder grauen Loden, wie er will."

„Mutter," gebe ich drauf, „an Gewand fehlt's mir noch gar nicht, leicht komme ich aus übers Jahr mit dem, was ich habe."

„Gewand willst nit und Geld hab' ich nit,“ sagte sie verdrießlich.

Jetzt bin ich doch nahe hingetreten zu ihr, so nahe, daß die Haspelflügeln mir den Wind ins Gesicht gefächelt haben: „Muß es ja schon etlichemal gesagt haben, Hausmutter, daß Ihr mir nichts schuldig seid. Daß der Herrgott mich eigentlich nicht zu einem Bauernknecht geschnitzt hat, werdet Ihr wohl schon lange bemerkt haben. Dazu ist der Holzklotz nicht hart genug gewesen. Verwunschener Prinz bin ich auch keiner. Rein aus Gesundheitsgründen bin ich in die Bergluft gegangen. Wohl, wohl, Mutter, rein aus Gesundheitsgründen! Weil die körperliche Arbeit und das Schwitzen so gesund ist. Bin auch kernfrisch geworden, da heroben bei Euch, und dafür werde ich mich noch lohnen lassen! Bin ich Euch was nutz, so bleibe ich gern noch ein Eichtel da. Nachher im Winter vielleicht, bis ihr alle wieder auf gleich gekommen seid, daß ich wieder zum Wanderstecken greife.“

„So!“ rief sie und ließ den Haspel stehen. „Na, gute Nacht! Wenn der Knecht auch fortgeht, nachher können wir das Vieh beim Schweif aufhängen und uns lebendigerweis eingraben lassen. Na, ich sag's, viel dicker kann's schon nit mehr kommen.“

„Also kriegt noch wer was, oder nit?“ stach der Schneidermeister mit seinem spitzen Stimmlein dazwischen. Mit seinem Maßfaden stand er da, in kühnster Bereitschaft, mir Beine, Bauch und Buckel zu messen. Hier auf der Bauernschaft ist der Schneider nicht zum Spotte, wahrlich nicht! Vielmehr zur Furcht und Angst ist er! Das Haus beherrscht er, sein besonderes Essen begehrt er, wie sein Nachtbett gebaut und geschichtet werden muß, schreibt er vor. Wenn die Stubenwärme um ein Scheit zu niedrig ist (zu hoch ist sie ihm nie), dann hebt er an, heftig den Faden zu reißen, und gibt der Bäuerin Schuld, wenn der Zwirn entzwei geht; hebt an, die Lodenstücke hin und herzuschleudern, in weitem Bogen auszuspucken und die Bäuerin kann sich freuen! Wenn er zur Nachbarschaft kommt, wird er ihr ein kurioses Loblied singen.

Und weil sonst niemand was kriegt, so beginnt mein kleiner Meister Setznagel mit den Augen ganz schrecklich umherzublitzen, bis er — auf den Zuschnitt für den kleinen Franzel weisend — in die Worte ausbricht: „Und wegen dem Kletzen da sind wir auf den Berg heraufgefoppt worden?!“

„Mein Gott,“ lacht die Hausmutter bitterlich auf, „was kann denn ich dafür, wenn die Leut' wegsterben, mit den Schandarmen fortgeführt werden und selber davonlaufen?“

„Kann ich dafür?“ begehrt der Schneider auf.

Jetzt packt mich der Unmut. Mit der Faust nagle ich's auf die Tischecke: „Was gibt's da zu greinen! Ihr macht, Schneider, was zu machen ist, und paßt's Euch nicht, so geht es leichter talwärts als bergwärts. Versteht Ihr mich leidlich?“

Damit bin ich schön angekommen. Der Schneider verstand sehr gut, erschrak aber durchaus nicht. Er ging ruhig zur Bank, wo die Hausmutter saß, und forderte sein Geld. Sie sind dem Ungeheuer schon seit Jahr und Tag den Sterlohn schuldig. Jetzt ist es an mir, in den Sack zu greifen und den Rest meines Sparpfennigs hervorzutun. Knapp reicht es zur Sühne des beleidigten Schneiders. Dann hat er sein Zeug und seinen Lehrbuben zusammengepackt und ist davon. Die zugeschnittenen Hosenteile für den Franzel liegen auf dem Tisch. Wenn sie mit Eisennägeln zusammengenagelt werden könnten, da wüßte der ehemalige Grobschmied vielleicht Rat. Die Nadel geht über meine Kraft. — Und so fange ich an, in diesem Hause Ungutes zu stiften. Aber wer hätte gedacht, daß auch der kleine Schneider sich mit dem großen Schicksal verbindet.

Es erschien demnach hoch an der Zeit, daß heute vom Rechtsanwalt ein Schreiben kam. Allerdings eins, das schlechter war als keins. Meine Angelegenheit mit dem Herrn Stein von Stein — schreibt der Mann — wäre eine etwas faule Sache. Ich würde gut tun, mir beizeiten eine verläßliche Zeugenschaft zu sichern, denn der Wettgegner scheine ein geriebener Herr zu sein und nicht gesonnen, einer „hirnverbrannten Marotte Rechnung zu tragen". Ich solle mich — rät der Advokat — aber ja nicht etwa auf die Socken machen nach der Stadt, um meine Sache zu betreiben. Den Bauernhof verlassend, wäre mein Recht formell verfallen. Keine Stunde dürfe fehlen an dem Bauernjahre. —

Da hätten wir es ja. Das kann eine saubere Geschichte werden. In sommerlicher Hochstimmung war mir die Sache schon gleichgültig gewesen; jetzt mit der sinkenden Sonne des Jahres kommt die Geldgier und die Rechthaberei. Auf die Wette verzichte ich nicht! — Sofort schrieb ich dem Rechtsfreunde zurück, alles aufzubieten, daß die Zeugen zustande kommen, daß sie fest bleiben und daß nötigenfalls der Gegner auf einen Eid getrieben werde. Aber es wird sich vor Ablauf der Frist nichts machen lassen. Wir haben noch ein Vierteljahr.

So kriecht der Teufel allmählich auch deinen Bauernknecht an, den du, mein Alfred, immer so tapfer aufrecht erhalten hast. Deine philosophischen Zusprüche haben stets gute Dienste geleistet, aber von jetzt ab wäre ihm, offen gestanden, Bargeld lieber.

Am vierzigsten Sonntage.

Meine Sonntagsbriefe fingen an, dir sehr weh zu tun, schreibst du. Siehe, das freut mich. Ich wünsche dir kein anderes Leid, als das Mitleid. Daß du mit uns Mitleid hast, das tut mir wohl.

Die heutigen Mitteilungen werden auch gerade keine Frohbotschaften sein, obschon der Herbsthimmel über uns sonnig blau ist und aus der Erde ein frisches Frühjahrsgrün sprießt. — Dieser junge dumme Mensch? Er bleibt verschollen. Wir vermuten schon, daß er nach Laibach gereist sein könnte, um seinen Bruder von der Strafe loszubitten. Wenn es sein könnte, er würde selber für den Valentin einspringen; es ist eine verzehrende Leidenschaft in seiner Liebe, wie in seinem Hasse. Der Soldat hat übrigens einen Brief geschrieben, bei dem die Hausmutter vor Freude in die Hände geklatscht hat, wie ein alter Drescher auf dem Tanzboden. In Berücksichtigung der besonderen Umstände, die wir dem Herrn Obersten bittweise auseinandergesetzt hatten, habe es mit achtundvierzig Stunden Stockhaus sein Bewenden gehabt. Diesen Obersten — und wäre sein Schnurrbart noch so struppig — möchte ich dir abküssen, wie ein Kirchweihtanzmädel!

Apropos, Mädel! Mein Mädel! Das heißt unseres! Das heißt, seines, des Lehrers Mädel! Es ist aus dem Bette, aus der Kammer. Es zieht bereits Rüben aus der Erde und hat sogar schon wieder einmal gelacht. Am vorigen Mittwoch, als wir abends um den Herd herumsitzen und von den eingebrachten Rüben das Kraut wegschneiden, zündet die Barbel den Leuchtspan an. Dabei fällt ihr ein Fünklein auf die Hand. „Auwehtschl!" ruft sie aus und tut ein helles Lachen. Es war um sechs Uhr zwanzig Minuten. Wie Osterglockenklingen ist es durchs ganze Haus gegangen, dieses Lachen. Groß gewundert hätte es mich nicht, wenn der Adam davon wach geworden wäre in seinem tiefen Bette. — Wenn er dazumal dieses Lachen von ihr hätte hören können, er würde freilich heute noch leben. Sogar dem dummen Jungen wollte ich es gewünscht haben. Dieses Menschenlerchengetriller möchte doch wohl imstande sein, ihn wieder herbeizulocken zum heimatlichen Herde. Was hat er's not, mit der Flinte in den Wäldern umzustreichen, wenn daheim die Barbel lacht? — Und warum hat sie gelacht? Weil ihr der heiße Funke ans Fleisch flog. Die muß ein kurioses Feuer ausgestanden haben, wenn sie ein Leuchtspanfunke bloß lachen macht!

Noch in der Nacht bin ich hinabgegangen ins Schulhaus und habe ans Fenster getrommelt.

„Was ist denn los?" ruft der Guido schlaftrunken.

„Die Barbel hat gelacht!"

Da ist er aufgestanden, hat mich hineingelassen und haben uns zum Kerzenlicht gesetzt an den Tisch. Dann sage ich: „Will man die Weibsbilder schon nicht freien, wenn sie weinen, so muß man sie freien, wenn sie lachen."

„Nun ja," antwortet er, „bestimmen wir gleich den Tag. Alles andere ist schon in Ordnung. Du weißt ja, wie es steht."

„So sollst auch du es von meiner Seite wissen," sage ich. „Ändern wird's hoffentlich nichts an dir, wenn du erfährst, daß ich die Wette auf dem Prozeßwege werde suchen müssen."

„Deine Wette mit dem Stein von Stein? Einen Prozeß? Hans, den verlierst du!"

„Dann, Winter, erlebst auch du in diesem Jahre noch deinen Hagelschlag.“

„Ha, ha!“ lacht er, „gegen Hagelschläge ist ein Schullehrer aufs beste versichert.“

„Mit der Ausstattung wird's happern —“

„Wie? Vorstrecken kannst du mir nichts?“ unterbricht er mich. „Das wird sauer werden, Teufel noch einmal.“

„Daß du dich am Ende besinnst, Guido!“

Er geht in seinem Nachtkleide die Stube auf und ab: „Das wird sauer werden!“

„Ich möchte es nicht erleben! Wenn du mir jetzt ihr Lachen unterbrichst!“

Die Kerze ist zu Rande. Er zündet keine neue an, denn es ist keine mehr im Hause. Dieweilen der Dochtrest noch glimmt im Leuchter, wandelt er über den Fußboden hin und wieder und hadert, warum gerade er das bissel Erbsünde so hart büßen müsse!

Sage ich: „Der Strick schneidet gerade dem am tiefsten ins Fleisch, der sich am meisten dagegen sträubt. Warum du dich gar so sehr fürchtest vor dem Schweiß des Angesichtes, wie er sich für einen ordentlichen Erbsünder gehört. Nimm doch ein Stück vom Adamshauser Grund und baue Kartoffeln!“

Steht er still und sagt: „Du hast recht. Wenn ich's in meinem jetzigen Fach nicht weiterbringe, so baue ich Kohl und Kartoffeln. Dabei ist noch niemand verhungert. — Sie kann's schon und ich werde es lernen.“

„Das stimmt, Lehrer, das stimmt! Ich hätte dich ja doch erwürgt, wenn du mir das Mädel sitzen ließest.“

Nun wird er neuerdings nachdenklich und meint, er wäre sehr sonderbar dran. „Will ich nicht, so würgest du, und will ich, so würgt ein anderer.“

„Ein anderer? Wie meinst du das?

„Dann müßte ich noch einmal Licht machen," sagt er, „denn im Dunkeln ist's unheimlich, von solchen Sachen zu sprechen. Ich wollte es eigentlich für mich behalten. Doch weil wir schon dran sind. Weitersagen sollst es nicht, denn es kann mich getäuscht haben. Es kann ein anderer gewesen sein. — Er soll ja dem Bruder nach sein, sagt ihr."

„Sprichst du vom Rocherl?"

„Gestern abends, als ich durch den Edelbrand gehe, fällt es mir auf, daß hinter einem Stein, der unter Rotkiefern steht, sich etwas bewegt, ein Mensch, der sich duckt. Wie ich hintreten will, um zu sehen, wer es ist, springt einer auf und in das Dickicht. Ein Schußgewehr hat er bei sich gehabt und der Adamshauser Rocherl ist's gewesen."

„Hast du ihn sicher erkannt?"

„Ich werde mich nicht getäuscht haben. Er hatte eine Hand in der Binde. Mit der andern hat er auf mich schießen wollen, ich bin überzeugt."

„Lehrer!" sage ich, „solche Dinge redet man nicht so leichtsinnig heraus. Auf dich schießen wollen, was ist das für eine Rede! Erstens ist er's gar nicht gewesen, in der Binde können auch andere Leute ihre Hände tragen und zweitens ist's ein windiger Wildschütz gewesen, den du auf seinem Anstand gestört hast."

Der Winter versetzt: „Gut, ich will sagen, es kann mich betrogen haben, ich will es sagen. Bei mir selber bin ich fest überzeugt, es war der Rocherl und der hat mich erschießen wollen."

Daraufhin tue ich arglos: „So sage doch, welche Gründe du hast zu dem fürchterlichen Argwohn! Müßte denn schon das böse Gewissen sein über dein fortwährendes Säumen mit der Barbel. Es hat ja tatsächlich den Anschein, als wolltest du auskneifen, in diesem Falle wäre ein faustischer Valentin ganz an rechter Stelle."

„Mein Lieber!" sagt er, „wenn dieser Mensch nach dem Verlobten seiner Schwester schießt, so ist es — Eifersucht."

Ich stutze, also wäre ich mit meinem Verdachte doch nicht allein. Aber zugegeben habe ich es dem Lehrer nicht.

„Sei es wie immer, Guido, mache Hochzeit und es wird alles anders sein. Schon dieses tollen Knaben wegen — wenn es so wäre."

Darauf redet er eine Weile noch so herum, das einemal ist's ganz sicher, das anderemal frägt es sich um Wenn und Aber. Dann wird er grob: Ihn zwingen wollen! Nein, auf solche Weise kriege man einen Guido Winter nicht herum, der wisse schließlich immer noch selber am besten, wann und wen er heiraten wolle.

„Weiter," sage ich, „das klingt schon entschiedener, das ist schon kein Auskneifen mehr, das riecht nach offener Absage."

„Was du schon wieder deutelst!" ruft er und lacht auf. „Na, damit ihr ruhig schlafen könnt all miteinander — soll's noch in der Allerseelenwoche sein? Gut, also gleich danach."

Zwölf Tage nach Allerseelen — das ist ein Sonntag. An diesem Tage will er sich mit ihr trauen lassen.

Ich bin dir redlich froh, einen Tag festgenagelt zu wissen, daß endlich die armen Seelen zur Ruhe kommen im Adamshause . . .

Wenn mir der Winter auf das Mädel gut ist, dann will ich auch noch andere schöne Charakterzüge von ihm verewigen. Zum Beispiel.

Vor einigen Tagen war's. Während der Schulstunden

hat sich ein vagabundierender Handwerksbursche in das Wohnzimmer des Lehrers geschlichen und ein Paar Schuhe gestohlen. Bei der Bachbrücke unten, während er sie an seine Füße tun will, ist er schon aufgegriffen worden. Noch keck war der Kerl.

„Was wollt's denn?" sagte er, „glaubt's 'leicht, unsereiner mag im kalten Reif und Schnee barfuß umsteigen, wenn jetzt der Winter kommt! Dieweil der Herr ein überflüssiges Paar unter seinem Bette stehen hat! Soll zusperren die Tür, wenn er will, daß ihm nichts gestohlen wird! Ist eine Schlamperei, das. Ich bin eh noch gut gewesen. Ein anderer hätt' auch den Wettermantel mitgenommen. Hätt' mir wohlgetan. Na, denk' ich, das nit, stehlen tust nit. Nur das Paar Schuh nimmst mit. Das wird etwan doch nix Schlechtes sein, wenn er sie nit braucht. Goscht eh schon, beim Spitz, der eine!"

„Wissen Sie was," sagte hierauf der Lehrer, „die Schuhe sollen Sie haben. Müssen mir dafür aber eine Fuhr Brennholz klieben."

„Schmutzian!" knurrte der Vagabund und wirft ihm die Schuhe vor die Füße: „Da hat er seinen Dreck! Tut eh schon die Goschen auf."

Wer im Gebirge die Polizei rufen wollte, den würde das Echo ausspotten. Deshalb hat der Lehrer den alten Gauch bei den Ohren genommen und so wacker geschüttelt, daß das Zähneklappern bis zum Wirtshaus hinauf gehört worden ist. Das hat den Vagabunden aber noch lange nicht um seinen Humor gebracht. Bevor er davonlief, hat er sich beide Hände an die Ohren gehalten: „Die Hörwascheln wären jetzt freilich heiß, aber die Zehen frieren."

Darauf hat der Lehrer die Schuhe dem frierenden armen Teufel nachgeworfen. — Hoffentlich reut es ihn nicht, wenn er sich sein nun einziges Paar an den Füßen blank wichsen muß.

In der Schule ist der Lehrer seiner Sache sehr sicher, da macht er's weder sich noch den Kindern zur Qual. Die Kleinen läßt er A, B, C sagen und Wörter lesen und auswendige Sprüche herbeten. Nach dem Inhalt wird nicht viel gefragt, das hält zu lange auf. Die Eltern fragen ja auch nicht, was das Wort bedeutet, sie sind's zufrieden, wenn's der Schüler flüssig lesen kann. Recht lesen ist gut, aber schnell lesen ist besser, denken sie, weil das nicht viel Zeit kostet. Beim Ausfragen weiß fast jeder Schüler flink Antwort. „Wieviel ist zweimal sieben?" fragt der Lehrer. — „Zweimal sieben ist — ist — ist —" stottert der Schüler. Der Lehrer hilft nach: „Ist vierz . . ." — „Ist vierzehn!" — „Brav, Michel, das geht ja ganz gut." Und so kommen sie glatt über den Stoff hinweg. Zum Wiedervergessenwerden ist's gut genug gemacht, denkt sich der Winter, und im nächsten Jahre würde es schon besser gehen. Nach der Schule, am Waldrain, wenn der Winter ein Hummelnest besichtigt oder ein zuckendes Fröschlein in die Hand nimmt, da stehen sie um ihn herum im engen Kreise und schauen, was er macht, und hören, was er sagt, und merken sich alles. Aber ob bei der Schulprüfung der Herr Inspektor gerade fragen wird, wie weit am Waldrain die gelbgefleckten Molche ihre Mäuler auftun oder wie die Eichhörnchen ihre Nester bauen, das möchte ich doch zu bedenken geben. Manchmal bestellt der Lehrer den Vorgeschrittensten der Klasse zum Schulhalten, dieweilen er selbst im Stübel seine Schuhe nagelt oder losgelöste Knöpfe in den Rock näht, und wenn sie die Rechenaufgaben gut gemacht haben, dann dürfen sie nach der Schule mit ihm Käfer suchen gehen. Freilich machen sie die Aufgaben gut, weil sie einer vom andern abschreibt. Wozu soll denn jeder extra noch für sich das Pulver erfinden, wenn's der eine schon erfunden hat! Er sieht die Rechnungen auch weiter nicht durch, Pedanterie ist nie sein Fehler gewesen, und nach den Schulstunden ist er selbst immer der froheste. — Das Beste an allem ist, daß die Kinder dem Lehrer sehr zugetan sind, und er in Sachen des Betragens auf sie Einfluß hat. Es ist noch keine Sittlichkeitsklage vorgekommen. Alles andere wird sich schon geben. Rechnen lernt der Mensch erst, wenn es sich nicht mehr um Ziffern und Fleißzetteln handelt, sondern um wahrhaftige Kornmetzen, Holzmetern, Gulden und Kreuzer. Und anderseits, meint der Winter, könne es dem besten Mathematiker passieren, daß er sich im Leben manchmal verrechnet.

Ich kenne auch jemanden, der gut lesen, schreiben und rechnen kann und doch bis heute nicht weiß, woran er ist. Dieser jemand las in seinen Augen, verschrieb ihm das Herz und rechnete auf Treue.

Im ganzen, muß ich dir gestehen, kennt man sich nicht aus. Manchmal kommt mir vor, der Kerl hätte zwei Seiten, wie Krämerloden. Auf der einen strammer Moralist, und wendet man ihn: Bruder Liederlich.

Was er nur aus der Barbel machen wird? Oder sie aus ihm? — Das Letztere wäre mir nicht bange.

Am einundvierzigsten Sonntage.

Die Einlage deines Schreibens vom 2. dieses hat mich nicht wenig überrascht. Nein, so war's nicht gemeint. Am Ende bedarf ich auch jetzt noch deines lieben Zuspruches mehr, als des Geldes, obschon diese materialistische Anwandlung deiner Philosophie sich im Grunde gar nicht so übel macht. Zurückzahlen kann ich dir den Betrag nur durch einen Wechsel, durch einen Schicksalswechsel. Vom Bauernknecht hast schlechterdings nichts zu erwarten. Diese Kerle zahlen nicht. Wenn der Journalist oder der Schriftsteller nicht kreditfähiger sein sollte! — Ich will ja groß niedersteigen vom Berge des Adamshauses, zu euch, mit einem Buckelkorb voll Geistesdünger, und eine literarische Wirtschaft anfangen. Ganz frischen, sehr kräftig duftenden Naturalismus bringe ich mit hinab. Das heißt, in meinen Romanen sollen die Idealisten als solche sehr naturalistisch geschildert werden. Damit kann jede Literaturrichtung zufrieden sein und der Gläubiger hoffentlich auch.

Nun wisse aber, guter Freund, daß ich mit deinem Hundertguldenschein in großer Verlegenheit war. In der hiesigen Bauernschaft hat ihn niemand zerlegen können, nicht einmal der Hoisendorfer Kirchenwirt, trotz seines Tischtrühleins voll Scheidemünzen. Erst aus Kailing ist Hilfe gekommen. Da fiel mir jener Goldklumpen in der Wüste ein und daß eine Kornähre mehr wert ist, als der schönste nagelneue Tausendguldenschein. Bargeld wird erst Wert, wenn Erdsegen dazukommt. — Stimmt's?

Dein Anerbieten, daß du dich nach den gegenwärtigen Verhältnissen der „Kontinental-Post“ erkundigen willst, besonders, wie es mit dem Zeugen Lobensteiner steht, nehme ich mit großem Danke zur Kenntnis. Frage doch auch nach, wie es dem Reporter in der Nervenklinik geht. Entsinnt sich dieser noch auf den Fall, dann hielte ich die Geschichte jedenfalls für gewonnen. Übrigens ist es mir undenkbar, daß Doktor Stein auskneifen könnte. Wettschuld ist Spielschuld und Spielschuld ist Ehrensache. Die einzige Ehrensache, auf die sogar auch der Lump noch was hält.

Und nun wieder zu meinen Berichten.

Der schreckliche Rocherl ist immer noch in Verstoß. Der Hausmutter wurde nahegelegt, seinen Verlust auf den Kanzeln verkünden zu lassen. Sie will aber die Schmach eines durchgegangenen Kindes nicht an die große Glocke hängen. Wir haben ihn ja eigentlich schon fast einmal gehabt. Am vorigen Mittwoch hat uns der Jäger Konrad sagen lassen, daß der Rocherl sich in der Legwindhütte aufhalte. Das ist keine erfreuliche Nachricht, so froh man auch über die gefundene Spur sein muß. Die Legwindhütte im Fuchsgraben ist eine abgekommene Almwirtschaft, in der sich gern allerlei Gesindel aufhält. Landstreicher, Wildbiebe, neuestens sogar verrufene Weibsbilder, will unser Gemeindevorstand wissen. Von Zeit zu Zeit räumen Gendarmen das Nest; aber allmählich füllt es sich wieder mit zweifelhaften Leuten, die bei der alten Legwindhütterin Zuflucht suchen, dort ihre Kartoffeln braten und ihr für den Unterstand manchen Bissen zubringen. Was den Jungen bestimmen soll, gerade in dieser Höhle zu hocken?

Nun, so sind wir am letzten Donnerstage ausgezogen zur Fange. Die Hausmutter, die Barbel und ich. Die Barbel wollte anfangs nicht mit. Sie scheint zu ahnen, daß der Rocherl sich jetzt sozusagen auf Menschenwild-Jägerei verlegt. Sie spricht von ihm, wie von einem Kranken. Und hat sie die Bemerkung getan: „Mein Gott, man weiß gar nicht, was es manchmal für ein Glück ist, wenn liebe Leute sterben. Hätte ihn der Jäger damals anders getroffen, so hätte ich jetzt einen Bruder im Himmel."

Es war das härteste Wort, das ich je von dem Mädel gehört habe. Die Mutter hat sie gleich derb zurechtgewiesen: „Red' nur du nit! Ich hätt' meine Tochter auch lieber als Jungfrau im Himmel —"

Da muß man sich ins Mittel legen. Ist der stets beschwichtigende Adamvater nicht mehr da, so muß ein anderer dran.

„Das wäre nicht schlecht!" sage ich. „Böse Red' darüber, weil im Himmel die Engel sind und auf Erden die Menschen."

Wie mich auf dieses Wort das Mädel dankbar anblickt! Gott, hat die ein Augenlicht!

Darauf habe ich mich kühn auf den Evangelisten gespielt, der Herr habe mehr Freude an einem wiedergefundenen Schafe, als an neunundneunzig verlorenen. Und darum wollten wir getrost ausziehen, das verlorene wiederzufinden. — So schief dieser Bibelspruch geraten ist, sie waren dankbar dafür.

Dann sind wir hineingegangen über die Almen und hinten hinab in den Fuchsgraben. Die Hausmutter war sehr kriegerisch gestimmt; von ihrem Stecken schien sie etwas zu erwarten, den sie bei jedem Schritte fest in den Boden stieß. Die Barbel aber meinte doch, daß man mit Stecken keine verlaufenen Schafe locke. Als wir der Legwindhütte nahe kamen, sagte sie: „Gelt, Mutter, wir wollen recht gut mit ihm sein, wenn wir ihn finden."

„Den Stecken schlag' ich heut' mitten ab!" rief die Hausmutter und schwang ihren Haselstab. „Über wen, das werden wir schon noch sehen. Verführt ist er worden!"

Wir kommen in die Schlucht hinab. Die Büsche gilben, aber die Blätter hängen noch an den Zweigen. Den Fuchsgraben hat das Hagelwetter verschont, es hätte sich wohl kaum ausgezahlt, hier über Hasel- und wilde Beerensträucher den kalten Zorn des Himmels niederzuschleudern. Die Hänge sind mit Brombeerstrauchgewinden übersponnen, darin krauchen einzelne Gestalten umher und halten Mittagsmahl bei den dorrenden Früchten. An der Felswand lehnt die Legwindhütte, aus braunen Steinen roh gemauert; der bindende Mörtel ist schon aus den Fugen geschwemmt. An Tür- und Fensterstöcken hat der Regen die schiefergrauen Holzfasern bloßgespült, die Fensterscheiben bestehen teils aus erblindetem Glase, teils aus Papier, teils aus Lappenballen. Die Dachbretter sind mit Steinen beschwert. Daneben, mit zerzausten Strohschauben geflickt, eine Art Ziegen- oder Schweinestall. Das Ganze ist mit Sauerampfern, Brennesseln und unsauberen Dingen umwuchert. Da hast du die Herrlichkeit, die in jedem Salon hängen kann — auf der Leinwand. Am Bache, der in der steinigen Schlucht niederrauscht, kniet die alte Hexe und schwemmt eine blaue Männerhose durch. Ich trete zu ihr, schüttle sie an der spitzen Schulter und schreie zur Wette mit dem Wasser, wo der Adamshauser-Sohn wäre? Sie glotzt mich dumm an, sie sei die Legwindhütterin und wisse nichts von einem Adamshauser-Sohn.

„Aber sie wäscht ja gerade seine Barchenthose!" sagt die Barbel.

Dann ist er im Neste. Wir dringen in die Hütte. An dem schrillen Winseln der rostigen Türbänder erkenne ich die kluge Wachsamkeit der Unterstandgeberin. In der dumpfmürfelnden Stube ist mein erstes, daß ich mir den Kopf an den Trambaum stoße. Die Beine verstricken sich in Stroh, das auf dem Boden wüst herumliegt und stellenweise mit alten Kleidungsstücken bedeckt ist. Auf dem wurmstichigen Tische liegt ein abgegriffenes Kartenspiel und stehen geleerte Schnapsgläschen, in denen Fliegen kleben. Am rußigen Kachelofen hängen nasse Hemdenreste. Zu sehen ist niemand. Wir treten in die Küche, wobei die Barbel ängstlich meinen Arm umfaßt, denn es ist dunkel und die morschen Fußdielen wanken unter den Tritten. Nach faulen Rüben riecht es und in der glosenden Herdglut liegen halbverkohlte Kartoffeln. Auch hier niemand vorhanden. Dann steige ich die Sprossenleiter hinauf ins Dachgelaß. Dort, im Heu vergraben, liegt einer, ich sehe nur das schwarze zottige Haupthaar. Bald hebt er sich und brüllt: „Wer ist da?"

„Das frage ich!" meine Antwort.

Er richtet sich aus dem Wuste hervor: „Das fragst du? Gut, schöner Herr, du sollst es hören. Aber komm' mir nit in die Nähe. Es ist ungesund, da heroben. Ich bin ein doppelter, wenn du es wissen willst. Der bayerische Hiesel und der Schinderhans."

„Ah, guten Morgen, meine Herren!" lache ich. „Dann ist wohl einer von euch beiden so gut, mir zu sagen, ob nicht noch ein dritter da ist, der sich Rochus Weiler nennt."

„Weiß nix," antwortet die Stimme.

„So weiß es vielleicht der andere."

„Weiß auch nix," antwortet dieselbe Stimme. Es ist ja überhaupt nur einer da.

„Er trägt eine Hand in der Binde," erkläre ich.

„So, den Einhandel meint der Herr. Kann nit weit sein, weil seine Pfeife dort ist."

Seine Pfeife, das war unsere alte Flinte, die wahrhaftig im Dachwinkel lehnte. Weil wir drinnen und draußen keinen Rocherl vorfanden, so habe ich die Flinte auseinander getan und zu mir gesteckt.

Oberhalb der Hütte auf dem Moosfilz haben wir uns niedergesetzt, haben gewartet bis in den Abend. Mancher arme Schelm ist aus Strupp und Kraut herbeigekommen zur Hütte, hinein und wieder heraus und träge an ihr herumgeschlichen. Der Rocherl war nicht zu sehen. Unverrichteter Sache sind wir nach Hause gekommen um Mitternacht.

„Weil wir nur das haben," sagte die Barbel, als ich die alte Flinte an den Nagel hing. Im Vorhause war es ganz finster. Als wir auseinandergehend uns Gute Nacht sagten, tastete sie nach meiner Hand und sprach: „Ich danke dir, Hansel, daß du mit uns gegangen bist." Und so weich und warm sind ihre Finger gelegen einen kurzen Augenblick auf meinem Gelenke.

Philosoph, Philosoph! Das Mädel wird lebendig!

Am zweiundvierzigsten Sonntage.

Himmlisch ist es geworden auf den Bergen, jetzt auf einmal wieder! Wie unvergleichlich schöner ist der stille, klare, beständige Herbst, als der launische, springende, schlagende und stechende Mai — der Flegelmonat des Jahres. Könnte ich es dir zeigen, wie jetzt die Buchen und Kirschbäume in purpurnem Rot, die Ahorne und Lärchen in leuchtendem Golde stehen und die weiten Fichtenwaldungen in schwarzblauen Tinten dämmern. In den Wiesentälern schimmert der silberne Reif und auf allen Höhen Sonnenschein, Sonnenschein! Der ganze Almgai ein bunter Strauß unter dem Glassturz des kristallklaren Himmels. — Mensch, ich habe nicht umsonst gefürchtet, poetisch zu werden, bevor dies Jahr zu Ende geht. Oder ist meine Sehkraft schärfer geworden, daß auf den grünen Almen die Sennhütten wie weiße Eier glänzen; daß im fernen Felsgebirge jede Runse, jedes Riff, jede Sandhalde und jeder Schneeflecken so deutlich und klar geworden ist, als liege das weite Luftmeer gar nimmer dazwischen. Ein kühler Berghauch bringt mir den Duft der Zyklamen, Gentianen und des feuchten Erdreichs.

Und in dieser neuen Schönheit ist das alte Leid. Wie mag sonst das Treiben des Herbstes hier sein? Die Felder und Gärten besät mit heiteren Menschen, deren Stimmen erntefroh von Berg zu Berg klingen, den Vogelsang des Frühjahrs reichlich ersetzend. Und in diesem Jahre? Alles tot, alles schweigend. Nur da und dort knallt ein Hirte mit der Peitsche, aber nicht aus Lust, sondern aus Unmut, weil die Rinderherde ruhelos Gras suchend auf dem frostversengten Rasen unstet umhergeht und immer über die Verainung hinauswill. Sonst haben sich auf freiem Anger herlebige Burschen zusammengefunden zum Singen, Ringen und zu anderer Kurzweil. Dies Jahr streichen sie zu einzeln mürrisch umher, sinnend und grübelnd, wohin sie nur ihr tätiges, begehrendes Wesen wenden sollen, wenn es in den heimatlichen Bergen nicht mehr zu leben ist. Und in den Gräben rauscht und rauscht immerwährend das Wasser, gleichsam im Traume lallend: Der ewige Herr im Bergland bin ich. Ich meißle den Fels und bröckle ihn ab. Ich baue die Alpen und reiße sie ein und trage sie dahin. Deine Felder und Häuser schwemme ich davon, o Mensch, und auch deine Gräber . . .

Und da, mein Freund, kommt es mir in den Sinn, ob diejenigen nicht doch am Ende recht haben, die den Menschen lostrennen wollen von der Gebirgsscholle, daß er sich in der weiten Welt eine wohnlichere Statt suche und gründe. — Nein, nein, die altständige Menschennatur stemmt sich dagegen, an nichts hängt sie so fest als an der Heimat. Und im Gebirge stehen die Geschlechter am längsten. Die Menschheit steht nirgends so festgegründet, als im Bauerntum, und dieses nirgends so tief als in den Bergen. Wenn dieser Grund bricht, was soll dann noch halten? Können im Nomadentum alle Keime des Adamsgeschlechtes sich so reich und edel entwickeln als in der Bodenständigkeit? Nur unglückliche Völker wandern, Kain ist der erste Nomade gewesen. — Woher stammt unsere Kultur? Wo hat sie ihren Sitz, an alten festen Stätten oder auf der Straße? Industrie und Handel bauen über Nacht Städte, die auch wieder über Nacht zerfallen. Sie bauen nur Zelte. Das Bauerntum, dieser Granit der Menschheit, baut Häuser, und aus diesen Häusern sind immer wieder, eine reiche, überschüssige Kraft, diejenigen hervorgegangen, die da Burgen, Schlösser und Kirchen gegründet haben, und solche Städte, die jahrhundertelang wachsen, jahrhundertelang eine Blüte der Menschheit sind und jahrhundertelang brauchen, bis sie zerfallen. Und das Patriziertum, aus welchem sich Zucht, Gehorsam, Würde, Kraft, Treue, Vaterlandsliebe und gesellige Sitte organisch entwickelt hatte, wodurch soll es neu nachgefrischt und ersetzt werden? Es wird hinfällig sein, wenn die Bodenständigkeit aufhört, wenn der Bauer — sei es durch Unwetter und Bergwässer, sei es durch soziale Mächte — fortgeschwemmt wird von seiner Scholle.

Du weißt es, Freund, daß ich vor einem Jahre noch vom Bauerntum vielfach gesprochen habe wie ein Blinder von der Farbe. Ich liebte es wie eine Idylle von Salomon Geßner. Heute liebe ich es wie die Odyssee! In diesem Stande, mein Alfred, ist neben finsteren Gewalten eine Opferwilligkeit und eine stilldulbende Liebe, die ans Heldenhafte grenzt. Es ist in ihm eine Kraft und eine Geistestätigkeit, von der die Hochmutspinsel im Frack keine Ahnung haben. Und wenn ich auf dieser Welt je ein Glück glauben könnte, ich würde es suchen und versuchen fern von der rasenden Welt im Frieden eines ländlichen Hauses, inmitten der ewig herrschenden Natur, die mich belebt, beschäftigt und ernährt, die man selbst in ihrem Grimme noch anbeten und lieben muß. — Und in dieser Erkenntnis habe ich mir vorgenommen, meinen armen Adamsleuten beizustehen, daß sie sich so lange als möglich auf ihrer alten Heimstatt halten können. Welch ein Elend auch hier sein mag, besonders wie in diesen Tagen, immer noch besser, als in der Fremde unstet sein und wehrlos vom wilden Zeitgeist hingerissen zu werden. Herrgott, wenn ich mir da draußen in den schwankenden Weiten meine alte Hausmutter denke! Oder mein treuherziges Mädel! — Wird mir doch schon ganz taumelig, wenn ich mir sie vorstelle als Lehrersfrau, mit Kind und Kegel von einem Schulhause zum andern wandernd. Ist es denn wirklich so großartig gut und klug, wenn man diese zwei Leute zusammenkuppelt für alle Tage, bloß weil sie sich einmal ein wenig lieb gehabt haben?

Am vorigen Sonntag, als wir nebeneinander knieten auf der Tischbank, um die gemeinsame Sonntagsandacht zu verrichten, hatte ich eine traumhafte Erscheinung. Schwebte plötzlich über den Häuptern eine Hand, und als ich aufschaute, war nichts und niemand in der Nähe. Es war eine flache, sich breitende Bauernhand gewesen, wie dem seligen Adam seine. Mir stockt hierauf das Gebet und die Barbel schaut mich betroffen an. — Man wird ja so anders, so ganz anders auf diesen feuchten Schollen — so als ob eine dunkle Seele aus ihr aufstiege, von der man sachte besessen wird. —

Nur gut, daß es doch wieder Ereignisse gibt, die mich gründlich ernüchtern. An einem Fichtenbaum ist mein Stolz zerschellt. Vernimm den Bericht.

Die Zeit des Streumachens ist da, um den Stallbewohnern für den Winter einen grünen Teppich zu schaffen, der dann allwöchentlich einmal erneuert werden muß. Das Stroh wird hier nicht zur Streu benutzt, auch wenn eins vorhanden ist, sondern mit Heu vermischt gefüttert. Waldmoos und Heidekraut will man den Baumwurzeln nicht rauben. Da gibt der Baum noch lieber seine grünen Äste, als seine feuchte, schützende Wurzeldecke. So kommt von acht zu acht Jahren der Bauer mit der Axt, steigt an dem Baumstamm empor und hackt die längsten und buschigsten Äste herab als Winterstreu für den Stall. Die zarten Zweige und Triebe, sowie den Wipfel läßt er dran. Damit soll sich der schwerverwundete Baum wieder erholen fürs nächstemal. Das ist nun eine ganz abscheuliche Einrichtung, allein der Bauer im Almgai behauptet, er wisse anderswie keine Stallstreu, oder mit anderer Streu keinen richtigen Dünger zu erzielen. Ich machte dagegen theoretische Einwendungen, die Hausmutter stützte sich auf Erfahrungen und schickte mich hinaus in den Wald. Da hätte ich nun ein paar scharfzackige Steigeisen an meine Füße schnallen sollen, hätte die Axt rückwärts in den Gürtel stecken und den Baum hinaufklettern sollen, wie eine Eichkatze, bis zum Wipfel.

Im vorigen Jahre waren noch drei vorhanden gewesen, die das Reisig von den Bäumen schneidelten, der Vater Adam, der Valentin und der Rocherl. Das Mädel hatte munter die gefallenen Äste in Büscheln gesammelt, die Hausmutter war mit Ochsen und Karren gekommen, um das „Graß" in den Hof zu führen, wo es nachher kleingehackt und in Stößen unter Dach geschichtet worden für den Gebrauch im Winter. Die beiden Burschen sollen hoch auf den Bäumen gesungen und gejauchzt haben und sich geschaukelt, und im Schaukeln sogar von einem Wipfel zum andern gesprungen sein, voll Übermut. — Heute? Heute steht ein einziger da — kann nicht jauchzen und kann nicht schneideln. Das Ästeherabhacken wäre freilich keine Kunst, aber das Hinaufsteigen! Die Hausmutter selbst hat mir die Steigeisen angeschnallt, die Barbel hat mich im Klettern unterwiesen, wie man mit den scharfen Eisenzacken hoch an dem Stamme weit fester stehe, als in gewöhnlichen Schuhen auf dem Erdboden, wie man mit dem einen Arm den Stamm umschlinge, als hätte man ihn sehr lieb, und mit dem andern Arm die Äste abhacke, daß sie lustig niederrauschen. — Und ich? Mensuren habe ich geschlagen und in der Armee wird man auch nicht gerade für allzugroße Furchtsamkeit abgerichtet. Also frisch an! Aber wie hoch? Als es soweit war, wo der Baum sachte mit mir zu schaukeln begann, wo der Stamm mit jedem Hieb zuckte, als wollte er mich abschütteln und sich wie eine Schlange unter mir bog, just zum abspringen, da war der Feigling fertig. Die Glieder huben mir an zu zittern, der Wald begann zu kreisen — rasch mußte ich bodenwärts.

„Mein Gott!" sagte die alte Hausmutter, „wenn unsereins das dumme Weibergewand nit hätt', mit dem man überall hängen bleibt, mich däucht, ich wollt' selber hinauf."

Du kannst dir denken, wie anmutig ich dagestanden bin. „'s ist mir just das Blut zu Kopf gestiegen," sagte ich, bloß um etwas zu sagen.

„Bis du's noch einmal probierst, wird's schon gehen," redete mir die Hausmutter zu, „anfangs ist einer, der's nicht gewohnt, halt ein bissel schwindlig."

„Mutter!" sagte jetzt das Mädel, „den Hansel lassen wir nit mehr hinauf. Er macht alles zu geschwind, spießt mit den Steigeisen nit ordentlich ein, und anhalten tut er sich auch zu wenig. Da könnt' wirklich was geschehen."

Also, wegen Tollkühnheit darf ich nicht mehr hinauf! Auch gut.

Was nun machen? Es droht der Winter und das Reisig muß herab. Wenn der alte Soldat schon zu — tollkühn ist, um auf die Bäume zu steigen, so muß man ihn umtauschen. Die Hausmutter schickt zum Kulmbock hinüber und läßt bitten um einen Baumschneidler. Der Kulmbock ist nicht daheim und sein Weib läßt zurücksagen, sie brauche ihre Leute selber und müsse jetzt die Mühlbrücke zimmern lassen, die das Wildwasser zerrissen hat. Ob denn der „herrische Knecht" nicht baumschneideln könne?

Darauf läßt die Barbel zurücksagen: Der zugereiste Knecht könne das Baumschneideln sehr gut, aber man dürfe ihn nicht hinauslassen, weil er zu hitzig sei und den Vorteil nicht achte. Hingegen wolle man den Hansel zum Brückenbauen hinüberschicken, wenn die Kulmbock-Bäuerin dafür ihren Weidbuben zum Baumschneideln herübertue. Es handle sich bei diesem Wechsel nur um etliche Tage, dann könne sie den Weidbuben wieder haben.

So werde ich für diese kommende Woche vertauscht, wie etwas Unbrauchbares gegen Brauchbares. Die Blamage wäre reichlich groß genug gewesen für einen Selbstmord, hätte das wundervolle Mädel aus meiner Feigheit nicht eine so unverantwortliche Waghalsigkeit gemacht. — Was nützt mir das, wenn sie's selber nicht glaubt!

Noch gestern abends bin ich heimlich in den Wald gegangen und hab's versucht mit einem Baum. Dieselbe Lumperei. Wie er schaukelt, packt mich der Schwindel und ich muß zurück. Bin nachher gar nicht zum Nachtmahl erschienen. Kopfweh hab' ich gedichtet. — Und morgen früh hinüber in den protzigen Kulmbockhof zum Brückenbau.

Noch etwas für heute. Das letztemal wurde dir ausführlich mitgeteilt, wie wir den Rocherl gesucht, dann seine Flinte gefunden und in unser Haus zurückgetragen haben, um sie auf ihrem alten Platz an den Nagel zu hängen. Denke dir, sie hängt nicht mehr dort. Eines Morgens war sie weg. Er hat sie sicher selbst geholt. Dieser unbegreifliche Mensch! Die alte Marenzel meint, die Bleikugel in der Hand müsse ihm das Blut und das Gehirn vergiftet haben. Jetzt suchen ihn auch schon die Landwächter. — Nicht eine Stunde sind wir sicher vor einem furchtbaren Verhängnis.

Am dreiundvierzigsten Sonntage.

Also am Montage bei Ehren-Kulmbock, beim Brückenbau. Ich hegte den heißesten Wunsch, es möge dabei jemand, meine Wenigkeit ausgenommen, ins Wasser fallen. Die Schmach kann nur durch eine Lebensrettung wettgemacht werden. Man hat mich richtig gleich aufgezogen: daß die Bäume im Adamshaus-Walde gar sehr froh sein würden, mit ihren Wipfeln diesmal noch heil davongekommen zu sein, ohne daß sie der Hansel in seiner wütenden Kurasch allesamt enthauptet hat! — Denn die Tollkühnheit war ihnen im Grunde nicht einleuchtend. Da mußte rasch etwas Glaubhaftes zusammengelogen werden. Der Krampf! „Diese verfluchten Krampfadern in den Beinen, die man sich damals in Galizien geholt, bei den großen Märschen! Gerade das leidenschaftliche Vergnügen, auf den Bäumen herumzuklettern, vergällen sie einem!" Sie lachten noch mehr und meinten, die Fichtenbäume würden wohl Freudenfahnen ausstecken wegen meiner Krampfadern. — Am Dienstag hatte ich schon nicht mehr Zeitungdeutsch nötig; mein Heiligenschein qualmte an einer andern Stelle auf. Dieweilen sie an der zu bauenden Brücke die Holzbalken und Stämme schwerfällig und ungeschickt hin und her probierten, konstruierte ich mit Hilfe des Restes meiner geometrischen Kenntnisse die Brücke auf Papier und rechnete leichter Hand in Ziffern die Verhältnisse des Baues aus, worauf wir mit ziemlicher Einfachheit das tiefe Bachbett überbrückten. Die Leistung gab mir einen solchen Glanz, daß der Vorknecht mich einen ganzen Tag lang den „Herrn Johann" nannte. Daß mein Name nicht ein zugehackter Johannes ist, sondern nach heidnischer Art der deutschen

„Hansa“ entstammt, diese Wissenschaft würde ihnen alle meine bautechnischen Kenntnisse wieder gründlich verdunkeln.

Im Kulmbockhof — muß ich dir sagen — hätte ich meine Zwanzigtausend-Kronen-Wette nicht gewonnen. Zwar zu essen gibt es mehr und Fetteres, als im Adamshause, aber an den Schüsseln kleben noch die Krusten früherer Mahlzeiten; die Tische und die Fenstergläser sind mit so ausgiebigem Schmutz überzogen, daß die Herbstfliegen mit ihren altersschwachen Beinen drin stecken bleiben, wie die ungarischen Bauern auf der Dorfkirmes im Straßenkot. Und was das Schlafbett anbelangt! Freund und Philosoph! Wenn in deinem großen Bekanntenkreise jemand einmal dem Laster der Trägheit verfallen sollte, ich bitte dich, schicke ihn in den Kulmbockhof. Auf dem Strohlager allhier wird er Emsigkeit lernen. Das Stoßgebet bei diesen nächtlichen Umtrieben lautet: Vor den großen Feinden schütze ich mich selber; Herr, schütze du mich vor den kleinen!

Der Kulmbock ist natürlich nicht zu Hause. Er geht stets im Weltverbessern um, hält Versammlungen ab, bespricht die „Lage“. Die Anliegen der Wählerschaft nimmt er würdevoll entgegen. Er wird's schon machen. Vor allem eine ordentliche Steuerreform! Die Steuer soll nicht der zu zahlen haben, der was schafft und hervorbringt, sondern vielmehr, der was aufbraucht. Dann, die Korneinfuhr aus Ungarn und die Fleischeinfuhr aus Amerika muß abgeschafft werden, damit wir Bauern die Sachen teurer verkaufen können. Zur Erntezeit muß bei den Dienstleuten die Sonntagsruhe aufgehoben werden. Der Kulmbock läßt nicht locker. Das wird seine Sorge sein! An ihm kommt keiner vorbei, und Herrenmanglereien, die frißt er nit! — Ein großer Mund, aber keine Zähne drin. In der Landstube soll er hinter dem Pfeiler sitzen und sich sehr ruhig verhalten. Seit er bei einer und derselben Sitzung für die Annahme und für die Ablehnung der neuen Landesbahnen-Verkehrssteuer gestimmt und für diese seine zwiefache Bereitwilligkeit etwas unbarmherzig ausgelacht worden ist, zieht er es vor, „mehr unparteiisch zu bleiben, sich nirgends dreinzumischen, jeden reden zu lassen, wie er will und mag, selber der Gescheitere zu sein und nachzugeben.“ Es wäre, meint er, für einen verständigen Menschen ganz verzwickelt schwer zu reden in dieser äußerst gemischten Gesellschaft; bald sei es dem nicht recht, bald jenem nicht. Bald schnappe bissig ein dritter her, bald entgegne ein vierter mit niederträchtiger Bosheit, bald ein fünfter mit dem Dreschflegel. Man sei auch etwas gewohnt zu leisten, aber da gehöre noch eine spinnefalsche Abgefeimtheit dazu, sonst werde man übertrumpft von den Federfuchsern und zuschanden geschrien von den großmauligen Doktoren. „Na!“ meint der Kulmbock, „das friß ich nit! Aber die Zeit wird schon kommen, wo wir es ihnen zeigen werden, denen! Wir Bauern! Wir halten unsere Reden mit der Faust!“ — Und trotzdem ist der Mann fortgegangen von hier, wo man noch mit der Faust schafft, und dorthin, wo man mit dem Munde regiert. Na! Solcher Volksvertreter wegen ist es schon der Mühe wert, daß man den Parlamentarismus aufgebracht hat und bei den Wahlen sich halbtot prügelt um das Recht der Selbstbestimmung.

Jawohl! Das Recht der Selbstbestimmung, das der Kulmbock dort so mannbar vertritt, daheim in seinem Hause herrscht es unumschränkt. Jeder tut, was er will. Die Knechte sind nach Belieben faul und tölpelhaft, die Mägde sind zutäppisch. Die Haustochter Fronel wollte mich aushorchen wegen Adams Rocherl. Man höre, ihm sei daheim das Beten und Fasten zu langweilig geworden und deshalb sei er zu einer Räuberbande gegangen. Wenn der Rocherl Räuberhauptmann wäre, da möchte sie gleich Räuberhauptfrau sein. Der Rocherl habe gar so schlanke Beine, die gefielen ihr. — Diese Fronel hat einen breiten Mund und gelbe Zähne, mit denen sie immer an etwas kaut. Bei Tische jagt sie nach den besten Bissen und wenn von etwas die Rede geht, was sie nicht kennt, so fragt sie allemal, ob's was zum essen wäre. Wenn sie sich nicht mit einem Mannsbild balgt, so hockt sie im dunstigen Hinterstübel und trennt und näht an ihren Kleidern herum. Hat sie ein buntes Band, eine Masche oder dergleichen Flitter angeheftet, so stellt sie sich damit vor den Spiegel — in diesem Hause gibt's einen hübsch großen — und trennt dann das Zeug allemal wieder los, um es mit einer noch reizenderen Art zu versuchen. Ruft ihre Mutter hinein: „Die Sau sollst du futtern gehen, stinkfaule Dirn!" Und die Tochter heraus: „Ja, leck' mich im Buckel, bist selber nix z'gut dazu!" — Das wäre schon die richtige für den Rocherl, die! Da wüßte ich ihn schier noch lieber bei den Räubern.

Am zweiten Abend, als es regnet und ich in der Kulmbockhof-Kammer einen Wettermantel hole — ein großer Lodenfleck mit dem Loch in der Mitte, zum Durchstecken des Kopfes, wie ich also den aus der Kammer hole, höre ich im dunklen Nebengelaß zwei Knechte sprechen; sie taten es so sonderbar brummend und zischelnd, daß der Mensch anhebt zu horchen.

Der eine: „Du, Martel, wenn du mir die Hälfte nit gibst, so verklag' ich dich."

Der andere: „Verklag' mich, wenn du's beweisen kannst."

Der eine: „Nachher, mein Lieber, wird der Baumstock

müssen reden. Der braucht gar nit zu juramentieren, dem glaubt man's auch so, daß auf ihm der schöne Lärchbaum nimmer steht, den du heimlich dem Holzhändler verkauft hast!"

Der andere: „Verratst mich, dann kitzle ich dir mit dem Federmesser den Hals durch!"

Der eine: „Kitzle nur, wenn du im Kotter sitzest."

Der andere besinnt sich ein wenig und sagt: „Geh', Statzel, mach' keine Dummheiten. Einen Gulden sollst haben."

„Ich bekomm' fünfe!"

„Hol's der Teufel. Da hast den Bettel. Schuft!"

„Schuft? Nachher gib mir einen sechsten Gulden."

„Dem Henker bist du zu schlecht!"

„Dann bekomm' ich noch den siebenten. Mein Lieber, mit mir mußt du höflicher sein. Ich hab' dich am Strick." —

Und als Schlußtableau siehe die Mutter dieser Tochter, die Herrin dieser Knechte — die Kulmbockhoferin.

Das ist noch ein erklecklicher Brocken. Nachblüte! Nur schade, daß sie immer so schwitzt. Kornmahlen kann sie und da ging sie eines Tages zur Mühle hinab. Ich habe ihr das Kornbündel nachtragen müssen.

„Du bist ja wolter stark, Hansel!" sagt sie dann in der Mühle. „Du mußt mir nachher helfen. Magst?"

Sie richtet die Mühle an. Die Räder klappern, aus dem Mehlkasten fliegt der weiße Staub und schminkt die Wangen, daß sie nicht erröten können.

„Hast mich verstanden?" lacht sie mir schnurgerade ins Gesicht. „Helfen sollst mir!"

„Ja, wenn ich könnte, meine liebe Bäuerin. Es will halt auch das Mahlen gelernt sein."

„Korn aufschütten wirst doch können! Mahlen tut ja

eh' die Mühl' selber." Und setzt traulich bei: „Schau, Hansel, du solltest halt jetzt der meinige sein, derweil mein Alter fort ist."

Sacker! denke ich, die setzt scharf ein.

„Na, was sagst du, Hansel?" fährt sie fort. Schalkhaft wird ihr Reden; am Mehlkasten lehnt sie und streckt ihre fleischigen Arme nach beiden Seiten aus: „Jetzt möcht' ich just einmal wissen, wer breiter klaftern kann, du oder ich."

„Ob's dem Kulmbock wohl recht sein wird, wenn wir messen?" bemerke ich möglichst ernsthaft.

„Fragt er, ob's mir recht ist, im Heu, mit der Teuxel weiß wem?"

„Natürlich, das Klaftermessen ist doch keine Sünd'."

„Ja so!" ruft sie, „im Adamshaus redet man noch von der Sünd'. Nit schlecht, das! Weißt, Hansel, die Sünd' darf der Mensch nit verachten, die schmeckt alleweil gut."

Weil sie mir immer näher kommt und die Gefahr, daß sie ihre Arme um mich zusammenklappen könnte, immer größer wird, ich mich an Vorurteilslosigkeit von ihr auch nicht übertrumpfen lassen will, so sage ich in aller Freundlichkeit: „Weißt, meine liebe Kulmbockhoferin, 's ist mir nicht deines Alters wegen, und auch nicht der Sünde wegen — aber zu unsauber bist mir."

Als ob ihr eine breite Hand heftig ins Gesicht geschlagen hätte, so fährt sie zurück. Und der Mühlesel ist augenblicklich entlassen gewesen. —

Wenn ich dir, teurer Philosoph, im Laufe dieses ereignisreichen Jahres etwa einmal die Neuigkeit mitgeteilt haben sollte, daß die Korruption gerade in den Städten wuchere, daß bei den Bauern im Gebirge allenthalben noch Zucht und Ehrbarkeit walte, dann nimm denselben Briefbogen, hänge ihn an die Wand und bekränze ihn mit faulem Stroh und Brennesseln. Und solltest du, mein lieber Menschensohn, durch irgendeinen Zufall einmal Buben kriegen, so rate ich dir, daß du sie beizeiten das Baumschneideln lernen lassest. Man bleibt da oben bei den Waldvögeln wesentlich bauerngläubiger, als da hinten in den dämmernden Kammern und staubigen Mühlen.

Am vierundvierzigsten Sonntage.

Einer Frage deines letzten Briefes muß ich noch gedenken. Trotz allem, nein — Hunger keinen.

Den Hunger kennt man nicht am Busen der Mutter Erde. Den kennt nur die große Stadt. Ich meine jetzt nicht den Hunger nach Austern und Sekt. Ein wohlgestellter Städter, der es weiß, daß in seiner nächsten Nähe Menschen an Nahrungsmangel verkommen, vor Frost Tag und Nacht in ihre dunklen Nester gebannt, fluchen, weinen und verzweifeln — kann noch behaglich in der Oper sitzen und eine glänzende Soiree genießen. Auch Stadtherrschaften — ich meine ja nicht dich, den menschtreuen Alfred, ich meine die Ganzheit der „Elite" — ist Hunger und Not der Armen gerade recht als Stoff zur modernen Kunst und als künstlerisch wirkender Gegensatz zum eigenen Überflusse! Stellt es euch einmal so recht mitten in euer Herz, daß im Fleisch von eurem Fleische der grause Hunger nach dem kahlen Bissen Brot wütet — und ihr werdet mit anderen Augen die Welt anschauen! Sage ihnen doch, den Allesstudierenden, daß sie auch einmal den Hunger studieren sollen, der in ihrer nächsten Nähe ist.

Hier auf der Scholle geht der Ärmste zum Armen und wird gesättigt. Der Kulmbock sackermentiert ganz schrecklich über das Bettelgesindel, das an die Schwelle seines Hofes kommt, mit dem Säcklein um etwas Korn, mit dem Töpflein um etwas Milch bittend — aber er beteilt es. Mein Adam entschuldigte sich immer treuherzig, wenn er des Bettlers Säcklein nur halb zu füllen vermochte: „Mußt halt wohl zufrieden sein, wenn's auch ein bissel wenig ist.

Es geht uns halt selber nit aufs best. Gesegne es Gott, vermeint ist's dir vom Herzen." —

Und nun zum Tagebuche.

Vollauf habe ich mit der Hausmutter zu tun. Beim Tode des Adam war es ein stummer, weher Schmerz, jetzt aber — die Angst um den Rocherl steigt zur hellen Verzweiflung.

„Wenn er mir nur daheim gestorben wär'!" ruft sie aus. „Es wär' besser! Ich wollt' der Mutter Gottes tausendmal dafür Vergeltsgott sagen."

„Er ist freiwillig davon und das ist ihm nicht so hart!"

„Nachher wieder der Valentin!" darauf sie. „Der eine will nit heim, der andere kann nit heim. Ist das ein Jammer mit den Kindern!"

Der Rocherl ist ganz und gar verschwunden. Verschwunden und verschollen. Über die erste Zeit haben wir uns hinweggetäuscht. Man müsse den Trutz ausrauchen lassen. Wenn das Gewand zerrissen sei und der kalte Wind blase, werde er schon wieder kommen. Jetzt bläst der kalte Wind, und nachdem wir dreimal umsonst aus waren, um ihn zu suchen, nachdem wir auch im Fuchsgraben und überall seine Spur verloren haben, stehen wir ratlos da. Ich wollte ihn doch in die Zeitung geben, unter die verlorenen Sachen. Da heißt es wieder: die öffentliche Schand'! Die fürchtet man im Bauernhaus nicht minder, als im Herrenschloß. — Eines Tages hören wir, im Schurwalde wäre sein Hut gefunden worden. „Das sagt nichts," tröste ich, „ein Dickschädel kommt auch ohne Hut aus."

„Wer wird ihm seine Hand einbinden?" fragt manchmal die Barbel. Das geht mir am meisten zu Herzen. Nicht seine Hand, sondern ihr Bekümmern.

„Er selber wird sich die Hand einbinden," stelle ich ihr

vor. „Mit der Linken und mit den Zähnen. Was der für Zähne hat!“

„Der Jäger wird ihn umgebracht haben!“ so wieder die Mutter.

„Der Konrad? Der seine eigene Hand opfern möchte für die des Rocherl!“

„Mir ist halt so viel bang!“ Damit schließt sie jedes Reden ab.

Die Barbel ist jetzt viel aufrechter, als die Mutter. Vor kurzem, denke dir, soll sie mit dem Weidknecht aus dem Kulmbockhof, dem Baumschneidler, einen Strauß gehabt haben. Sie war mit ihm im Walde gewesen, um die Reisigbüscheln zu sammeln. Auf ein solches Büschel setzt sich der Weidknecht und will das Mädel mit beiden Händen auf seine Knie ziehen.

„Ei schau, du wärest g a r gescheit!“ soll sie gesagt haben, und lustig ausgerissen. Wie er sie nachher mit Gewalt fangen will, hat er auf einmal einen Zahn weniger im Munde. Blutend geht er in den Kulmbockhof hinüber und bei diesen Adamshausleuten arbeite er nicht eine Stunde länger, das seien kotzengrobe Leut'.

„Da sieht man's, das ist der Dank!“ darauf die Kulmbockhoferin mit Entrüstung.

Wir haben die Geschichte erst von der Kulmbockseite her erfahren müssen. „Ist es wahr, Barbel?“ frage ich. Sie lacht dazu, und weiter nichts. Vom Bruder Rocherl spricht das Mädel wenig. Und von ihrem Guido gar nicht. Das sind die stillen Wasser! Der Herr Bräutigam strengt sich auch nicht an mit seinen Huldigungen. Ich glaube, sie sehen sich nicht einmal an jedem Sonntage. Nun, jetzt kommt ja bald die Zeit des bekannten Himmels voller Geigen.

Übrigens soll die Hochzeit wieder einmal verschoben worden sein. Diesmal wäre der Schneider Setznagel die Schuld. Der könne bis zu Leopoldi das Bräutigamgewand nicht leisten. Die schönen Tuchhosen, natürlich! Na, dann freilich. — Guido, Guido! Ein Verliebter muß auch ohne Tuchhosen heiraten können. —

Der Kurat hat durch den kleinen Franzel anfragen lassen, ob die Barbel an Sonntagen nicht wieder auf den Kirchenchor kommen wolle, und mitsingen bei der Messe? Sie soll früher eine gar liebliche Singstimme gehabt haben. Mich hat das gefreut vom Kuraten, und wohl auch das Mädel scheint vergnügt darüber zu sein, daß die Kirche ihr dieses ungute Lebensjahr ausgestrichen hat. Aber vor der Gemeinde singen, wie im Engelschore, das mag sie nicht mehr.

Vor kurzem hatte der Geistliche auf den Lehrer gestichelt, und zwar mit der Heustange. Es war auf der Kanzel das Evangelium vom Hochzeitsmahle gelesen worden. — Du kennst ja die Parabel. Nachdem die geladenen Gäste nicht erschienen waren, ließ der König die Erstbesten von der Straße hereinrufen, und ereiferte sich dann sehr, als unter diesen Straßenleuten einer kein hochzeitliches Kleid anhatte. Zornig darüber läßt er ihn an Händen und Füßen binden und in die Finsternis werfen. Schon mancher gelehrte Knacker hat sich an dieser evangelischen Nuß die Zähne ausgebissen; der Hoisendorfer Kurat aber hat ganz feste im Mund und sprach darüber, wie folgt:

„Ihr werdet, christliche Zuhörer, diesen König gewiß für einen großen Toren halten. Da ladet er schnell die Vagabunden von der Straße ein und wundert sich, wenn sie kein Festgewandel anhaben. Das hättet halt ihr gewiß wieder gescheiter gemacht, natürlich! Ich aber kann euch sagen: der Herr Christus hat mit seinem Gleichnis schon recht gehabt. Er hat nicht das auswendige Hochzeitsröckel gemeint. Was kümmert sich der liebe Jesus um Hoffartsfetzen. Nein, das Inwendige, den Seelenschmuck, die Tugenden hat er gemeint. Um ein solches Hochzeitsgewand soll jeder Mensch zu jeder Zeit anhaben, auch bei der Arbeit auf Wiesen und Feldern, denn er weiß, daß auf einmal der Hochzeitsbitter kommen kann, und ihr wisset, wen ich mit diesem Hochzeitsbitter meine. Diese Festtracht, die Tugenden und guten Werke, ist bei den Leuten freilich nicht Mode. Aber den Madensack mit bunten Fetzen zu zieren, das ist Mode. Mancher glaubt, am Ostersonntag oder einem andern Feste wäre nicht die Herzensreinheit, sondern der große Hutbuschen die Hauptsache und immer einmal steigt ein Bräutigam um, der nicht Hochzeit hält, wann er soll, sondern bis die neue Tuchhose fertig ist!"

Na, das war ausgiebig. Ein paar Leute lugten auf den Platz hin, wo der Lehrer saß, dieser tat nichts desgleichen. —

Das Mädel scheint sein Zuwarten gewohnt zu werden und macht sich nichts draus. Nun, dann mache ich mir auch nichts draus.

Aber schon gar nichts — glaube es mir!

Dieser Guido Winter ist doch ein O . . . —

Ein Opfer seiner Unentschlossenheit.

Am fünfundvierzigsten Sonntage.

Als ob das zwei verschiedene Rassen wären, die vom Kulmbockhofe und die vom Adamshause. Und sind doch eine Sippe, deren gemeinsamer Stamm sich im Pfarrbuche leicht würde nachweisen lassen. Wer löst mir dieses Geheimnis von der Erbsünde, die bei den einen sich in behaglich grunzende Niederträchtigkeit, bei den anderen in tragische Schuld auswächst!

In tragische Schuld! Diese ist auf Seite der edlen Gattung. Du hast es ja immer gesagt und ich kann dir heute ein Beispiel dazu geben aus meinem Adamshause.

Am Allerseelentage hatten die Hausmutter und die Barbel auf dem Grabe des Vaters eine Kerze angezündet, eine Flasche geweihten Wassers auf den Hügel gegossen und still einige Vaterunser gebetet. Die Barbel versank dabei knieend in ein so tiefes Träumen, daß sie gar nicht wahrnahm, wie die Mutter aufstand und langsam des Weges vorausging.

Ich sah es durch die Hecken und als mir an der Ecke der Lehrer begegnete, da war meine Zurede, er solle doch auf den Kirchhof gehen und nachsehen, ob dort nicht etwa ein betrübtes Menschenkind tröstlichen Zuspruchs bedürfe.

„Das kann ich auch tun,“ sagt er.

Dann geht er hin, steht eine Weile neben ihr und weiß nicht recht, wie er anfangen soll.

„Barbel,“ sagt er endlich. „Was kränkest du dich so! Das hilft nichts. Steh nur auf, es ist nicht gesund, so zu hocken auf dem feuchten Rasen.“

Sie erhob sich und ging an seiner Seite hin.

„Ich will dir gleich was sagen,“ sprach er, wohl um sie zu zerstreuen. „Was denkst du zu einer Kuh?“

„Einer Kuh? Aber das wird ja noch Zeit haben,“ sagt sie.

„Wenn wir ja doch vielleicht ernst machen wollen in diesem Monat? Eine Milchkuh habe ich gekauft.“

Da wurde sie bewegsam und lachte auf einmal, daß er einen Viehstand hätte. Und es war tatsächlich soviel als abgemacht mit der Kuh. Zu günstigen Abzahlungsbedingungen hatte er sie bekommen drüben in der Wendau. Und dann haben sie das Ereignis eingehender besprochen. Das Rind ist in den besten Jahren, hat vor kurzem das erste Kalb geworfen und soll massenhaft Milch geben. Drei Liter den Tag! Stall und Futter für sie habe er einstweilen im Nansenhof. Er wolle sie noch an diesem Tage heimholen von der Wendau herüber. Er habe eben den Strick gekauft beim Krämer. Ob sie scheckig wäre? — Ja selbstverständlich, braun und weiß gefleckt. — Wie sie heißen werde? — Scheckin natürlich.

„Guido, Guido!“ rief sie aus. „Jetzt haben wir eine Kuh!“

„Wenn sie nur auch schon bezahlt wäre!“ meinte er nachdenklich.

Denn bei dem ist alles so gesondert. Einmal ganz Ehre, dann ganz Liebe, dann ganz Geld. Scheint es also doch, daß das Heiraten zwischen dem Paare endlich Hand und Fuß, oder vielmehr Haus und Kuh bekommt, daß es nicht mehr ein Liebespaar aus dem Romanbüchel ist, sondern ein erdgründiges.

„Vielleicht,“ vertraute mir hernach Guido an, „verlege ich mich ganz auf die Landwirtschaft. Und gebe die

Schulmeisterei auf. Offen gesagt, ich habe keine Vorliebe dafür. Und auch nie gehabt. Was ein rechter Lehrer haben soll, mir ist es nicht gegeben. Daß ich's geworden bin, es war nur ein Notnagel. Ich habe schon gedacht, ob man nicht von der Sparkasse Geld bekommen und eine Musterwirtschaft anfangen könnte!"

Na nu! Das läßt sich hören! Ein Bauerngut! Einstweilen ist allerdings noch nichts davon da, als die Kuh, und diese ist noch nicht bezahlt. Aber wenn er Lust und Zeug dazu hat, den Almgaiern zu zeigen, wie so eine Wirtschaft nach modernen Grundsätzen rationell betrieben werden muß! Das meine dazu soll nicht fehlen. — Lustig ist mir gerade nicht zu Mute.

Als wir nachher von der Kirche nach Hause kamen, war die Nähterin da. Die hat einen sehr weitläufigen Kittel an, sogar an die Krinoline aufgeblasenen Andenkens erinnernd, und sie will der Barbel auch dergleichen machen zum Hochzeitsgewande. Das weiße Kleid mit dem grünen Kranz ist verspielt, so will die Muhme Rosalia den vergißmeinnichtblauen Brautrock zum Ersatz ausstatten mit schönen Kresen und Krausen, Bändlein und Maschen und zierlichen Knöpflein an allerhand Stellen, so vornehm und geschmackig, wie es sich für eine Frau Schulmeisterin nur irgend geziemt. Die Barbel aber will es bäuerlich haben. „Viel Hoffart wird's mir nit tragen," meint sie, „ich brauch' ein Gewand, das auch zum Kuhmelken taugt."

„Wie du halt willst," sagte die Nähterin gefällig. „Aber ich hätt' doch gemeint, was Besseres. Kosten tut die hübsche Form nit mehr, als die ordinäre. Und hättest nachher was Schönes. Wenn sich der Mensch nit beim Heiraten was Ordentliches anschafft, später kommt er eh nimmer dazu. Sein Lebtag nimmer. Und muß man sich denken, in der ersten Zeit laßt der Mann noch was aus, später hat sein Geldbeutel sieben Schlösser an. Ich sag's!"

„Dank dir schön, Rosalia," antwortet das Mädel, „ich bleib' schon bei meinem alten Tragen."

Am Abende, als Nacht und Nebel niedergesunken waren über das Gebirge, saßen wir bei einem Kerzenlicht ganz zutraulich beisammen am Tisch, um die Muhme Rosalia herum, die ihre Stoffe großartig auseinander gebreitet hatte. Der Franzel las, wie oft an langen Abenden, etwas aus der alten Hausbibel vor. Er las Moses I, Kapitel 4:

„Und Heva gebar dem Adam zwei Söhne, den Abel und den Kain. Und Abel ward Hirte und Kain ward Landbauer. Da opferten sie dem Herrn, und das Opfer des Abel war Jehova angenehm, das Opfer des Kain aber verwarf er. Und als sie auf dem Felde waren, da geschah es, daß Kain den Abel erschlug ..."

„Pfui!" rief die Nähterin aus. „Das ist ein garstiger Bruder, dieser Kain! Weißt du denn nichts Lustigeres zu lesen, Bübel?"

„Es kommt ja schon die Suppe," sagte die Hausmutter und brachte, stets mit beiden Händen tragend, die große Schüssel mit gekochter Milch auf den Tisch.

„Das heißt wohl, daß ich jetzt abfahren soll mit meinen schönen Sachen," sagte die Nähterin noch launig und räumte den Tisch. Da knarrte die Haustür und durch Dunkelheit und Rauch sprang ungebärdig ein Mann herein.

„Jesus!" schrien Mutter und Tochter zugleich, „der Rocherl!"

Und er war's. Wüst im Anzuge, wüst in Haar und Gesicht, ganz verstört über und über — die linke Hand ans Brusthemd geklammert, der rechte Arm außerhalb der Binde niederhängend — so war er in die Stube gefahren. Dann schrak er zurück vor Mutter und Schwester, kauerte sich in den Herdwinkel nieder, so tief, daß man ihn gar nicht sah, daß man nur sein Gröhlen und Stöhnen hörte.

„Heiliger Gott, Bruder, was ist das?" rief ihm das Mädel zu, „dir ist ja die Hand aus der Binde!"

Er winkte heftig, sie solle ihm fernbleiben, barg sein Gesicht in den Ellbogen und ächzte so wild, daß es uns allen durch Mark und Bein ging. Wir stellten uns um ihn, wir bestürmten ihn mit Fragen, woher er komme, was das bedeute? Die Barbel kam weinend mit Wasser, um ihn zu erquicken. Da sprang er auf, stieß sie zurück, daß ihr der Krug aus der Hand fiel und auf dem Fletze zerbarst.

„Will dich nit sehen, du Unglück, du!" kreischte er auf. „Du bist mein Unglück! Mein Unglück! Mein Unglück!"

Unser erster Gedanke: Wahnsinn! Die Mutter faßte ihn an der Hand: „Kind, du erschreckest uns zu Tod. Was ist denn geschehen? Will dir wer was? Rocherl, so sprich! Schau, jetzt bist ja wieder daheim, bist bei uns. Viel Herzleid um dich, Gott weiß es. Krank bist so viel! Tu' dich ausweinen, da bei mir, nachher wird dir leichter. Mein liebstes Kind . . ."

Nie bisher hatte ich das herbe Weib in solchem Tone sprechen gehört. Der Bursche begann am ganzen Körper zu zittern; als er sich erheben wollte, knickten ihm die Knie ein, so brach er vor ihr nieder: „Bin's nimmer wert, Mutter! — Nur sehen — nur euch noch einmal sehen. Dann gehe ich ja schon, wohin sie mich treiben . . ."

„Du wirst —" sie brach wieder ab. Du wirst doch nichts angestellt haben? wollte sie fragen.

„Mutter, ich will nimmer sein!" schrie er auf und

rang die Hände. „Mutter, schaut mich nit an. Ihr verzeiht mir nit, ich weiß es wohl, ihr könnt mir nit verzeihen. Nur ein Tag wird noch sein, da werdet ihr mir verzeihen . . .“

Da verschlug's uns freilich allen miteinander die Sprache. Wir standen herum wie dürre Bäume. Plötzlich wurde der Bursche ruhig, er stand auf, setzte sich auf ein Holzscheit und schien beinahe gefaßt. Stierte vor sich auf den Boden hin und sagte: „Ja, meine lieben Leut', mich hat der Herrgott verlassen. Jetzt bin ich fertig. Nit aus Jähzorn ist's geschehen. Aus Schlechtigkeit ist's geschehen. Wie lang' ich's hab' vorbedacht. Es muß sein und es muß sein! hat mir der bös' Feind zugesprochen Tag und Nacht. Um die da! Um die!“ Auf das Mädel deutete er mit dem Finger. „Die ich so gern hab' gehabt! Keinen Menschen so gern auf der Welt! Und ihretwegen ein solches End'!“

Fuhr die Mutter zornig auf: „Jetzt red', was ist geschehen?“

„Derschossen hab' ich ihn!“

Die Barbel tut einen Schrei, so schrecklich, daß ich ihn seither in jeder Nacht höre. Ihre Züge werden fahl, ganz fahl und starr. Alles erstarrt ringsum und es ist ein Krampf, daß man gemeint hätte, am Himmel blieben die Sterne stehen zur selben Stunde.

— — — — — — — — — — — — — —

Den Jammer stelle dir vor. Wie furchtbare Sturmglocken, so scholl er durchs Haus. Aber das Kapitel wendet sich. Es schwankt langsam die Tür auf und eine unsichere Stimme ruft herein: „Wo es so lustig hergeht, da will ich auch dabei sein.“ Als ob er gemeint hätte, es wäre ein Freudenlärm. Und er hat's gesehen, wie der Rocherl jetzt neuerlich einen gellenden Schrei ausstößt und sein Gesicht in die Rockfalten der Mutter birgt. Er hat's geahnt, weshalb die Barbel ihm mit so großer Heftigkeit, lachend und weinend zugleich, in die Arme springt.

Es war freilich nicht der Geist des erschossenen Lehrers, wie der Rocherl meinte. Es war der Guido, der wirkliche, mit dem lebendigen Fleisch und Blut.

An diesem Abende des Allerseelentages haben wir das Wunder noch nicht so gesehen, das sich zugetragen und zu dessen Beschreibung ich einer ruhigeren Stunde bedarf.

Will dir nur sagen, wie der Rocherl zuerst noch eine Weile gelauert hat, gegen den Lehrer hin, ob es nicht doch ein Blendwerk sei, was da vor ihm steht blatternarbig und in der Pelzhaube. Dann tritt er ihn an und sagt in ganz hartem Tone: „Dank dir's Gott, Lehrer, daß du lebst. Und ich bin ein Narr geworden.“

Der Guido ist sehr nachdenklich und schweigsam. Er hat nichts mehr zu sagen. Er scheint nur gekommen zu sein, um sich zu beklagen darüber, daß und vor wem er seines Lebens nicht mehr sicher sei.

„Geh dich waschen, Rocherl!“ raten wir.

Der Bursche taumelte hinaus zum Brunnen, tauchte den Kopf in das kalte Wasser, mehrmals und immer wieder. Dann saß er auf dem Trog in stiller Nacht. Ich trug ihm des Vaters Wettermantel hinaus: „Decke dich ein, Rocherl, es ist kalt.“

„Bist du's, Hansel?“ fragte er. „Geh, bleib' bei mir. Du glaubst es nicht, wie ich jetzt dran bin. Wie das lustig ist, wenn man niemanden umgebracht hat! Denk' dir, mir ist's gerad' so vorgekommen, ich hätt' den Lehrer derschossen. Wenn's ist, so werde ich aufgehenkt, und wenn's nit ist, komm' ich in den Narrenturm. So bin ich dran, mein lieber Hans."

Vielleicht gibt es doch noch einen dritten Weg. Ein furchtbares Verhängnis zog vorüber und was geschehen, das ist — recht betrachtet — ein ganz gewaltiger Brocken Gnade Gottes, der jetzt auf einmal vom Himmel fiel aufs bebende Adamshaus.

Am sechsundvierzigsten Sonntage.

Jetzt kannst du wieder etwas Neues hören, lieber Alfred! Jetzt sehen wir den Brocken des himmlischen Wunders erst recht, er ist noch größer, als es anfangs schien. — Der Jäger Konrad hat seinen Schuß wett gemacht.

Am vorigen Donnerstag, als ich gegen Abend das Vieh heimtreibe, das jetzt noch spärliches Gras abweidet draußen auf den Wiesen, begegnet mir der Jäger. Er schaut so recht behaglich drein, viel munterer als sonst und hat im Gesicht ein kurzes Pfeifel stecken, das er mit den Zähnen nach aufwärts schupft, als sollte es mit dem spitzen Messingdeckel an die Nasenspitze tippen. Einen guten Tag bietet er mir und fragt, ob der Rocherl heimgekommen wäre.

„Das wohl," antworte ich, „aber das Schießen hat er sich zu sehr angewöhnt von euch Jägern."

„Vielleicht hat er sich's auch wieder abgewöhnt," sagt er.

„Der, wenn er gut träfe!"

„Treffen," meint der Jäger, „täte er vielleicht eh gut, aber das Gewehr ist schlecht geladen."

Da deucht mich, der Mann wisse etwas. Und weil wir den Waldweg nebeneinander gehen, hinter dem Vieh her, so habe ich's erfahren.

Der Rocherl, so erzählt der Jäger Konrad, sei ihm schon lange verdächtig vorgekommen, als ob er etwas im Sinn hätte gegen den Lehrer. Mehrmals habe er ihm das Gewehr abgenommen, immer wieder hat er eins. Vor Allerheiligen sei er tagsüber oben gelegen in der Nähe der Waldheuhütte. Bei der Nacht sei er durch die Gegend gestrichen, sogar bis Hoisendorf hinab und um das Schulhaus herum. Lauernd und flüchtig huschend wie ein wildes

Tier. Den Tag vor dem Feste sei der Jäger drüben in der Wendau beim Sackbuttner zugekehrt und habe die Bäuerin um eine Rein Milch gebeten. Dieweilen er sie gegessen, sei der Lehrer von Hoisendorf gekommen und habe dem Sackbuttner eine Kuh abgekauft.

Im weiteren soll der Jäger die Geschichte selber erzählen: „Wie ich nachher der Bäuerin ein paar Kreuzer hinhalte und sie sagt, ein Vergeltsgott wäre ihr lieber und wir so ein bissel nebeneinander stehen vor der Haustür, bemerkt mein Aug' in der dunklen Streuschoppe den Adamshauser Rocherl, der sich an die Wand drückt und durch eine Luke hinhorcht auf den Lehrer, wie es dieser mit dem Sackbuttner verabredet, daß er die gekaufte Kuh am Allerseelentage nachmittags abholen will. Das fällt mir auf — sage aber nichts. Es wird gut sein, denke ich, wenn der Lehrer einen Kameraden hat auf dem Heimweg. Habe ihn begleitet bis Hoisendorf hinab. Ist gar nit gesprächig gewesen, der Herr, hat sich über den ungebetenen Weggenossen wahrscheinlich geärgert. Vielleicht wollt' er unterwegs ein Hochzeitsliedel dichten. Mir ist es auch nit viel besser ergangen neben seiner. Ein Jäger und ein Schulmeister, ich bitt' dich! Mit was sollen denn die sich unterhalten? — Es ist halt kurzweiliger zu zweien, sage ich, die Gegend ist jetzt schon gar so viel einschichtig. — Na, meint der Lehrer, einen Jäger wird die Einschichtigkeit doch nicht genieren! Und schaut mich seitlings an — ein Jäger und sich fürchten? Hab' mir's gefallen lassen müssen. Mein Lieber, denke ich, wenn du wüßtest, für wen ich fürchte! — Sagen habe ich ihm's freilich nit mögen. Ich kann mich ja grob irren. Wäre wohl noch schlimmer, als ein Schuß in die Hand! — Das mußt allein mit dir abschließen, Jäger, sage ich zu mir, und sollst jetzt einmal über zwei

Menschen wachen. — Darauf am Allerseelentag gehe ich frühmorgens aufs Joch. Unsereiner ist das Passen ja gewohnt. Nit weit von der Waldheuhütte, da begegnet er mir schon, hat an seinem Rock noch die Heuhalme kleben, daß ich es gleich weiß: Rocherl, du hast in der Hütte übernachtet. Ich rede ihn an: Wohin so früh? Er keine Antwort, eilends davon. Ich krieche durchs Wandloch in die Hütte und sehe im Heu noch die Grube. Und finde daneben, im Heu vergraben, das Gewehr. Scharf geladen! — Also doch! denke ich. Es scheint, für den Lehrer ist vorbereitet, wenn er des Weges kommt in die Wendau. Ist es denn möglich, was man so hört? Aus Haß, der Schwester wegen, oder wie sonst? Wahnsinniger Mensch, du! — Will jetzt aber doch sehen, wie weit das geht. Weg nehm' ich das Zeug diesmal nit. Da machen wir lieber einen andern Spaß, lieber Rocherl! Hab's mir vorgenommen mein Lebtag, daß ich dir deine Hand vergüte. Aus der Hand kann ich dir die Kugel freilich nit herausziehen, aber — weißt du wohl — aus diesem Büchserl kann ich sie herausziehen. Knallen tut's auch ohne . . . Und hab's getan. Den Schuß herausgezogen, frisch blind geladen und das Gewehr wieder ins Heu gesteckt. — Nachher habe ich mich selber ganz hinten hingelegt. Durch eine Bretterfuge sehe ich hinaus gerad' auf den Weg. So im Versteck bin ich gelegen den ganzen Tag und immer wieder hat's in mir gesagt: Ah, Unsinn, wie wird der Junge auf den Lehrer schießen! Einem Hirschen wird das Blei vermeint gewesen sein, der oben auf dem Jochanger äset. Der Wildschütz laßt's ja nit! Nachher schlagt's wohl in mein Fach. — So um Mittag herum, wie ich meinen Speck aufs Brot lege, schleicht er an. Kriecht in die Hütte, übers Heu hin zum Gewehr. Von meinem versteckten Winkel aus ist er gut zu beobachten. Er will sich's bequem machen im Heu und kommt doch zu keiner Rast. Stützt sich auf den Ellbogen der kranken Hand und lugt durchs Bretterloch hinaus auf den Weg und kann das Aug' nit abwenden. Fliegen ein paar Raben, setzen sich an den Steig, picken vielleicht Käfer auf, fliegen wieder ab und krähen in den Wipfeln. Sonst nichts. Da ist's auf einmal — es schwummelt was zwischen den Lärchbäumen her und ist's der Lehrer. Der hat um die Achsel einen Strick geschlungen, in der Hand einen Stock. Er geht, um seine Kuh zu holen. Der Rocherl bäumt sich stad auf und hebt mit der Linken das Gewehr. Teufel! denk' ich, 's ist doch ernst. — Da kommt vom Weg ein lustiges Lachen — Kinderlachen. Zwei Schulknaben laufen hinter dem Lehrer daher. Auf dem Heimweg wohl von der Kirche. Die haben einen großen Käfer gefangen, der zwickt in den Fingern, sie wollen ihn dem Lehrer zeigen und fragen, was es für einer ist. Tschapperln! sagt er, ihr werdet doch den Hirschkäfer kennen! Na, Kerl, du hast dich hübsch verschlafen, dies Jahr, jetzt kommt schon der Winter. — So gehen sie miteinander vorbei, der Lehrer und die Kinder, und verschwinden hinter der Böschung. Der Schuß hat nit geknallt. Die dummen Buben! Der Rocherl schlägt sich ärgerlich die Faust an die Stirn. Jetzt muß er warten auf die Rückkehr, und das Gewehr tut er nicht mehr aus der Hand. — Na, so haben wir wieder gewartet. Wenn der Jäger das Aufpassen nit gewohnt wär'! Bin doch neugierig, denk' ich, ob ihm denn nichts einfällt. Was er vorhat! Was das bedeutet! Was nachher kommt! — Aber nichts und nichts! Man kennt's ja, wer auf dem Anstand steht, die ganze arme Seel' ist im Büchsenrohr und wartet auf das Losdrücken. — Einmal kommt vom Waldhang ein Reh herab, ganz possierlich, und nascht am verherbsteten Heidekraut. Hab' noch gemeint, der Rocherl könnt' sich doch besinnen. Schuß ist Schuß. Aber nein, diesmal gibt er's fürnehmer! Als es endlich zu dunkeln anhebt, strampelt der Bursche ungeduldig mit den Beinen. Seine Augen brennen ganz katzenhaft — grüne Funken. Jetzt zuckt er zusammen. Er hat etwas gehört. Von der Wendauerseite herüber kommt der Lehrer mit seiner Kuh. Er führt sie am Strick, in der andern Hand hat er einen Birkenzweig zum Antreiben: Hi, geh, Scheckige. — So kommen sie stad heran und ich meine schon, es ist nichts, da kracht's. Das Tier macht einen Sprung, der Lehrer stürzt zu Boden. — Verdammt, was ist das? — — Einen Augenblick ist der Rocherl starr, dann tut er einen Schrei. Mensch, einen Schrei! Meiner Tag' hab' ich keinen solchen gehört. Dann fährt er unbändig zum Loch hinaus und fort. Mich hat's nur so zusammengerissen, wie der Lehrer hinstürzt. Aber wie ich auf den Weg komme, ist er schon wieder auf und mit der Kuh davon. Das erschreckte Tier hat ihn mit dem Sprung zu Boden gerissen — und weiter, gottlob, ist nichts zu vermelden. Nur daß ich nachher über die Abachleiten den Adamshauserischen hab' laufen sehen, in der Verzweiflung. Mein Lebtag hat mir nichts so wohl getan, als dem seine Verzweiflung. Bübel, denk' ich, die ist dir gesund. Heißt das, wenn sie nit zu unchristlich wird. Hab' ihm doch nachgerufen: Rocherl, hörst du! Jetzt sind wir wett. Zwei Menschenleben für eine Hand! Ich glaube, sie ist bezahlt. — Er wie ein wildes Tier davon und nichts gehört." —

So, mein Freund! Und das ist der Jäger Konrad. Ich hätte es nicht geglaubt. Hätte es nicht geglaubt, daß wirklich solche Menschen umhergehen auf Erden. Und ein solches Wunder hat müssen sein, daß unser armer Junge gerettet werden konnte. Er, und wir alle mit ihm. Und weiß Gott, der Junge ist seither anders, — anders!

* * *

Ein Nachtrag! Für verrückt wirst du mich halten. Für einen jener unheilbaren Irrsinnigen, die plötzlich so heiter geworden sind, daß sie selbst bei Tragödien und Trauerfällen nichts als lachen können. Bei solchen Schicksalsschlägen, wie sie das Adamshaus getroffen, könnte man ja wirklich überschnappen. In dem Augenblick, als ich vorstehenden Brief an dich schließe, kommt der Rocherl in einem wahren Freudenrausch, hoch zwischen den Fingern etwas haltend, schwingend: „Sie ist heraußen! Sie ist heraußen! Die Kugel!"

„Natürlich," sage ich, „weil sie der Konrad herausgezogen hat."

„Die in der Hand drin gewesen ist!"

Seit dem aufregenden Allerseelentag soll sie wieder sehr geschmerzt haben, die kranke Hand, an der alle Pflaster und Salben der alten Marenzel nichts nützen wollten. Die Narbe war neuerdings aufgegangen und schwürig geworden. Die Barbel hat sie ihm jeden Tag verbunden. Und wie sie heute wieder den alten Verband ablöst, fällt etwas aufs Fletz. Ein kleines, längliches Bleistückchen, und der Rocherl behauptet, es tät' nicht mehr weh. Ich bitte dich, Alfred, frage doch einen Arzt, ob das möglich ist, ob Schreck, Angst und derlei Seelenaffektionen nicht kugeltreibende Mittel sein können. Ist das nicht möglich, dann bin ich in größter Verlegenheit, denn die Kugel ist da.

Am siebenundvierzigsten Sonntage.

Im Drang der Ereignisse sind meine Schilderungen und Berichte längst entgleist. Keine Sonntagsbriefe mehr, hingegen ein fermer Roman, von dem jeden Sonntag ein Kapitel geschrieben wird.

Heute ist Adagio. Die Arbeit zieht sich zur Neige des Jahres fast ganz in Haus, Scheune und Stall zurück. Nur um Herdholz sind wir in den Wald gefahren mit dem Schlitten, denn seit einiger Zeit haben wir Schnee. Dabei trat ich auf ein mit Schnee gedecktes Scheit so ungeschickt, daß es im linken Fußgelenke einen Knack machte und der Rocherl mich auf dem Schlitten nach Hause ziehen mußte. So lag ich tagelang in meiner Kammer, in Dämmerung und feuchtem Stalldunst. Freund, da war's öde. Die Barbel brachte mir das Essen, ordnete, wo sonst etwas fehlte, ging aber allemal unmenschlich bald wieder fort. Die könnte auch ein bißchen mehr Barmherzigkeit haben mit einem Invaliden. Dafür wollen sie mir die alte Marenzel mit ihren Pflastern und Ratschlägen an den Fuß schicken; da habe ich gesagt, kalte Umschläge wären besser, als warme Ratschläge und wenn das verstauchte Bein nichts anderes zu tun hat, so wird's schon selber heilen — schon aus Langeweile.

Bei dieser Gelegenheit habe ich auch erfahren, was ein Novemberabend ist. Ein einsamer, endloser Novemberabend! An einem solchen, mein Freund, ist mir plötzlich das Heimweh gekommen nach — der Stadt. Ein ganz brutales Heimweh. Mit Gewissensbissen darüber, daß ich mich in Wort und Schrift so oft gegen die moderne Kultur versündiget habe. Über dem alten Adamshause beginnt sich der Himmel wieder aufzuheitern, ein Siecher genesend, eine Hochzeit vor der Tür. Und trotzdem, wie kümmerlich und elend! Wenn jetzt zum inneren Frieden auch so ein bißchen Kultur da wäre! Ein hübscher Berghof im Schweizerstil, altdeutsche Möbel drin, Sparherd und schwedische Ofen, auch ein Klavier! Dann behagliche Bettstätten mit Federkissen und die vortrefflichen Nahrungsmittel im Geiste der Prato zubereitet! Wäre eine solche „Korruption" denn gar so schlimm? Und hier in der Kammer ein Sofa, Luftheizung und ein bißchen elektrisches Licht. Und vor allem ein Arzt, der mir den Fuß untersuchte, ob er verrenkt oder gebrochen ist!

Lieber Alfred, ich will schweigen, wenn wieder einmal die Frage ist, was vorzuziehen wäre, die altbäuerliche Bedürfnislosigkeit oder die moderne Kultur. Ich will schweigend zugestehen, daß die Naturprodukte erst durch die Kultur, so durch die Industrie geheiligt und zu jener Läuterung gebracht werden, die des Menschen wert ist. Ich will einverstanden sein mit den zu erbauenden Brücken zwischen Land- und Stadtleben. Ich will selbst dem Handel gelegentlich ein Loblied singen und sagen, daß der Bauernhof ein kleiner Staat, und der Staat ein großer Bauernhof ist. Daß hier wie dort produziert und konsumiert wird, daß hier wie dort der Verkehr die Werte steigert. Was für den Staat der Eisenbahnwagen, das ist für den Hof der Bauernkarren. Der fährt vom Feld zur Tenne, von dieser zur Mühle, von dieser zum Backofen, und auf jeder Station gewinnt das Feldprodukt an Wert. Eine Zivilisation im kleinen, aber berufen, groß zu werden. Ich bin mir bewußt geworden, daß es nur darauf ankommt, das Bauerntum der allgemeinen Entwicklung vernünftig anzugliedern. Ist dieses geschehen, dann wird ein Stadtmensch nicht erst um zwanzigtausend Kronen ein Jahr lang Landmann sein, dann tut er's umsonst, oder zahlt noch etwas drauf, weil die Kultur mitten in der Natur draußen erst den ganzen Daseinsgenuß ermöglicht. Und wenn es gelingt, altväterische Tüchtigkeit und Treue mit jungweltlicher Genußfähigkeit und Vorurteilslosigkeit zu vereinigen, dann beginnt ein erträglicheres Zeitalter.

Und der Mann, der dieses bessere Zeitalter verbuchen wird von Tag zu Tag, verbuchen und weise beraten zugleich — das wird der herzstarke Journalist sein, der diesen Beruf zu seiner ganzen idealen Größe erhebt — bis er einst die Geschichts- und Lehrkanzel der Menschheit ist.

Deine gelegentliche Bemerkung, daß ich trotz meiner Flucht vor den Journalisten doch ein solcher geblieben sei, der gleichsam ein Wochenblatt aus dem Bauernhause schreibe, hat mich angemutet. Du hast sicherlich recht, wer bei allen Bekümmerungen und körperlichen Anstrengungen das Berichteschreiben nicht sein lassen kann, der ist einer und bleibt einer! Und warum nicht? Jeder Beruf wäre richtig, wenn der richtige Mann dazu käme. Der richtige Mann adelt sogar das Henkeramt. Der alte Scharfrichter Möllendorfer, eine zart und mild angelegte Natur, gütig und wohlwollend gegen jedermann, war der beste Henker seinerzeit. Der hat einmal den Ausspruch getan: „Das Hinrichten von Menschen ist die schwerste unter allen Notwendigkeiten eines Staates. Ich habe sie übernommen, weil auch wer dazu sein muß und weil andere vielleicht roher mit den Unglücklichen verfahren würden, als ich es tun will.“ So kann selbst aus dem Henker ein Gönner und Held werden. In gewissem Sinne muß auch der Journalist manchmal ein notwendiges Henkeramt besorgen, doch seine Hauptsache wird nicht das Zerstören, sondern das Bauen sein. — Jenes begeisterte Buch möchte ich lesen, das schon nach hundert Jahren ein erleuchteter Mann über die Kulturmission des Journalismus schreiben wird. Vielleicht schließt dieses Buch zusammenfassend mit folgendem Satze: Sobald der Journalismus sich in die bodenlosen Bereiche der Theorien, Prinzipien und Phantastereien verlor, wurde er schwankend, verfiel der Charakterlosigkeit und Charlatanerie; sobald er schlicht und redlich auf seines Volkes Erdscholle stand, wurde er zu einem Faktor der Sittlichkeit und des Wohlstandes.

Da mein leidender Fuß einstweilen nicht auf der Erdscholle stehen kann, so läuft dieweilen fleißig der Kopf herum und trägt alle möglichen Güter zusammen, um das Herz eines siebenunddreißigjährigen Junggesellen zu erfreuen. Wenn man es sich so nach Wunsch einrichten könnte! Auf einem Punkt in schöner Gebirgslandschaft, der gute Verbindung hätte mit der größeren Stadt, ein stattliches Landgut. Ein frisches Weib dazu, das die Wirtschaft leitet. Auch selbst tüchtig mittun auf Feld und Weide, in Wald und Garten und an Sonntagen sich der schönen Künste begeben und ein wenig schriftstellern — Freund, dann wär's eine Lust zu leben!

Während des Neubaues solcher Luftschlösser heilt der Fuß und dann möchte er tanzen. Was ist's denn mit der Hochzeit? Woche um Woche verstreicht und man hört nichts. Meister Setznagel hat wohl auch den äußeren Menschen schon fertig. Wo steckt nur der inwendige?

Diese Frage wurde gestern gelöst durch ein Brieflein, das der Franzel mir vom Lehrer heimgebracht. Da das Schriftstück nicht lang, aber recht lehrreich ist, so teile ich dir es wörtlich mit. Der Lehrer schreibt:

„Lieber Hans!

Nach den bekannten Ereignissen der letzten Zeit ist mein längeres Verbleiben in Hoisendorf ausgeschlossen. Ich habe nicht Lust, die Dauer meines Lebens von den Launen eines Rappelkopfes abhängig zu machen, der seine brüderliche, beziehungsweise schwägerliche Gesinnung durch Pulver und Blei dokumentieren zu müssen glaubt. Nachdem ich einen vorläufigen Substituten gefunden, verreise ich morgen, um mir anderwärts den Boden einer Existenz zu suchen. Mit Hilfe eines oder des andern Jugendfreundes dürfte mir das doch gelingen. Daß die Trauung mit Barbel bis über Neujahr hinaus verschoben werden muß, versteht sich demnach von selbst. Es wird mein notgedrungenes, pflichtmäßiges Bestreben sein, ihr ein besseres Heim zu schaffen, als es im Schulhause zu Hoisendorf möglich gewesen wäre. Gleichzeitig teile ich meiner Braut mit, daß ich mich baldmöglichst zur Erfüllung meines Ehrenwortes einfinden werde.

Einstweilen mit bestem Wunsch für baldige Heilung deines kranken Fußes und vielen freundschaftlichen Grüßen

Dein alter

Guido Winter.

Hoisendorf, am 20. November 1897.“

Nun also, das schreibt der Lehrer.

Ich war über alle Maßen gespannt auf das Gesicht der Barbel, wenn sie mir das nächste Essen bringen würde. Es kam am selben Abende aber die Hausmutter. Auf der Zunge brannte mir die Frage, ob das Mädel nicht etwa unpaß sei. Und konnte sie nicht aussprechen. Am nächsten Sonntage kam sie doch wieder, brachte Roggenklöße mit

Kraut. Hatte ein heiteres Gesicht, lachte wie ein helles Glöcklein, kümmerte sich noch um meinen Fuß, fragte, ob ich nicht bald in die Hausstube hineinkommen könne, wo es kurzweiliger sei, und eilte wieder davon.

Drinnen in der warmen Hausstube, wo der weiße Wintertag still zu den Fenstern hereinschaut, wo die Barbel Linnen näht und dabei Liedeln singt, ernsthafte und schalkhafte. Kurzweiliger, meint sie. O ahnungsvoller Engel du!

Am achtundvierzigsten Sonntage.

Recht gern teile ich dir „das Laufende der bewußten Angelegenheit" mit. Die letzte Botschaft meines Rechtsanwalts ist eine kleine Schilderung des Besuches, den er bei Doktor Stein gemacht, in der Absicht, um dem Manne auf diplomatische Weise hinter die Gesinnung zu kommen. Es soll aber nichts zu erfahren gewesen sein. So oft das Gespräch wie zufällig auf mich gelenkt worden war, schwenkte der Chef ab. Das Wesentlichste war, daß er mich achselzuckend einen Sonderling nannte und dann mit den Fingern auf dem Tisch zu trommeln begann, welches Trommeln die Besucher stets als Reisemarsch aufzufassen haben. Mein begriffsstütziger Rechtsanwalt ging aber nicht, sondern fragte nun geradehin, wann Herr Doktor Stein von Stein dem Sonderling die Wette wett zu machen gedenke? Der Kontrahent würde sich danach richten wollen und müssen.

„Ach ja, die Wette!" antwortete der Chef, „damit hat's noch gute Weile." Dann höflich, aber bestimmt: „Nicht wahr, liebster Doktor, Sie entschuldigen mich für diesen Augenblick, es drängt die neueste Post. Ach, ein Zeitungsklave!"

Hierauf mein Anwalt: „Leider kann ich mich mit dem Bescheid, als habe die Sache keine Eile, nicht zufrieden geben. Ich bin — um ganz offen zu sein — beauftragt, hierüber Klarheit einzuholen."

„Wieso?" darauf jener, „ich denke, man müßte wohl erst das Jahr zu Ende gehen lassen, erstens um zu sehen, ob der Herr Trautendorffer die Wette überhaupt gewinnt, und zweitens um abzuwarten, ob in diesem Falle von meiner Seite Schwierigkeiten gemacht werden, oder nicht. So viel mir bekannt ist, haben Sie ja schon mit meinem Herrn Lobensteiner in der Angelegenheit eine Unterredung gehabt, um sich seiner Zeugenschaft zu versichern. Was — wenn ich bitten darf — berechtigt Sie denn eigentlich zum Mißtrauen gegen mich, wenn Sie Ihres Rechtspunktes sicher zu sein glauben?"

„Meinem Klienten sind einige Äußerungen zu Ohren gekommen, die ihn beunruhigen."

„Vielleicht mit Recht!" sagte Doktor Stein. „Sie erinnern sich, daß Lobensteiner, Ihr Kronzeuge, Ihnen den Wortlaut der Wette mitgeteilt hat? Gut. Der Spaß hat, so weit ich mich entsinne, daraufhin gelautet, der Kontrahent habe ein volles Jahr als Bauernknecht zu dienen, also vom ersten Januar bis zum letzten Dezember dieses laufenden Jahres. Ich besitze Briefe, in welchen Trautendorffer selbst ausführlich erzählt, daß fast der ganze Monat Januar verstrich, bevor er einen Dienst gefunden. Gesetzt den Fall, die Wette wäre ernst gemeint gewesen, so wurde die Bedingung gleich anfangs so himmelweit verfehlt, daß ich nicht begreife, wie von einer Verpflichtung meinerseits auch nur die Rede sein kann. Es wird mir übrigens sehr angenehm sein, wenn Sie den Fall einer gerichtlichen Entscheidung anheimstellen wollen."

So, mein Freund und Philosoph, stehen wir jetzt mit unseren zwanzigtausend Kronen. Du warst sehr unvorsichtig mit deinem Darlehen. Und ich war sehr unvorsichtig mit meiner Hoffnung, mit diesen Krongütern Bauernhöfe zu retten, Schullehrerfamilien zu fördern und weiß Gott was alles. Zwar schreibt mir mein Vertreter, daß er durchaus nicht willens sei, den Fuchs laufen zu lassen. Bis der Betrag fällig und nicht ausgefolgt sein wird, das ist am ersten Januar 1898, wird die gerichtliche Klage anhängig gemacht. Dann wird sich der Prozeß so seine verschiedenen Jährchen hinschlängeln und ich werde — ein großartiger Michael Kohlhaas. Nach solchem Ruhme geize ich aber nicht. Zum Satan! Mir geht das Wasser jetzt schon an den Hals, oder was das Gegenteil und dasselbe ist, ich sitze im Trockenen. Meine Sachen sind verplempert und den besten Freund muß ich auf das Nachdrücklichste warnen, mir je noch einen Heller zu borgen. Bedenke doch einmal diesen Leichtsinn! Die journalistische Karriere hat er fahren lassen, ist einer Grille wegen Bauernlümmel geworden ohne Hof und Grund und will als solcher demnächst heiraten.

Denn, mein Alfred, nun sammle dich zur Andacht für das, was kommt.

Heute, am Vormittag, während unsere Leute in der Kirche sind, meine ich, daß man's wagen könnte mit dem Fuß, über den Hof zu gehen und in die Hausstube, um der Barbel, die allein daheimbleiben mußte, Gesellschaft zu leisten. Es geht leidlich. Sie ist, wie immer, mit etwas beschäftigt. Vor ein paar Tagen hatte die Hausmutter ein Schaf geschlachtet. So ist das Mädel daran, in der Feuerpfanne das Schafsfett zu „zerlassen" und es in Kerzenmodeln zu gießen, durch welche die Dochte schon gespannt sind. Die also gefüllten Blechzylinder hängt sie vors Fenster hinaus, wo das Zeug nach wenigen Minuten gestockt ist, daß es dann als glatte milchweiße Kerzen aus den Modeln hervorgezogen werden kann. Das macht sie so handlich und reinlich, als ob es ihr Fach wäre. Diese Leute können doch alles, was sie anfassen. Ein rechtes Bauernhaus ist wahrlich die Wiege aller Urproduktion und Industrie, ein echter Bauer der ganze Mensch.

Als sie mich mit dem Stocke — ein Dreschflegelstab

war es — daherhinken sieht, lacht sie und sagt, ich liefe ja schon wieder wie ein Wiesel.

„Oder wie eine Schnecke, wolltest du sagen, wenn ich ein Häusel hätte.“

„Das wäre schon lustig,“ sagt sie, „wenn der Mensch sein Häusel wie die Schnecke auf dem Buckel müßt tragen.“

„Barbel, das wäre gar nicht lustig. Denke dir, wenn nur eins Platz hätte im Häusel, nur eins allein!“

Darauf hat sie nichts geantwortet, beide sind wir still gewesen. Ich habe ihr bei der Arbeit zugeschaut und weil endlich doch wieder was gesagt werden muß, so frage ich, ob das schon die Hochzeitskerzen täten sein?

Ob man denn bei einer Hochzeit Kerzen brauche?

„Ja freilich, auf dem Tanzboden.“

Und nichts weiter. Sie ist fertig, räumt die Sachen weg und geht in ihr Stübel. Ich sitze allein und denke nach, wie man denn eigentlich das anfängt, was ich im Sinne habe.

Weil sie nicht wiederkommt, so will ich ins Freie, und unterwegs sehe ich durchs Fenster, wie sie in ihrer Kammer am Tischlein kniet. Die Sonntagsandacht hält sie, die von denen, so nicht in die Kirche gehen, sonst immer gemeinsam abgehalten wird. — Warum läßt sie mich nicht mithalten? Was hat sie gegen mich? — — Da ist mir auf einmal weh geworden! Weh und fremd . . .

Dann habe ich mich ausgescholten. Wie fromm doch dieser Hans Trautendorffer geworden ist! Sich zu kränken, wenn man zum Psalter nicht eingeladen wird! — Neuerdings in die Stube bin ich gegangen, an den Herd hin, wo der große Schnitzger ist und der Scheiterstoß. Und habe wegen einer Zerstreuung angefangen, Leuchtspäne zu klieben. Später kommt sie wieder, trifft Vorbereitungen zum Mittagmahlkochen und sagt: „Späne machen tust, Hansel?"

„Freilich!" sage ich, „muß man halt mit der Arbeit den Sonntag heiligen, wenn das Beten nicht angenommen wird."

„Das Nichtstun steht einem freilich auch am Sonntag nicht an," sagt sie, „deswegen hab' ich ja auch Kerzen gemacht."

„Du Kerzen, ich Leuchtspäne! Da wird jemandem doch einmal ein Licht aufgehen."

Sie legt Brennholz über die Herdgrube und sagt so nebenhin, zum Lichtaufgehen, dazu würden keine Kerzen und keine Späne vonnöten sein.

Länger ist es nicht mehr auszuhalten.

„Wetter noch einmal, Barbel, wie steht's denn mit euch? Wir werden uns ja die Hochzeitsbuschen bestellen müssen."

Habe schon gemeint, darauf käme keine Antwort, da sagt sie: „Damit wird's noch keine Eil' haben, mein lieber Hans."

„Man hört gar, daß es neuerdings verschoben ist."

„Kann schon sein," sagt sie.

„Auf wie lange wohl wieder?"

Sie gelassen: „Das kunnt ich wohl nit sagen."

Jetzt haue ich den Schnitzger ins Scheit, daß der Span fliegt.

„Ist man das Warten gewohnt, so fragt man auch nit viel," setzt sie bei. „Es muß überhaupt nit sein."

Nachher Schweigen auf beiden Seiten. Ich steh' vom Block auf, gehe in der Stube hin und her und da zucken ein paarmal unsere Augen aneinander.

„Hol' doch der Kuckuck diese verdammte Leimsiederei!"

So bricht's plötzlich aus mir los. „Von einem Monat auf den andern. Und jetzt ist er gar davongelaufen."

„Er wird auswärts zu tun haben."

„Es scheint, daß er auch mit seinem Beruf eine Änderung machen will."

„Da wird er schon recht haben."

„Wenn er für den Ehestand nicht besser geeignet ist, als für den Lehrstand?" schlage ich an.

Sie sagt nichts.

„Der Mensch soll doch wissen, was er will," rufe ich aus.

Sie bläst in den Herdkohlen die Glut an, und wie ihr zartes Gesichtel so im Widerschein glüht, sagt sie: „Ich denk', es wird ihm nit mehr ernst sein."

„Barbel, es werden dir die Funken ins Aug' springen, wenn du so scharf drein blasest!"

Sie legt Zündspäne dran und sagt: „Er redet alleweil nur von der Pflicht. Wenn es sonst nichts mehr ist, ein Ehrenwort kann man zurückgeben."

Jetzt stelle ich meine Wanderung ein und bleibe vor ihr stehen. Knapp vor ihr.

„Barbel! Wenn es euch nicht heilig ernst ist, dann lasset es sein. Im Heiraten hat man die Wahl, in der Liebe hat man keine."

Sie bricht heftig Späne entzwei, aber das Zittern ihrer Hand habe ich doch bemerkt.

„Das, was du jetzt gesagt hast, Hans —." Sie stockt.

„Daß man in der Liebe keine Wahl hat —?"

„Ich kenne eine, die's erfahren hat."

„Und ich auch einen solchen!" Darauf mein Einsatz. Und denke für mich, der, den ich meine, der hat in jungen Tagen mit der Liebe gespielt, mit der Liebe geprahlt.

Aber kennen gelernt hat er sie erst spät, als das Leid dazugekommen ist und das Erbarmen. Und schreie es plötzlich heraus: „Ein Mitleid habe ich mit dir, du herzgutes Mädel, alles möchte ich für dich tun. Wenn das die Liebe ist, Barbel — — und du kannst mich nicht gern haben . . .?"

So ähnlich muß ich gesprochen haben, so zittert es noch in mir nach.

Und sie? Sie hat sich nicht gewehrt, hat ihr Haupt zurückgelegt auf meinen Arm und ich habe ihr Küsse gegeben auf die Stirn, auf die Augen, auf den Mund, und haben uns aneinander gesogen mit den Lippen, als hätten wir uns gegenseitig austrinken mögen.

Und als das vorbei gewesen, hat sie mir mit feuchtem Blick ernst und offen in die Augen geschaut und hat langsam, wie traumhaft, gesagt: „Endlich, endlich. — Endlich ist die Stund' gekommen . . ."

— So hat es sich ereignet, Freund Alfred, und jetzt ist sie mein.

Am neunundvierzigsten Sonntage.

Noch kaum selber habe ich mich gefunden seit dem freudigen Schreck. Dieses urplötzliche Auflodern des seit langem unter der Asche glosenden Feuers!

Wer ich denn eigentlich bin — sie hat mich gar nicht gefragt. Aber ein Geständnis ist ihr bald entschlüpft: „Daß du ein geborener Bauer nit bist, hab' ich am ersten Tag gemerkt. Daß du ein guter Mensch bist, hab' ich auch gleich gesehen, und hab' gemeint zu vergehen die ganze Zeit, weil ich den anderen nit mehr hab' so gern haben können, wie dich."

„Und deswegen bist du immer so betrübt gewesen und hast gar nimmer lachen wollen?"

„Deswegen nit allein. Du weißt es ja, Hans."

Und sie hat nicht gefragt, was ich ihr werde bieten können, was ihr Schicksal werde sein an meiner Seite. Dieser himmlische Leichtsinn! —

Aber nachher die Hausmutter, die hat uns bald nüchtern gemacht. Erschrocken war sie nicht, als ich ihr noch am selben Abend unsere Verlobung mitgeteilt hatte.

„Diese Barbel, das ist ein Band!" sagte sie nur. „Weil der eine davon ist, packt sie den andern her. Meiner Tag hätt' ich mir das nit lassen träumen, von dem Mädel. Jetzt, wo sie schon einen haben muß, so ist's eh gescheiter, sie nimmt einen Bauersmenschen, als wie den herrischen Schulmeister da."

Einen Bauersmenschen, sagt sie! Das Rainhäusel da hinten beim Schachen sollten wir uns herrichten und nachher fleißig arbeiten helfen im Hofe. Das ist ihre Anordnung und das ganze Programm meiner Zukunft. Also ist die Falle zugeschnappt, steineisenfest, und der Hansel sitzt drinnen.

Am Dienstagabend war großer Familienrat. Beim Tische, auf dem Platze, wo der Adam gestorben war, kam ich zu sitzen, da ist es mir ganz kalt über den Rücken gelaufen. An seine Stelle bin ich gesetzt. Habe mit meinen Vorschlägen auch nicht lange gesäumt. Wahre Sinaigebote, zähle nach, ob ihrer auch zehn sind.

Der Valentin, wenn er glücklich heimkehrt vom Militär, wird nicht hinausgehen in das Radmeisterwerk, auch nicht in die Grabacher Papierfabrik, die jetzt viele Arbeiter beschäftigt, er wird daheim bleiben und als der Ältere die Wirtschaft übernehmen. Der Rocherl wird nicht Almhalter in der Wendau, wie er schon hatte anklingen lassen; er bleibt auch daheim und wird Großknecht, als der ich mit Ende des Jahres mein Amt niederlege. Jetzt kann er ja wieder zugreifen mit beiden Händen und die gleichmäßige Arbeit wird das Irrlichtern seiner unruhigen Seele schon dämpfen. Der Franzel bleibt nicht daheim. Der geht für drei Jahre auf die Landwirtschaftsschule nach Grotting, dann kommt er auch zurück. Diese drei Brüder werden zusammenhalten wie die Scheiter an einem ungespaltenen Lärchblock. Der Kornbau wird aufgegeben. Nur Gemüse, Kartoffeln, Kohl, Karfiol, Rüben und Salat. Die Felder werden zu Weiden und Wiesen gemacht; eine Jungviehzucht wird gegründet, mit dreißig bis vierzig Stück Rindern. Schafe und Ziegen werden abgeschafft. Hingegen etliche Schweine für Speck und ein gutes Stück Rauchfleisch übers Jahr. Milch- und Käsewirtschaft gemeinsam mit den Nachbarn, die für eine Genossenschaft gewonnen und unterwiesen werden müssen. Jungwald pflegen, besonders Lärchen, so viel nur immer wachsen wollen. Der Wald zahlt wenig

Steuer, braucht wenig Arbeit und bringt bei vernünftiger Kultur ein gutes Stück Geld jedes Jahr. — „Sapperlot, wer schon einmal eingespannt ist, der muß auch anziehen!" sage ich beeifernd zu meinen Leuten. Sie gucken mich unsicher an, ob's wohl auch alles mein Ernst wäre? — Mir ist selber nicht ganz sicher. Das Ding hat stellenweise verzweifelte Ähnlichkeit mit meiner voreinstigen volkswirtschaftlichen Rubrik in der „Kontinentalen".

„Mein Gott!" seufzt die Hausmutter auf, „wenn man halt wüßt', was der Adam dazu sagen tät'!"

Der Rocherl meint: „Wenn's einmal im Gang wär', kunnt's schon schön sein. Aber anfangen! Wie denn anfangen?"

„Habe ich das Wichtigste schon gesagt?" fahre ich zu reden fort. „Das Wichtigste hätte ich noch nicht gesagt? Doch ein zerstreuter Pinsel, der ich bin. Unsere gute Hausmutter wird sich auch einmal ausrasten wollen. Da muß halt der Jungbesitzer gelegentlich ein braves Weib heimbringen, das anfangen hilft."

„Ja, Hansel!" ruft der Rocherl auf einmal aus und legt die Hand auf meine Achsel, „was ist's denn mit dir?" Mit dir und der Barbel, möcht' ich wissen!"

„Mit uns? Mit der Barbel und mir? Was wird's denn sein! Das Rainhäusel werden wir uns sauber herrichten lassen für den Sommer und Herbst. Im Frühjahr und Winter werden wir draußen in Kailing wohnen. Dort ist's auch schön. Oder gar in einer Stadt, wenn's uns freut."

Darauf die Hausmutter: „Ja, Hansel, bist denn du nit gescheit?"

„Ihr wisset es wohl doch schon lang, daß ich ein verwunschener Stadtherr bin. Ein reicher Mann hat mich heraufgeschickt ins Almgai und mir viel Geld versprochen, wenn ich euch ein ganzes Jahr lang arbeiten helfe wie ein Knecht."

„Das ist erstunken!" erklärt die Hausmutter.

„Daß der reiche Mann mir für das Bauernjahr viel Geld versprochen hat, ist wohl wahr. Ob er's aber auch hergibt? Das mag schon erstunken sein. Und wenn's ist, auch gut, dann weiß ich mir mit der Feder was zu machen."

„Mit der Feder? Solltest du ein gelernter Uhrmacher sein?"

„Mit der Schreibfeder. Es wird's schon tun, gelt, Barbel!"

Die Hausmutter tut, als ob sie plötzlich vom Himmel gefallen wäre. Sie schlägt sprachlos die Hände zusammen. Und als sie soweit die Sprache wieder erlangt, will sie es noch einmal hören. — „Mit der Schreibfeder?! Mit der Schreibfeder, sagt er?! Leut', ich weiß nit, bin ich ein Narr, oder ist es der! Ein Stubenschreiber! Warum nit gar ein Zeitungschreiber! Ja, wenn's ein solcher tut sein! Ein solcher? Nein, nachher g'reut's mich, da darf's nit sein! Da darf's heilig nit sein! Das wären Geschichten! Nein, sage ich!"

Nun hat ein starkes Streiten angefangen, die Mutter wird immer noch zorniger. Die Kinder verteidigen mich und stellen ihr vor, wie brav und rechtschaffen der Hansel gewesen wäre, das ganze Jahr.

„So!" fährt sie auf, „brav und rechtschaffen! Die ledige Falschheit ist er gewesen. Wenn er sich für einen Knecht ausgibt und ist keiner. Das ist doch die ledige Falschheit. — Daß du's weißt, Hansel, jetzt ist dein Jahr aus. Pack' z'samm' und geh!"

Da habe ich schon gemeint, alles wäre in der Brüche

und die Barbel ist dagestanden wie eine Wegsäule, so starr. Nun kommt aber der Rocherl über die Mutter. Der ist seit dem Allerseelentage ein anderer, welche von den zwei Kugeln davon den größeren Anteil hat, weiß man nicht. Manchmal wetterleuchtet's noch und wenn er ein heißes Wort sagt, da schaut ihn die Mutter an, und wenn er treuherzig redet, da hört sie ihm zu. Daß statt des Lehrers der Hansel an seiner Schwester Seite steht, scheint ihm lieb zu sein, und so kommt er nun an die bitterböse Mutter. Vom seligen Vater spricht er ihr. Der hätte lange gewußt, was es mit dem zugereisten Knecht ist und er wäre nur um so dankbarer gewesen, daß ein fremder, ein solcher Mensch sich freiwillig alle Mühe und Not auferlege, um uns beizustehen. Und einmal habe der Vater gesagt, der Hansel sei zwar in mancher Arbeit ungeschickt, aber wegen seiner Bravheit könne er um jede Tochter werben, sie würde ihm nicht versagt werden. — Diese Wendung hat gewirkt. Der Adam hat angeklopft. Und so hat mein Hausvater, der seit Wochen im Grabe ruht, noch ein lebendiges Wort für mich gesprochen, gleichsam durch seinen Sohn mir den Vaterssegen erteilt.

Die halbe Nacht sind wir beisammengesessen und haben allerlei besprochen und die Hausmutter ist ganz weichmütig und sinnig geworden und hat gemeint, ich müsse rein aus einem Märchen herausgestiegen sein, und sie werde dumm vor dem, was sich heutzutage ereigne auf der Welt.

Unser Trauungstag ist für den zwölften Dezember bestimmt. Das soll nicht auch wieder eine lange Bank werden. Der Kurat knüpft an diese Trauung im Advente nur die eine Bedingung, daß keine Lustbarkeit mit ihr verbunden sei. Ganz nach unserem Sinne. Wo das Glück ist, wozu da noch Lustbarkeiten. — In allem übrigen ist's mit den Behörden abgemacht. Mir ist darum zu tun, daß es sich rasch vollzieht, schon des Lehrers wegen, du kannst dir's denken. Bevor er nach Hause kehrt, wenn er überhaupt noch einmal kommt. Den möchte ich nicht gerne als Hochzeitsgast haben.

Und du, treuer Freund, erweise mir den Gefallen, von meiner Vermählung niemandem etwas zu verlauten. Es könnte übermütige Leute geben und an diesem Tage kann ich niemanden brauchen, als die Sippe allein.

Auf Grund deines neuerlichen Anerbietens — für das der Himmel dich segne — habe ich in Kailing bereits Sachen bestellt, besonders einen Anzug, städtische Bauerntracht, auf gut deutsch: Touristenkostüm. Wollen den Kerl halt herrichten, so gut es geht. Und wenn es gut geht, dann springt er aus. Den Bauernstand hat der Schelm so lange gelobt, bis er ausspringt. Man braucht mich auch nicht. — Und was ich am Dienstage zur Hausmutter gesagt, bevor ich's bedacht, habe ich bedacht, nachdem ich's gesagt. Wenn das andere nichts ist, so weiß ich mir mit der Feder was zu machen. Ja, warum denn nicht? Jetzt auf einmal ist mir zu Mute, als könnte ich alles. Und was unsere Kinder betrifft, das erste Dutzend wird Bauern.

Der fünfzigste Sonntag.

Vom Briefschreiben konnte keine Rede sein an diesem Tage. Dafür soll dir der junge Ehemann nachträglich alles in schönem Herzensfrieden berichten, wie es sich vollzogen hat.

Gearbeitet wird seit drei Tagen im Adamshause nicht um eines Hosenknopfes wert. Und im ganzen Almgai Bauernräusche, wie seit Noahs Zeiten keine massiveren dagewesen. O Freund, das war ein Brennpunkt von Herzenslust für die einen und Magenjammer für die anderen! Schon am zweiten Tage hatte der belesene Schmied und Kirchendiener die philologische Anwandlung, der Tafelrunde zu erklären, soweit sie zugehört hat, daß im Worte Katzenjammer statt des ersten a ein redliches o stehen müßte.

Aber besser als diese ungeschlachte Weisheit hat mir sein Liedel gefallen. Klatschte der Alte in die Hände, auf die Knie und sang:

„Jauchzen tut heut Leib und Seel',
Bruderherz, gar kreuzfidel
Geht's bei uns her.

Traurig sein, das gibt's ja net,
Fünf und sechs ist siebzehne,
Oder noch mehr!"

Damit soll dir die Stimmung dieser Hochzeit, bei der es keine Lustbarkeiten geben sollte, angedeutet sein.

Und nun zu den besonderen Angelegenheiten. Als wir am Sonntage vom Adamshause fortgingen — sie hatte ihr neues vergißmeinnichtblaues Kleid an, um Schultern und Brust ein rotseidenes Tuch, das auch die Mutter einst am Trauungstage getragen hatte. Ihr lichtes Haar war in einen Kranz geflochten um das Haupt, wie Meister Defregger seine Tirolerdirndeln gerne herrichtet. So stand sie an der Türschwelle und sagte beklommen:

„Es wird mir doch schwerer, als ich gedacht habe.“ — Da habe ich's gleich gemerkt. Sie dachte an den Lehrer und setzte noch bei: „Es ist wohl wahr, wir sind uns schon lang gleichgültig geworden, aber gesagt haben wir es uns doch noch nit. Und jetzt, derweil er fort ist, soll ich mit einem andern zum Altar. Das kommt mir so untreu vor, so untreu . . .“

Darauf habe ich gesagt: „Liebes Kind, die Untreue liegt wohl auf seiner Seite. Wenn überhaupt eine vorhanden ist. Daß er sich bei dir gar nimmer angemeldet hat, ehe er fortging! Seitdem sich alles so ganz anders gewendet hat, seid ihr euch gegenseitig ja nichts mehr schuldig und wie man mit freiem Willen zusammengegangen ist, so geht man mit freiem Willen auseinander.“

Und sie: „Das eine kann ich nit einmal sagen. Es hat schon so sein müssen. Ich denk' mir wohl, daß es ihm nichts macht, was ich jetzt tu'. Wenn ich nur vorher zu ihm treten könnte und sagen: Guido, behüt' dich Gott! . . .“

Leise in ihr weißes Tüchlein schluchzend ging sie neben meiner des Weges. Mit uns gingen auch ihre Brüder. Jetzt stand der Kulmbock da, als Hochzeitvater, und sagte: Das hätte keine Manier nicht! Miteinandergehen, das Brautpaar zur Kirche, das wäre sauber! Daraus werde nichts. Die Braut gehöre hinten dran! — Und denke dir, mußte nach altem Brauch die arme Barbel am Hochzeitszug ganz hinten dreingehen, mutterseelenallein. Dann, während alle anderen schon in der Kirche sind, steht sie noch allein draußen vor der Tür und wartet, bis der Hochzeitvater sie hineinführt zum Altar, wo der Hansel ist. — Diese sehr unritterliche Sitte soll wohl die Niedrigkeit des Weibes anzeigen, bevor der Mann sie erwählt und erhöht.

Wie scharf es bei den Hochzeiten hier gegen die Weiber hergeht, zeigt auch eine andere Sitte, die es der künftigen Schwiegermutter verbietet, bei der Trauung anwesend zu sein. Beim Mahle soll sie ganz hinten im Ofenwinkel sitzen und dann — hörst du es! — dem jungen Ehepaare ein ganzes Jahr lang fern bleiben. — Jetzt wirst du doch Respekt haben vor den Almgaiern, daß sie so stramm und bündig mit der Schwiegermutter fertig zu werden wissen. Doch warte nur, wer der Stärkere ist! Wie der Kulmbock der Hausmutter den Eintritt in die Kirche verwehren will, sagt sie entschlossen: „Eine Mutter wird ihr Kind meiden! Just so!“ Schiebt mit dem Arm den Kulmbock zur Seite und tritt ein.

„Na gut, gut,“ sagt der Ordner, „aber ohne Präjudiz!“ Denn er ist zeitweise ganz Gesetz.

Am Altare brannten zwei einzige Kerzen, kein Kirchenschmuck, keine Blumengezier. Es ist spät im Jahre ....

Wie mir ums Herz war, als das liebe Wesen an dieser Stelle neben mir stand, als wir die Ringe wechselten und gegenseitig unser Ja sagten, das, mein Freund, kann ich dir nicht beschreiben. Wer es aus sich selber nicht weiß, der kann es nicht verstehen. Im übrigen ist bei der Trauung nicht geweint worden und nicht gelacht ....

Als wir ins Wirtshaus wollten, war das Tor geschlossen. Der Kulmbock pochte mit dem Stab, drinnen kicherte man und das Tor blieb zu. Jetzt begann er zum Schlüsselloch allerhand Sprüche hineinzusagen, die ich nicht verstanden habe, ich glaube, sie handelten von den Tugenden und Würden des jungen, Eintritt heischenden Ehepaares, aber das Tor öffnete sich nicht. Da trat meine Barbel vor, berührte mit einem Weißtannenzweig, den man ihr in die Hand gegeben, das Haustor — und jetzt ging es langsam auf und wir traten ein.

Das Mahl — ein Halberabendmahl — haben wir recht einfach gehalten. Ziemlich schweigsam hat jeder seine Portion Aufgeschnittenes mit Kuchen verzehrt oder in den Sack gesteckt. Es war zu merken, daß der Kulmbock einen Trinkspruch in Bereitschaft hatte und damit nur warten wollte, bis der Wein kam. Wir tranken Apfelmost und der Wein kam nicht. Draußen schneiete es stark und es begann zu dunkeln. Die Barbel schaute mich schon immer an und sagte nun ganz leise, es würde ein hartes Heimgehen sein in der Nacht. Das hieß, wir möchten lieber noch bei Tage gehen, und das war sehr nach meinem Geschmack. — Und als wir uns zusammenpackten, na, da kamen sie. Als der erste erschien, der Nachbar Gleimer war's, zündete der Wirt sogleich zwei Lampen an. Der Gleimer brachte einen eisernen Kochtopf mit und stellte ihn schweigend vor die Braut. Hernach stiegen die anderen daher zu unserer Überraschung. Es kamen die Bauern aus nah und fern, von der ganzen Gemeinde. Wie pure Schneemänner gingen sie zur Tür herein. Ungestüm war das Wetter geworden und der Wind trieb den Schneestaub ins Vorhaus. Da haben wir uns neuerdings niedergelassen am Tische. Jeder Ankommende hatte ein Hochzeitsgeschenk bei sich. Bäuerinnen brachten mancherlei Hauseinrichtungen, hatten in Körben und Säcken Mehl, Fett, Eier und Backwerk. Der Schuster Zwegel brachte mir eine von ihm selbst gestrickte Wollenhaube, der Schneider Setznagel ein Paar Lodenpantoffeln, zum Zeichen, daß er vergeben und vergessen hat und um neue Kundschaft wirbt. Der Kulmbock konnte nicht mehr länger zurückhalten, er bestellte Wein. Während noch allenthalben die Gläser gefüllt wurden, ließ er los. Er sprach im Predigertone und griff zurück bis auf Adam und Eva. Dabei machte er Anspielungen, die man schlechterdings nicht zweideutig nennen konnte, weil sie nur mehr eindeutig waren. Ungeahnt frühzeitig, gottlob, kam er auf die geistvolle Schlußwendung: Der Bräutigam soll leben und die Braut daneben!

Kaum war die Festrede vorüber, so erhob sich draußen im Vorhause helles Gedudel. Bläser und Geiger waren gekommen. Der Kulmbock zog seinen feuchten Lodenrock aus, ging in flatternden Hemdärmeln umher, lud nach allen Seiten zum Essen und Trinken ein, war witzig und rief ein ums andere Mal: „Geschmalzene Holzäpfel friß ich nit!"

Dieweilen kamen immer noch Leute mit Gaben. Der Sackbuttner brachte eine Blechschelle für die Kuh, die er dem Lehrer verkauft; er war der Meinung, es gebe Lehrerhochzeit. Der Schrager brachte einen nagelneuen Melkzuber, den er selber geböttchert hatte. Der Jäger Konrad, der zu endgültigem Friedensschlusse als Brautzeuge gewählt worden war, brachte einen wolligen Fuchsbalg dar, „vors Bett hin, wenn die Barbel schlafen geht und aufsteht". Die Nähterin Rosalia tat mit ihrem Hochzeitsgeschenk gar geheimnisvoll, wickelte es vorsichtig aus einem weißen Tüchlein und hielt es am Stengel der Barbel hin. Ein großer Apfel mit roten Wangen. Alles könnten sie genießen, die lieben Eheleute, so legte die Nähterin es aus, nur an diesem Apfel dürften sie nicht naschen. „Warum nit, das will ich euch sagen, wer davon ißt, der verdirbt sich den Magen." Weise war's gesprochen, denn der große Apfel erwies sich als hölzerne Kapsel, die aufzuschrauben war und in der sich ein Spiegelchen, ein Fingernagelzwicker und ein Hühneraugenpflaster befand. Schlimmer war's, als die alte Marenzel mit einem kleinen Kinde hereinkam und es schaukelnd und ein Wiegenlied trillernd der Barbel zutrug. Auf dem Tische wurde sofort ein Bettchen hergerichtet, die Alte wickelte die Fatschen auseinander und da lag — mutternackend — ein schlanker Butterstritzel.

„Geschmalzene Sagspäne friß ich nit!“ schrie der Kulmbock drein, um über das sinnige Geschenk seine Überraschung und seinen Beifall auszudrücken.

Ich lachte überlaut mit und dankte dahin, dorthin. Mein armes Mädel saß da wie ein Marienbild und ließ alles gelassen über sich ergehen.

Die Hausmutter war nachgerade ungebärdig geworden. Schon die Musikanten gefielen ihr nicht, mitten in der heiligen Adventszeit. Das ganze Treiben war ihr zuwider „und wenn es Glasscherben schneibt“, sie will heim. Just zündete sie die Laterne an, die der Kirchenwirt uns für den Heimgang borgen wollte, da — aber Freund, ich kann nichts dafür, daß der Zufall bisweilen so gut aufgelegt ist. Du wirst sagen, der Zufall komponiere nicht Romane. Ja, Alter, er komponiert deren manchmal — rein aus Zufall.

Die Wirtin hatte die Stubentür weit aufgemacht und sagte laut auf uns her: „Jetzt werd' ich mir wohl ein Vergeltsgott verdienen fürs Türaufmachen!“

Wir schauen ins dunkle Vorhaus hinaus, die Musikanten blasen einen Tusch und nun — steht er da. — In voller Uniform, mit Helm und Seitenspieß, den beschneiten Mantel auseinandergeschlagen, daß von der breiten Brust die Knöpfe uns entgegenfunkeln wie zwei Reihen munterer Augen. Der Valentin. Das war nun freilich ein anderer Kerl, als damals im Sommer. Sein rotes Gesicht lachte breit auseinander, wie ein Sieger schaute er frei um sich.

Von allen Tischen streckten sich ihm Hände und Gläser entgegen — er drang durch das Gedränge bis zum Ehrentisch vor, zu Mutter und Geschwistern. Meine Hand nahm er zuletzt und hielt sie am längsten.

„Diesmal ist's anders, Hansel!" lachte er mir zu.

„Und bei uns auch!" sagte ich.

„Und bei dir schon gar!" setzte er bei, auf die Barbel spielend. „Recht hast. Erst in Kailing habe ich es gehört."

„Haben dir's nicht geschrieben, weil wir wieder eine Dummheit fürchteten."

„Man wird ja gescheiter," sagte er.

Und jetzt war vom Nachhausegehen keine Rede mehr. Jetzt begann es lustig zu werden. Auch die Hausmutter nippte vom Glas, klatschte mit den Händen: „Verklöpfelte Leut' seid's!" — Ich denke, es hat ein Lobspruch sein sollen.

Der Kulmbock versicherte von Zeit zu Zeit, daß er „keine geschmalzenen Schuhnägel fresse".

„Ich auch nicht!" gab der Valentin bei und ließ sich den Schweinsbraten schmecken. Und dann kamen die Erzählungen aus dem Kasernleben, von den Märschen, von den Kameraden, von den Offizieren, besonders vom Obersten. „Weiler!" hatte ihm dieser gesagt, „solange Sie das kreuzverfluchte Heimweh haben, bleiben Sie beim Regiment. Daß Gott mich — Sie bleiben! Bis Sie das Vollmondgesicht wieder aufgesteckt haben, mit dem Sie vor zwei Jahren eingerückt sind, bekommen Sie Urlaub. Und vorher nicht! Und nachher sofort!" Diesen Ausspruch hat der Valentin sich zu Herzen genommen und soll er bei seiner erwachenden Frohheit tatsächlich zum Vollmondgesicht nicht viel länger gebraucht haben, als der Neumond zu dem seinen.

Längst Mitternacht vorüber, als wir uns von der Gesellschaft, die bei jungem Wein schon ausgelassen zu werden begann, verabschiedeten und den Heimweg antraten gegen das Adamshaus. Schneegestöber, blasser Mondschein, Windrauschen in den Bäumen. Der Valentin führte die Mutter am Arm, der Rocherl den Franzel, ich — mein Weib. Als wir ans Haus kamen, führte mein Weg nicht wie sonst über den Hof zur frostigen Stallkammer. Ich trat mit allen ins Haus und dann mit der Barbel ins warme Stübchen.

Beim Kirchenwirt sollen sie vierundzwanzig Stunden später noch beisammengesessen sein und zwar in einer Verfassung, die aller Beschreibung spottet. „Schwabenkäfer friß ich nit!" soll der Kulmbock auf der Ofenbank liegend gelallt haben und da wären sie ihm auch schon zum Munde hineingekrabbelt.

Am einundfünfzigsten Sonntage.

Unglück im Spiele, Glück in der Liebe. So ähnlich, nicht wahr, lautet es ja. Bei mir stimmt's.

Obgleich ich die „Kontinentale“ schon lange nicht mehr eigentlich las, fiel mir doch auf, daß sie seit einiger Zeit in vergrößertem Format erschien. „Der Tod streckt sie schon,“ hatte der Lehrer gesagt. Nun also ist es, wie du schreibst, geschehen. Das Blatt eingegangen, der Chef durchgegangen. Somit wäre meine Angelegenheit auf das gründlichste geordnet.

Um so lebhafter interessiert mich dein Vorschlag, lieber Freund. Du meinst, daß ich meine Sonntagsbriefe aus dem Adamshaus veröffentlichen soll? Daß sie Aufsehen erregen müßten, sagst du. Ist das dein Ernst? Während ich glaubte, ein zugereister, notiger Bauernknecht zu sein, wäre ich Schriftsteller gewesen! So ein bißchen Zola, von dem man erzählt, daß er seine Stoffe persönlich hervorgeholt aus den Volksschichten, und sie lebt, bis er sie durchdrungen hat. Aber ich bin ihm voraus. Daß er bei seinem „La terre“ ein Bauernmädel geheiratet hätte, ist ihm meines Wissens nicht passiert. — Was ich doch für ein großartiger Kerl bin!

Doch, zum Ernste. Wenn du für meine Sonntagsbriefe wirklich einen Verleger findest und du gibst dir die Mühe, sie für die Öffentlichkeit herzurichten — ich bin einverstanden. Unheimlich ist mir allerdings der Gedanke, fürderhin unter den zehntausend, größtenteils brotlosen deutschen Federhelden des Kürschnerschen Literaturkalenders prangen zu sollen. Zehntausend! Ob es heutzutage noch so viele Bauern gibt in deutschen Landen? Aber werden muß ich was. Ist's mit der Unsterblichkeit nichts, so würde ich auch mit einem Nachtwächterposten zufrieden sein. — Ein armer Familienvater, wird's heißen! — Es ist doch eigentlich auf das höchste überraschend, daß ich plötzlich verheiratet bin! —

Schließlich ist's noch eine Frage, ob ich überhaupt von hier fortgehe. Im Adamshause ist frischer Mut und neues Leben. Die Burschen und ich arbeiten von früh bis abends im Walde. Der Valentin scheint's an richtiger Stelle zu packen. Er hat zwölf alte Lärchbäume um schweres Geld verkauft. Nun werden sie gefällt und auf Schlitten zu Tale gebracht. Der Rocherl hat sich gefunden und ist heil, aus- und inwendig. Der Franzel weiß vom neuen Schulprovisor Schlimmes zu erzählen, daß er strenge sei und man bei ihm viel mehr lernen müsse, als beim Guido Winter.

Mutter und Tochter walten in Haus und Hof. Hier sind diese Dezemberwochen ein einziges großes Vorbereiten auf Weihnachten. Selbst in den Ställen werden mit langen Besen die Spinnweben von den Wänden gefegt. An den Tieren werden alle Krustlein losgestriegelt, die Klauen und Hörner beschnitten und der Stallboden bekommt frische, walbduftende Streu. Um das Haus ist das Herdholz in zierliche Stöße geschichtet, in den Stuben wird alles Gemöbel gescheuert, alles Mauerwerk weiß getüncht, alles Fenster- und Bilderglas mit feiner Asche geputzt. Von der alten Schwarzwälderin hat die scheuerwütige Hausmutter sogar die Ziffern zuschanden gerieben, so daß die Barbel — diese gute Stunde selber — mit Kohle nachmalen mußte. Der Messingzeiger funkelt wie Sonnenschein. An den Abenden hatten sie sonst Herbstschurwolle gesponnen; nun, dem Christfeste nahe, stellten sie das Spinnen ein, „damit das schnurrende Rad das Christkind nit aus dem Schlafe wecke". Aus denselben Gründen müssen wir alle des Abends auf den Zehenspitzen gehen und überhaupt jedes Geräusch vermeiden.

Soll ich dich nun auch ein wenig in unser Stübchen gucken lassen? Na freilich, du lieber Mensch, so gucke. — Das Tischlein gedeckt mit einem roten Tuch, darauf steht ein kleiner Krug, in welchem drei Kirschbaumzweige frischen. Sie sind am Barbaratage, ihrem Namenstage, gepflückt worden und sollen in der heiligen Nacht aufblühen. Die zwei hellen Fenster haben schneeweiße Vorhänge, zierlich genäht und mit Buchstaben gestickt von ihrer Hand. Die Betten stehen so nahe aneinander, daß sie mit einem Überzuge zugedeckt werden können. Dieser Überzug ist himmelblau und hat kleine, rote Blümlein. — In das Kämmerchen ziehen wir uns zurück nach dem Abendbrot, und wenn du horchen wolltest — aber das darf man ja gar nicht — so würdest du noch lange ihr fröhliches Lachen hören.

Am Donnerstage hat mir der Valentin Urlaub gegeben, daß ich nach Kailing gehen konnte. Wir haben mancherlei einzukaufen, außerdem steht dort zwischen Obstgärten, gerade am Rechenflusse, ein niedliches Landhaus, das zu vermieten wäre. Ich miete es nicht, ich sehe es nur an, gehe ringsherum und sehe es an und denke: Wenn man dich mieten könnte! Dann gehe ich wieder davon. — Ich wollte dir etwas anderes erzählen.

Wie ich am Vormittage immer der Rechen entlang gegen Kailing hinabgegangen bin, gerade in der Engschlucht begegnet mir — was glaubst du, wer? — Richtig, mit dem ersten Worte hast du ihn. Ganz gemächlich trottet er heran auf dem glatten Schnee, das Beinkleid in die Stiefelröhren gesteckt und über der Achsel eine Ledertasche hängen.

Zum Satan! denke ich mir, jetzt kann's hübsch werden.

„Was?" ruft er mir heiter zu, „wie wußtest du denn, daß ich heute komme, Hans?"

„Das wußte ich nicht. Ich will nach Kailing."

„Dann begleite ich dich zurück," sagt der Guido Winter. „Es gibt manches zu plaudern. Jetzt wird geheiratet!"

„So? Wer denn? Wo denn?"

„Noch vor Neujahr, wenn's geht, führe ich meine Barbel heim."

„Wird nicht gehen," sage ich.

„Und bleibe in Hoisendorf Lehrer, einstweilen. Denn draußen hat sich nichts Passendes gefunden."

Nun wende ich mich ihm zu, mit meiner ganzen Breitseite, und sage: „Winter! Wenn sich draußen etwas gefunden hätte, so wärest du wahrscheinlich draußen geblieben. Weil sich nichts gefunden hat, so kommst du nach Hoisendorf zurück und willst doch die Barbel heiraten!"

„Die heirate ich auf jeden Fall!" sagt er.

„Die heiratest du auf keinen Fall!" sage ich.

„Teufel!" sagt er und tritt einen Schritt zurück.

„Ja, mein Lieber, die Barbel hast du verpaßt. Die ist schon verheiratet."

Er tritt einen zweiten Schritt zurück, kreuzt die Arme über die Brust, mit weit aufgerissenen Augen schaut er mich an und fragt langgezogen: „Die ist schon verheiratet? Wieso? Das verstehe ich nicht."

„Und ich kann dir's deutlicher nicht sagen. Am vorigen Sonntage hat die Trauung stattgefunden."

„Aber im Ernste? Aber wirklich? — O du vertracktes Mädel!" ruft er hell, fast lustig aus. „Und wen denn?"

„Mich."

„Wen sie genommen hat, frage ich."

„Mich."

„Na, hörst du, Hans, das sind mir abgeschmackte Späße. Ich dachte wirklich schon."

Er betrug sich ganz anders, als ich mir vorgestellt hatte. Auf meine neuerliche Versicherung, daß wir während seiner Abwesenheit geheiratet haben, begann er endlich doch etwas bestürzt zu werden. „Das hätte ich nicht für möglich gehalten,“ sagte er.

„Du hast es selbst möglich gemacht, mein lieber Winter.“

Er bohrte seinen Stock in den Schnee ein und murmelte: „So so — so so. Nun, mir kann's recht sein. Habe es ja geahnt, daß sie mich nicht liebt, vielleicht nie geliebt hat. Sie war klug — hat abgerissen. Auch gut. — Auch gut. — Was mich aber wundert,“ und jetzt wurde sein Gesichtsausdruck ungut, „was mich wundert, das ist mein treuer Freund Hans Trautendorffer, der sich erst so viele Mühe gab, seine Geliebte einem andern anzuheiraten. Erst als er sie anderweitig nicht an Mann brachte, nahm er sie selber. Sehr vornehm das, Herr Trautendorffer. Empfehle mich Ihrer ferneren Freundschaft!“

Damit ging er mit stolzen Schritten davon, der Schlucht entlang.

Donnerwetter, das war ein Abgang! Ich bin zerschmettert. — Aber ich gönne ihm den Effekt, mein Vorteil ist mir lieber. Und glücklich bin ich, daß es so abgelaufen; mir war — um offen zu sein — vor diesem Momente ein wenig bange gewesen.

Wie wenn er sie doch gern gehabt hätte? Dann wollte ich nicht gerne Hans Trautendorffer sein! Daß die Liebe mangelte, hat uns gerechtfertigt, sie, mich und — ihn. Was ich ihretwegen allein mit mir auszumachen gehabt habe, monatelang — das ist vorbei.

Der Barbel habe ich von dem Zusammentreffen in der Rechenschlucht einstweilen nichts gesagt. Der Franzel hat heute aus Hoisendorf die Nachricht heimgebracht, daß der provisorische Lehrer wahrscheinlich hier angestellt werden wird. Der Winter habe mit einem Wagen des Kirchenwirtes seinen großen Koffer fortführen lassen.

Und jetzt tut er mir leid.

Adamshaus, am zweiundfünfzigsten Sonntage.

Das Jahr war doch gewiß reich an Überraschungen für mich. Die größte aber brachte mir dein Christtagsbrief. Herrlicher Mensch, wie hast du das zustande gebracht! Also der Verlag Staackmann in Leipzig erwirbt meine Sonntagsbriefe gegen ein Honorar von zehntausend Gulden! — Da hätten wir ja die zwanzigtausend Kronen. Und dazu den Vorteil, daß es nicht ein windiger Wettpreis ist, sondern redlich Erworbenes. Nun sind wir gerettet. Herrgott im Himmel, das ist ein Brocken!

Aber die Sonntagsbriefe! Was ich da zusammengeschrieben habe in meiner Stallkammer, wie eben ein aufgeschrecktes Menschenherz purzelt und hüpft, himmelhoch jauchzend und höllentief fluchend, übermütig, bummelwitzig, geschwätzig, selbstgefällig, spöttisch, einmal Gott zu dumm, einmal dem Teufel zu schlecht. Und das alles soll vor aller Welt ausgepackt werden? Freund, da heißt es wohl sich einen langen Blaustift anschaffen. Die ersten Briefe dieses Jahres, die an unterschiedliche Herren der „Kontinental-Post" gerichtet waren, sind bereits in deinem Besitze? Du meine menschgewordene Vorsehung, du! Fürs Ganze ein packender Titel, das versteht sich. Aber der vorgeschlagene: „Die Erbsünde" taugt mir nicht. Man würde diese Bezeichnung entweder auf das Liebespaar wälzen, oder den „Schweiß des Angesichtes", also die ländliche Arbeit, damit in Verbindung bringen. Mir paßt weder das eine noch das andere. Sünden können an den Nachkommen wohl bestraft, aber nicht nach Vorfahren geerbt werden. Und die Arbeit ist kein Sündenfluch. Vielmehr ein Segen. Aus der Scholle sprießt Kraft für die ganze Welt und Segen für den, der sie berührt. Erdsegen. — „Erdsegen. Vertrauliche Sonntagsbriefe eines Bauernknechtes.“ Wie hört sich das? In wenigen Tagen sprechen wir persönlich darüber.

Und nun will ich dir das Jahr mit der Weihnachtszeit beschließen. Ach, um wie viel unbehaglicher schreibt sich's, seit einem wieder der Setzerjunge über die Achsel guckt.

Am Christabende legten wir schon um die Mittagszeit alle Werkzeuge zur Ruh und jedes zog seine guten Kleider an. Wie es an Festtagen der Adam getan hatte, so tat es jetzt der Valentin, der alten Brauch nicht abkommen lassen will. Er nahm das Kruzifix vom Wandwinkel und stellte es auf den weißgedeckten Tisch. Die Hausmutter tat zwei Lichter dazu von jenen Kerzen, die damals meine Barbel gegossen hatte. Der Rocherl ist vor Andachtsstimmung ganz blaß geworden und mein Mädel hegt in stiller Emsigkeit die Haustiere, daß sie sich ruhig verhalten. Das ganze Adamshaus ist eine Kapelle geworden. Und die Mutter! Dieses tiefe, wortlose Glauben, diese innige Erwartung des Christkindes, du kannst dir's nicht vorstellen. Wer so glauben könnte! Es ist ja wohl auch Gewohnheit und Herkommen dabei, aber die Seelenstärke dieses geplagten Bauernweibes holt sie sich von Gott Vater und seinem eingebornen Sohn.

Die Barbel ist auch so. In den Krug zu den Kirschbaumzweigen hatte sie frisches Erdreich getan und Wasser drangegossen. Aber die Knospen wollten sich nicht rühren. Einmal ganz träumerisch schaute sie die kahlen Zweige an und sagte leise: „Es wird nichts sein. Das Christkind verzeiht nicht.“

Um elf Uhr in der Nacht zündeten sie eine Spanlunte an und gingen hinab zur Kirche. Ich hatte mich bereit erklärt, das Haus zu hüten, wollte eine Weihnacht für mich allein haben. Um Mitternacht sperrte ich die Tür ab und ging über den gefrorenen Schnee hinan zur Kulmplatte. Da ruhte der Sternenhimmel über der weiten Schneelandschaft. In Hoisendorf läuteten die Glocken. Die Kirchenfenster standen wie rote Quadratlein im dunklen Tale. Ein anderes Klingen kam über das Waldgebirge herüber. So leuchtet und so klingt es in dieser Mitternacht durch das ganze Land. Und in Millionen menschlicher Herzen lebt der heilige Christ, so wahr und wirklich, wie je etwas nur leben kann, das gesehen, gehört und empfunden wird . . . In mir war so was wie psalmistischer Rhythmus: Meine Leidenschaften habe ich wie Samen in die Himmel verstreut und mein mutternacktes Herz weidet im Garten der Sterne. —

Ich steige vielleicht nun bald hinab in die Tiefen. Wann wird wieder eine Stunde kommen, da ich dem Himmel so nahe bin?

Am Christmorgen weckt mich hellklingendes Lachen aus dem Schlafe. Zwei Sonnenströme quellen zu den Fenstern herein durch die Stube, einer der Ströme fällt auf den Tisch, wo der Krug mit den Kirschbaumzweigen steht, und die Zweige alle drei tragen kleine rosige Blüten. Darum lacht meine Barbel noch in ihrem weißen Bette voller Glückseligkeit. — Das Christkind hat verziehen.

Wie der Haussohn, der Rocherl, die Mär hört: Die Kirschbaumzweige blühen! da tut er in der Stube einen Freudensprung so hoch, daß sein befederter Hut die Stubendecke berührt. „Juchhe, die Barbel ist glücklich!"

Jetzt, mein Freund, jetzt erst geht mir ein Licht auf, über diesen Burschen. — Treue Wächter hatte sie, leidenschaftliche, törichte Wächter. Und der Gescheitere hat auch hier wieder der Himmel sein müssen.

Am Christtage, nach dem Gottesdienst haben wir ein

Festmahl gehabt, an dem der große Hagelschlag im August wahrlich nicht zu spüren gewesen ist. Sogar einen Plutzer Wein hatte der Valentin, dieser Epikuräer, mitgebracht vom Kirchenwirt, und die Hausmutter war's, die zuerst den Krug ergriff und vor dem Trunk die Worte sprach: „Hansel und Barbel! Auf euere Gesundheit!"

Und nach dem Mahle ist auch noch etwas gekommen. Erinnerte sich der Franzel, daß er einen Brief in der Tasche habe, vom dreibeinigen Postboten an die Barbel. Es war ein Brief aus Wien von Guido Winter. Er nimmt Abschied von der Barbel, läßt alle grüßen und bitten, ihm eine wohlwollende Erinnerung zu bewahren. Er habe seiner erkannten Fehler und Unzulänglichkeit wegen der Schule entsagt und durch Vermittlung eines Freundes im Kontor einer Fahrradfabrik Beschäftigung gefunden.

Als der Brief gelesen war, sagten mehrere von uns fast gleichzeitig: „'s ist doch ein guter Kerl!" —

Und nun schließe ich mein Schreiben. Denn mein Mädel, die Frau Barbara, will in der vertraulichen Freundeskorrespondenz schier eine Beeinträchtigung ihrer besonderen Rechte erblicken. Sie hat schon lustige Überfälle versucht, um mir die Feder aus der Hand zu ringen. Das ist unklug von ihr. Hat diese Hand die Feder nicht, so ergreift sie den Wanderstab und sucht auf zwei Tage wenigstens den herrlichen Freund auf. Zur Strohwitwe will ich sie machen, die Arme, die Liebe, um am Montag den 3. Januar bei dir zu sein. Bereite dich mit einer Flasche Rüdesheimer vor, denn ein derbgebrannter Bauernknoten wird vor dir stehen, voller Durst und Dankbarkeit für dich, du alter treuer Knabe.

www.ingramcontent.com/pod-product-compliance
Lightning Source LLC
Chambersburg PA
CBHW060816310726
48980CB00002B/310

* 9 7 8 3 8 4 6 0 9 8 0 8 0 *